이상한 나라의 정육점

2

미스터리 시리즈
두 번째 이야기
이상한 나라의 정육점 2
스카이마린
장편소설
파란문어

일러두기

※ 소설의 인명, 지명, 관서명, 상표명, 사건 내용 및 설정은 모두 허구입니다.

※ 등장인물들의 대사와 독백은 현실성을 위해 일부 입말을 사용했습니다.

※ 맞춤법은 국립국어원의 원칙을 따랐으나 소설 내용상 일부 표현은 그렇지 않을 수 있습니다.

장(場, Field)

쌍(雙, Twin)

망원경을 든

이상한 나라의 모자 장수

14

"악!" 천비안이 비명을 지르며 황급히 아이의 눈을 손으로 가렸다.

상가 2층에서 가지고 온 돈가스와 밥, 캔 참치 등의 음식물들이 바닥에 와르르 쏟아졌고, 채 삼분의 일도 먹지 못한 오늘의 첫 끼를 짓밟으며 그 위에 하태형이 서 있었다. 그의 모범생처럼 깨끗한 흰 남방셔츠는 소맷귀가 찢겨서 넝마처럼 덜렁거렸고, 팔뚝에서는 붉은 피가 흐르고 있었다.

"그만두지 못해?!"

소문식이 일갈했다. 방금 벌어진 사태로 화가 머리끝까지 났다. 승합차와 노트북이 폭발했을 때도 이렇게까지 화가 나지 않았다.

"칼 내려!"

소문식 자신이 도망자 신분인 것도, 건물 2층에 아직 경찰들이 있다는 것도 잊은 것 같았다. 김미연이 급작스럽게 발생한 일에 어째야 할지 몰라서 겁먹은 표정으로 남자들을 보고 있었다.

철썩! 소문식의 손이 남지훈의 뺨으로 날아들었다. 방어조차 못 한 얼굴이 꺾이도록 돌아갔다. 하지만 아무리 아끼는 남지훈이라도 방금 한 행동은 도저히 용서할 수 없었다.

“경거망동하지 말라고 경고했다! 내 말을 귓등으로 들은 거냐?!”

마찰의 충격으로 빨개진 뺨을 하고서도 남지훈이 고집스럽게 입을 닫고만 있었다. 잭나이프만 더욱 힘주어 움켜쥘 뿐이었다. 반사된 빛에 번뜩인 날카로운 칼끝에는 하태형의 피가 묻어 있었다. 그것이 더욱 소문식의 화를 돋웠다.

“일을 엉망으로 만들려고 작정했어?! 네 어리석은 행동 하나로 여기 있는 모두가 떼죽음이라도 당했으면 좋겠어?!”

“사과해.”

그들 사이로 피해자인 하태형이 나서서 말했다. 그가 다친 팔을 한 손으로 받쳐들고 있었다. 살벌한 남지훈의 눈초리를 마주하면서도 하태형은 종전과 다름없이 침착한 모습이었다.

“경찰에 신고하고 싶지만, 그럴 수도 없고…사과하기 싫으면 오늘 일진이 안 좋아서 미친개한테 물린 셈 칠 테니까 당장 내 병원에서 나가.”

“….”

“네 일행 모두.”

칼부림 사건이 일어나기 한 시간 전.

소문식의 지시로, 병원 내의 업무용 컴퓨터와 노트북, 태블릿 PC를 전량 회수해서 대기실 구석으로 옮겼다. 고객 접수대와 치료실마다 비치되어 있던 데스크톱 본체들은 케이블과 랜선, 전원 코드 등을 뽑았고, 노트북과 태블릿 PC는 전원 버튼을 껐다.

일행 중, 누군가가 인터넷을 쓰거나 메일이나 메신저로 외부와 연락

하는 것을 사전에 막으려는 조치였다. 병원 안에 있는 모두가 같은 처지여서 반대는 없었다. 병원장 아들 하태형도 마지못해 동의했다. 그가 부글거리는 화를 참으며, 자기 개인 노트북과 태블릿 PC, 핸드폰을 남지훈에게 맡겼다.

소문식은, 모두가 탈락자 신분인 이상 누구라도 예외가 없다고 말하며, 하태형에게는 양해를 구했다.

일행이 병원 대기실에 모여서 밥을 먹고 있었다. 식사 도중, 소문식은 잠깐 통화할 데가 있다며 병원 내 구석진 곳에 있는 탈의실로 가버렸다. 마침 하태형이 병리실에서 나오자, 천비안이 그를 불렀다.

"태형 씨도 와서 식사해요. 오늘 종일 아무것도 못 먹었죠?"

"난 됐으니까 빨리 먹고 나가세요."

천비안이 혀를 끌끌 찼다. 남의 호의를 무시해도 그렇지, 정말 인성이 못 됐다고. 아버지가 병원장이면 뭐해? 아들 녀석 성격이 저 모양이라 어디 가서 좋은 소리도 못 들을 텐데? 하태형이 들을까 봐 속으로만 투덜대던 그때였다.

"너도 이리 와서 앉아."

난데없이 남지훈이 하태형을 불렀다. 심지어 반말로.

아니나 다를까, 부서지기 직전의 병원 출입문을 점검하던 하태형이 손을 멈추고 그를 돌아보았다. 불쾌하게 쳐다보는 시선에도 아랑곳하지 않고 남지훈이 입에 밥을 퍼넣으며 말했다.

"지금 안 먹으면 내일 아침까지 굶어야 해. 중간에 고속도로 휴게실에 내려 줄 형편도 못되니까 나중에 혼자 고생하지 말고 남 먹을 때 같이 먹어 둬."

"그런데 왜 자꾸 반말이세요? 저, 잘 아세요?"

"응. 1999년생, 하태형. 너 나랑 동갑이야."

"내 나이는 어떻게 알았어요? 지갑이라도 훔쳐봤어요?"

"큭. 그러게? 네가 하도 궁금해서 갑자기 짠, 하고 투시력이라도 생겼나 보지 뭐. 그런데, 오해야. 투시력이 생기면 미쳤다고 남자 새끼 지갑 속이나 들여다보고 있겠냐? 여자 속옷이라면 몰라도 내가 왜…."

불쑥 진심을 말해 버린 남지훈이 그만 입을 다물었다.

밥을 먹다 말고 천비안이 힐끔 눈을 치들어 남지훈을 봤다. 혼자 시끄럽게 떠들더니 방금 자기가 한 말에 얼굴이 벌게져서는 눈에 띄게 당황해하는 남자다.

뭐래? 그래서 투시력이 생겼다는 거야 뭐야?…어머? 혹시?!

별안간 천비안이 눈을 동그랗게 뜨더니 두 팔로 상체를 확 가렸다.

어이가 없었다.

하, 미친…누굴 변태로 아나….

하지만, 여자의 행동을 일부러 의식하지 않으려니 이젠 귀까지 발개졌다. 무안한 나머지, 남지훈이 하태형에게 버럭 했다.

"지갑은 아까부터 네 바지 주머니에 잘 들어 있는데 내가 어떻게 봐?!"

"…."

"컴퓨터에서 병원 환자 접수 파일을 봤어. 네 이름을 쳐 봤더니 바로 열리던데? 최근에 받았던 위내시경 기록까지 있고. 그런데 말이야, 너… 아, 아니다."

뭔가를 말하려던 남지훈이 턱을 당기며 모른 척했다. 하태형의 진료 기록 파일에서 재미있는 걸 발견했는데 이건 사장님도 모르시는 것 같다. 당분간은 나 혼자만 아는 비밀로 남겨두기로 했다.

기가 찬 듯한 감탄사와 함께 하태형이 특유의 냉소적인 어조로 말했다.

"병원 개인 기록을 권한 없이 함부로 들춰보다간 민사상 손해 배상은 물론이고 형사처벌까지 받을 수 있어요. 무식해서 몰랐던 거 같으니까 이번 일은 그냥 넘어갈게요. 밥만 먹으면 나가세요."

"그래? 되게 고맙네? 그런데 너도 우리랑 같이 갈 거니까 잔말 말고 여기 앉아. 아, 혹시 병원 집 도련님이라서 반찬이 별로야? 돈가스 싫어하냐?"

"그러니까 내가 왜 당신들이랑 같이 가냐고요. 나한테 물어본 적도, 내가 동의한 적도 없는데 내가 왜?"

"내가 그렇게 정했으니까."

마침내 대기실을 뚜벅뚜벅 걸어온 하태형이 남지훈 앞에 우뚝 섰다. 그가 일부러 돈가스를 우적거리며 씹는 남지훈에게 고압적으로 말했다.

"사람 같이 대해주니까 진짜 사람이 만만해 보여?"

남지훈이 픽- 웃으며 일회용 포크를 접시 위로 툭 내던졌다. 재미있다는 듯, 활처럼 휘어진 두 눈꼬리가 조소하는 게 분명하지만, 이를 피하지 않고 하태형이 똑똑히 말했다.

"헛소리할 거면 밖에서 해. 여긴 내 병원이라고 몇 번을 말했어? 경찰이 무서워서 숨어있을 거면 입 닥치고 조용히 돈가스나 먹든지."

"크큭, 내가 이럴 줄 알았지. 선비인 양 고상한 척 내숭 떨더니 금방 이렇게 들통날걸. 응?"

"쫓기는 처지에 이 정도 도와줬으면 고맙다고 절을 하지는 못할망정 지금 네가 하는 태도, 쌩양아치나 다름없는 건 알지?"

"이 새끼가!"

험악해진 분위기에 사장님이라도 불러와야 하나 눈치를 보는 새, 일은 터져버렸다. 퍽! 소리가 나더니 하태형의 등이 뒤로 휘청했다. 하태형의 얼굴에 주먹을 날린 남지훈이 분을 참지 못하고 다시 달려든 차, 어느새 그들 사이에 뛰어든 천비안이 남지훈과 하태형을 뜯어말렸다.

"밥 먹다 말고 왜 이래요? 같은 처지끼리!"

하태형이 천비안의 팔을 뿌리치며 차갑게 말했다.

"누가 같은 처지예요? 난 인도주의적 마인드로 환자에게만 병원문을 열어줬을 뿐이에요. 남의 병원에다 총질한 것도 모자라서 허락도 안 받고 우르르 몰려와서는 남의 컴퓨터를 압수하지 않나, 의료기기와 약품들도 마음대로 꺼내쓰고, 병원에서 밥까지 해 먹는 사람들이…."

남지훈이 하태훈의 말을 가로막았다.

"입 닥쳐, 새끼야! 쌩양아치가 뭐가 어쩌고 어째?! 몸에서 똥물보다 더 더러운 피가 흐르는 새끼가 입만 살아서는!"

무심코 나온 말에 하태형이 의아한 시선으로 남지훈을 보았다.

"너, 방금 뭐라고 그랬어? 똥물? 피?…. 그게 뭔데?"

순간, 자신의 실수를 깨닫고 남지훈이 멈칫했다. 하태형의 언성이 높아졌다.

"그게 무슨 말이냐고. 내가 무슨 피?"

"…."

"말하라고. 방금 피 어쩌고 한 게 대체 무슨 소리냐고."

거듭된 독촉에도 입에 지퍼를 달았는지 입도 벙긋하지 않는 남지훈이었다. 덕분에 싸움은 진정됐고 천비안도 안도했지만, 이번엔 하태형이 문제였다. 남지훈의 눈을 빤히 보고만 있던 그가 알만하다는 듯 조소했다. 뒤돌아서며 작은 소리로 중얼거렸다.

"병신이…."

쉭- 소리가 나더니, 하태형의 팔뚝에서 금방 붉은 피가 솟구쳤다. 순식간에 일어난 일이라 누구도 알아차리지 못했다. 공중으로 '퍽' 하며 튄 핏방울이 천비안의 얼굴을 때리기 전까지는.

***

"너… 정말 영후 맞아?"

양필헌이 현호의 멱살을 놓고 곽영후 앞으로 갔다. 그가 대뜸 곽영후의 핸드폰을 빼앗아 그의 얼굴에 플래시를 비췄다. 돌연한 섬광에 노출된 눈을 질끈 감으며 곽영후가 소리쳤다.

"억! 뭐 하는 거예요. 형!"

곽영후가 빨리 플래시부터 치우라며 짜증을 냈다. 마치 유령이라도 본 것처럼, 믿기지 않는 표정으로 곽영후를 살피던 양필헌이 마침내 기쁨에 겨워 소리쳤다.

"정말 네가 맞구나! 영후야! 너, 살아 있었어?!"

양필헌이 곽영후를 덥석 껴안았다. 숨이 막혀서 컥컥거리는 곽영후였지만, 놔줄 생각이 없는지 양필헌이 껴안은 팔에 더욱 힘을 주며 말했다.

"인마, 내가 얼마나 걱정했는지 알아?! 연락이 없어서 벌써 소시지가 돼서 팔리고 있는 건 아닌지 정말 마음 졸였다고!"

"다 좋은데 소시지 얘기는 하지 말죠."

투덜댔지만, 진심이 느껴지는 양필헌에 약간 울컥한 곽영후였다. 그가 자신을 끌어안은 양필헌의 등을 토닥이며 말했다.

"이렇게 살아서 다시 보니 반갑네요, 형."

이윽고, 양필헌의 격한 포옹에서 빠져나온 곽영후가 한 남자를 보고는 펄쩍 뛰었다.

"현호야! 차현호!"

100미터 단거리 질주 속도로 현호에게 다다랐다. 곽영후가 숨 돌릴 틈도 없이 현호의 얼굴과 어깨 등 신체 곳곳을 살피며 말했다. 신났거나 흥분된 목소리였다.

"너 괜찮냐?! 어디 다친 곳은 없어? 아픈 데도 없고? 몸에 상처는 안 났지?"

내 몸 상태를 걱정해 주는 형이 낯설었지만, 오래 가지 않았다. 모텔에서 헤어지기 직전까지 마지막 시간을 함께한 그였기에, 그동안 없던 유대감이 생긴 건지도 몰랐다. 예상치 못한 만남에 현호도 반가움을 표하며 곽영후의 손을 맞잡았다.

"형이야말로 무사해서 다행이에요. 걱정했는데, 핸드폰을 잃어버려서 연락도 못 했어요."

"괜찮아. 그게 뭐 대수라고. 이렇게 서로가 멀쩡히 살아있으면 됐지. 그건 그렇고, 현호 너 대체 어떻게 살아남은 거야? 오면서 보니까 거리, 동네 할 것 없이 무장 경찰들이 쫙 깔렸던데 넌 한 번도 잡힌 적 없어? 아니면 잡혔다가 도망친 거야?"

"경찰에 잡힐 뻔했지만, 운이 좋았어요. 사람들의 도움도 받았고요."

'도움'이란 단어에서 문득 천비안이 떠올랐다.

이제 곧 밤인데….

지금쯤 무사할까? 혹시 벌써 경찰에 잡힌 건 아니겠지?

현호가 애써 그녀의 생각을 떨치고 곽영후에게 물었다.

"그런데 형은 정말 어떻게 된 거예요? 모텔에서 헤어진 이후로 소식을 들을 수 없어서 답답했는데…."

말하는 중에 눈치챘다. 곽영후가 멀쩡히 살아 있는 이유라야 단 한 가지밖에 없다. 현호가 소리쳐 물었다.

"형은 일부이처에 성공한 거죠? 그렇죠?"

"아니, 실패했어."

"헉, 정말요? 아니, 형이? 왜요? 형도 자신 있다고 했잖아요."

"너와 반대로 운이 없었다고 해둘게. 설명하자면 길고, 그것보다 현호 너 계속 여기 있을 거야?"

곽영후의 말이 선뜻 이해되지 않아서 현호가 '네?' 하며 반문하자, 곽영후가 풀어서 설명했다.

"이 집에 계속 숨어있을 거냐고. 창문이랑 현관문이 고장 나서 잠기지도 않는 것 같은데…. 이런 데 더 있다간 내일이라도 경찰에 체포될 수도 있어. 작은 동네라서 주변에 보는 눈들이 많으니까."

하지만, 현호의 대답은 들을 수 없었다. 7월생 동지의 재회를 거실 한편에서 지켜보던 남자가 먼저 말했기 때문이다.

"그 전에 네가 먼저 대답해야 할 게 있는데…."

곽영후가 뒤를 돌아보았다. 양필헌이 팔짱을 끼고서 묻고 있었다. 모두가 간과하고 있는 '그것'에 대해.

"영후 너, 현호랑 내가 여기 있는 건 어떻게 알고 왔어?"

***

'탁'하고 소문식의 손을 쳐내며 하태형이 거절했다.

"치료는 됐어요."

하지만, 하태형의 쌀쌀맞은 태도에도 굴하지 않고 소문식이 걱정스럽게 말했다.

"당장 팔부터 치료해야 한다. 외상으로 봤을 때 힘줄이나 근육이 다쳤을 수도 있고 어쩌면 심부 조직이 손상됐을 가능성도 있어. 제대로 봉합하지 않으면 감염으로까지 이어져서…."

"아버지가 의사셔서 그 정도 의료 상식은 있어요. 봉합까지 필요 없는 상처에요. 제가 알아서 할 테니까 인제 그만 일행을 데리고 이 병원을 나가주셨으면 합니다."

소문식의 염려에도 불구하고, 그리고 이 장년의 남자가 아버지의 절친切親임에도 불구하고, 하태형이 일관되게 '퇴거'를 명령했다. 이유는, 식사 때, 남지훈이 점퍼 주머니에서 꺼낸 잭나이프로 하태형의 팔을 그어버렸기 때문이었다. 하얀 남방셔츠를 물들이며 팔뚝에서는 붉은 피가 흘렀고, 천비안과 김미연이 비명을 지르면서 작은 내과 의원 대기실은 아수라장이 되었다. 단 1초라도 이 사람들과 내 병원에서 같이 있고 싶지 않았다.

"식사도 다 하셨잖아요. 더는 이곳에 머물 핑계도 없으실 거 같은데요?"

대사는 소문식을 향한 것이었지만, 하태형의 눈길은 남지훈을 노려보고 있었다. 대기실에 있던 남지훈이 소문식의 눈을 피해서 하태형에게 살며시 가운뎃손가락을 내보였다. 기가 찼지만, 스트레스받기 싫어서 무시했다. 하태형이 독방이 되어버린 병리실로 가던 그때였다.

"예의도 없는 새끼."

소곤거리듯 작은 말소리여서 근처에 있던 소문식도 듣지 못했다. 하태형이 발걸음을 멈추고 제자리에 섰다. 그리고는, 소문식을 돌아보며 말했다.

"아저씨, 제 팔 치료, 부탁드려도 되나요?"

김미연을 치료했던 내시경실로 왔다.

하태형이 상처 치료를 위해서 침상에 걸터앉았다. 소문식이 손을 소독하고 의료용 장갑을 착용한 후, 하태형의 피 묻은 소맷귀를 걷어 올렸다. 출혈과 내상이 있는 편이지만, 다행히 깊은 근육층의 손상은 없어 보였다.

"넌 운이 좋구나."

드레싱 트레이와 선반에서 치료에 필요한 의료용품들을 챙기며 소문식이 말했다. 곧바로 하태형이 물었다.

"왜 그렇게 생각하세요? 수술할 정도의 상처가 아니라서요? 아니면 칼을 맞았는데 그곳이 때마침 병원이어서요?"

"둘 다지만 굳이 따지자면 전자지. 팔을 위로 들어줄래?"

소문식이 팔의 자상 부위를 세심하게 살펴보며, 난감한 듯 말했다.

"아무래도 봉합이 필요한 것 같구나. 괜찮겠니?"

국소마취부터 해야만 했다.

마침 내시경실이라서, 수면 내시경을 위한 마취제 등이 구비되어 있었다. 소문식이 마취제를 담은 작은 주사기를 팔의 상처 주변에 2회 주입했다. 잠시 후, 마취제의 효과가 나타나면서 상처의 통증도 줄어들었다.

"소독할 거야. 조금 차갑게 느껴질 수 있어."

마취된 상처 부위를 포비돈요오드 액으로 꼼꼼히 소독한 다음, 멸균한 의료용 바늘과 봉합 실을 손에 들었다.

"아팠지? 조금만 참으려무나. 곧 끝나니까."
"질문이 있는데…대답해 주실 수 있나요?"
실을 꿴 바늘로 조심스럽게 팔의 상처를 봉합해나가며, 소문식이 대답했다.
"얼마든지. 뭐가 궁금하니?"
"아까 남지훈이라는 남자가 저한테 똥물보다 더 더러운 피가 어쩌고 했어요."
"…."
"그게 무슨 뜻이에요? 그리고, 내 피가 어쨌든 그게 사람한테 흉기를 휘두를 이유는 될 수 없잖아요. 더욱이 살인미수를 저지른 남자는 아무런 처벌도 받지 않았고요."
무사히 봉합을 마친 후, 곧바로 드레싱을 준비했다. 항생제 처방은 생략했다. 소문식이 봉합선을 덮을 크기의 멸균 거즈 패드를 상처 부위에 부드럽게 올려놓았다. 묵묵히 치료만을 할 뿐, 뭐든지 대답해준다던 소문식은 아무 말도 하지 않았다. 하태형을 칼로 위협한 남지훈에게 엄격한 주의를 줬을 뿐, 상황이 상황인지라 그 이상의 벌을 줄 수는 없었다. 하태형이 이어 말했다.
"처음 본 사람한테 왜 그런 말을 들어야 하는지도 모르겠지만, 그렇다고 한들 제가 앞뒤 없이 욱하는 성격도 아니에요. 세상엔 진상들도 많아서 시비 거는 족족 상대하기 피곤해서요. 똥은 피해 가자는 주의이기도 하고요. 그런데 오늘은 왠지 화가 났어요."
"…."
"그 말을 할 때의 남지훈은 진짜 같았거든요."
투명 멸균 필름으로 거즈 패드를 고정하고서 소문식이 말했다.

"팔은 그대로 있어. 드레싱 할 거니까."

소문식이 롤 붕대를 손에 들자, 하태형이 채근했다.

"알려주세요. 난 남지훈이란 사람을 몰라요. 오늘 처음 봤단 말이에요. 그런데도 확신에 차서 저한테 '똥물' 어쩌고 했어요. 그 남자는 나를 알고 있는 것 같았어요. 하지만, 아저씨가 나에 대해 말씀해주셨을 리도 없고…. 아저씨도 저를 잘 모르시잖아요. 저 돌잔치 때 보고 오늘이 두 번째라면서요."

"넌 이 병원에 남을 테냐?"

전혀 질문과 맞지 않는 대답. 이번엔 하태형이 대답하지 않았다.

상처를 너무 조이지 않도록 탄력 붕대를 천천히 나선형으로 감아올리며, 소문식이 말했다.

"네가 선택해. 강요하진 않으마."

이해할 수 없는 눈으로 소문식을 보고 있는 사이, 팔뚝에 감긴 붕대 끝을 클립으로 고정하며 모든 치료가 끝이 났다.

"당연히 전 이곳에 남을 거예요. 제 아버지의 병원이니까요."

하태형이 대답했다. 대답에 시간을 끈 것은, 소문식이 너무도 당연한 것을 물어와서였다.

다 쓴 의료용품과 기구들을 반듯이 제자리에 돌려놓고서 소문식이 내시경실의 문을 열었다. 밖으로 나가기 전, 그가 하태형을 돌아보았다.

"가벼운 상처라 다행이었구나. 하지만 앞으로의 네 운이 꼭 지금처럼 좋지만은 않을 게야."

복도로 내딛는 발소리가 들렸다.

"왜냐하면 난 의사가 아니야."

***

“우리가 여기 있는 건 어떻게 알고 온 거냐고.”

빈집. 이웃집 거실 안이었다.

나와 필헌 형이 이 집을 방문한 건 오늘이 두 번째였다.

오전에는 할머니 딸의 제사 때문에, 지금은 임시 피신처로.

세 명의 남자가 불을 밝힌 제사용 양초를 둘러싸고 모두 일어서 있었다.

“그…그게 무, 무슨 말이에요? 형?”

되묻는 중에도 등허리를 지나는 식은땀을 느꼈다. 뭘 한 것도 아니고 단지 질문 하나 받았을 뿐이었다. 그래서 벌써 이러면 안 된다고, 혹여 차현호가 눈치챈다면 모든 게 끝장이라는 생각에 곽영후가 최대한 태연한 척 가장했다.

“하하하. 정말 뭐야. 두…두 사람이 여기 있는 줄 어떻게 알고 왔냐니, 무슨 질문이 그래요. 하…하하하. 그야 당연히…다, 당연히….”

제길…. 현호를 궁으로 데려갈 궁리만 하느라 그 외는 생각조차 안 해봤다. 자동차로 이곳까지 오는 동안 머리가 터지라고 이런저런 아이디어와 스토리로 단편 소설을 써댔다. ‘본투비’ 이과인 나로서 할 수 있는 창작의 역량은 다 쥐어짰다. 그런데, 레고, 이 나쁜 년아! 왜 여기에 양필헌이 있는 건 진작 말을 안 해줬어?! 나더러 엿 먹으라 이거냐? 레고?!!!

“당연히…내가 여기 온 이유는….”

현호가 나를 빤히 보고만 있었다.

날 의심하는 게 확실하다!

자신의 처지를 비관하고, 레고를 원망하고, 현호에게 의심받을까 걱정하느라 현실을 타개할 해결책은 고사하고 터무니없는 망상으로 곽영후의 뇌가 꽉 차버렸다. 암전된 뇌를 돌리느라 안색이 하얗던 곽영후가 무슨 영문인지 금세 정색하며 말했다.

“여긴 제 고모할머니 집이니까요. 제가 당연히 올 수 있죠. 하…할머니가 무사하신지 걱정돼서, 그래서 와 봤어요. 그런데 와, 여기서 형이랑 현호를 만날 줄이야….”

“고모할머니 성함이 어떻게 되시는데?”

의심을 풀지 않고 양필헌이 물었다. 조금 전, 곽영후가 이 집 거실에 등장했을 때만 해도 기뻤다. 현호를 만난 이후로 곽영후의 소식을 몰라서 답답했는데 몸에 상처 하나 없이 무사한 것을 보고 안도했다. 하지만, 이내 느낀 위화감. 현호와 부둥켜안고 반가워하는 모습이 어딘가 이상하다고 생각했다. 우리가 이 집에 있는 걸 곽영후가 어떻게 알았는지, 그제야 합리적 의심이 들었다.

양필헌이 굳은 얼굴로 재차 물었다.

“고모할머니 성함이 어떻게 되시냐고 물었어. 설마 네 할머니 성함도 모르고 이 집에….”

“정임순이요. 정자 임자 순자 쓰세요.”

곽영후가 할머니의 이름을 댔다. 맹렬히 돌아가는 해마가 제법 쓸만한 걸 기억해 냈다. 담벼락에 차를 세우고 대문으로 들어올 때 언뜻 문패에 눈길을 준 게 다였다. 하지만, 막다른 곳에 다다른 본능이란 놈은, 케케묵은 세월의 때와 먼지로 뒤덮여서 자세히 보지 않으면 검은 나무토막으로 착각해도 좋은 문패를 마치 고감도의 필름처럼 또렷이 재생해 냈다.

현호와 양필헌이 서로를 보았다. 오전에 경찰들이 들이닥쳤을 때, 그들이 할머니를 그 이름으로 부른 것을 기억하고 있었다.

곽영후가, 이과생이 방금 지어낸 '정임순 고모할머니 편'의 단편 스토리를 이어갔다.

"만 16세가 되던 해, 이웃 마을의 독 짓는 젊은이에게 시집간 할머니는 평생을 독수공방하셨어요. 남편이, 그…그러니까 저의 고모할아버님이 되시겠죠? 고모할아버님이 중국에서 독 장사를 하던 중 천안문 사태에 휘말려서 일찍 타계하셨고, 자…자식이 있었는데 자식도 일찍 죽고, 미망인이 된 고모할머니 혼자서 이 넓은 집에서 생활하시며…."

소설의 도입부일 뿐인데 "됐어." 하며, 양필헌이 곽영후의 말을 끊었다. 그리고, 곧장 사과했다.

"오해해서 미안하다. 영후야."

뭐? 정말? 이게 된다고?

얼떨떨한 표정의 곽영후에게 사과한 후, 양필헌이 현호를 돌아보며 말했다.

"갑자기 영후를 봐서 내가 좀 놀랐나 봐. 아, 그렇지! 다 모였는데 이러지 말고 우리 술이나 한잔하자."

이런 상황에서 무슨 술자리냐며 현호가 반대 의사를 말하려고 했으나, 억지로 현호의 소매를 끌고 가며 양필헌이 작게 속닥였다.

"할머니가 경찰에 끌려가신 건 말하지 마. 영후 충격받을 거야…. 물어보면 그냥 피난 가신 것 같다고 잘 모르겠다고만 해."

저녁이 되었고, 조촐한 술자리가 마련됐다.

양필헌이 냉장고에 든 막걸리와 소주를 있는 대로 꺼내왔다. 집주인 할머니의 친척인, 곽영후가 허락했기 때문이다.

"제육볶음이라도 하나 있으면 좋을 텐데."

양필헌이 과일과 마른오징어, 화채뿐인 안주를 보며 푸념하자, 곽영후가 심드렁하게 대꾸했다.

"그러니까요. 냉장고에 술안주가 될 만한 건 이딴 말라비틀어진 오징어밖에 없네요."

날씨가 더운 탓에 제사 음식들은 약간 쉰내가 나서 피했다. 양필헌이 재빨리 솜씨를 발휘해서 만든 즉석 과일화채가, 그나마 제일 먹을 만했다. 현호를 궁으로 데려가야 하지만, 양필헌이 있어서 곽영후가 이러지도 저러지도 못하고 있었다. 슬며시 바닥에 놔둔 핸드폰을 터치해 시간을 확인했다. 저녁 7시 10분. 앞으로 남은 시간은 50분. 아직 시간은 있지만, 그런데 문제는 양필헌이었다. 어떻게 하면 양필헌을 떼어놓고 현호와 둘만 여기서 나갈 수 있을까, 곽영후의 뇌가 쉴 틈 없이 돌아가고 있었다.

"어쨌든 무사히 살아서 형과 현호를 보니까 참 좋아요. 형. 그리고, 역시 형은 제 생각보다 훨씬 더 강한 남자예요. 자, 한 잔 더 하세요."

가장 좋은 방법은 양필헌을 취하게 하는 것.

곽영후가 입에 발린 말을 하며 양필헌의 잔에 또 술을 따랐다. 주거니 받거니 하며 양필헌에게 먹인 소주만 두 병째였다. 막걸리까지 치면 한 시간도 안 돼서 꽤 많이 마셨다.

"뭐라는 거야, 인마. 닭살 돋는 소리 그만하고 너도 한 잔 받아."

이번엔 양필헌이 소주병을 들어 곽영후의 잔을 채웠다. 곽영후가 원샷하는 흉내를 내며 몇 방울만 삼켰다. 양필헌이 눈치챌까 봐 적당히 맞춰주는 중이었다. 거실이 어두운 관계로 개다리소반 밑에 둔 그릇에 술을 버려도 아무도 눈치채지 못했다. 대신, 술 먹은 티를 내려고 화채를 연거푸 퍼먹으며, 곽영후가 양필헌의 칭찬을 이어갔다.

"정말 필헌 형 머리 하나는 알아줘야 한다니까? 등잔 밑이 어둡다고, 이 집으로 오자고 처음 제의한 것도 형이라면서요? 경찰이 벌써 다녀간 빈집이라서 다시 올 리 없다면서…형, 진짜 천재예요? 형의 번뜩이는 아이디어 덕분에 현호까지 살았잖아요."

술자리 초반에는 장래에 닥칠 일들로 암울한 이야기가 오갔지만, 몇 순배의 술이 돌자 취기가 올라서인지 그리 걱정되지 않았다. 오히려 사람이 쉽게 죽기야 하겠냐며 뭐가 됐든 감당할 수 있겠다는 허세마저 생겨났다. 술이 좀 된 양필헌이 구불거리는 장발을 흔들며 부정했다. 발음도 약간 부정확한 것이 취한 것이 분명했다.

"이 집이 영후 너 고모할머니 댁이라며? 그런데 넌 왜 자꾸 남의 집처럼 말하냐? 사람 헷갈리게…. 그리고 나라서가 아니야. 생각해 봐. 현호가 탈락자가 되고 싶어서 됐어? 현호도 노력했는데 안 됐다 이거야. 왜냐? 잘난 놈들이 마누라를 두 명씩이나 끼고 살겠다는데, 현호 같은 애들이 어떻게 이겨? 현호가 돈이 있냐, 영후 너처럼 잘생기길 했냐. 그럼, 현호가 나 믿고 찾아왔는데 내가 돕는 게 당연하잖아. 남자 새끼가 고추 달고 태어났으면 의리가 있어야지, 안 그래?! 어? 그러고 보니 영후 넌 왜 탈락자가 됐어? 랩실에도 너 찾아온 여자들 많았잖아? 현호는 그렇다 치고, 넌 왜 탈락자가…."

"아까도 말했잖아요. 배신당했다고."

이것만은 진실이라서 곽영후가 어금니를 꽉 물고는 단숨에 술잔을 비웠다. 양필헌이 호탕하게 웃었다.

"하하하. 그랬지? 맞아. 너 마지막에 배신당했다고 했어. 와, 진짜, 천하의 곽영후가 어쩌다가 이런 신세가 됐냐? 아, 왜 이렇게 웃기지? 하하하."

그래, 실컷 웃다가 빨리 좀 처자라.

배꼽이 빠지라고 웃어대는 양필헌의 잔에 술을 들이부으며, 곽영후가 현호를 보았다.

"넌 왜 안 마셔? 그러고 보니 현호 너, 아까부터 왜 그렇게 조용해? 왜? 앞으로의 일을 생각하니 걱정돼서 그래?"

"그렇죠."

현호가 목을 뒤로 꺾으며 소주잔을 비웠다. 대략 서너 잔쯤 마셨다. 술에 약한 자신이라 이대로 곯아떨어지면 좋겠지만 아직은 정신이 말짱하다. 현호가 다 마신 소주잔을 소반에 탁 소리가 나도록 내렸다. 영후 형이 살아 돌아온 건 반갑지만, 세울 형의 마지막 모습이 뇌리에서 떠나지 않고 있었다. 깊은 밤이고, 술이 있기에 더욱 심란한지도 모르겠다. 하지만, 세울 형을 입 밖에 꺼내면 영후 형도 우리가 저지른 일을 알게 될 것이고, 그것만은 피하고 싶었다. 언젠가 영후 형도 알게 되겠지만, 적어도 오늘 밤만은.

곽영후가 자꾸만 마르는 입술을 혀로 핥으며, 현호와 양필헌의 눈치를 살폈다. 더 늦기 전에 어떡해서든 양필헌 몰래 현호를 여기서 데리고 나가야만 했다. 저녁 8시를 넘기면 기회는 없다. 초조함과 갈증을 이기지 못해서 곽영후가 화채를 그릇째 들고 물처럼 벌컥거렸다. 그때였다.

"아! 황혜지!"

곽영후가 화채를 들이켜다 '푸'하며 건더기를 밖으로 뿜어버렸다.

정면에서 날벼락을 맞은 양필헌이 '야! 술 취했어?!' 라고 소리를 질렀지만, 그것조차도 잘 들리지 않았다.

"황…켁켁…황혜지가…켁…뭐가요?"

사레가 들려서 기침을 콜록거리며 곽영후가 물었다.

"뭐긴. 황혜지가 네 여자 친구잖아. 황혜지 걔는 어쩌고 넌 탈락자가 됐냐고, 그거 물으려고 했는데, 이게 뭐야?"

곽영후가 휴지를 건넸지만, 양필헌이 계속해서 투덜거렸다. 화채 물벼락을 맞고서 취기가 달아나 버린 그였다.

곽영후가 정신을 바짝 차리려고 노력하며 말했다. 말을 더듬는 건 어쩔 수 없었다.

"화…황혜지가 그, 그러니까…형은, 혜지를 본 적 없죠?"

"그걸 왜 나한테 물어?…. 혜지는 지난 월요일, 카페에서 본 게 다야."

양필헌의 언행으로 봐서 이 형은 아직 혜지의 정체를 모른다는 것이 밝혀졌다.

"그, 그렇죠. 아, 혜지는, 황혜지는…."

곽영후가 말을 끌면서 현호를 곁눈질했다. 호…혹시 현호가 혜지의 정체에 대해서 알고 있는 거면….

"혜지랑은 아직도 연락 안 돼요? 형?"

…모르고 있는 게 밝혀졌다. 속으로 알라신을 부르짖으며, 곽영후가 대답을 얼렁뚱땅 얼버무렸다.

"모…몰라. 당연히 몇 번이나 연락해 봤는데, 전화를 통 안 받더라고. 이…이민 갔다는 소문도 있어."

나오는 대로 떠들자, 현호가 눈을 동그랗게 떴다.

"이민을요? 혜지가요?"

"어…응. 자세한 건 모르고, 캐…캐나다로 갔다던가 케…케냐로 갔다던가. 나도 어디서 들은 얘기라…. 아무튼 그렇게만 알고 있어. 더는 묻지 마."

혜지가 이민을 갔다면 축하할 일이지만, 국내 사정상 그럴 리가 없다는 생각이 들었다. 현호가 조용해지자 그 틈을 타고 양필헌이 말했다.

"근처에 탕수육 진짜 잘하는 푸드트럭이 있는데 알아? 내가 일주일에 두세 번은 가거든? 현호, 너는 알지? 그거 왜, 세탁소 골목 초입에 있는 '탕탕 찹쌀 탕수육' 트럭 말이야."

때아닌 '탕탕 찹쌀 탕수육'의 등장에, 황혜지란 주제는 대화에서 자연스럽게 사라졌다. 못내 안줏거리가 아쉬운지 양필헌이 입맛을 다시며 말했다. 과일화채도 곽영후가 반은 뿜어버려서 빈 그릇만 남아 있었다.

"알지? 탕탕 찹쌀 탕수육?…. 응. 아는구나. 부현4길 주민이면 당연히 그래야지. 그 집 탕수육이 장난 아니잖아. 사실은 내가 거기 주인아저씨랑 되게 친해서 아저씨가 나한테만 튀김옷의 비법을 알려줬거든? 이건 며느리도 모르는 거야. 비법이 뭐냐면 말이지, 국산 찹쌀 75.97%에다가 옥수수 녹말 24.03%! 단 0.01%의 비율도 틀리면 그날은 일론 머스크가 줄 서도 장사 접는대. 와, 푸드트럭 주제에 완전 프로페셔널 아니냐? 그런데 현호 넌 아까부터 왜 자꾸 깡 소주만 마셔? 왜 너도 안주가 별로…."

양필헌의 말이 끝나기도 전에 곽영후가 손을 번쩍 쳐들었다.

"형! 내가 가서 탕수육 대자 하나 포장해 올게요! 차로 가면 돼요!"

곽영후가 벌써 일어서고 있었다. 그가 현호를 재촉하며 말했다.

"같이 가자, 현호야! 필헌 형이 탕수육이 드시고 싶다잖아."

드디어 눈이 빠지게 기다리던 기회가 왔다! 탕수육을 사러 가는 척하고 이대로 현호와 튀면 된다!

"빨리 사서 식기 전에 돌아오자, 차현호."

***

상가건물 4층. 하봉주 내과의원, 진료 대기실.

"왜 아직도 수혁 씨가 안 돌아오는 거죠? 진짜 은행에 간 건 맞아요?"

저녁 7시 30분이었다. 출발 예정 시각이 저녁 6시 30분이었던 걸 생각하면, 노수혁을 뺀 인원이 한 시간 가까이 발이 묶인 셈이었다. 바깥은 이미 손쓸 수 없을 만큼 어두워져 있었다.

"수혁 씨, 정말 은행에 간 거 맞냐고요."

김미연의 초조한 음성만이 병원 대기실을 울리고 있었다. 여자아이가 천비안의 품에 머리를 기대고 불안한 시선으로 사람들을 보고 있었다. 참으려고 했으나, '불가'라 판단 내린 남지훈이 성질을 부렸다.

"우리가 보낸 거 아니에요. 사장님이 몇 번이나 말렸는데도 남편 분이 제멋대로 밖으로 나간 거라고요."

"은행에 간 거냐고만 물었어요. 나야말로 몇 번이나 묻는데 왜 누구도 정확히 말해주는 사람이 없죠? 어렵나요?"

"수혁 씨는…." 결국, 소문식이 입을 열었다.

늦어도 저녁 6시까지는 노수혁이 귀가할 것으로 생각했고, 병원을 나서기 전, 노수혁도 충분한 시간이라고 말했다. 그래서 이런 일이 생기리라고는 예상치 못했다.

“수혁 씨는 은행에 간 게 맞습니다.”

“거짓말하지 마세요.”

소문식의 말이 떨어지게 무섭게 김미연이 부정했다.

“남편은 은행 카드는커녕 지갑도 없어요. 핸드폰까지, 전부 504호에 두고 몸만 빠져나왔는데 어떻게 은행에서 현금을 찾는다는 말이에요?”

그제야 모순을 깨달은 소문식이었다. 외출하겠다는 노수혁을 말리는 데만 급급해서 디테일은 염두에 두지 않았다. 소문식이 다른 핑계를 댔다.

“사실은 제 카드를 내줬습니다. 현금을 좀 찾아달라고요. 한국에서 탈출하려면 아무래도 돈이 많이 드니까요.”

잠시 할 말을 잊었다. 이윽고, 김미연이 잦아든 음성으로 말했다.

“제가 그 말을 믿을 거로 생각하시나요? 수혁 씨가 돈을 찾으러 간 게 아니란 것 정도는 알아요. 그이가 어디 갔는지 솔직하게 말씀해 주세요. 사장님은 아시잖아요.”

잠에서 깼을 때, 소문식은 남편이 현금을 찾으러 근처 은행에 갔다고 말했다. 그 말을 들은 순간부터 지금까지 일부러 모른 척했다. 우리 부부의 일로 더는 민폐를 끼치고 싶지 않아서 참았지만, 이젠 한계라고 느꼈다. 이 시간까지 남편이 어디서 뭘 하고 있는지 조바심이 나다 못해 화가 치밀었다. 이러면 안 된다고 생각하면서도 ‘혹시나’하는 불길한 생각을 떨칠 수가 없었다. 김미연이 재촉했다.

“말씀해 주세요. 혹시, 사장님께서 그이를 밖으로 보내셨나요? 탈출 계획에 필요한 임무 같은 걸 맡기셨나요? 그래서 곤란해서 말씀 못 하고 계신 건가요?”

여전히 소문식은 대답이 없었다. 김미연만이 말하고 있었다.

"남편한테 무슨 일이 생긴 건지 저도 알아야 하지 않겠어요? 수혁 씨가 아직 돌아오지 못하는 이유가 혹시…혹시, 경찰에 체포됐다거나…."

상상하기도 싫은 일을 입에 담자 그제야 소문식이 말했다. 그리고, 그의 대답 또한 김미연이 상상도 못 한 것이었다.

"지금부터 정확히 30분 후, 20시 20분에 이 병원을 떠나겠습니다."

김미연의 당황한 시선을 무시하며, 소문식이 천천히 의자에서 일어섰다.

"이미 한 시간 이상 기다렸고, 노수혁 씨가 그때까지 복귀하지 않는다면 저로서도 어쩔 수 없습니다."

"사장님, 지금 그 말씀은…."

"노수혁 씨는 재차 만류에도 불구하고 개인적 일탈 행위를 하였으며, 약속 또한 지키지 않았습니다. 경찰에 체포되었다면 더 큰 문제이고요. 한 사람 때문에 모두를 위험에 빠뜨릴 수는 없습니다."

결심을 굳혔기에 소문식의 어조는 강경했다.

"미연 씨는 저희와 함께 가시든지, 아니면 여기 남으셔서 부군을 기다리시든지, 어느 쪽이든 결정하시면 됩니다."

"…."

"후자를 선택하신다면, 부군께서 돌아오셨을 때 외출의 이유를 직접 들으시면 될 것 같습니다."

***

정임순의 집.

남자들이 화장실을 간다거나 선반에서 갑 휴지를 꺼내오는 등의 시간이 있었다. 그 사이, 누군가 제사용 양초 대신 투박한 디자인의 캠핑용 파라핀 오일 랜턴을 거실에 켜두었다. 손잡이 부분이 동물 모양으로 장식된 특이한 디자인의 랜턴이었다. 연료통 안의 오일이 타들어갈 때마다 심지의 불꽃이 불규칙적으로 흔들리고 있었다.

이곳이 주인에게 버려진 빈집임을 잊은 것 같은 몽환적이고 감성적인 노란색 빛이 사방을 은은히 비추고 있었다.

하지만, 양초든 랜턴이든 그딴 게 중요한 건 아니었다. 갈증이 나서 냉장고에서 꺼내 온 차가운 500ml 생수병을 벌컥 들이켰다. 입가의 물기를 손으로 훔치면서, 칙- 소리가 나는 주방 쪽을 쏘아보았다. 지속적인 스트레스가 원인인지 눈앞도 흐릿하고 토기에다 곧 쓰러질 것 같은 피로를 느꼈지만, 꼼짝도 하지 않고 주방만을 응시하고 있었다. 가스레인지 앞에 선 덩치 큰 남자의 실루엣이 보였다. 파란색 가스 불꽃, 그리고 레인지 후드에 장착된 내장 조명에서 방출된 빛으로 조리 공간은 거실의 랜턴 속보다 더 밝았다. 뜨겁게 달궈진 프라이팬에서 연기가 피어오르며 요리가 되어가는 중이었다.

"금방 되니까 조금만 참아."

양필헌이 뒤를 보며 말했다. 돼지고기를 볶았으니, 이제 채소를 넣을 차례였다. 콧노래를 흥얼거리며 냉장고 문을 열었다.

목이 빠지라고 주방만을 노려보던 곽영후가 얼굴을 홱 돌렸다.

"현호야. 정말 탕수육 안 먹고 싶어? 지금이라도 사러 가는 건 어때?"

깡 소주만 먹어서인지 저 역시 아까부터 목이 타던 현호였다. 곽영후가 남긴 생수를 마저 마시며 그가 말했다.

"포기하세요. 필헌 형 말처럼 괜히 나갔다가 경찰의 불심 검문에 걸릴 수도 있잖아요."

"그…그렇지? 뭐, 나도 꼭 탕수육이 먹고 싶어서가 아니라, 필헌 형이 하도 자랑하니까 어떤 건지 맛보고 싶어서 그…그랬지, 뭐. 하하…."

속으로는 120데시벨 성량 급의 피 토하는 절규를 부르짖어도 겉으로는 웃을 수밖에 없었다. 곽영후가 진땀이 배어난 손으로 핸드폰의 액정을 확인했다. 저녁 7시 35분. 여왕과의 약속 시간까지 채 30분도 남지 않았다.

조금 전, 탕수육을 사러 가기 위해서 현호와 현관을 내려선 것까지는 좋았다. 집 담벼락 주변에 여왕이 내어준 소형 SUV 차를 주차해 놓았기에, 대문을 나서는 즉시 현호를 차에 태우고 궁으로 내달릴 작정이었다. 차내 글로브 박스에 마취제인 클로로폼을 묻힌 손수건도 미리 넣어두었다. 그것도 만일을 대비해서 석 장이나. 현호가 조수석에 타면 '아, 목이 좀 텁텁하네. 내 목캔디를 여기에 뒀나?' 하면서 자연스럽게 글로브 박스를 열고 수건을 현호 얼굴에 착.

끝. 완벽한 종결, 완료, THE END인데 대체 왜?!

현호가 양필헌이 했던 말을 강조했다.

"그리고, 우리가 이젠 팀으로 움직여야 한다는 필헌 형 말에도 동의하고요. 서로가 괜한 불안감을 조성할 필요는 없죠. 고작 탕수육 하나 때문에."

주방에서는 우리 대화가 들리지 않을 것이다. 거실과 거리가 있는 데다 레인지 후드의 흡입 팬 모터 소리와 가스 불에 튀기고 볶는 기름 소리에 묻혀서 말이다.

대답이 들리지 않아서 현호가 곽영후를 돌아보았다. 그러고 보니 아까부터 주방에만 눈을 두고서 다른 건 안중에도 없는 영후 형이었다. 지금도 파리한 얼굴로 땀을 훔치거나 연신 입술을 핥거나 하며 어딘가 불안해 보였다. 현호가 그의 안색을 살피며 물었다.

“어디가 안 좋아요? 형? ”

“….”

“형!”

귓가에 들이친 고성에 소스라치게 놀랐다. 곽영후가 그제야 퍼뜩 눈을 돌렸다. 현호가 자신을 보며 묻고 있었다.

“뭘 멍하니 있어요? 어디 아파요?”

“아, 아니야. 아프긴 뭘. 괜찮아. 그…그것보다 현호야, 우리 잠깐 밖에 나가서 산책이라도 할까? 집 안에만 있으려니 좀 답답해서.”

혹시라도 양필헌이 들을세라 곽영후가 목소리를 죽여 말했다. 현호가 곧바로 정색했다.

“갑자기 무슨 산책이요. 아무리 밤이라도 조심해야 하는 거 몰라서 그래요? 답답하면 창문이라도 열까요?”

“창문보다는 시원한 바깥바람을 좀 쐬고 싶은데…안될까?”

곽영후의 애절한 마음도 모르고 현호가 또 거절했다.

“귀찮아요. 정 그러면 형만 공기 좀 쐬고 와요. 난 머리가 좀 무거워서….”

외출은 꿈도 꾸지 말라는 듯, 현호가 그 자리에 드러누워 버렸다. 곽영후가 자포자기한 심정으로 핸드폰을 켰다.

저녁 7시 43분. 지금 당장 왕궁으로 내달린다고 해도 도착까지 걸리는 시간은 최소 20분. 그것도 도로 사정이 원활하며 신호 대기 없이 직진할 때나 가능한 이야기다. 몇 분 정도의 지각이라면 혜지의 다리라도 붙잡고 사정해 보겠지만, 괜히 빈답시고 내 발로 찾아갔다가 다음 날 소시지가 되면?

곽영후의 눈길이, 바닥에 드러누운 현호와 주방에서 제육볶음을 요리 중인 양필헌 사이를 쉴 새 없이 왕복했다. 제기랄, 더는 방법이 없다. 계획에는 없었지만 이렇게 되면 플랜B로 갈 밖에.

실행을 정한 곽영후가 이를 꽉 깨물었다. 불시에 양필헌의 뒤통수를 쳐서 기절시킨 다음 현호를 여기서 데리고 나가기로 했다. 다만, 현호가 있는 데서 대놓고 양필헌을 공격하면 오히려 역효과만 날 테니까, 일단 양필헌을 밖으로 꼬드긴 후에 처리하든지 아니면 화장실 같은 데서…?

그런데, 플랜B를 실행에 옮기는 것과 관련해서 큰 현실의 벽이 하나 있었다. '양필헌 정도'가 과연 나 따위한테 순순히 기절해 줄까 하는 점이었다. 남들보다 머리 하나는 더 큰 양필헌인데다 중고등학교 시절에는 학교 유도선수를 지낸 적도 있다. 게다가 현호까지 가세하면? 내 힘과 완력만으로 저 둘을 상대할 수 있을까? 답은 '아니오'이다…제기랄….

"뭘 그렇게 생각해요?"

현호의 목소리.

연기가 나도록 맹렬하게 돌아가는 전두엽과는 달리, 현호를 쳐다보는 곽영후의 망막이 공허했다. 플랜B를 실행하려니 계획이 단순한 만큼 리스크가 너무 크고, 그렇다고 해서 이대로 포기할 수도 없었다. 다시는 그 소시지 공장으로 돌아갈 수 없다. 그럴 바엔 그냥 여기서 청산가리를 한입에 털어 넣고 죽는 게 낫다. 그리고 내가 설혹 현호를 시간

안에 데리고 간다 쳐도, 황혜지가 약속을 지킬 거라고 어떻게 장담해?

급기야 플랜C로 결정했다. 제육볶음에다 소주나 실컷 마시고, 탕수육도 포장해 와서 먹고, 무인도나 오지로 튀는 것이다. 플랜D는 없다. 결심하자, 지금까지의 일들이 마치 먼 과거의 일처럼 느껴지며 마음이 편안해졌다. 곽영후가 영혼 없이 대답했다.

"아니, 아무것도 아니야. 왜? 나한테 할 말 있어?"

현호가 곽영후와 이 집에서 만났을 때부터 하고 싶었던 말을 꺼냈다.

"세울 형 말이에요…."

"응. 세울이가 뭐."

대학원 연구실에서 유일한 동갑내기인 김세울과 곽영후였다. 이대로 잠들기 전에 영후 형에게 자백하고 싶었다. 형이 어떤 표정을 하든, 나를 어떻게 욕하든 할 수 없다고 생각했다. 영후 형은 필헌 형의 말처럼 그 일을 '사고'로 봐줄까?

"오늘, 필헌 형 집에 세울 형이 왔었어요."

"뭐? 너 세울이 만났어? 그런데 왜 아까 말 안 했어? 가만, 술 먹을 때도 필헌 형이 너 말고 만난 랩원은 나뿐이라고 했는데?"

"그것보다 형, 지금부터 내가 하는 말, 놀라지 말고 들으세요."

잠을 깨기 위해서 현호가 억지로 바닥에서 몸을 일으켰다. 빛이 너울거리는 램프 사이로, 현호가 곽영후의 눈을 마주치며 말했다.

"사실은, 세울 형이 나를 경찰에 신고하려고 했어요. 탈락자로서요."

"세울이가?! 정말이야? 아니, 그런데 세울이가 왜? 걘 이번 1차 마감 대상자도 아니잖아?"

"행운 부활권 때문이죠. 일반인이 탈락자 세 명을 신고할 경우, 세울 형 자신은 일부이처제법에서 제외되니까요. 세울 형이 탈락자였던 절친 두 명도 경찰에 신고했다고 들었어요."

곽영후가 눈썹을 찡그렸다.

"그럴 리가…. 김세울, 학벌도 좋지만, 집안이 워낙 좋아서 일부이처제는 걱정 안 해도 될 텐데? 세울이 집, 강남권에서도 알아주는 현금 부자야. 그런데 굳이 탈락자를 신고해서 뭘 하려고?"

역시, 영후 형도 세울 형의 질환을 모르고 있었다. 현호가 사실을 털어놓았다.

"사실은 세울 형이 무정자증이었어요. 일부이처제 시행령에서는 불임일 경우에도 탈락자에 준하는 패널티를 적용한다고 명시하고 있어서…."

"무슨 헛소리야. 세울이가 무슨 무정자증이야. 그리고, 무정자증은…."

코웃음 치던 곽영후가 뒤를 슬쩍 살피고는 속닥였다.

"무정자증은 필헌 형이잖아."

***

상가건물 4층, 하봉주 내과의원.

밖으로부터 의원 미닫이 출입문이 힘겹게 열리고 있었다. 대기실에 있던 천비안과 남지훈이 놀란 나머지 의자에서 벌떡 일어섰다.

상가건물 4층에 입주한 영업장만 다섯 곳. 따라서 의원 출입문은, 내원객들의 혼란이 없도록 강화 유리에 상호 명을 스탠실 도안해서 만들었다. 이 의원이 개원했을 때부터 아마 오늘 아침까지만 해도 그랬을 것이다.

하지만, 도어 잠금장치 키패드와 강화 유리에 6발의 총탄을 맞고서 도안의 형체는 고사하고 당장이라도 부서질 것 같은 유리문을, 방금 누군가 손아귀 힘만으로 열었다. 자동 출입문의 비상 해제 장치가 고장 난 상태라서 수동으로 강제로 문을 연 사람을 탓할 수도 없었다.

문틈에 사람이 드나들 만한 구멍 하나가 생기자, 한 남자가 비틀거리며 의원 안으로 들어왔다. 하지만, 몇 걸음 떼지도 못하고 기진맥진하여 바닥에 털썩 쓰러지고 말았다.

김미연이 비명이 터지려는 입을 두 손으로 틀어막았다.

말문이 막힌 건 소문식과 남지훈도 마찬가지였다.

어디선가 슬그머니 나타난 하태형 역시 또 무슨 일인가 싶어서 출입문 쪽을 기웃거렸다.

제일 먼저 입을 연 사람은 다름 아닌 천비안이었다. 그녀의 두 눈이 의원 복도에서 정신을 잃은 채 쓰러진 또 다른 남자에게 가 있었다.

"차…현호?"

15

2시간 전, 정임순의 집.

“제육볶음 다 됐다니까 뭐 하고 있어? 안 들려?”

빨리 와서 요리를 가져가라고 했지만, 거실에 있는 두 녀석 모두 들은 체도 않고 있었다. 하는 수 없이 자신이 직접 제육볶음 접시를 들고 거실로 나오며 양필헌이 투덜거렸다.

“형이 재료 손질에 요리도 다 했는데 서빙까지 내가 해야 해? 양심 어디 갔냐? 야, 그렇게 앉아 있지 말고 접시 놓을 공간이라도 만들라고.”

양필헌이 개다리소반에서 화채 그릇을 치울 때도 가만히 있던 현호가 그때야 움직였다. 나무젓가락을 새로 놓고 빈 접시도 바닥에 내렸다.

“고생하셨어요. 형. 제가 마음은 있는데 괜히 형 작품 망칠까 봐 못 도와드린 거, 알죠?”

곽영후가 너스레를 떨며 양필헌에게서 제육볶음 접시를 넘겨받았다. 플랜C로 확실하게 마음을 굳혔고, 적당히 분위기를 맞추는 척하다가 화장실에 간다며 튈 수밖에 없다. 조금 전, 화장실에 갔을 때 쇠창살이 떼어진 창문도 미리 봐 두고 왔다. 양필헌이 콧방귀를 꼈다.

"말이나 못 하면. 일단 먹어 봐. 너희들 해 먹이려고 있는 재료 없는 재료 다 긁어서 솜씨 좀 부려봤어."

"큭큭. 술상 차릴 때부터 제육볶음 노래를 한 사람이 누구인데. 본인이 먹고 싶어서 한 거 아니에요?"

곽영후가 농담하며 젓가락으로 제육볶음을 집자, 현호도 고기 한 점을 입에 넣고 우물거렸다. 개다리소반 옆, 랜턴 불빛에 비친 그들의 모습을 지켜보며, 양필헌이 기대에 찬 목소리로 물었다.

"어때? 맛있어? 고기 누린내는 안 나지? 고기 유통기한이 사흘이나 지났더라고. 맛술에 재워서 냄새는 뺐는데…사흘 정도는 먹어도 괜찮을 거야."

"와, 형! 괜찮은 정도가 아니라 정말 맛있는…." 곽영후가 엄지손가락을 치켜들기 전, 현호가 먼저 젓가락을 내려놓으며 말했다.

"형, 제육이 좀 짠 거 같은데요?"

양필헌이 '응?'하고 되물으며 약간 당황해했다.

"그…그래? 많이 짜? 아, 아까 간장병이 미끄러져서 간장이 좀 많이 들어가긴 했어."

양필헌이 낭패한 얼굴로 머리를 긁적이자, 현호가 이내 고개를 가로저었다.

"괜찮아요. 형이 모처럼 한 건데 그냥 먹죠. 뭐."

"아니야. 이리 줘." 하더니, 양필헌이 덥석 제육볶음 접시를 들고 일어섰다.

"고기랑 채소가 남았으니 더 넣어서 볶으면 돼. 조금만 기다려."

또다시 주방의 레인지 후드 조명이 켜지고, 공기 흡입 팬의 모터가 맹렬한 소리를 내며 돌아가기 시작했다.

양필헌이 주방으로 가자, 곽영후가 짜증을 냈다. 빨리 화장실로 가야 해서 마음이 급한데 현호 자식이 쓸데없는 걸로 시간을 끌었기 때문이다.

"그렇게 짜지도 않던데 그냥 먹지, 남자 새끼가 까탈스럽게…쯧."

"형, 묻고 싶은 게 있어요."

"뭘? 아, 참. 그러고 보니 너 아까 세울이 얘기하다가 말았잖아. 세울이가 널 탈락자로 경찰에 신고하려고 했다고. 그런데, 내가 말했다시피 현호 네가 세울이 집안을 잘 몰라서 그러는데…."

곽영후의 말을 끊으며 현호가 물었다.

"그건 됐어요. 그것보다 필헌 형이 무정자증이 확실해요?"

"확실해."

고민 없는 즉답.

"정확한 질환명은 '비폐쇄성 무정자증'. 고환 자체에서 정자가 생산되지 않는 질환이지."

설명하는 당사자의 얼굴이 평상시와 다름없이 편안하다.

일말의 거짓도 없다는 뜻.

그런데, 그러면 안 되는 거잖아.

필헌 형이 무정자증이 맞다고, 그렇게 확신에 찬 표정과 목소리로 대답하면, 그러면 세울 형은….

"그래서 이번에 필헌 형이 휴가 내고 미국에도 다녀왔잖아."

미처 현호의 안색을 살피지 못하고 곽영후가 말을 이었다. 그러면서도 주방 쪽을 의식하며 살짝 목소리를 낮췄다.

"미국 뉴저지에 'RFA 불임 치료 센터'라고 있어."

"…."

"세계적인 불임 클리닉으로 유명한 곳이야. 그곳 본사에서 한 달 전쯤, NEJM(*의학전문잡지)에 TESE(*고환 내 정자 추출술)에 관한 획기적인 치료법을 개발했다는 기사를 낸 적이 있어. 기사가 뜬 며칠 후에 필헌 형은 미국행 비행기를 예약했고."

"그러면…." 현호가 물었다.

"그러면, 필헌 형이 유산 문제로 미국에 있는 할아버지를 찾아뵀다는 말은 뭐예요? 랩원들 모두 그렇게 알고 있잖아요. 필헌 형이 직접 말했잖아요."

"아, 그거?"

아무렇지 않게 곽영후가 말했다.

"쪽팔리니까 그런 거지 뭐."

"…."

"남자로서 치명적인 질환인데, 그런 걸 함부로 떠들겠냐?"

곽영후가 더욱 목소리를 죽였다.

"현호 너도 모른 척해. 나도 알고 싶어서 안 게 아니라, 필헌 형 아버지와 우리 아버지가 동향이라 형 아우 하는 사이야. 나도 아버지한테 주워들은 거야."

할 말을 잃어버렸다. 아무리 생각해도 이건 말이 안 된다. 그러면, 세울 형은? 그러면, 세울 형은 대체 왜 죽은 거야? 세울 형이 무정자증이 아니라면, 신붓감을 구했다는 말도 사실이었던 거야? 정말로 세울 형은 나를 신고할 생각이 전혀 없었…문득, 오피스텔에서 그가 했던 말이 떠올랐다.

-경찰이든 누구한테든 네 얘긴 입도 벙긋 안 할 테니까 걱정하지 말고…. 어딜 가든 몸조심해라. 차현호.

"야, 너 안색이 왜 그래? 어디 아파?"

곽영후가 이제야 현호를 눈치채고 물었다. 잘 대화하던 애가 갑자기 넋이 나간 것처럼 멍해지더니 낯빛까지 창백해졌다.

뭐가 뭔지…. 그러면, 대체 필헌 형은 왜 내게 그런 거짓말을…설마…?

현호의 시선이 저절로 주방을 향한 그때, 곽영후가 물었다.

"아까부터 궁금했는데…. 너, 필헌 형이 무정자증이라서 같이 도망 다닌 거 아니야? 우리야 7월생 탈락자라서 도망자 신세가 됐지만, 필헌 형은 생일하고 상관없는…."

현호와 곽영후의 눈이 마주쳤다.

묵언이 대신한 자리, 하지만, 서로의 동공이 열린 것을 보고야 말았다. 마주친 동공이 끝없이 확장되어 가기만 했다.

"둘이 마주 보고 앉아서 뭐 하냐? 눈싸움이라도 하는 거야?"

다시 만든 제육볶음을 들고, 양필헌이 거실로 나왔다. 그가 첫 제육볶음 때처럼 장난스럽게 툴툴거렸다.

"내가 무슨 부귀영화를 누리자고 하룻저녁에 요리를 재탕 삼탕씩이나 하는지 모르겠어. 현호야, 이제 간이 맞는지 맛 좀 볼래?"

하지만, 현호와 곽영후, 둘 다 양필헌을 빤히 보고만 있을 뿐, 아무런 반응이 없었다. 양필헌이 턱을 당기며 눈살을 찌푸렸다.

"둘이 뭐하냐? 가만, 혹시, 내가 요리하는 동안 돈내기라도 했어? 눈싸움 이길 때까지 말 안 하기?"

역시, 게임이 시작된 건지 절대 대답하지 않는 남자들이다. 결국 양필헌이 버럭 화를 내고야 말았다.

"야! 제육볶음 식는다고! 빨리 한잔하고 자야 아침 일찍 탈출 계획이라도 세울 거 아니야? 밤새도록 퍼마실래? 현호, 너도 장난 그만하고 제육 간이나 봐."

"형…."

현호가 먼저 입을 뗐다. '게임을 먼저 지다니, 현호 자식이 웬일이지?' 생각하면서도 양필헌이 웃으며 받아주었다.

"응. 간 봐봐. 그런데 이번엔 짜건 싱겁건 그냥 먹는 거다? 제육 자꾸 볶으면 고기가 질겨져서 맛없단 말이야."

"형, 물어볼 게 있는데, 형 혹시 무정…." 퍽! 하고 뭔가에 옆구리를 찔렸다. 불시에 당한 현호가 '헉'하며 허리를 짚은 사이, 곽영후가 과장되게 웃으며 양필헌에게 말했다.

"무…무, 무정하네요, 형! 현호 입만 중요하고 뭐, 내…내 입은 주둥아리인가? 난, 뭐 간도 필요 없고 주면 주는 대로 먹는 사람인가? 와, 필헌 형, 그렇게 안 봤는데 사람 막 편애하고 말이야."

목덜미를 흐르는 식은땀마저 느꼈다. 차현호 저 눈치 없는 새끼가 하마터면 나까지 '잣'을 만들뻔했다. 장사에 특화된 아버지의 임기응변 DNA가 절체절명의 순간, 나락 끝에 선 우리를 살려냈다.

양필헌이 어이가 없는 듯 픽- 하며 실소했다.

"누가 현호만 편애했다고 그래. 간만 보라고 한 거잖아. 아, 됐고, 말장난 그만하고 빨리 소주나 따."

곽영후가 소주병을 따서 양필헌의 잔부터 채우고, 현호와 자신의 잔을 차례대로 채웠다. 랜턴 불빛에 손이 떨리는 게 보일까 봐 긴장했다. 그리고 그 긴장이 들킬까 봐 또 긴장하면서도 최대한 의연한 척하려고 노력했다. 믿을 수 없지만, 양필헌이 차현호를 속였다!

증언이 없어도, 현호의 말과 표정에서 상황이 어떻게 된 건지는 금방 알 수 있었다. 필시 김세울에게 질환을 덮어씌우고 현호를 안심시킨 다음 그를 경찰에 신고하려고 했을 것이다. 그런 맥락에 비추어 볼 때, 양필헌이 이 집에 나타난 나를 보자마자 평소와 달리 얼싸안고 기뻐한 것도 한방에 이해가 갔다. 길 잃은 작은 탈락자 한 마리가 제 발로 무덤을 찾아왔으니…. 현호와 나, 합하면 탈락자는 두 명. 나머지 한 명만 더 신고하면, '행운 부활권'에 의해 무정자증인 양필헌은 이 소시지 게임에서 자동 제외된다. 아니면, 다른 한 명은 벌써 신고를 마쳤을지도…. 퍼즐이 맞춰지자, 온몸의 세포가 곤두선 기분이었다. 관자놀이에서 뜨끈한 열기마저 느껴졌다. 어떡하지? 어떡해서든 양필헌이 눈치채지 못하게 이곳에서 탈출해야만 한다.

"저…저기요, 형!"

*

곽영후가 손을 번쩍 쳐들었다.

큰 소리로 말한 탓에 모두의 시선을 뒤집어썼다. 곽영후가 당황해하며 얼버무렸다.

"수…술을 너무 마셨나? 저, 화장실 좀 다녀올게요."

아니나 다를까, 양필헌이 고개를 갸우뚱했다.

"화장실? 너 조금 전에 화장실 다녀오지 않았어?"

"하하하, 그…그건 그런데 자꾸만 술이 들어가다 보니…. 최대한 빠…빨리 다녀올게요."

양필헌이 흔쾌히 허락했다.

"큭큭, 기다리는 사람 없으니까 천천히 볼일 보고 와. 아, 그리고, 난 잠깐 집에 좀 다녀올게."

현호가 멈칫하며 술잔을 멈췄다. 그가 물었다.

"집이요? 갑자기 집에는 왜요?"

"소지품을 깜빡한 게 있어서 그래. 방금 생각났어."

"뭘 빠뜨린 거예요? 오피스텔에서 나올 때 귀중품이랑 노트북 같은 건 다 챙겼잖아요."

"개인적인 거야. 내가 뭔지까지 말해야 해?"

두고 온 게 중요한 물건인지, 양필헌이 서두르고 있었다. 벌써 재킷을 입고 나갈 준비를 마쳤다.

"그럼, 다녀올게. 오피스텔이 근처라서 금방 돌아올 거야. 천천히 마시고 있어."

곽영후가 현호를 보고 있었다. 일순간 마주친 둘의 시선이 말하고 있는 건 단 하나였다.

'경찰에 신고하러 가는 거야.'

"필헌 형!" 현호가 술잔을 내팽개치고 자리에서 벌떡 일어났다. 거실을 나가던 양필헌이 걸음을 멈추고 의아한 듯 뒤돌아보았다.

"왜?"

"할 말이 있어요!"

"집에 다녀와서 얘기해."

"급한 거예요!"

하지만, 현호의 말은 들은 체도 하지 않고 양필헌이 현관으로 걸어갔다. 그리고, 단지, 현관에 놓인 운동화를 신으려 했을 뿐이었다.

하지만, 그 순간 양필헌의 거대한 몸이 옆으로 나가떨어지며, 그만 바닥에 머리를 찧고 말았다. 현호가 온몸을 날려 양필헌에게 달려든 것이었다. 골이 흔들리는 아픔에도 금세 일어선 양필헌이 고성을 지르며 현호의 멱살을 다잡았다.

"뭐 하는 짓이야?!"

양필헌이 성난 눈과 심히 일그러진 표정으로 현호의 몸뚱어리를 위로 치켜들었다. 한때 유도를 했고, 키와 덩치 또한 일반 성인 남자를 훨씬 웃도는 그가 팔에 힘을 주자 숨이 막힌 현호가 고통스러운 표정으로 컥컥거렸다.

양필헌이 침을 튀기며 소리쳤다.

"장난이라도 정도가 있는 거 몰라?!"

그때였다. 또다시 '악!'하며 양필헌이 고통에 못 이겨 비명을 질렀다. 방금 묵직한 뭔가가 그의 뒤통수를 세게 내리쳤다. 연이은 강타에 머리가 깨지는 통증 속에서도 양필헌이 억지로 뒤를 돌아보았다.

"혀…현호한테서 떨어지세요!"

겁에 질려서, 덜덜 떨리는 양손으로 프라이팬을 움켜잡고 있는 곽영후가 보였다.

"너희들 뭐야?…"

하도 어이가 없어서 헛웃음마저 터졌다. 양필헌의 손이 머리를 짚자, 마침내 자유로워진 현호의 몸이 밑으로 털썩 떨어졌다.

욱신거리는 뒤통수와 관자놀이께를 손으로 문지르며 양필헌이 물었다. 충격이 좀 가신 터라 말투는 침착했다.

"너희들, 나한테 왜 이래? 아까 먹은 제육볶음에 약을 탄 것도 아닌데, 다들 뭐 잘못 먹었어?"

곽영후가 용기 내서 소리쳤다.

"혀…형이 뭘 하려는지 알아요! 방금 집에 가는 척하며 우리를 경찰에 신고하려고 했죠?"

양필헌의 눈이 휘둥그레지더니, 곧 큰 소리로 웃어젖혔다.

"하하하, 아, 정말 미치겠다. 그러니까, 내가 내 집에 좀 다녀오겠다고 해서 이런 짓을 한 거란 말이야? 내가 너희를 경찰에 신고할까 봐?"

"시치미 떼지 마세요! 다 알고 있어요."

곽영후가 말하기 무섭게 양필헌이 물었다. "근거는?"

양필헌이 앞으로 한 발 디디며 연이어 물었다.

"내가 그렇게 할 거란 근거는? 폭력을 쓰면서까지 사람을 단정 짓고 판단하려면 확실한 증거나 근거 정도는 가지고 있어야겠지?"

"가…가까이 오지 마세요."

곽영후가 프라이팬을 흔들며 위협하자, 양필헌이 더 나가려다 제자리에 섰다. 그가 난처한 듯 입을 뗐다.

"있잖아…. 너와 현호의 심정도 잘 알겠어. 경찰뿐만이 아니라 전문조직으로 이루어진 탈주 사냥대가 언제 어디서 너희들을 덮칠지 모르니까 말이야. 하지만, 아무리 상황이 불안하고 힘들다고 해도 이런 식으로 도와준 사람의 뒤통수를 치는 건 아니라고 봐."

"말장난 그만하고 솔직해지시죠. 더 이상 현호와 나를 기만하지 말고."

곽영후가 발끈해서 대들었다. 순간, 양필헌이 양미간을 좁히며 그의 말뜻을 이해하려고 애썼다. 곽영후가 더욱 확신하며 말했다.

"형이 우리를 '설계'한 거 다 알아요. 우리를 탈락자로 신고하면 형은 일부이처제법에서 제외될 거니까요."

덜덜 떨던 방금과는 달리 곽영후의 표정이 되살아났다.

처음에는 양필헌이 나를 신고할 거란 생각에 충격을 받았지만, 가만히 생각해 보니, 싸운다고 하더라도 승산은 우리한테 있었다. 제아무리 양필헌이라도 싸움은 무조건 쪽수가 많은 쪽이 이긴다. 양필헌을 제압

할 수 있다고 판단한 곽영후가 기세등등하게 외쳤다.

"형은 무정자증이잖아요. 누가 모를 줄 알아요? 정확한 질환명은 비폐쇄성 무정자증. 즉, 불임이죠. 일부이처제법에 따르면 불임인 남녀는 탈락자와 동일한 처벌을 받는 걸로…."

"무슨 소리야? 누가 그래? 내가 무정자증이라고?"

"잡아떼면 누가 모를 줄 알아요?"

"그러니까 누가 그러더냐고 묻잖아. 나도 모르는 질환명을 대체 누가 그렇게 정확히 알고 있든?"

예상외로 당당한 양필헌의 태도에 곽영후가 말을 더듬었다. 방금까지의 패기와는 달리 얼굴에 당황한 티가 역력했다.

"그…그러니까 형 아버지가 우리 아버지 가게에 와서…."

"곽영후."

양필헌이 조용히 그의 이름을 불렀다. 대학원 연구실 후배를 바라보는 그의 얼굴에 허탈과 실망감이 비쳤다. 오늘 하루 동안의 일이 주마등처럼 뇌리를 스쳤다. 양필헌이 말했다.

"널 여기서 만나기 전에 현호를 먼저 만났고, 우리 둘은 온종일 같이 도망 다녔어. 현호를 내 집에 숨겨줬고 음식을 해먹이고 밤이 된 지금까지도 우린 함께 있지. 나까지 경찰에 체포당할 위험을 무릅쓰고 말이야. 사실, 비겁한 생각일지는 몰라도 현호가 탈락자인 걸 미리 알았으면 나도 현호를 돕지는 않았을 거야. 그런데, '설계'라니…."

어처구니가 없어서 양필헌이 고개를 살래살래 내저으며 말했다.

"생각해 봐. 난, 이 집이 네 고모할머니 댁인 줄도 몰랐고, 여기서 널 보게 될 줄은 상상도 못 했어. 제멋대로 이 집 현관문을 열고 들어온 건 너야. 네가 말한 '설계'라는 건, 네가 이 집에 나타날 줄 알고 내가 먼저 와서 대기했다는 뜻이야?"

"그…그건 아니지만, 설계든 운이든 어쨌든 탈락자는 두 명이 돼버렸고 형한테 좋은 기회인 건 맞잖아요."

"현호를 신고하려고 했다면 벌써 했을 거야. 그리고, 너도. "

"…."

"시간은 얼마든지 있었고, 이렇게 오밤중이 되도록 기다리지 않아도 됐다고."

할 말이 없어진 곽영후가 입을 쫑긋거렸다.

딴에는 그렇다. 딱히 반박하려고 해도, 다른 건 몰라도 내가 이곳에 있는 건 강미주밖에 모른다. 그녀와 양필헌이 서로 연락을 주고받을 수도 없었을 것이다. 지금 강미주가 처한 상황을 생각하면 말이다.

일말의 거리낌도 없이 술술 말하는 양필헌인지라, 그의 말을 믿어야 할지 판단이 서지 않던 그때.

"그게 형이 질환이 없다는 증거가 될 수는 없어요."

차현호였다. 양필헌과 곽영후의 시선을 받으며 현호가 말했다.

"질문을 호도하지 마세요. 다른 말 말고 영후 형이 물었던 거에만 대답하세요. 아직 대답 안 했잖아요."

"그러니까 뭘 말이야?"

"형이 무정자증인지 아닌지."

피곤한 기색으로 양필헌이 한숨을 내쉬었다. 고개를 떨구고 있던 그가 이윽고 눈을 들었다.

"내가 그런 질환을 앓든 어쩌든 지금 상황에서 그딴 게 중요해? 중요한 건, 우리가 아직 경찰에 체포되지 않고 살아있다는 거야. 그리고 당장 집중해야 할 일은, 죽지 않고 이 난제를 잘 헤쳐 나가기 위해서 서로가 머리를 맞대고 의논해야 한다는 거고."

"알았으니까, 형이 무정자증인지 아닌지, 그것만요."

"야, 차현호. 너 정말 끝까지…."

"그래야 세울 형의 죽음이 말이 되니까."

방금, 뭐라고 한 거야?

방금 '세울 형의 죽음'이라고 했어?

잘못 들은 게 자명해서 곽영후가 현호의 다음 대사를 기다렸다.

현호가 쐐기를 박았다.

"형이 죽였잖아요. 멀쩡한 세울 형을 거짓 질환으로 몰아서."

"너 진짜 나한테 왜 이래? 세울이가 죽은 건 아까 다 설명했잖아. 그건 사고였어."

곽영후의 귀에 더는 사람들의 말소리가 들리지 않았다.

이명이 나타났고, 머리가 어질어질해서 토기마저 느껴졌다.

세울이가…죽었다는 말이야? 그것도 필헌 형이 세울이를?

입술과 안색이 파리해진 곽영후가 "현호야, 너…너 지금 무슨 말을…."이라며 물으려고 했으나, 현호가 내뻗은 팔에 질문은 막혔다. 아직 제 말이 다 끝나지 않은 현호였다.

"이제 분명히 알 것 같아요. 세울 형은 정말로 나를 걱정해서 형의 오피스텔로 찾아온 거였고, 그런 그를 골프채로 두 번이나 내리쳐서 죽인 건 형의 거짓말이 탄로 날까 봐. 내가 세울 형과 조금만 더 대화했더라도 무정자증을 앓는 건 세울 형이 아니라, 필헌 형이란 게 바로 들통났을 테니까요."

영후 형이 그랬다. 세울 형도 필헌 형의 비밀을 알고 있었다고.

친구 사이인 둘이었으니 필헌 형을 뒷담화하면서 비밀을 공유했을 수도 있고, 그런 건 아무래도 좋다.

내리뜬 눈길에 형형한 빛이 번뜩였다. 백안이 드러날 만큼 분노로 점철된 현호의 눈이 양필헌을 쏘아보고 있었다.

“형이란 사람을 알고 있다고 생각했어요. 연구실에서 나를 안쓰러워하고 챙겨주려고 노력했던 형이니까요. 그런데 어떻게 세울 형을….”

하지만 더는 말 할 수 없었다. 현호의 눈앞에서 곽영후가 힘없이 쓰러졌다. 왜? 라는 의문 직전, 현호 또한 바닥에 고꾸라지고 말았다. 눈이 스륵 감기며 내가 뭘 하고 있었는지 잊어버렸다. 잠에 빠져드는 걸 알았다. 바위처럼 내리누르는 눈꺼풀을 억지로 치켜뜨며 버티는데, 머리 위에서 말소리가 들렸다.

양필헌이 미소를 띠며 다가와 현호의 귀에 대고 속닥였다.

“애쓰지 말고 자둬.”

현호도 곽영후도 천천히 의식을 잃어갔다.

잠들지 않으려고 안간힘을 쓰는 그들을 보면서 양필헌이 소성笑聲을 멈췄다. 그러고는 냅다 현호의 뺨을 후려갈겼다. 선명히 울린 ‘짝!’ 소리가 도화선이 된 듯, 그 후로도 서너 차례 더 때린 후에야 양필헌이 손을 내렸다. 때린 사람의 손바닥이 변색 됐을 만큼 연달아 맞은 현호의 뺨 또한 금세 발갛게 부풀어 올랐다.

양필헌이 욱신거리는 손바닥 때문에 인상을 쓰며 말했다.

“하마터면 시작도 하기 전에 들킬뻔했지. 오피스텔에서 나도 모르게 ‘마지막 만찬’이란 말을 해버려서 말이야.”

귀는 들리지만, 입이 마취된 듯 움직이지 않았다. 현호의 속눈썹이 파르르 떨렸다.

양필헌이 농담처럼 웃으며 말했다.

"응. 세울이, 그래서 죽였어. 네 말대로 너와 세울이가 대화했더라면 내가 위험했을 테니까…. 그래, 나, 무정자증 맞아."

"…."

"그래서 널 동네에서 봤을 때 기쁘더군. 벌써 소시지가 되었으면 어쩌나 걱정했는데, 나를 위해서 제 발로 여기까지 찾아와 줘서 고맙기도 하고 말이야. 게다가 내가 널 강제로 끌고 온 게 아니라 네가 순순히 내 집으로 따라왔잖아. 화장실로 가서 곧바로 경찰에 신고해 버릴까도 했지만, 가만히 생각하니 '곽영후'가 남았더라고. 너와 곽영후가 마지막까지 함께 있었다면, 곽영후가 너한테 연락할지도 모르잖아. 널 신고하는 건 곽영후까지 손에 넣고 난 후에 해도 늦지 않다고 판단했지."

암전된 세상.

다행이랄지, 끊임없이 말하는 양필헌의 목소리가 아득히 멀어지는 현호의 의식을 붙들고 있었다.

"곽영후가 소시지가 됐다는 소식을 들으면 그때 신고해도 되니까 말이야. 그런데 오늘은 행운의 여신이 로또 당첨이라도 됐는지, 며칠 걸릴 줄 알았던 곽영후 저 녀석까지 '척'하니 내 밥숟가락에 얹어줬지 뭐야?…. 더욱 행운인 건, 탈락자 세 명 중 다른 한 놈은 벌써 신고를 마쳤단 거야. 아니, 놈이 아니라 년인가? 우리 대학원 근처 서점에서 일하던 여자야. 큭큭, 평소에 내가 커피도 사주고 하면서 단골로 지냈더니, 나한테 결혼해달라고 부탁하더군. 그러마, 하고 그냥 탈주 사냥대에 신고해 버렸어. 어차피 난 고자라서 여자 백 명과 결혼해도 죽을 팔자니까. 아무튼 두 명만 더 채우면 살 수 있었는데, 생각보다 탈락자들이 눈에 잘 띄지 않더군."

양필헌이 냉소했다.

"탈주 사냥대와 경찰들이 실적에 눈이 멀어서 잠도 안 자고 탈락자들을 쓸어가는데 내 몫이 있을 리가 있어? 아무래도 개인은 그런 정보가 부족하니까 말이야."

양필헌이 뭐라고 하는데 띄엄띄엄 들릴 뿐, 무슨 말인지 이해할 수가 없었다. 현호의 눈꺼풀이 눈을 덮었다. 눈썹과 눈 틈 사이로 비치던 원형의 빛이 점차 일직선이 되어가고 있었다.

"…생수병에 수면제를 넣었지. 진작에 그렇게 할 걸, 괜히 화채 만든다고 시간만 버렸잖아."

이들을 재우기 위해서 처음엔 술안주로 화채를 만들었다. 하지만, 수면제 양 조절에 실패했는지, 화채를 그릇째 마신 놈들인데도 잠들기는커녕 푸드트럭 탕수육을 사러 가겠다고 설쳤다. 당연히 외출은 안 됐다. 바깥에는 이 좋은 먹잇감을 노리는 늑대들이 득실거릴 것이고, 무엇보다 낌새를 눈치챈 두 놈이 그대로 줄행랑칠 수도 있었다. 탕수육 대신 제육볶음을 만들겠다며 놈들을 붙잡아 두고, 이번에는 500ml 생수통에 수면제를 탔다. 약속이나 한 듯이 두 놈이 사이좋게 나눠마셨다. 물론 수면제의 양도 화채 때보다 세 배로 늘렸다. 좀처럼 약효가 나타나지 않아서 전전긍긍했으나, 이번엔 깨끗이 성공했다.

양필헌이 불현듯 바지 호주머니에 손을 넣어 흰 가루가 든 비닐을 꺼냈다. 불면증 치료에 흔히 사용되는, 벤조다이아제핀 계열의 약물 중 하나인 '테마제팜Temazepam'이었다. 그런데 문제는, 분말 형태로 된 이 대량의 약제를 대체 누가 내 집 우편함에 넣어 두고 갔느냐는 것이다. 손바닥에 올려놓은 비닐을 주시하던 양필헌이 남은 약을 다시 호주머니에 찔러넣었다.

누군지 알 게 뭐야? 100세대가 넘는 오피스텔이라서 택배기사가 우편함을 착각했을지도 모른다.

이제 핸드폰으로 '탈주 사냥대' 직통 신고 번호인 1115번으로 신고만 하면 끝이다. 하지만, 그 전에 먼저 해야 할 일이 있었다.

양필헌이 심드렁한 눈길로 현호를 내려다보았다.

"그러게, 아까 내가 집에 간다고 했을 때 놔뒀으면 서로가 이런 꼴은 안 봤을 거 아니야."

오피스텔을 나올 때 깜빡하고 뒷정리를 못 했다. 골프채와 골프 가방, 그리고 벽과 바닥에 아직도 김세울의 혈흔이 묻어 있을 것이다. 현호가 경찰에서 입을 잘못 놀릴 수도 있고, 귀찮은 일에 휘말리고 싶지는 않지만, 무시하기엔 김세울 집안의 부富가 막강했다. 아버지가 건설 쪽 사업을 한다고 했나?…. 하지만, 뭐가 됐든, 햄으로 새로 태어날 차현호에게 다 뒤집어씌우면 됐다. 이 세상에 소시지를 위한 변호사는 없으니까.

"아참, 그리고 말인데, 현호 네 어머니…."

문득 잊었던 게 떠올라서 양필헌이 걸음을 멈췄다. 까무룩 정신을 잃은 현호를 돌아보며 그가 말했다.

"난, 네 어머니 행방 같은 건 몰라. 하지만 안심해. 혹시라도 나중에 뵙게 되면, 아들은 질 좋은 스팸이 됐을 거라고 잘 말씀드릴 테니까 말이야."

현호가 말할 수 없도록 혀라도 잘라버릴까, 생각하면서 양필헌이 현관 입구에 다다랐다.

운동화를 신으려는데, 누군가 불쑥 현관문을 열고 안으로 들어왔다.

외부인이 저항 없이 들어올 수 있었던 건, 현관문에 부착된 무보링

경첩이 뒤틀리고 고장 나서였다. 곽영후가 인기척 없이 이 집에 나타났을 때와 같은 이유였다.

현관에 선 사람은, 감색 점퍼를 입은 웬 낯선 남자였다.

더욱 아이러니한 건, 남의 집에 허락도 없이 침입한 그가 양필헌을 보면서 어리둥절하게 물은 것이었다.

"누구시죠?"

***

상가건물 4층, 하봉주 내과의원.

커튼 칸막이 안에 각각의 침대와 스트레처가 놓인 병원 회복실이었다. 침대맡에 설치된 심전도 모니터가 '삐-삐-삐-'하는 기계적이고 규칙적인 비프음을 내며 환자의 심장 박동을 감시하고 있었다.

"수혁 씨! 정신이 들어?!"

김미연이 황급히 노수혁에게 다가갔으나, 소문식이 먼저 나서서 제지했다. "그냥 두십시오."

방금 한 김미연의 행동으로 수액 걸대에 걸린 투명 링거팩이 맥없이 흔들렸다. 팔에 꽂힌 튜브를 통해서 링거에서 한 방울씩 떨어지는 수액이 노수혁의 몸 안으로 흘러들었다.

병원문 입구에 쓰러진 그를 침대로 옮긴 지도 세 시간 정도가 지났다.

…천천히 눈이 뜨였다.

잠든 지 얼마 되지 않은 것 같기도 하고, 며칠이나 잔 것 같기도 하다.

흐릿한 연무 속에 떠오른 건, 하얀색 천장과 형광등으로 추정되는

빛과 색, 움직임, 사람 같은 형태와 목소리들….

망막에 도달한 빛이 어떠한 이미지로 해석되어 갔으나, 그것이 무엇인지는 정확히 알 수 없었다.

참을 수 없는 피로를 느끼며, 노수혁이 또다시 잠에 빠져들었다.

딸깍, 하며 회복실 문이 열리고 남지훈이 들어오자, 소문식이 눈짓만으로 그를 다시 밖으로 데리고 나갔다. 그들을 돌아볼 여유도 없이, 잠든 노수혁을 지켜보는 김미연의 얼굴에는 수심이 가득했다.

노수혁의 얼굴과 머리뿐만이 아니라 전신에는 격한 몸싸움을 한 듯한 상흔과 적혈積血, 피멍 자국이 있었고, 특히나 둔기에 당한 것 같은 후두부에는 출혈이 생겨나 진득한 핏덩어리가 머리카락에 엉겨 붙어 있었다. 소문식이 말하길, 다행히도 골절이나 두부 손상의 증세는 없다며 가벼운 뇌진탕 같다고 했다. 그가 걱정하지 말라고 위로하며 한숨 푹 자고 일어나면 괜찮을 거라고 했지만, 김미연은 소문식의 말을 곧이곧대로 믿을 수가 없었다.

도대체 밖에서 무슨 일이 있었는지….

혹시, 이대로 수혁 씨가 깨어나지 못한다면…?

물론, 그럴 리야 없겠지만, 죽은 듯 잠든 노수혁을 앞에 두고 온갖 불길한 생각이 드는 것도 어쩔 수 없었다. 그러한 자신을 반성하며, 김미연이 떨리는 손으로 노수혁의 손을 힘주어 다잡았다.

그리고, 노수혁과 나란히 배치된 다른 침대에는 두 명의 남자가 각자 숙면에 취해 있었다. 좋은 꿈을 꾸는지 간혹 웃기도 하는 걸 보면 이 병원에 오기 전까지 자신들에게 무슨 일이 있었는지 까맣게 모르는 듯했다.

현호가 잠든 침대맡에는 천비안이 안타까운 표정으로 그를 지켜보고 있었다.

오늘 아침 일찍, 엄마가 걱정된다며 2층 돈가스 가게를 떠난 현호였다.

그가 왜 이런 꼴로 이 상가건물에 다시 나타난 건지…. 궁금한 것투성이지만, 지금으로선 현호가 무사히 깨어나길 기다릴 수밖에 없었다.

대학원에 입학한 이후로, 이토록 긴 잠을 잔 적이 없었다.

현호가 눈을 뜬 시각은 일요일, 아침 7시였다.

일요일, 새벽 2시 3분.

수액실의 문이 닫혔다.

"새벽 2시를 막 지났어요."

알고 있다. 남지훈이 굳이 말해주지 않아도.

노수혁이 잠든 회복실을 나와서 곧장 수액실로 온 소문식과 남지훈이었다. 병원 출입문 앞에서 정신을 잃은 성인 남자들을 병실로 옮기느라 한바탕 홍역을 치른 뒤였다.

남지훈이 보고부터 했다. 사안의 심각성을 알기에 흥분은 자제하려고 노력 중이었다.

"노수혁 씨가 끌고 온 차를 살펴봤어요. 차체 외·내부, 밑바닥까지 샅샅이 확인했는데, 추적 장치나 카메라, 도청 장치 같은 건 없었어요. 블랙박스도 없었고요. 그리고 이건…."

소문식이, 남지훈이 건넨 지갑을 살폈다. '곽영후'란 남자의 지갑 안에서 신분증과 학생증, 운전면허증, 신용카드 등이 나왔다.

"성명 곽영후, 나이 31세. 차현호와 같은 세하대학교 미생물 분자생명공학과 대학원생이에요."

"곽영후라…처음 듣는 이름이로군."

소문식이 신분증 사진을 보는 동안, 남지훈이 굳은 표정으로 낯선 핸드폰을 탁자에 놓았다.

"곽영후의 재킷에서 발견한 핸드폰인데 전원이 켜져 있었어요. 바로 끄긴 했지만, 언제부터 켜져 있었는지는 알 수 없어요."

"그렇군." 핸드폰이 작동 상태였기에 자칫하면 이쪽의 위치가 경찰에 노출될 위험이 있음에도 불구하고, 소문식이 무신경하게 대답했다. 남지훈이 이어 의견을 말했다.

"그리고 곽영후란 남자, 신분증에서 보셨다시피 7월생이에요. 탈락자인 것 같아요. 차현호와 같이 도주하다가 노수혁 씨를 만난 것 같습니다."

그렇지 않을까 짐작했다. 하지만 추론일 뿐, 당사자한테서 직접 들은 바가 없어서 그들 사이에 정확히 무슨 일이 있었는지는 모른다. 핸드폰과 지갑을 다시 탁자에 돌려놓으며 소문식이 물었다.

"넌 이게 다 뭐라고 생각해?"

"무슨…뜻입니까?"

"별 뜻 아니야. 의미 같은 건 제쳐두고 지금까지 일어난 일련의 일들에 대해서 넌 어떻게 생각하는지, 그냥 네 개인적인 의견을 듣고 싶어서 묻는 거니까."

속지 않았다. 이분과 오랜 시간을 함께 보냈기에 알 수 있다.

남지훈이 머릿속에 떠오른 순서대로 말했다.

"지금 우리가 직면한 문제의 발단은, 사실 사장님과 저의 오지랖 때문이죠."

엄밀히 따지면, 남지훈 자신은 배제되어야 하지만 의리 없이 사장님만

탓할 수는 없었다. 2인 1조의 팀인 만큼 어디까지나 연대책임이니까.

"원래라면 벌써 임무를 마치고 각자 휴식기에 돌입했을 겁니다. 흐르는 시간조차 느낄 수 없는 길고 평화로운 안식에 말이죠."

소문식이 잠자코 듣기만 하고 있었다. 남지훈이 불만을 표출하면서도 성의껏 의견을 이어갔다.

"첫 단추가 잘못 끼워진 건 노수혁 씨 부부와 동행한 시점부터였어요. 그 부부를 아파트에서 구한 것까지만 해야 했어요. 미연 씨가 병원에 가든 말든 우리는 손을 떼야 했다고요. 그런데 사장님의 동정심이 그들과의 동행을 허락했고, 그 결과 보시다시피 우리는 이 병원에서 단 한 걸음도 나가지 못하고 발길이 묶여 버렸어요. 두 번째 실수는 천비안 씨를 경찰들로부터 구한 거요. 성깔 보니까 그냥 놔뒀어도 알아서 제 살길을 찾았을 여자인데, 괜히 엮이는 바람에 결국 아이까지 동행하게 됐죠."

"…."

"길거리에 깔린 수십, 수백의 검문을 뚫고 환자와 아이까지 안전하게 인천항으로 데려가는 게 이번 임무의 목표입니까? 아니면, 그들 스스로가 동의한 만큼 가는 길에, 경찰에 잡히든 어쩌든 신경 끄고 전 제 일만 할까요? 어느 쪽이든 저와 사장님한테는 '위선'이 될 텐데요?"

방금 내가 한 말은 이 세상에서 오직 한 사람, 사장님만이 이해할 것이다. 적어도 난 업무에 있어서 만큼은 동정과 측은지심 같은 개인적인 감정은 절대 금물이며 한결같이 반대했다고, 이 사실 또한 사장님은 벌써 알고 계실 거다. 남지훈이 냉철한 어투로 말했다.

"그러면, 세 번째만은 사장님이 약속을 지키셔야 했어요."

"…."

"노수혁 씨의 복귀 여부에 상관없이 정해진 시각에 이곳을 떠날 거라고 모두 앞에서 공언하셨어요. 단체행동을 일탈한 건 남편인 노수혁 씨라서 미연 씨도 다른 항의 없이 동의했고요. 그런데 이번엔…."

"…."

"아이 때문에 또 시각을 지체했어요."

함경민이라는 중학생 여자아이가 계단에서 굴러떨어졌다. 복도의 센서등이 꺼진 어둠 속에서 발을 헛디딘 것이었다. 다행히 발목에 금이 가거나 큰 상처가 있었던 건 아니지만, 머리를 단단한 시멘트 바닥에 찧어서인지 한참을 아프다며 울어댔다. 애를 돌보고 치료하느라 시간은 출발 예정 시각을 훨씬 지나버렸다.

"그렇게 어영부영 시간을 보내는 사이…."

남지훈이 심호흡이라도 하는 것처럼 숨을 크게 내쉬고는 말했다.

"이번엔 '신성한 차현호'가 이 병원에 나타났어요."

남지훈의 말을 조용히 경청하던 소문식의 얼굴에 처음으로 경직이 나타났다. 형안炯眼이 꿈틀한 소문식을 알아채지 못하고, 남지훈이 살짝씩 떨리는 입술로 물었다.

"이걸, 대체 어떻게 해석해야 할까요?"

질문이 아니어서, 소문식의 답변을 기다리지 않았다. 복도에서 차현호를 목격했을 때의 충격파가 아직도 쉬이 가시지 않고 있었다.

"천비안 씨도 차현호가 전화 후에 집으로 돌아갔다고 증언했잖아요. 그렇다면 지금쯤 자신의 부현구 집에 있어야 할 차현호가 어떻게 제 발로 우리를 찾아올 수 있다는 거죠? 그것도 그의 모친인 '양교희'가 흔적도 없이 사라지고 차현호 집의 감시카메라까지 무용지물이 되어버린 초유의 상황에서? 그의 집을 감시하지 못한 사이, 차현호의 신변에 무슨 일이 생긴 걸까요? 무엇보다 사람들의 탈주극과 살육으로 전쟁터가 되어버린 이곳에서 서로를 마주치기란 사막 한가운데서 바늘 찾기보다 어려울 텐데, 그는 서울 시내 하고많은 병원 중에 하필이면 우리가 있는 이 병원을 정확히 찾아왔어요. 사장님은 어떻게 생각하세요? 이 모든 게 다 우연일까요?"

감시카메라가 무용지물이 된 원인을 말하자면, 남지훈이 우체국에서 폭발시킨 7인승 승합차 안에 내 노트북이 있었기 때문이고, 그 노트북 안에는 차현호의 집에 설치된 초소형 IP카메라가 하루도 빠짐없이 촬영한 그의 일거수일투족이 저장되어 있었기 때문이다.

이 사태의 주요 원인 제공자인 남지훈이지만, 그새 자신이 한 짓은 잊은 듯했다. 게다가 남지훈의 말처럼 차현호의 모친인 양교희마저 감쪽같이 사라졌다. 양교희가 핸드폰도, 집 전화도 받지 않는 상황이 며칠이나 이어지고 있지만, 이쪽의 변수나 돌연적 상황도 만만치 않아서 그녀의 행방을 수소문할 여력이 없었다.

남지훈이 탁자를 양손으로 내리치며 목이 쉰 탁성으로 말했다.

"우연. 네, 백번 양보해서 그럴 수 있다고 쳐요. 그러나 만약 우연이 아니라면…혹시, 이것도 저 밖에 있는 아바타라의 짓일까요? 만약 그렇다면 그가 이루려는 목적이 대체 뭘까요?"

마치 저 너머에 하태형이라도 있는 것처럼 수액실 출입문을 노려보던 남지훈이 고개를 홱 돌렸다.

"하지만 제가 놈의 팔을 칼로 베었을 땐 분명히 붉은 피였어요. 놈을 치료하셨으니까, 사장님이 더 잘 아실 거고요."

일리는 있지만, 적혈赤血이라는 것만으로 하태형이 아바타라가 아니라고 단정할 순 없다. 아바타라의 혈액 색은 쌍雙의 개체가 반경 2미터 이내, 즉 공기 중의 비말이 작용하는 범위 내에서만 비로소 확인되니까. 따라서, 지금까지 발생한 일련의 일들을 냉철히 되짚어 보자면 가능성은 한가지 뿐이고, 그건 남지훈이 앞서 언급했다.

소문식이 정리에 나섰다.

"공교롭게도 차현호는 지금 우리와 한 공간에 같이 있다."

또한 빠르게 부연했다.

"있을 수 없는 일이지. 천비안의 증언에 의하면, 차현호는 집으로 돌아간 게 확실해. 그리고 그와 별개로 우리는 벌써 '인천항'으로 출발해야 했지만, 여러 가지 이유로 시간을 지체했어. 그런데 이번엔 출발 직전에 차현호가 혼수상태인 채로 나타났다. 덕분에 탈출은커녕 꼼짝없이 쥐덫에 갇힌 생쥐 꼴이 되어버린 건 기정사실이고…. 차현호가 병원 복도에서 발견된 이유를 알기 전까지는, 이곳에서 단 한 발짝도 섣불리 움직일 수 없는 까닭이지."

장년의 음성이 현저히 낮아졌다.

"이 건물 안으로 들어온 이후부터, 그리고 병원문이 열린 순간부터 우리의 모든 계획은 빗나가고 틀어졌다. 이게 무슨 뜻인지 알겠나?"

소문식이 완고한 태도로 말했다.

"임무 수행 시의 프로토콜은, 기존 시스템의 아키텍처와 규정된 절차를 엄격히 준수하도록 설계되었음에도 불구하고 구현된 소프트웨어 모듈과 알고리즘의 실행이 정상 작동되지 않았다는 뜻이다. 고작 운이나 변수 따위로 바뀔 수 있는 시스템이 아니야."

"…."

"'그분'이 만든 시스템에 균열을 일으킬 정도의 힘을 가진 건 이 세상에서 아바타라 정도이다. 따라서, 이 모든 사건의 중심에 있는 건 단 하나."

세상 대 세상, 신神 대 신神의 싸움이다.

물론, 위대한 '노바'에게 아바타라 따위는 상대가 되지 않지만.

인정할 수 없다는 뜻으로 남지훈이 코웃음 치며 물었다.

"그래서 그게 하태형이라고요? 요약하자면, 아바타라의 힘이 우리를 이 병원에 가뒀고 종국에는 차현호와 조우하도록 했다는, 그런 말씀입니까? 신이나 다름없는 '위대한 그 분'의 시스템 체계까지 전복하면서요?"

오후에 이 수액실에서 '그분'의 이름을 생각 없이 입에 담았다가 혼이 났기에 남지훈이 말에 주의했다. 소문식이 즉답했다.

"확률이 높지."

"몇 퍼센트의 확률입니까?"

"99%."

순간, 움찔한 남지훈이었지만 금세 따졌다.

"어떤 이유로 그렇게까지 확신하시나요? 의뭉스럽기 그지없는 하태형이란 놈의 정체는 둘째치고, 이 일이 우연인지 아닌지조차 아직 밝혀진 건 아무것도 없…."

남지훈이 말을 삼켰다. 찰나의 기억이 뇌리를 스친 것이다.

하태형의 병원 기록 카드를 열람했을 때 봤던 그의 생년월일은 분명히….

남지훈이 조용해진 틈에, 소문식이 말했다.

"자세한 건 차현호가 일어나봐야 알겠지. 그리고 그때야 비로소 깨닫게 되겠지."

"…."

"과연 이번에는 우리가 어떠한 변수도 없이 무사히 인천항을 향해서 출발할 수 있을지 어떨지.”

남지훈의 눈썹이 뱀처럼 꿈틀했다. 소문식의 말이 이어졌다.

“더군다나, 우리는 아바타라가 등장할 것이라는 노바의 예견에만 의존하고 있을 뿐, 왜 이 시점에서 아바타라가 등장한 것인지 그 이유조차 모르고 있다. 그의 진짜 목적이 뭔지, 자기 자신을 위한 건지, 아니면 누구를 위해서 일하는지 등등 모든 것이 베일에 가려진 지금.”

격앙됐으나, 금방 자신을 추스르고는 소문식이 말했다.

“만약, 다음 기회에도 어떠한 우연이나 피치 못할 사정이 생겨서 우리가 이 병원을 떠나지 못한다면, 우리는 아바타라가 짜 놓은 거미줄의 ‘작용’에 완벽히 걸려들었음을 인정해야만 할 것이다.”

“….”

“나머지 1%는 그때 하태형에게 직접 듣도록 하지.”

회의가 끝나서 소문식이 수액실을 나가려고 등을 돌렸다.

“그럼, 천비안 씨는 아닌 게 확실한 거죠?!”

남지훈이 소리쳤다.

내가 천비안과의 동행을 화까지 내면서 반대했을 때, 사장님이 그런 나를 설득했다. 천비안은 우리에게 자신과 아이를 일행으로 받아달라며 간곡히 사정했지만, 오히려 우리야말로 반드시 그녀를 곁에 둬야만 하는 이유를.

사장님은, 이전과 달리 차현호를 찾는 과정에서 ‘이상 현상’이 생겼을지도 모른다고 했다. 추리하자면, 지금껏 단 한 번도 ‘나타난 적 없는 여자’가 차현호와 밤을 지새웠고, 그를 본 마지막 목격자가 됐다. 더군다나, 그 여자가 우리도 모르는 차현호의 과거까지 상세하게 알고 있다고? 그렇다면, 천비안은 차현호에게 있어서 상당히 중요한 인물임이 분명하며, 이번 임무에서 엑스트라가 아닌 주류일지도 모른다고 사장님이 말했다. 하지만, 틀린 게 확인됐으니 이젠 그들을 놓아주어야만 한다. 남지훈이 재차 말했다.

"천비안 씨의 '작용'으로 우리와 차현호와의 연결고리가 생겼을지도 모른다고 하셨잖아요. 그렇지만, 사장님 말씀대로라면 이젠 천비안 씨에 대한 의심은 풀렸으니까, 아이와 그녀를 병원에 두고 가도 괜찮겠죠?"

소문식이 단호한 어투로 거절했다.

"그건 안 돼. 하태형이 우리와의 동행을 완강히 거부하니, 그들과 하태형을 같은 공간에 두고 갈 수는 없다. 그 사람들이 우리 발목을 잡을 약점이 될지도 모르는 일이니까 말이야."

"그럼, 밖에서는요? 거리에서 풀어 주면요? 하태형이 없는 안전한 곳에 숨어있으라고 하면 되잖아요!"

급한 마음에 한 말이지만, 지금 밖에서 무슨 일이 벌어지고 있는지 모르지 않아서 남지훈의 의견은 그쯤에서 일단락되었다.

출입문을 등지고 선 소문식이 피차간에 알고 있는 답을 말했다.

"이 나라 안에 안전한 곳은 없을뿐더러, 돌봐야 하는 환자와 아이까지 딸린 저 사람들이 전문 탈주 사냥대를 피해서 살아남을 수 있으리라고는 생각하지 않는다. 라디오에서 들으니 탈주 사냥대와 경찰들이 적응을 끝내서 탈락자의 체포율이 이제는 시간당 삼천 단위에 육박한다고 하더구나."

답답한 마음에 남지훈이 천장을 향해 한숨을 내뱉었다.

그 후, 침묵으로 일관한 고뇌가 내실을 감돌았다.

내게 주어진 임무와 타인의 생명. 그 경중을 따져야만 하는 기로에 섰다. 사지선다형이라면 좋겠지만, 어느 하나의 선택이 다른 하나의 죽음을 의미하는 양자택일의 시험 문제이다.

어느 쪽도 쉽사리 결정할 수 없는 난제에 침묵은 겹을 더하며 쌓이고만 있었다. 두 남자의 존재마저 지워진 듯했다.

잠시 후, "그러면…."하고 남지훈이 먼저 말을 꺼냈다.

"제가 하태형을 병원 밖으로 끌어내면요? 그러면 나머지 사람들은 여기 둬도 되잖아요."

그렇게 생각하자 갑자기 자신감이 상승했다. 남지훈이 평소처럼 흥분해서 목소리를 높였다.

"할 수 있어요! 제게 맡겨만 주세요!"

하지만, 기분이 되살아난 남지훈과는 달리, 소문식이 난색을 표하며 팔짱을 꼈다.

"그게 네 마음대로 될까? '신성한 차현호'까지 제 뜻대로 움직이는 아바타라이다. 네가 무슨 짓을 하든 하태형이 호락호락 네 말을 따를 거로 생각하나?"

"그건 해보지 않으면 모르는 일이잖아요! 그리고, 저 새끼가…하태형은 절 얕잡아보고 있어요. 자기 발톱의 때만큼도 안 여긴다니까요? 그걸 이용해서 허를 찌르면 돼요! 제게 좋은 생각이 있어요."

소문식을 설득하려고 남지훈이 팔까지 휘두르며 나섰다.

"제가 잘해서 차현호와 하태형을 여기서 데리고 나가면 되잖아요. 하태형만 없으면 저 사람들이 우리의 약점이 될 리가 없으니까, 생사는 각자의 운명에 맡기면 되고요."

운명이라….

소문식이 조용히 단어를 되뇌었다. 대화 중에 이따금 사유思惟로 번뜩이던 날카로운 눈매는 연기처럼 사그라들었다.

"우리 입장에서는 그렇겠지."

그렇기에 자신감 넘치는 남지훈임에도 50점만 매길 수 있는 시험지이다.

만약 우리 모두의 생사에 불쑥 뛰어든 하태형이 직접적인 운명의 '작용'이라면, 이 세상 어딘가에는 반드시 그에 따른 '반작용'이 존재하는 법이니까.

'쌍'으로 탄생해서 '쌍'으로 상쇄하는 거대한 우주의 수레바퀴를 대입하면 부인할 수 없는 엄연한 현실이자 직관이며, 작용이 정체를 드러냈음에도 인간의 심상과 뇌 구조 수준으로는 감히 무엇인지 짐작조차 할 수 없는 '그것'을.

그때, '똑똑' 하는 노크 소리가 들리더니, 밖에서 누군가 큰 소리로 말했다.

"사장님! 아저씨가 깨어났대요! 빨리 와 보시래요!"

어른들의 심부름을 온 중학생 아이였다.

저녁때처럼 잽싸게 문을 노크한 뒤 '탁탁탁' 병원 복도를 뛰어가는 발소리가 들렸다. 계단에서 구른 상처가 심한 건 아닌 모양이었다.

남지훈과 개운치 않은 면담을 끊고, 그들을 대면할 시간이 왔다.

소문식이 의자에서 일어서며, 남지훈에게 나머지 50점의 '반작용'을 암시했다.

"하지만, 과연 여왕의 입장에서도 그럴까?"

***

궁궐. 깊은 곳, 내실.

그리고, 숲 어디선가 부엉이가 울어대는 깊은 밤.

키스 소리가 한창이었다. 젊은 여왕의 탐스럽고 붉은 입술을 오늘따라 더욱 격정적으로 탐하며, 문체부 장관이자 애인인 장견우가 소리 높여 신음했다. 오늘, 국영 육가공 공장 시찰 중에 여왕이 어떤 놈팡이 한 놈을 직접 골랐다는 사실 하나만으로, 남자의 질투가 새벽을 향해 가는 이 시각까지 불길처럼 활활 타오르고 있었다.

오후 무렵, 여왕이 그놈을 만나러 직접 지하로 내려갔다는 보고를 받았을 때부터 내가 누구인지, 그런 놈보다 내가 훨씬 더 당신을 기쁘게 해줄 수 있다는 걸 증명하고 싶어서 안달이 났다. 저녁이 되자, 끓어오르는 분을 참지 못해서 주먹으로 마구 벽을 쳐댔다.

내가 훨씬 더 잘생겼고 내가 훨씬 더 테크닉이 좋은데, 대체 폐하는 왜 그런 새끼를.

머리카락이 바스락 소리를 내며 타버릴 것 같은 인내로 하루 종일 그녀를 기다렸지만, 밤이 깊어도 전언이 없던지라 절반은 포기하고 있었다. 그런데….

침대 위에서 서로의 뜨거운 타액이 쉴 새 없이 교차 되며, 내밀하고 농염한 스킨십이 한참 동안 이루어졌다.

“아, 여왕 폐하….”

더 이상 참을 수 없어서 장견우가 그녀를 껴안고 침대 위로 털썩 떨어졌다. 침대를 모조리 감싸버린 황금빛 시스루 캐노피 속이었다.

이제 막 시작될 사랑에 대한 기대로 남녀의 신음이 더욱 신랄하게 울려 퍼진 그때.

“사…사람을 불렀으면 빨리 용건이나 말하라고.”

침대 캐노피에서 제외되어 방구석 자리에 외로이 서 있던 강미주였다.

시스루 소재의 캐노피여서 보고 싶지 않아도 침대 위가 어떤지는 고개만 돌리면 바로 알 수 있었다.

하지만, 들은 척도 하지 않는 황혜지였다. 오히려, 그녀가 내지르는 교성이 방안을 울리도록 점점 더 커지고만 있었다.

“미친년아.”

참다못한 강미주가 마침내 여왕에게 불손을 저지르고야 말았다.

16

"호…혼자 많이 즐겨라. 난 간다."

그러나, 이 순간만을 오매불망 기다린 장견우의 손장난에 강미주의 말을 다 듣지 못했다. 뜨거운 열기에 휩쓸려 정신을 못 차리면서도 그녀가 강미주를 불러세웠다.

"거기 있어…악… 할 말이 아…아직 안 끝났어…움직이면…죽을 줄 알아."

솜털처럼 하늘거리는 캐노피 사이로 부드러운 여인의 실루엣이 비쳤다. 두 팔을 침대에 딛고서 등을 곧추세운 황혜지였다. 바이올린처럼 유연한 곡선을 그리는 몸체 아래에서 장견우의 입술이 쉬지 않고 그녀를 탐하고 있었다.

저것들은 '사람이 아니라 발정 난 개'라는 주입식 상상을 하며, 강미주가 배에 잔뜩 힘을 주고 소리쳤다. 연애 경험이 없는 그녀가 남사스러움에 귀까지 발갛게 달아오른 걸 숨기기 위한 술책이기도 했다.

"그럼, 빨리 말해!"

"영후 오…오빠는, 아…어, 어떻게 됐어? 아직도 여…연락이 없어?"

"아직도라니? 8시 1분부터 포기하라고 했잖아. 지금까지 안 왔으면…." 말하는 중인데, 황혜지가 '악! 살살!'하고 소리쳐서 강미주의 말이 끊겼다.

"그, 그래서? 영후 오빠는? 마…말해…당장…."

황혜지가 지시하면서도 울먹였다.

아직 20대 중반이지만 내가 너무 세상을 오래 살았나, 인생을 뒤돌아보며 강미주가 대답했다.

"지금까지 안 왔으면 둘 다 날랐다고 봐야지."

"그걸…말이라고 해?"

"나도 몰라. 영후 오빠는 겁이 많아서 벌써 외딴곳에 있는 섬이나 무인도로 토꼈던지, 용두산 역 주변에서 노숙자 행세를 하고 있을지도 몰라. 정 급하면 네가 사람 풀어서 영후 오빠를 차…찾아봐."

여왕과의 약속 시간이 저녁 8시까지였건만, 새벽 2시가 넘은 지금까지도 곽영후로부터의 연락은 없었다. 물론, 그의 핸드폰도 꺼져있었다. 곽영후가 반드시 차현호를 데려올 거라고 호언장담해서 잔뜩 졸아있던 강미주였으나, 기우였다.

이번엔 무슨 못된 짓 중인지, 캐노피 사이로 황혜지가 이를 악물며 말하는 소리가 들렸다. 라지킹 사이즈의 큰 침대가 흔들리는 듯했다.

"너…네가 부정 탄다고 해서…사람도 안 붙이고 차까지 내줬는데…인제 와서…네년이…."

"난 내 할 일을 다 했어. 내가 결과까지 책임지지는 않아. 그럼, 나 이제 가도 돼?"

"다…다시 예언해. 차현호를 데려올 방법을…."

"딜은 끝났어."

"크크크큭…." 황혜지의 웃음소리가 캐노피 너머로 들렸다.

강미주가 실눈을 뜨는 동안, 남녀의 실루엣이 정반대로 바뀌었고, 이번엔 여자 대신 남자의 들뜬 신음이 밖으로 새기 시작했다.

키득거리는 묘한 웃음과 함께 황혜지가 말했다.

"네가…착각하는 게 있는데 말이야, 강미주…."

"내가 뭘?"

"네가 이대로 가만히 있으면…."

남자의 신음이 방해돼서 황혜지의 말이 잘 들리지 않았다. 강미주가 귀를 쫑긋 세웠다.

본격적인 정사에 앞서 황혜지가 본론부터 말했다.

"네가 아무것도 하지 않으면 '신성한 차현호'는 죽어."

'흥'하고 강미주가 조소했다.

"인제 와서 그…그런 터무니없는 거짓말을 내가 믿을 거 같아? 네 말처럼 그는 '신성한 차현호'야. 이 세상에선 아무도, 설혹 그게 너라도 차현호를 죽일 수 없다는 걸 몰라? 왜냐하면 '신성한 차현호'는 그 자체로…."

"너."

강미주의 목소리가 더는 들리지 않았다. 황혜지의 고열에 휩싸인 쉰 목소리만이 남았다.

"너 같은 아바타라라면 그를 죽일 수 있지."

"…."

"육체뿐만이 아니라 그의 영혼까지도, 하나도 남김없이…."

더 사랑해달라고 애완견처럼 매달리고 사정하는 장견우의 어깨를 끌어안으며, 황혜지가 하얗게 응고하는 숨을 토해냈다.

"지금 신성한 차현호 곁에 또 다른 아바타라가 있어."

"…."

"너와 태초의 한 쌍으로 얽힌 양陽의 아바타라가…."

***

상가건물 4층, 하봉주 내과의원.

깊은 밤, 새벽.

빼꼼, 병리실의 문이 열렸다.

개인실이 된 병리실에서 나온 하태형이 사람이 있는지, 진료 대기실부터 살폈다. 그러고는 대기실을 가로질러서 정수기가 설치된 곳으로 갔다. 손에는 머그잔을 쥐고 있었다.

하태형이 정수기에서 흐르는 물을 받으며, 이따금 검진실 쪽을 힐끔거렸다. 대기실에 아무도 없는 것을 보면, 다들 검진실로 몰려간 것 같았다. 병리실에서 책을 읽던 차, 밖에서 중학생 아이가 떠드는 소리가 들렸고, 차현호와 곽영후, 둘 중 한 사람이 정신을 차린 것 같았다.

몇 시간 전, 병원 복도에 쓰러져 있는 그들을 발견하고 놀랐던 기억이 떠올랐다.

가 볼까…?

검진실의 굳게 닫힌 문을 바라보던 하태형이 물이 담긴 머그잔을 들고 발걸음을 옮겼다.

병리실로 되돌아간 그가 탁, 하고 문을 닫았다.

검진실.

정맥 주사용 거치대와 의료용 밧드, 심전도 모니터 등의 의료기기들이 일정한 배치 없이 아무 데나 흩어져 있는 어수선한 모양새다. 여자

아이를 무릎에 앉힌 천비안은 '남자'와 약간의 거리를 두고 있었다. 소문식과 남지훈, 김미연이 방금 깨어난 남자를 둘러싸고 창가에 기대거나 의자에 앉아 있었다. 소문식이 막 잠에서 깬 '남자'에게 물컵을 건네면서 물었다.

"정신이 좀 드십니까?"

"네…."

대답은 했지만, 까슬한 입술이 떨리는 걸 느꼈다. 물컵을 받아서 목구멍이 막히도록 꿀꺽거리며 물을 마셨다. 갈증이 가시자, 그제야 자신을 둘러싼 사람들의 면면이 눈에 들어왔다. 그리고, 회복실과 복도를 지나 이곳 검진실로 들어오기까지, 지금 자신이 있는 곳이 동네 병원이라는 사실이 곽영후에게 작으나마 심신의 안정을 가져다주었다. 나에게 말을 거는 이 장년 남자는 이 병원의 의사인가? 라고 생각하며 곽영후가 인사부터 했다.

"도와주셔서 감사합니다. 그런데, 제가 왜 여기에…얼마나 잤나요? 아니, 그것보다 지금이 몇 시인가요?"

두서없는 질문에도 미동 없이 남지훈이 자신의 손목시계를 보며 대답했다.

"새벽 3시 10분, 일요일입니다."

"아니, 벌써 시간이 그…그렇게나…그…그런데 현호는…?"

이번엔 소문식이 대답했다.

"자고 있으니까 큰 염려는 안 하셔도 될 것 같습니다. '곽영후' 씨가 먼저 깨어나셔서…아, 이름은, 잠깐 신분증을 실례했습니다."

어떻게 자신의 이름을 아는 건지, 금방 경계의 눈초리를 띠는 남자에게 소문식이 그의 지갑과 핸드폰을 돌려주며 안심시켰다. 시간이 없기에 거두절미하고 본론부터 말했다.

"성함이 곽영후 씨가 맞으시죠? 이 병원은 어떻게 오시게 된 건지 기억나십니까?"

"그게…기억이 잘 안 나요. 제가 어떻게 여기에 있는 건지도요."

곽영후가 불안한 눈으로 검진실 내부와 사람들을 두리번거렸다.

도움을 받아서 다행이긴 하지만, 자신을 둘러싼 그들의 표정이 자못 심각하게 느껴졌기 때문이다. 몽롱하던 정신이 서서히 평소의 의식을 되찾아 가고 있었다.

소문식이 곽영후를 발견했던 당시의 상황을 간략히 설명했다.

"밤 10시 30분경, 노수혁 씨가 병원 문을 열면서 바닥에 쓰러졌고, 병원 복도에는 곽영후 씨와 차현호 씨가 정신을 잃고 쓰러져 있었습니다. 저희가 세 분을 회복실로 옮겼고, 곽영후 씨의 팔에 링거를 꽂은 건 접니다. 수면제를 상당량 복용하신 듯, 이곳까지 옮기는 동안에도 곽영후 씨는 마치 죽은 사람처럼 어떠한 반응도 하지 않으셨습니다. 그 후에, 회복실에서 계속 주무시다가 조금 전에 눈을 뜨셨죠. 아직 운신이 힘드시겠지만, 이 병원에 오기 전까지의 일을 말씀해 주시겠습니까? 왜 병원 복도에 쓰러져 계셨던 겁니까? 노수혁 씨와는 아는 사이입니까?"

곽영후의 눈꺼풀에 경련이 온 듯한 잔떨림이 생겨났다. 기억을 소환해야 하는 압박감에 덜 회복된 신체가 스트레스를 받아서였다.

뭘 어디서부터 말해야 할지….

그러니까, 사건의 발단이 뭐였지?

레고, 여왕, 탈락자, 소시지, 울음, 흰색, 비밀 등등의 단어들이 순서 없이 뇌리를 스쳤다. 나를 구해준 대가로 이 늙수그레한 남자가 요구한 것은, 조합되지 않는 그것들로 이야기를 완성해달라는 거다. 의미는 알겠으나, 프롤로그의 첫 단어를 무엇으로 시작해야 할지도 모르겠다. 다만 하나, 뒤죽박죽인 머릿속임에도 주의해야 할 것은, 섣불리 입을 놀려서는 안 된다는 것이다. 만약 내가 탈락자인 것이 밝혀진다면? 지금은 친절해 보이는 이 사람들이 양필헌처럼 돌변하지 않으리라는 보장은 없다. 나를 살렸다고는 하나, 이제는 그 누구도 믿을 수 없다….

곽영후가 눈을 들었다.

"그러니까, 차현호 씨와 저는 우연히 길에서 만나서…."라며, 불리한 것들은 모두 제거한 '썰'을 풀기 직전, 누군가 불쑥 끼어들었다.

"현호의 대학원 선배시죠? 차 키는 돌려드릴게요."

검은 물체 하나가 곽영후의 눈앞을 휙 날아갔다. 탁자 위에 떨어진 것을 주워 들자, 한눈에 그 정체를 알 수 있었다. 제우스 모텔에서 현호에게 주고 간 자신의 중고차 스마트키였다. 한잠이 든 아이를 환자용 침대에 재우고서, 천비안이 곽영후에게 걸어오며 투덜거렸다.

"엔진은 자꾸 꺼지지, 당장 출발해야 하는 데 시동은 안 걸리지, 기름은 없지, 굴러가는 게 용한 똥차로 여기까지 탈출하느라 정말 고생했다고요."

천비안이 곽영후의 얼굴과 상체를 재빠르게 훑고는 싱긋 웃어 보였다.

"그래도 덕분에 무사히 살았으니까 감사드려요."

무슨 말인지 영문을 알 수 없어서 곽영후가 물었다.

"누…누구신지? 저를 아세요? 그리고 내 차는 현호한테 줬는데, 왜 당신이 이 차 키를…."

"곽영후 씨죠? 제우스 모텔에서 현호와 같이 있었던? 현호의 대학원 선배 맞으시고요. 현호한테서 말씀 많이 들었어요."

곽영후의 눈이 휘둥그레졌다.

나를 알아? 그리고 뭐? 제우스 모텔도?

잔머리를 굴리는 곽영후를 일찌감치 알아보고 몸소 납신 천비안이었다. 탁자 위로 허리를 굽힌 그녀가 곽영후와 눈높이를 맞추며 말했다.

"밤샘하고 싶지 않아서 그러는데, 무슨 일이 있었던 건지 솔직하게 말해주세요. 참고로, 지금 여기 계신 분들…."

주변을 가리키는 천비안의 손가락 끝에 소문식과, 남지훈, 김미연이 닿았다.

"여기 계신 분들은 전부 이번 일부이처제의 탈락자들이니까 안심하고 말해도 돼요. 신고 같은 건 안 할 거니까요. 물론, 나를 포함해서요."

"…."

"곽영후 씨도 탈락자죠?"

그 뒤의 이야기는 순조롭게 진행되었다.

다만, 곽영후가 입이 아프도록 양필헌을 욕하는 와중에도 여왕과 강미주에 대해서만은 일절 함구했다. 오직, 현호와 양필헌에게만 이야기의 초점을 맞췄다.

"…현호가 어떻게 세울 형을 죽일 수 있냐며 양필헌에게 소리쳤고, 그 말을 들은 게 마지막이었어요. 내가 먼저 쓰러졌고 뒤이어 현호가 쓰러졌어요. 그 뒤로 아무런 기억이 없는 걸 보면 의식이 끊긴 것 같아요. 눈을 뜨니까 이 병원 회복실이었고요."

남지훈의 석연찮은 기색을 눈치챈 곽영후가 진심으로 말했다.

"그게 다예요. 노수혁 씨라는 저분은 처음 보는 사람이고요. 정말입니다."

사실, 타인들에게 둘러싸여서 취조당하는 듯한 기분이 썩 유쾌하지는 않았다. 하지만, 여기 모인 이들이 모두 탈락자라면 이해 못 할 것도 아니라고 생각했다. 나라도 낯선 외지인이 예고 없이 자신들의 아지트에 등장한다면 이들처럼 경계할 것이므로.

곽영후의 진술은 여기서 끝났다.

자세한 건 노수혁이 일어나봐야 알겠지만, 지금까지의 이야기로만 봤을 때 대충 얼개는 짐작할 수 있었다. 노수혁은 필시 이들을 구하려다 양필헌과 싸웠을 테고, 그 과정에서 다쳤을 확률이 높다. 구사일생으로 살아난 노수혁이 차현호와 곽영후를 차에 싣고 이 내과의원까지 달려온 것이다.

어제 인천항으로 출발해야 했지만, 그러지 못했다. 탈출 계획을 재수정해야만 해서 소문식과 남지훈은 곽영후의 이야기가 끝나자 곧바로 검진실을 나갔다. 천비안도 곽영후의 도움을 받아서 잠든 함경민을 등에 업고 밖으로 나갔다. 검진실에 혼자 남은 김미연이 고개를 갸웃하며, 뒤늦게 문을 열었다.

'부현구라고? 수혁 씨가 부현구에 아는 사람이 있었나?'

그리고, 진료 대기실로 나가는 복도.

방금 김미연의 행동처럼 고개를 갸웃한 사람이 한 명 더 있었다.

'이 병원에 있는 사람들은 모두 '탈락자'라고 하지 않았어?'

내가 잘못 보지 않았다면, 방금 내 눈앞으로 '하태형'이 지나갔다.

하태형은 탈락자일 수가 없다.

왜냐하면, 하태형의 생일은 9월 1일이므로.

*****

일요일 아침.

아삭거리는 양상추가 신선한 식감을 더했다. 입에 든 음식물을 씹으며, 입가에 묻은 노란 소스는 엄지손가락을 세워서 닦았다. 식사의 청결을 위해 준비된 접힌 냅킨이 있었지만, 손가락 쪽이 더 좋았다. '와삭'하며 샌드위치를 한 입 크게 베어 물고는 또다시 손가락으로 입술을 훔치며 여왕이 물었다.

"이게 그 노트북이라고…?"

갓 파스퇴르화가 끝난 신선한 산양 우유를 마셨다. 꿀꺽거리며 우유를 마신 뒤에는 무항생제로 사육한 닭이 낳은 반숙을 먹었다.

아침 7시가 되었고, 잠옷을 입은 채로 자신의 방 침대에서 적당한 채소와 햄, 치즈를 곁들인 아침 식사를 즐기는 중이었다. 지난밤, 애인과 격렬한 사랑을 나눈 탓에, 살짝 허기진 배가 식욕을 돋웠다.

침대 주변으로 의복을 갖춘 유도롱 총리대신과 농림축산식품부 장관 심말순이 있었다. 특히, 심말순 장관은 지금부터 보고할 사안에 있어서 이곳에 도착 전, 청심환을 세 알이나 복용했음에도 좀처럼 마음이 진정되지 않았다. 벌써 죽어버린 건가, 착각이 들 만큼 백지장처럼 하얗게 질린 얼굴로 연신 안절부절못하고 있었다.

심말순에는 눈길도 주지 않았다.

창을 입사入射하여 화분의 꽃대처럼 피어난 5월의 아침 햇살이 따사롭고 싱그럽게 여겨지니, 오늘 하루도 좋은 날이 될 것이다.

여왕의 기분이 좋아서 덩달아 안심된 왕실 직속 IT 부서 비서관이 대답했다.

"네, 그렇습니다. 학장로 우체국에 주차되어 있던 화물차 적재함에 들어가 있었습니다. 다른 쓰레기들과 함께 섞여 있었다고 합니다."

"차는 폭발했다면서? 그런데 이건 멀쩡하다는 거야?"

"네. 7인승 승합차가 우체국 주차장에서 폭발한 것은 맞습니다만, 노트북이 들었던 륙색의 소재가 고성능 폴리머를 기초로 한 케블라 원단을 수십 겹 겹쳐 만든 제품인지라 강력한 폭발의 충격에도 노트북의 SSD는 손상되지 않았습니다. 화염으로 인해 노트북 상판은 심각하게 훼손되었지만, SSD는 손상 없이 보존되어 데이터 복구가 가능했습니다."

여왕이, 화염에 녹아서 불규칙하고 거친 균열이 생긴 노트북을 흥미로운 눈길로 이리저리 살펴보았다. 키보드를 살짝 건드려 보기도 하면서 그녀가 호기심 가득한 말투로 IT 부서 비서관에게 물었다. 눈빛마저 생기있게 반짝거렸다.

"그러니까, 이 노트북 안에, 소문식에 관한 모든 데이터가 들어있다는 거지? 그뿐만 아니라, '신성한 차현호'에 대한 특급 시크릿까지. 맞아?"

"네? 아, 그…그게, 그렇다고도 할 수도…."

직전의 질문까지도 미리 외워 온 것처럼 술술 보고를 이어가던 비서관이 방금 한 여왕의 질문에는 말을 더듬었다. 하지만, '와삭'하며 몇 겹의 층으로 된 로메인 상추와 치커리를 동시에 씹느라, 그리고 드디어 소문식의 약점을 잡았다는 흥분과 기대로 여왕은 비서관의 태도를 미처 눈치채지 못했다. 연이어 질문했다.

"소문식이 '신성한 차현호'의 집에 소형감시카메라를 설치해서 그의 일거수일투족을 촬영한 영상을 전부 파일로 보관하고 있었다면서? 그 정보가 사실이야?"

"네. 그런데, 여왕 폐하, 드릴 말씀이…."

"게다가 소문식이 강박증 환자에다 완벽주의자여서 감시카메라

영상을 자신의 노트북에서만 볼 수 있도록 보안 조치했다고 들었는데, 대체 어떻게 영상에 접근한 거야? 나무뿌리처럼 무시무시하게 얽힌 비밀번호를 아이큐 280쯤 되는 천재 해커가 해킹이라도 한 거야?"

"네. 천재 해커가 노트북에 걸려 있던 보안 프로토콜을 해제했습니다."

해커의 질문에 대해서는 비서관이 말을 더듬지 않고 빠르게 대답했다. 그러자, 자신의 추리가 한 번에 들어맞아서 몹시 만족한 여왕이 샐쭉하게 웃었다. 이 분위기를 놓칠세라, 약삭빠른 비서관이 여왕을 향해 묵례하며 공식적인 보고가 끝났음을 알렸다.

여왕의 기분이 무척이나 좋아 보이는데, 나의 추가 보고로 인해 그녀의 심기가 불편해지기라도 한다면 그 즉시 내 목은 몸통을 떠날지도 모를 일이기 때문이다. 왕궁에서 일하며 수차례나 목격한 바고, 어쨌거나 나중에 여왕이 노트북의 비밀을 알게 되더라도 목이 달아나는 건 여기 있는 내가 아니라, 그 순간에 여왕의 주변에 있게 될 재수 없는 누군가가 될 것이니…나만 아니면 된다.

여왕이 콧노래를 흥얼거리며 햄샌드위치를 베어 물었으나, 두 눈은 시종 노트북에만 가 있었다.

소문식을 한 방에 보내버릴지도 모를 노트북을 손에 넣었고 게다가 운 좋게 제 발로 걸어 들어온 강미주까지, 혹시 이 모든 게 이번 게임은 신이 나를 위해 특별히 준비한 건 아닐까, 하는 생각마저 들었다. 점점 기분이 날아갈 듯이 좋아졌다.

입술에 묻힌 소스를 또 손가락으로 닦으며, 여왕이 생글거리는 미소로 물었다.

"심말순 장관. 그래서, 탈락자 체포 비율이 9.7%밖에 안 된다고?"

드디어 올 것이 왔다. 여왕의 질문에 심말순이 소스라치게 놀라며 숨을 들이켰다.

“허억!…. 네, 네…그, 그렇습니다. 대단히 죄송합니다. 하지만, 최, 최선을 다했습니다. 여왕 폐하!”

심말순이 허리가 부서지라고 바닥을 향해 머리를 조아렸다. 어젯밤, 남편과 자식들에게 유서까지 써두고 나온 터였다. 오늘 아침까지 여왕이 원한 탈락자 체포 비율은 30%였으나 죽을 각오로 임했어도 9.7%의 체포율밖에 달성하지 못했다. 할당량의 1/3도 안 되는 수치다. 당장 사형이 내려질지도 몰라서 심말순이 발을 동동거리며 울먹이는 목소리로 새로운 포부를 밝혔다.

“하, 하지만, 걱정하지 마십시오. 폐하! 반드시 할 수 있습니다! 저희 농림축산식품부에 소속된 차관, 차관보, 2실 5국 7관 48과 및 산하 5개 기관인 국립농산물품질관리원, 국립종자원 등의 직원뿐만이 아니라 그들의 가족, 친지들까지 동원되어 최선을 다하고 있사오니, 시…시간을 조금만 더 주시면…제발, 시간을 조금만 더….”

“알았어. 그럼, 다음 주 수요일 아침까지 30%로 만들어 봐.”

흔쾌히 허락하는 여왕에, 곧 여왕의 발밑에서 발가락이라도 핥을 것 같던 심말순이 눈을 굴렸다. 긴가민가, 혹시 나를 가지고 장난치는 건가, 의혹에 휩싸인 심말순이 진땀을 흘리는 동안, 여왕이 또 미소 띤 얼굴로 물었다. 이번엔 유도롱 총리대신을 향해서였다. 이미 심말순은 관심 밖이었다.

“유 총리, 듣자 하니, 소문식과 차현호를 공격한 경찰들이 전부 다 체포에 실패했다고?”

“네, 안타깝게도 그렇습니다. 그리고 오늘 아침에 들어온 긴급 보고입니다만, 밤사이 전국적으로 이번 일부이처제 법령에 대항하는 대규모

폭동이 벌어져 대치한 경찰과 시민 간에 수많은 인명 피해가 났다고 합니다."

또 무슨 잔소리를 하려는지, 유 총리의 표정이 사뭇 엄격했다. 그리고, 여왕의 예상대로였다.

"비단 거야去夜뿐만이 아닙니다. 단 며칠 사이에 왕실과 내각에 대한 존중과 권위는 법령 이전과 비교할 수 없을 정도로 현저히 약화하였으며, 또한 대단히 불경스러운 일이 오나, 여왕 폐하에 대한 국민의 불만과 증오, 불신 또한 사실상 통제 불가능한 실정입니다. 서울을 위시한 수십 개의 경찰서가 성난 시민들이 던진 돌과 화염병으로 부서지고 전소되었다고 하니, 이는 실로 국가적 위기 상황이라 아니할 수 없습니다. 직언컨대 부디 왕실과 내각의 안위가 풍전등화와 같은 급박한 상황임을 인지하시고…."

"적당히 해."

여왕이 손가락 한 개를 들어서 주의를 줬다.

"전혀 예상 못 했어? 밟으면 지렁이도 꿈틀한다잖아. 내가 널 죽이겠다는데 가만히 앉아서 죽겠다는 사람 봤어? 그래서 그만큼이나 빨리 잡아들이라고 지시한 거잖아. 시간을 주면 주는 만큼 우리 손해라고. 그리고 이왕 죽을 거, 지렁이들이 뭉쳐서 마지막 발악한들 그게 내 아침 식사까지 방해하면서 떠들어댈 일이야?"

다행히 말귀를 알아듣고서 입을 다문 삼촌이다.

여왕이 '이런 거 하나까지 일일이 알려줘야 해?'라고 뇌까리며 방법을 말했다.

"필요하면 외국에서 용병을 더 사들여. 대금이야 소시지 팔아서 치르면 되니까 후불로 계산해. 웃돈을 더 얹어준다고 하면 되잖아? 왜 대답이 없어? 일하기 싫어?"

여왕이 말하는 동안 멀대처럼 서 있기만 하던 총리가 '네. 폐하. 분부대로 이행하겠나이다.' 하며 공손히 머리를 숙였다.

겨우 심기가 가라앉은 여왕이 조금 전 하던 질문을 계속했다.

"그래서 소문식과 신성한 차현호는 다 잡을 뻔한 걸 놓친 거야? 안타깝게도?"

말처럼 안타깝다기보다는 장난치는 투로 들렸지만, 그럴 리가 없어서 유 총리가 진지하게 보고했다.

"네, 그렇다고 서울경찰청으로부터 보고받았습니다. 어제 오전, 소문식 일당인 한 남자가 서울 시내 상가건물 지하 주차장에서 전문 FH팀, 즉, 탈주 사냥대와 격전을 벌이며 도주하던 도중, 그가 탄 차량이 우체국에서 폭발했습니다. 조금 전, 한 비서관으로부터 보고 받으신 7인승 승합차 폭발과 관련된 내용입니다. 그리고, '신성한 차현호'는…." 차현호를 말하기 전, 유 총리가 잠깐 숨을 내쉬었다. 노년의 몸뚱어리가 요새 여러 가지 충격적인 일들을 겪어서 짧은 보고에도 쉬이 피로를 느꼈다.

"'신성한 차현호'는 같은 상가건물 2층에서 전화를 쓴 것이 발각되어 특수 범죄 수사대의 형사들을 급파했습니다만, 간발의 차로 가게를 떠난 것으로 파악되었습니다. 폐하께서 사전에 지시하신 대로, 경찰 측에는 소문식과 '신성한 차현호'의 검거에 실패하였다면 이후로 그들에 대한 추적을 중단할 것이며, 왕실로부터 새로운 지시가 있을 때까지 무기한 대기할 것을 명하였습니다."

"잘했어. 보고 끝났으면 그만 나가."

여왕이 새침하게 말했다. 회의하면서 식사하다 보니, 어느덧 햄샌드위치도 모서리 부분만 남겨두고 있었다. 한입에 먹을까 두 입으로 나눌까, 고민하다가 한입에 먹기로 했다. '앙' 하고 입을 벌리는데, 유 총리가 말했다.

"사실은 여쭐 게 있습니다만…."

그들의 추적과 관련하여 유 총리가 계속 마음 한편에 자리 잡고 있던 의문을 제기했다.

"경찰에게 왜 소문식의 추적을 중지하라고 하셨습니까? 신성한 차현호의 행방은 모른다고 하더라도 소문식과 그의 일당은 아직도 상가 건물 내에 있을 확률이 높습니다. 은신처가 특정된 이상, 경찰이 전력을 재정비하여 공격하였다면 소문식 일당도 일망타진했을 것임이 틀림없습니다."

유 총리가 이어 말했다. 석연찮은 점이 또 있었다.

"'신성한 차현호' 역시 그러합니다. 제아무리 두더지처럼 꼭꼭 숨은들 결국 한국 땅 안일 것입니다. 그렇다면 이 땅 어느 한 곳도 폐하의 치세가 이르지 않는 곳이 없으니, 명령만 내리시면 그를 끌고 오는 건 어린아이 손목 비틀기보다 쉬울진데, 어찌하여 폐하께서는 전 경찰에 추적 중지 명령을 내리셨는지…."

"불가능하니까."

'불가능'이란 말의 의미를 생각하느라 꿀 먹은 벙어리처럼 입을 다문 총리에게 여왕이 다시금 강조했다.

"불가능하다고. 무슨 말인지 알아들어? 수십, 수백 번을 공격하고 매번 작전을 바꿔도 마찬가지야. 경찰은 절대로 그들을 체포할 수 없어. 승산도 없는 지루하고 무기력한 소모전만 반복하다가 나중엔 경찰 쪽이 먼저 두 손 들고 포기하고 말 걸?"

유 총리가 저도 모르게 인상을 찌푸렸다.

"죄송하오나, 저는 무슨 말씀인지 도통…고작 일반인 남성 두 명을 체포하는 것뿐입니다. 그들이 아무리 강력한 무기와 기술, 패거리로 무장한다 한들 한 국가의 공권력을 이길 수는 없습니다. 그럴진대, 경찰이 왜 체포에 실패한다는 말씀입니까?"

해보지도 않고 승산이 없다는 말도 이상하지만, 정말로 그렇게 생각하신다면 그거야말로 더욱 이상하지 않은가?

유 총리가 연이어 물었다.

"그렇다면, 폐하께서는 소문식과 신성한 차현호를 추격해봤자 뻔히 실패할 걸 아시면서도 경찰에 체포 명령을 내리신 겁니까? 대체 왜 그러셨습니까?"

여왕이 장난스럽게 눈을 찡긋했다.

"정말 그런지 시험해 보고 싶었어."

"…."

"탈주 사냥대 1개 대대를 보내고 교묘한 함정을 파고 기관총을 쏘고, 그래도 안 되면 탱크를 보내서 건물까지 싹 밀어버릴 수도 있겠지. 가능하고말고. 총리의 말처럼 난 이 나라 최고의 살아있는 권력이자 공권력이니까 말이야. 하지만 말이야, 그게 과연 내 계획대로 잘 될까?…. 아니야. 그때마다 마치 잘 짠 상황극처럼 어떤 우연이 돌발적으로 등장해서 그들을 보란 듯이 살려내고 말 거야. 그러니 다 증명된 마당에 뭘 더 추격해?"

어깨를 으쓱하면서도, 말미에 여왕이 '풋'하고 웃어버렸다.

안달하지 마….

때가 되면 다들 제 발로 나를 찾아올 테니.

지난밤, 곽영후의 임무 실패에 대한 책임 전가로 강미주를 협박했다. 그리고 지금쯤은 그 늙은 구미호 같은 소문식도 눈치챘을 것이다. '킹'으로 다시 태어나기 위해 마침내 '퀸'이 움직인 것을.

"무리하게 체포하려고 하면 할수록 결과만 더욱 나빠질 뿐이야. 그러니까, 그냥 내버려 둬."

왕위 계승에 있어서 철저한 '모계 계승 원칙'을 따르는 왕실 법도에서 혈통이 다른 내척內戚 나부랭이한테 더 말해줘봤자, 그 아둔한 머리로는 감히 상상도 못 할 것이다.

나와 내 국가와 내 국민의 존속에 얽힌 거대한 비밀을 말이다.

그리고, 그 비밀의 문을 먼지처럼 소거해 버릴 힘을 가진 것이 소문식이며, 반대로 영원토록 존재할 불멸의 세상을 선물해 줄 사람이 바로 '신성한 차현호'라는 것을.

이 세상은 네 고리타분한 머릿속처럼 행과 열의 교차점으로 나뉜 셀이 아니야, 총리.

"더 질문할 게 남았어?"

여왕이 남은 샌드위치를 마저 먹기 전에 물었다.

여왕의 면전임에도 유 총리의 표정이 썩 좋지 못했다.

'체포하면 하는 것이지, 체포를 시도하기 때문에 체포를 할 수 없다는, 그런 말인가?'

이게 다 무슨 아이 잠꼬대 같은 소리인지, 방금 여왕이 한 말의 모순을 조목조목 되짚어 질의하려고 했으나, 그마저도 포기하고 물러서며 유 총리가 질문을 바꿨다.

"그렇다면, 어찌하여 경찰청 치안정감인 김역상에게 오늘 아침까지 소문식을 잡아들이라고 명하셨습니까? 폐하께서는 경찰이 소문식을 체포할 수 없다는 사실을 알고 계셨으면서도 굳이 지시를 내리셨습니다. 죄송하오나, 그것이야말로 명백한 억지이며 자가당착입니다. 또한, 지시가 이행되지 않을 시는 김역상 아내의 뱃살로 살라미를 만들겠다고 엄포까지 놓으셨습니다. 지금 드시는 샌드위치 속 햄이 바로 새벽에 잡혀 온 김역상 아내의 뱃살로 만든 살라미가 아닙니까?"

향긋한 풍미가 입맛을 돋우며, 붉은 살점에 흰 지방 입자가 적당히 박힌 얇은 인육 햄이다. 며칠간의 발효와 숙성 과정을 거쳐야 하는 살라미를 왕실의 햄 장인들이 단 몇 시간 만에 만들어 냈다.

여왕이 남은 샌드위치를 입 안에 던져 넣으며, 볼멘소리로 투덜거렸다.

"뭐래? 난 원래 일요일 아침마다 살라미 샌드위치만 먹잖아. 신선한 살라미가 먹고 싶어서 특별 주문한 건데, 그것도 안 돼?"

***

"신발주머니 챙겨가야지."

엄마가 말했지만, 입만 꾹 다물고 대답하지 않았다. 거실 턱에 놔둔 신발주머니를 홱 낚아채고는 현관에서 묵묵히 운동화만 신었다. 그러자 엄마가 등 뒤에서 또 말을 걸었다.

"왜, 오늘 엄마가 학교에 못 가서 그래?"

엄마가 정답을 말해서 난 눈을 내리깔고 입술을 삐죽거리며 부루퉁하게 대답했다.

"학교 다녀올게."

"잠깐만." 엄마가 밖으로 나가려는 내 손을 잡아당겼다.

"현호야."

엄마가 안쓰럽게 나를 부르자, 마침내 눈 밑까지 차올랐던 눈물이 터졌다. 아직 11살밖에 안 된 나지만, 그 순간만은 설움이 북받쳐서 굵은 눈물방울이 볼을 타고 뚝뚝 소리 내며 떨어졌다. 가만히 얼굴을 숙인 채 눈물을 흘리는 내 손을 부여잡고서 엄마가 따스한 음성으로 말했다.

"엄마가 미안해. 지난번에도 못 가고 이번에도 못 가서…."

"지지난번에도 안 왔어."

옷소매로 눈물을 닦으며 엄마가 틀린 부분을 정정해 주자, 엄마가 당황한 듯 '아' 하면서 고개를 끄덕였다.

"그랬구나…. 그래, 엄마가 다 미안해. 그런데, 엄마가 회사를 여러 개를 다니다 보니까 시간을 낼 수가 없어서…."

"뭐가 회사야? 회사는 회사에 출근해서 일하는 건데 엄마는 가게에서 아르바이트하잖아. 햄버거 가게, 술집, 대리기사, 이런 거 하잖아. 그러면서 한 번도 우리 학교에 안 왔잖아. 경진이랑 윤환이 엄마 아빠는 참관 수업 때마다 왔단 말이야. 오늘은 내가 '랍비와 다이아몬드' 책 독후감을 발표할 건데…. 또 나만 아무도 없어."

윤환이는 오늘도 패밀리레스토랑에서 가족 외식을 할 거라는 말은 뺐다. 그것까지 말하면 난 정말 비참하니까.

내 말에 틀린 곳이 없어서 엄마가 더는 사과도 아무 말도 하지 않았다. 그게 더 못마땅하고 심술이 나서 '비켜!'하고 인사도 없이 현관문을 여는데, 엄마가 또 내 손을 덥석 잡았다. 그리고 금방 내 주먹에 쥐어진 만 원짜리 한 장.

엄마가 나에게 사정하듯이 말했다.

"이걸로 수업 끝나고 맛난 거 사 먹어."

"됐어! 이딴 돈 같은 건 필요 없다고!"

구겨진 만원을 엄마한테 던져버리고 밖으로 뛰쳐나갔다.

누가 돈 달라고 했어?!

유치원 발표회 때도 그래 놓고.

다른 애들은 엄마 아빠, 할아버지 할머니 이모 고모 삼촌들까지 와서 박수치고 사진 찍고 그랬는데, 엄마는 또 발표회가 다 끝나고 나서야 허겁지겁 달려왔으면서.

나 혼자 무대 위에서 얼마나 외롭고 무서웠는 줄 알아?

엄마는 항상 그렇잖아!

항상 나는 혼자잖아! 난 엄마도 아빠도 아무도 없잖아!

"엄마 같은 거 다 필요 없어!!!"

현관문이 '쾅'하고 닫힌 바람에 놀라서 눈을 번쩍 떴다.

"헉, 미안해! 깼어?!"

천비안이 허겁지겁 의료용 철제 카트를 바로 세우며 사과했다. 밖으로 나가려다 출입문 근처에 있던 카트에 발이 걸려서 그만 카트가 바닥에 큰 소리를 내며 쓰러졌고, 그 바람에 곤히 자던 현호를 깨우고 말았기 때문…응?

"너 깼어?!"

천비안이 카트를 밀치고는 부리나케 현호에게 달려갔다.

카랑카랑하고 새된 목소리.

나한테 묻는 건가?

그리고, 노력하지 않아도 망막에 비친 새하얀 천장과 일렬로 늘어선 형광등.

깨끗하고 청결한 빛을 감상하는 가운데, 내 시간을 방해하며 불쑥 검은 머리 하나가 난입했다.

"괜찮아? 정신이 들어? 나 알아보겠어? 현호야?!"

천비안이 손가락 두 개를 펼쳐서는 현호의 눈앞에 대고 흔들었다.

손가락을 따라 힘없이 움직이던 동공이 이윽고 천비안의 얼굴과 마주쳤다.

현호가 자신을 알아본 것 같았다.

거의 울상이 된 얼굴로 천비안이 기쁨의 탄성을 지르던 그때, 현호가 물었다.

"그런데, 엄마는?"

현호가 정신을 차린 그즈음, 진료 대기실.

밤잠을 설친 모두가 잠에 빠져 있던, 새벽 6시에 노수혁이 깨어났다. 처음에는 구토와 두통 등의 통증을 호소해서 소문식을 깨워야 하나 김미연이 안절부절못했지만, 노수혁의 증세는 차츰 안정되어갔다. 노수혁이 배가 고프다고 하여 병원 탕비실을 뒤져서 유통기한이 지난 식빵과 우유를 찾아냈고, 둘이 이른 아침을 먹었다.

"자."하고 김미연이 노수혁에게 갓 내린 커피를 내밀었다.

아무도 없는 둘만 있는 대기실이었다.

"정말 괜찮아? 증세가 있거나 아프면 참지 말고 말해."

김미연이 걱정스레 말하자, 노수혁이 괜찮다는 표시로 머리와 팔을 흔들어 보였다.

"괜찮아. 여기가 병원인데 아프면 아프다고 하지 왜 참아? 그보다 당신은 좀 괜찮아? 다리는?"

"걱정하지 마. 다리도 한층 나아졌고…그보다 당신이 머리를 다쳐서 그게 더 걱정이지."

"이제 두통은 없어. 뒤통수가 약간 쓰린 거 말고는 푹 자서 그런지 몸도 가뿐하고."

노수혁이 커피를 마시는 동안, 김미연이 잠자코 기다려 주었다.

누구와 싸웠는지, 왜 뇌진탕으로 병원 앞에서 쓰러졌는지, 그런 상태로 병원까지는 어떻게 온 건지, 자칫 목숨이 위태로운 이런 때에 대체 밖에서 뭘 하다 왔는지, 물어볼 게 너무 많지만, 또한 그러하기에 선뜻 질문이 나오지 않았다.

새벽의 병원 대기실 안에서 정수기와 자판기, 가습기의 작은 작동 소음이 났다.

세상에 둘만 남겨진 것 같은 적막과 커피 내음, 옅고도 어스름한 어둠.

"당신이 거짓말 못 하는 거 알아."

네 모금째의 커피를 마시려는데 김미연이 말했다. 노수혁이 멈칫했으나, 그대로 종이컵을 기울였다. 나지막한 음성으로 김미연이 물었다.

"어디 갔었어?"

"…."

"사장님께는 은행에 돈을 찾으러 간다고 했다면서? 그런데 당신, 카드도 지갑도 없잖아. 사장님은…."

김미연이 남편의 그늘진 옆얼굴을 응시했다.

"내가 아무리 물어도 그분은 끝까지 말씀을 안 하셨어. 그래 놓고 나중에는 자신이 은행 심부름을 보냈다느니 하면서 말을 둘러댔어. 둘이 나한테만 비밀로 하기로 약속이라도 한 거야?"

5초여의 시간을 줬음에도, 노수혁이 입만 꾹 다물고 있었다.

5초의 시간이 짧다고 할 수는 없었다. 정직할 수 없어서 핑곗거리를 고민 중이라면 모를까, '아니요'란 대답은 쉬운 거니까.

저녁 내내 남편에 대한 걱정으로 아내는 간이 쪼그라들었다.

김미연이 저도 모르게 푸념 섞인 질책과 불만을 터트렸다.

아내인 자신은 이렇게까지 걱정하는데 아직도 뭐가 그리 대단한지, 변명조차 하지 않는 노수혁에 대한 원망이었다.

"내가 잠든 사이에 그렇게 사라져 버리면 어떡해? 한 시간 내로 돌아온다고 했다면서? 두 시간, 아니, 세 시간이 지나도록 당신은 돌아올 생각도 하지 않고, 핸드폰도 없어서 연락할 데는 없고. 정말 당신이 잘못된 줄 알고 찾으러 나갈 생각까지 했어. 사람들한테 더 기다려달라고 부탁할 수도 없고, 나 혼자 얼마나 힘들었는 줄…."

김미연의 푸념이 쏙 들어가 버렸다.

둘만 앉은 대기실 의자에 방금 노수혁이 어떤 물체를 꺼내놓았기 때문이다. 아파트 504호에 두고 왔던 자신과 노수혁의 핸드폰이었다. '이게 왜?'라며, 놀란 눈을 한 것도 잠시, 다시금 뭔가가 의자에 놓이자, 김미연이 그것들을 집어 들었다.

희끄무레한 불빛 아래에서도 노수혁이 전해 준 그것이 무엇인지는 너무도 잘 알 수 있었다.

매일 같이 보고 또 보고 늘 보는 것들이었으니까.

코끝이 시큰했다. 각막이 뿌옇게 흐려지는가 싶더니 김미연의 눈에 대번 눈물이 차올랐다.

액자에서 빼낸 대여섯 장의 사진과 코알라 신발을 들고서 소리죽여 흐느끼는 아내를 노수혁이 물끄러미 쳐다보았다. 이윽고 그가 말했다.

"집에 다녀왔어."

"…."

"우리 예원이 사진과 백일 신발을 두고 왔더라고…."

참아내지 못하고 더욱 울어대는 김미연에게서 시선을 떼지 않았다. 지금 김미연의 심정이 어떤지 세상 누구보다 잘 아는 노수혁이었기에 그가 담담한 음성으로 말했다.

"우리한테는 목숨만큼이나 소중한 거지만, 남들한테는 아니잖아. 이런 걸로 집에 다녀오겠다고 할 수가 없어서 은행에 간다고 거짓말했어…. 늦게 와서 미안해."

숨죽여 끅끅거리는 김미연의 울음소리가 높아져만 갔어도, 하루를 시작하는 태양 빛은 어김없이 약속된 시간에 병실 창문을 통과했다.

오전 7시, 부부의 모습이 대기실에서 사라진 뒤였다.

*

오전 10시 30분, 병리실.

날이 훤히 밝았다.

"형이 잘못될까 봐 걱정했어요."

즉석밥과 캔 참치로 아침을 먹은 후, 하태형이 말했다.

곽영후가 당황해하며 뒷머리를 긁적였다.

"아, 그, 그랬어? 나야 뭐, 평소에도 조심성 있는 성격이라서 살았지. 현호가 아직도 헤롱거리긴 하지만."

"그런데, 필헌 형이 그랬다니…아직도 믿기지 않아요."

하태형이 한숨을 내쉬며 다시 생각해도 믿기지 않는 듯, 고개를 내저었다.

조직 샘플과 체액 샘플의 검사, 진단, 분석 등의 병리학적 진단 업무를 보는 병리실이었기에, 내실은 조직 절편기와 세포 분석기, PCR 기기 등의 의료용 분석 기기 등으로 빼곡했다. 그곳 한구석에 하태형이 이동식 1인용 침대를 두고 생활하고 있었다.

1인용 침대에 걸터앉아서 곽영후와 대화 중이었다.

곽영후로부터 대략적인 내막은 들었고, 저 노수혁이란 사람이 절체절명의 순간에 곽영후와 차현호를 구한 것을 알았다.

하태형이 커피가 든 머그잔을 기울이며 말했다.

"노수혁 씨가 은행에 갔다고 들었는데 실은 고모할머니 댁에 간 거였군요. 그런데 막상 도착해 보니 할머니는 탈락자 신분으로 경찰에 체포된 후였고, 빈집 거실에 쓰러져 있던 형들을 노수혁 씨가 구했다는 거잖아요. 노수혁 씨는 현관에서 필헌 형을 보자마자 범인인 걸 알고는 싸웠다고 했어요. 아까 밖에서 사람들이 얘기하는 걸 들었어요."

"아, 으응? 아, 그랬어? 그랬겠지. 나도 노수혁 씨한테 인사는 했어. 고…고마웠다고. 그런데, 넌 저 밖에 있는 사람들과 무슨 관계야?"

"모르는 사람들이에요. 탈락자들인데 잠시 우리 병원에 피신해 있는 거예요…. 그런데, 형, 화장실 가고 싶어요? 왜 그렇게 안절부절못해요?"

간밤의 소동이 가라앉아서 찬찬히 사건의 내막에 관한 얘기를 나누는 중인데, 곽영후가 좀처럼 대화에 집중하지 못하고 어깨를 흔든다든지 병리실 내부를 두리번거리든지 하며 산만한 태도를 보였다.

하태형의 의심스러운 눈초리에 곽영후가 그만 '버럭'하고 말았다.

"야! 더…덥긴?! 누가 덥다고 그래?! 보…봄이라서 그런지 날씨가 이랬다저랬다, 감기 걸리기 딱 좋아, 안 그래? 하하하."

겉으로 과장되게 웃으면서도 속으로는 침착하자고 다짐했다. 곽영후가 이마의 땀을 훔치는 척, 하태형에게 물었다.

“그것보다 말이야, 태형이 넌 어떻게 이 병원에 숨어있는 거야?”

“무슨 말이에요? 어떻게 숨어있냐니. 난 탈락자고, 여긴 우리 아버지 병원이라고 말했잖아요.”

하태형이 커피잔을 기울이며 대답했다.

“그, 그러니까 말이야. 네가 숨은 건 아니고…그런데 저기, 밖에 있는 사람들이 그러던데….”

“저 사람들이 뭘요?”라며, 하태형이 바로 물었다.

곽영후가 마른침을 꿀꺽 삼키며 대답했다. 저 사람들이 너더러 탈락자라고 하던데, 그럴 리가 없잖아. 네 생일은 9월 1일이니까.

“…넌 혼자 이 병원에 남기로 했다면서?”

속마음과 달리 본능은 다른 말을 뱉어냈다. 뇌가 세절할 정도의 고뇌 속에서 살길을 찾은 곽영후였다. 생일의 비밀이 드러나는 순간, 하태형은 곧장 칼날 같은 송곳니를 드러내며 나를 경찰에 신고할지도 모른다. 탈락자도 아닌 하태형이 나한테까지 거짓말을 하는 이유는 하나뿐이다….

“네. 당연한 거 아니에요? 저 사람들의 정체도 모르는데 일행이 될 순 없잖아요.”

하태형의 말소리가 먼 곳에서 들리는 것인 양 아득해졌다.

행운 부활권.

일반인은 3명의 탈락자를, 탈락자는 6명의 탈락자를 신고하면 신고자 본인은 기사회생하는 바로 그 ‘행운 부활권’!

하태형의 노림수는 그거다!

게다가 또한 이 무슨 천운인지 이곳에 있는 탈락자는 총 6명.

소문식, 남지훈, 천비안, 김미연, 노수혁, 그리고 마지막 한 명은….

하태형이 움직이기 전에 선수 치는 수밖에 없다!

곽영후가 아직 반도 더 남은 커피를 들고 침대에서 벌떡 일어섰다.

"현호한테 가 볼게. 아침밥 먹을 때 보고 아직 말도 안 해봤어."

하태형이 따라 나올까, 재빨리 병리실을 나선 곽영후가 잰걸음으로 복도를 나가며 호주머니에서 핸드폰을 꺼냈다. 하태형 먼저 경찰에 탈락자들을 신고해버리면 그만이었다. 하지만, 들뜬 마음으로 핸드폰을 켠 곽영후가 이내 제자리에 우뚝 서고 말았다.

[이 문자들은 읽는 즉시 삭제하세요. 그리고 지금 당장 현호 오빠와 서울을 떠나요.]

오늘 아침까지, 거의 1분여 간격으로 똑같은 문자만 수십 통이 들어와 있었다. 모두 강미주로부터였다.

그리고, 마치 곽영후가 핸드폰 켜기만을 기다렸다는 듯, 경쾌한 알람음과 함께 방금 문자 한 통이 들어왔다. 또 강미주였다.

17

"몸 상태는 좀 어떠세요?"

대기실에서 천비안이 빌려준 휴대용 라디오를 듣고 있는데, 어떤 손이 종이컵을 내밀었다.

앞에 선 사람이 노수혁임을 안 현호가 커피를 받으며 인사했다.

"괜찮습니다. 노수혁 씨가 아니었으면 벌써 죽었을 거예요. 도와주셔서 감사합니다."

노수혁이 털썩거리며 현호의 옆자리에 앉았다. 불안해 보이는 현호를 향해 그가 쾌활한 웃음을 보이며 말했다.

"인사는 됐다니까 그러시네? 다 현호 씨 운이죠, 뭐. 실은, 저와 아내도 소문식 사장님께 도움을 받아서 지금까지 살아있는 거거든요. 은행 간 김에 잠시 고모할머니의 안부가 걱정돼서 들렀던 차에 그런 일이… 아무튼 제가 도움이 됐다니 다행입니다."

늦은 아침, 곽영후와 하태형, 소문식을 뺀 나머지 사람들이 대기실에 모여 있었다. 일부이처제가 시작된 이후, 이처럼 숙면한 적이 없어서 아침 식사를 마친 사람들의 표정이 어제보다 한층 밝아 보였다. 더불어 인원도 늘어나서 북적거리는 것이, 왠지 오늘부터 모든 일이 잘 풀릴 것만 같은 희망마저 생겨났다. 14살 중학생 함경민이 나비가 든 깡통을 흔들어 대며 대기실 복도를 분주하게 뛰어다니고 있었다.

현호가 다시 라디오 뉴스에 집중하려고 하다가 목숨을 살려준 자에 대한 예의가 아닌 것 같아서 라디오를 껐다.

노수혁이 라디오에 시선을 주며 물었다.

"좋은 소식이라도 있습니까?"

"아쉽게도 없어요…. 탈락자 체포를 위한 경찰 수가 확대됐고 실시간 체포 인원이 계속해서 갱신되고 있어요. 아침부터 벌써 5천 명을 넘어섰네요. 그나마 기쁜 소식은 탈락자들과 탈락자들의 가족들까지 합세한 대규모 무력시위가 벌어졌고 거리 곳곳에서 경찰들과 충돌 중이라고 합니다. 전국적으로 벌써 31개의 경찰서와 파출소가 시민들에 의해 점령당했다고 하고 그 이외에는…."

기분이 썩 좋지는 않지만, 현호가 방금 들은 뉴스를 전했다.

"코인 뉴스가 제일 많은데, 가상화폐의 대표 격인 히트코인 가격이 연일 기하급수적으로 오르고 있다고 합니다. 금 시세도 엄청나게 올랐다고 하고요."

데모가 성공적이라는 소식에 '그것참 다행이군요'란 맞장구로 응감하려던 노수혁이 그만 입을 딱 벌리고 말았다.

"네?! 정말로요?! 히트코인이요?!"

"네. 특히 잡코인 중 하나인 스칼라코인은 거래소의 입금량이 급증하면서 오늘 아침에만 무려 325%의 상승률을 기록했다고 해요. 뉴스 멘트를 요약하자면, 전 세계로 퍼진 한국발 K-우생학의 인기와는 반대로 급속도로 확산한 대중들의 불안 심리와 미국 중앙은행의 전례를 찾아보기 힘든 대폭적인 금리 인하에 따른 피아트 화폐(*정부 발행 화폐)의 가치 하락이 이번 코인 상승의 주된 원인이라고 하는데…글쎄요. 저는 잘 모르겠어요."

현호가 소리를 멈춘 작은 라디오를 내려다보았다.

죄 없는 사람들이 끔찍한 모습으로 죽어 나가는 다른 한편에서는 기회주의적 행태를 통한 또 다른 이들의 돈벌이가 치열하게 벌어지고 있었다. 타인에 대한 동정과 연민은 일시적이고 맹목적인 교과서적 윤리에 기인한 것. 그것들은 남의 일이고 과거가 될 역사이지 당장의 내 현실이 아니기 때문이다. 시간의 흐름에 따라 해마에 저장된 기억은 희석되고 지루해지기 마련이며, 거시경제학이나 행동경제학 등의 수준 높은 경제학적 이론 없이도 끊임없는 도파민의 생성과 분출만이 실질적인 '삶'으로 간증 되는 인간 뇌 구조의 취약점, 그리고 대 자본주의의 원칙에 따라서 부족한 자원의 희소성과 제한, 가치에 대한 시장 메커니즘은 충실히 제 역할을 하는 셈이니, 작금의 세태는 사전학적 의미로 비교적 정상적正常的이라 할 수 있다고…. 아까운 내 시간을 들여가며 왈가왈부할 필요도 없는 것이다.

라디오에서 눈을 뗀 현호가 노수혁의 몸 상태를 물었다.

"뇌진탕은 좀 어떠신가요? 머리 말고 다른 곳은 괜찮으신가요?"

"아, 뇌진탕? 이…이거요?"

현실로 돌아온 노수혁이 반창고를 붙인 뒤통수를 손으로 문질렀다. 그러고는 활협한 성격만큼이나 호탕하게 말했다.

"괜찮습니다. 경황이 없어서 잘 기억은 안 나지만, 그 남자와 몸싸움 중에 둔기 같은 걸로 뒤통수를 가격당한 거 같아요. 그때는 참을만했는데, 뭐가 잘못됐는지 차를 운전해 오는 중에 눈앞이 핑그르르 돌면서 골이 어지럽더라고요. 이곳까지 와서 기절한 게 천만다행이죠."

"네, 정말 다행이에요. 그리고 말인데, 혹시 같이 싸우신 그 남자는 어떻게 됐는지 아세요?"

양필헌에 당해서 죽을 뻔한 절체절명의 순간에 기적처럼 노수혁이 등장했다. 덕분에 나와 영후 형은 살았지만, 양필헌은 어떻게 되었는지 궁금했다.

현호의 질문에, 노수혁이 미간을 찡그렸다. 힘에 부친 상대여서 꽤 고전했다.

"아, 선배인지 양필헌인지 하는 그 살인마 새끼요? 덩치도 크고 운동을 한 건지 힘만으로 제압하긴 힘들더군요. 괴물처럼 고성을 지르면서 달려드는데, 다급한 나머지 현관에 있던 나무 지팡이로 어깨를 내리쳤습니다. 그런데 맷집이 좋아서 지팡이로 몇 번을 내리쳐도 꿈쩍도 안 하더군요. 서로 죽기 살기로 싸우는 중에 램프 같은 게 손에 잡혀서 그걸로 머리를 세게 갈겨버렸습니다. 그러자 축 늘어져서 더는 일어나지 못했고, 그 틈에 저는 두 분을 곽영후 씨의 차로 옮긴 후에 무조건 병원으로 내달렸죠. 아, 쓰러진 곽영후 씨 옆에 차 키가 떨어져 있었어요."

"네? 양필헌이 기절했다고요? 그럼, 혹시…."

"안 죽었으니까 걱정 안 하셔도 돼요. 제가 살인자도 아니고…. 램프를 직통으로 얻어맞고 쓰러졌지만, 제가 현관을 나올 때까지만 해도 그자는 살아있었어요."

노수혁의 말에 안도했으나, 곧 양필헌이 어찌 되든 무슨 상관이냐 싶기도 했다. 정말 나쁜 놈은 나와 영후 형에게 수면제를 먹이고 경찰에 넘기려고 한 그놈이니까.

"그것보다 당신, 부현동에는 대체 왜 간 거야?"

노수혁과 현호의 대화가 끝났다고 생각했는지, 김미연이 대뜸 끼어들었다. 그녀가 재차 물었다.

"부현동에 누가 있다고 거기를 가?"

“아까 말했잖아. 혼자 되신 고모할머니가 옛날부터 부현동에 사셨다고.”

“정말이야? 그런데 당신과 결혼한 지 12년이나 됐지만, 난 왜 한 번도 부현동 고모할머니 얘기를 못 들었지? 나한테는 왜 말 안 했어?”

노수혁이 망설이는 듯하다가 하는 수 없이 대답했다.

“그분은 증조할아버지 때 양녀로 입양되셨어. 내가 어렸을 때, 우리 부모님 대신 나를 돌봐주기도 하셨지만, 그 후, 여러 가지 사정으로 아버지와는 절연하셨지. 이십 년이 넘도록 서로가 아예 연락을 끊고 지내다가 일부이처제가 터지고 나니 문득 가족도 없는 할머니가 혼자 어쩌고 계시는지 생각나서 아파트에 다니러 간 김에….”

‘아차’하며 낭패한 얼굴로 노수혁이 말을 멈췄다. 그가 현호의 눈치를 보며 말을 얼버무렸다.

“은…은행 간 김에 잠시 할머니 댁에 들른 것뿐이야.”

부부의 대화가 길어질 것 같아서 현호가 머뭇거리며 말했다.

“그럼, 전 이만 가 보겠습니다.”

라디오를 챙겨서 일어서는 현호에게 노수혁이 어리둥절하게 물었다.

“가다니? 어디로요?”

“가 볼 데가 있어서요. 도와주신 은혜는 잊지 않을게요. 감사했습니다.”

그러자, 함경민과 잡지를 읽으며 놀던 천비안이 득달같이 달려와서 현호를 붙잡았다.

“너, 무슨 소리야? 뜬금없이 가긴 어딜 가? 아, 너 혹시 또 어머니 때문에 그래?”

현호가 그녀에게 라디오를 돌려주며 말했다.

“응. 한시가 급해. 엄마가 어떻게 된 건지 찾아봐야 해.”

“그래서 또 무턱대고 집으로 가겠다고? 그런데 이젠 집도 불타고 없다며? 어디서 네 어머니를 찾겠다는 거야?"

"양필헌이 경찰서로 끌려가던 엄마를 봤다고 했어. 근처 경찰서부터 알아볼 참이야."

아직도 양필헌의 말을 사실로 믿고 있는 현호였다. 정임순의 집에서 양필헌은 현호의 모친을 본 적 없다고 자백했으나, 그때의 현호는 이미 수면제에 취해서 정신을 잃은 상태였기에 양필헌의 말을 듣지 못한 까닭이다.

천비안이 터무니없다는 듯 말했다.

"그 남자 말을 믿어? 너와 곽영후 씨를 신고하려고 덫을 놨던 놈이야. 안 돼. 너 이대로 가면 틀림없이 또 무슨 사고가 날 거야. 이번엔 정말 널 도와 줄 사람도 없을 거라고. 엄마를 찾기는커녕 네가 죽을 수도 있어. 바보야!"

작은 소란이 일자, 대기실에 있던 이들의 시선이 현호와 천비안에게 쏠렸다. 멀리 있던 남지훈도 다투는 것처럼 언성을 높이는 둘을 지켜보고 있었다. 마치 먹이를 노려보는 독수리처럼 그의 눈매가 날카롭도록 가늘어졌다.

하지만, 벌써 돌처럼 굳은 결심이라 그 누구도 현호를 말릴 수는 없었다. 소지품이라고는 길에서 주운 핸드폰 하나뿐이어서, 이대로 눈앞에 보이는 병원문을 나서기만 하면 됐다.

현호가 말했다.

"그래도 할 수 없어. 경찰서마다 전화를 걸어서 알아볼 수도 있지만 여기서 그러면 이곳 사람들한테 민폐잖아."

천비안이 다급히 물었다.

"소문식 사장님께는? 너 사장님께 허락은 받았어?"

"소문식 사장님이 누군데? 그리고 내가 내 엄마를 찾아가는데 다른 사람 허락까지 받아야 해?"

"그분이 널 지금껏 걱정했단 말이야. 어젯밤도 너 때문에 거의 뜬눈으로 지새웠다고 들었어. 지금 주무시고 계시니까 깨우든지 아니면 깨길 기다렸다가 말이라도 하고서 가."

"아니, 그러니까 소문식 사장님이 대체 누구길래 나를 걱정한다는 거야?"

"네 엄마의 지인분이시잖아. 하긴, 넌 말해봤자 모를 거라고 하셨어. 어쨌거나 어렵게 만났는데 그 분께 인사도 없이 가는 건 예의도 아닌 거 같고…."

"비안아."

현호가 그녀를 불렀다.

그들 사이에서 중학생 여자아이가 단호한 입매를 한 현호와 낙담한 얼굴을 한 천비안을 호기심 어린 눈길로 바라보고 있었다.

"지인이든 뭐든 엄마가 없으면 나도 없어. 그만 갈게."

누구도 이 남자를 막을 수 없다는 걸 알고 노수혁이 발을 비켜선 그 때였다. 호기롭게 띈 첫발에서 더는 나아가지 못하고 현호가 걸음을 멈추었다.

방금, 병리실에서 나온 하태형과 마주친 것이었다.

손에 머그잔을 쥔 하태형이 현호에게 먼저 아는 체를 했다.

"여기서 다 보네요. 형."

밤새 큰 소동이 났어도 간혹 커피나 먹을 것을 가지러 밖으로 나왔을 뿐, 사람들의 일에는 관심 없던 남자였다. 졸지에 대면하고 만 연구실 선배가 불편해서 하태형이 머그잔을 손가락으로 가리키며 말했다.

"커피가 떨어져서요."

그리고 내시경실의 문이 열리며 소문식도 밖으로 나왔다. 사람들의 시끄러운 소리에 잠이 깼다.

"일전에 세하대학원 건물 앞에서 뵌 적이 있죠?"

소문식이 다가오며 먼저 현호를 알아보고 인사했다.

"무사하셔서 다행입니다."

이로써, 병원에 있던 이들이 한 사람도 빠짐없이 진료 대기실에 모였다.

오전, 11시 20분이었다.

*

"그래서, 제가 밖으로 나갈 수 없다는 말입니까? 고작 그런 이유로?"

소문식이 갓 내린 캡슐 커피를 마시며 대답했다.

"고작 그런 이유는 아닙니다. 자칫하다간, 차현호 씨가 우리 모두를 위험에 빠뜨릴 수가 있으니까요."

소문식의 대답에 현호가 실소했다. 어처구니없는 이유로 병원에 발이 묶인 셈이라 그의 말투에 날이 섰다.

"저를 도와주신 건 대단히 감사하게 생각하고 있어요. 하지만, 그런 룰이라면 애초에 낯선 이를 병원 안으로 들이시면 안 되는 거 아닌가요? 한번 들어오면 밖으로 나가지 못하는 룰이라니…제가 동의하지도 않은 그런 걸 따라야 한다고요?"

현호의 반박에도 별다른 동요를 보이지 않고 소문식이 말했다.

"보시다시피 이곳은 병원이라서 아픈 사람이 있다면 치료부터 하는 게 원칙입니다. 하지만 전쟁 중이나 마찬가지인 비상시국인지라 누군지도 모르는 사람을 순순히 외부로 내보낼 수는 없습니다. 그건 여기 모인 사람들이 모두 동의한 내용이기도 하고요. 차현호 씨도 예외는 아닙니다. 이곳에 오신 이상 우리의 룰을 따라주셔야 하며, 운이 나빴다면 현호 씨가 이 병원 복도에서 발견된 것이죠."

상가건물 4층 복도였다.

소문식과 현호가 층계참에 서서 언성을 높이고 있었다.

남지훈은 병원 출입문 외벽에 기대어 둘의 대화를 듣고만 있었다.

좀처럼 말이 통하지 않아서 답답한 마음에 현호가 거칠게 머리를 쓸었다.

조금 전, 병원 내 머물라는 소문식의 지시를 일언지하에 거절했다. 소문식이 한 말의 요지는, 외부로 나간 내가 병원 사람들을 경찰에 신고할 염려가 있다는 것이었다. 이해가 가지 않는 것은 아니지만, 엄마가 걱정돼서 이대로 병원에 머물 수도 없었다. 타협을 포기하고 곧바로 고장 난 병원문을 열고 복도로 나섰다. 남지훈이 나를 저지하려고 했고, 뒤이어 소문식도 복도로 따라 나왔다.

그리고, 복도에서 또 설득과 거절을 반복하길 10여 분째.

해가 중천에 뜬 정오였다.

두 남자가 마주 선 복도 창문으로 따가운 봄볕이 통과하며 초조한 현호의 표정을 고스란히 드러냈다.

"저 그냥 가게 해주세요. 약속드릴게요. 경찰에 잡히더라도 절대 이곳에서의 일과 사람들을 발설하지 않겠습니다. 아니, 밖을 나가는 순간, 바로 잊어버릴게요!"

"저도 믿어드리고 싶지만, 그럴 수가 없음을 양해 바랍니다."

거듭된 거절에도 포기하지 않았다. 이 순간에도 작고 왜소한 체구의 엄마가 낯선 곳에서 얼마나 두려움에 떨고 있을지, 심장이 죄어오는 고통 속에서 현호가 소문식에게 사정했다.

"전 반드시 어머니를 찾아야만 해요. 간과 신장이 안 좋으셔서 십 년 넘게 약을 드세요. 집은 불에 타서 없어졌고, 지금까지 죽었는지 살았는지 어머니의 생사조차 알 수 없어요. 제발, 이렇게 부탁드립니다." 현호가 고개를 숙였다.

된다면 무릎이라도 꿇고 싶다.

하지만, 금방 허공으로부터 들려 온 대답.

"안 됩니다."

"정말 신고라든가 그런 건 생각도 안 하고 있어요! 이 세상에 가족이라고는 저희 모자뿐이에요. 제가 태어날 때부터 아버지 없이 저를 키우느라 온갖 고생을 다 하신 홀어머니입니다. 제가 빨리 가봐야 해요. 그러니까 제발요!"

"안 됩니…"

마침내 참지 못한 현호가 분노에 차서 소리쳤다.

"됐다고요! 당신은 낳아 준 어머니가 없어요?! 이렇게까지 비는데도 인정사정도 없냐고! 당신들을 신고할 생각은 눈곱만치도 없다고 아까부터 몇 번을…."

"저 안에 어린아이가 있습니다."

일순, 현호의 포효가 멈췄다.

폭죽이 터지는 것처럼 시끄럽던 목소리와 말들이 연기처럼 홀연히 사라져 버렸다.

그리고, 금세 자리를 채운 적막….

들창으로 빗살처럼 스며든 정오의 햇살이 고즈넉한 사선으로 흘렀다.

초여름 냇물인 양 가늘게, 하지만 살아서 비동飛動적인 햇볕은 고요하도록 침묵한 두 사람의 얼굴을 반짝이게 했고, 그림자를 드리웠다.

햇살을 타고 창문 틈으로 작고 가냘픈 나비 한 마리가 살포시 날아들었다. 동화책 속에 그려진 그림처럼 샛노란 몸통이 예쁜 나비였다.

봄은 벌써 왔건만, 아직 그 사실도 모르는 것 같았다.

내려앉을 곳을 찾는 듯 쉼 없는 날갯짓을 반복하던 나비는, 표정이 사라져 버린 현호와 침착한 모습을 유지한 소문식 사이를 이리저리 왕복했다. 소문식의 눈동자가 얼결에 뛰어든 노란 나비의 동선을 따라 움직였다가, 곧 나비만을 보고 선 현호를 향해 같은 말을 반복했다.

"저 병원 안에 여자아이가 있습니다. 14살이고 이제 중학교 1학년생입니다."

"…."

"저야말로 부탁드립니다. 차현호 씨."

별안간 병원문이 벌컥, 열렸다.

문틈으로 아저씨들의 싸움을 조마조마하게 지켜보고 있던 아이가 절로 흥분해서 복도로 뛰쳐나온 것이었다.

"와! 또 나비다! 아침부터 이게 몇 마리째야?!"

14살 중학생 녀석이 복도와 계단을 뛰어다니며 나비를 잡느라 분주했다.

그러는 동안에도, 현호는 어떠한 판단도 내리지 못하고 층계참에 서 있을 뿐이었다.

현호와 소문식이 복도에 있던 그 시각.

"고마워요. 오늘만 벌써 석 잔째의 커피네요."

천비안이 건넨 커피를 받으며 김미연이 웃었다. 그러자 천비안도 겸연쩍게 따라 웃으며 농담했다.

"카페인으로 뇌가 절여져도 조금도 불행하지 않을 것 같아서요. 커피가 싫으시면 다른 걸로 드릴까요?"

"아니에요. 착각만이라도 필요한 때니까요. 잘 마실게요."

김미연이 탕비실에서 커피와 쿠키를 먹으며 모처럼의 티타임을 즐기고 있었다. 남편인 노수혁은 어디서 잠이라도 자는지 대기실에서 본 뒤로는 코빼기도 보이지 않고, 다른 사람들도 병원 내 각자의 공간에서 대화 중이거나 휴식을 취하고 있었다.

소문식이 있는 복도 쪽이 소란스럽지만 그러려니 했다.

머릿수가 늘어난 만큼 개개인의 사정과 저마다의 상식도 늘어나서 공동체를 위한 이해와 협조가 강조되고 있었다.

김미연이 커피잔을 기울이며 말했다.

"언뜻 들리는 얘기로는 새벽 2시쯤에 병원을 떠날 거라고 하더군요."

"정말요? 전 새벽 4시라고 들었는데요?"

"아, 그러면 또 바뀌었을 수도 있어요. 정확한 시간은 회의에서 전달하시겠죠."

"네. 기다려 봐야겠어요."

잠깐 커피를 마시느라 둘의 대화가 끊겼지만, 머그잔에서 입술을 떼며 천비안이 물었다.

"다리는 어떠세요? 아프거나 하지는 않나요?"

"네. 전혀요. 봉합이 잘 돼서 그런지 조금 쓰라리긴 하지만 걷는 것도 문제없어요."

"그래도 무리하진 마시고요. 인천항까지 무사히 가셔야 하니까요."

"네. 걱정해 주셔서 고마워요."

표면적인 대화를 무리 없이 해내고 있었다.

상황이 상황이니만큼, 서로가 공통으로 겪는 일 이외에 사적인 질문은 사치처럼 느껴져서이다. '후릅'하고 누군가가 커피를 마시자, 그 틈에 누군가가 말했다. 사치하기로 마음먹은 천비안이었다.

"아침에 화장실을 가려고 나왔다가 두 분이 대기실에서 나누는 얘기를 들어버렸어요."

김미연이 그녀를 쳐다보자, 천비안이 '죄송해요'라고 말했다.

그러자, 김미연이 또다시 미소 지으며 고개를 흔들었다.

"아니에요. 트인 공간이라 누가 있었어도 이상할 건 없죠. 주의 못한 우리 탓이니까요…. 그러셨군요."

또 한 번의 '후릅'.

머그잔을 살짝 흔들며 잔 안에 생긴 검은 파동을 느꼈다.

김미연이 말했다.

"남편과는 스무 살 때 만나서 결혼했어요. 제가 대학교 1학년 때요."

"네? 그렇게나 빨리요?"

"네. 후훗, 아기가 생겼거든요."

"아아, 그러셨구나…."

당황한 기색을 숨기지 못하는 천비안이 귀여워서 김미연의 입가에 미소가 어렸다.

"네. 지금도 그렇지만 그땐 둘 다 너무 어렸고 철이 없었어요. 결혼 후에 난 학교를 중퇴했고, 남편은 대학에 다니며 생계를 위해서 아르

바이트했어요. 물론, 수입은 형편없었고 양가 부모님의 도움 없이는 기본적인 생활조차 할 수가 없었죠. 물가가 얼마나 괴물 같은 것인지, 그때 처음으로 알았어요."

"…."

"분윳값과 기저귓값, 아기 병원비, 식비와 핸드폰 요금, 전기세, 가스비 등등…카드 결제일만 다가오면 심장이 두근거리고 식은땀이 나는 증세까지 생겨났어요."

"아, 그건 저도 그래요. 세상에서 카드값이 제일 무섭죠. 저승사자보다 더요."

천비안의 너스레에 김미연이 장난스럽게 반달눈을 해 보였다. 부드러운 목소리로 그녀가 말했다.

"서툴고 힘든 나날의 연속이었지만 그래도 난 수혁 씨와의 결혼을 후회한 적이 없어요."

김미연의 시선이 머그잔을 향했다.

"우리 아기가 죽었을 때만 빼고요."

"…."

"우리 아기가…우리 예원이가 죽었을 때…난 남편을 죽도록 증오했어요. 하지만 이젠 괜찮아요. 그건 누구의 잘못도 아니었으니까요."

상대방이 호응하지 않아서 김미연의 담담한 목소리만이 남았다.

"벌써 12년 전이네요. 태어난 지 4개월밖에 안 된 작은 아기였어요. 눈과 코가 나를 닮고 이마와 귀는 제 아빠를 쏙 빼닮은 정말 천사처럼 예쁜 아기였어요. 3월이었고…왕벚꽃이 흐드러지게 피던 시기라 날짜를 기억해요. 그날, 예원이는 작은 감기 증세로 집 근처에 있던 소아과 병원에 갔었거든요…."

먼 곳의 회상을 시작했다.

아직도 감당하기 힘든 심장이 저미도록 아프고 다시금 그때의 눈물이 차올라도, 갓 태어난 아기를 품에 안던 가슴과 손이 따스했던 그날의 체온을 기억하고 있어도, 내 아기를 작은 상자에 넣을 때 나 또한 불꽃 같은 화염에 휩싸여 하얀 재만 남았던 나날이 있었어도, 이젠 상관없다고, 괜찮다고 말하고자 김미연이 이야기를 털어놓았다.

소아과 간호사가 노수혁으로부터 겉싸개에 쌓인 아기를 넘겨받던 중 그만 실수로 바닥에 떨어뜨렸다고 했다. 이 사고로 아기는 긴 시간 뇌사상태에 빠졌고, 약 두 달 후 의학적, 법적 사망 선고를 받았다.

"불행한 사고였어요. 그렇게 생각하기까지 수년의 세월이 걸렸지만요. 지금도 가끔은 수혁 씨가 미울 때도 있지만 예전만큼은 아니에요. 어쩔 수 없는 거 같아요."

뭐라고 위로의 말을 해야 할지 몰라서 천비안이 침묵만을 유지한 그때, 김미연이 말했다.

"그래도 우리 예원이는 자기 심장을 세상에 남겨두고 갔어요."

"…."

"후훗, 자기 심장을 심장이 아픈 다른 분께 기증했거든요. 이 세상 사람 가운데 누군가는 우리 예원이의 심장으로 살고 있는 거니까. 그 사람의 심장이 뛸 때마다 우리 예원이도 살아 있는 것으로…항상 그렇게 생각하고 있어요."

달그락, 소리를 내며 김미연이 남은 커피를 끝까지 마셨다.

천비안까지 커피를 다 마셨을 때쯤, 시각은 오후 1시를 향해가고 있었다.

"이 사진 속 아저씨가 정말 아저씨의 아빠라고요?"

여자아이가 낡은 사진을 들여다보며 토끼처럼 동그란 눈을 깜빡였다. 목을 쭉 빼거나 하면서 현호와 사진 속 남자를 열심히 대조해 보고는 이내 신이 나서 소리쳤다.

"와, 대박! 둘이 쌍둥이라고 해도 믿겠어요! 어떻게 아빠와 아들이 이렇게까지 닮을 수가 있죠?! 이건 말이 안 돼!"

아빠와 아들이 닮지 않는 게 더 신기한 일이지만, 내 사진을 보면서 깔깔 웃어대는 아이에게는 이 세상에서 벌어지는 일들이 다 재미있고 신나는 현상인가 보았다.

"그런데, 이 숫자는 뭐에요?"

아이가 사진 아래에 인쇄된 숫자를 가리키며 고개를 갸웃했다.

"1865? 뭐지? 사진은 되게 낡았는데, 이건 선명한데요? 낙서예요?"

"인제 그만 봐."

현호가 아이의 손에서 사진을 빼내어 다시 점퍼 안주머니에 넣어버렸다. 건물 복도에서 소문식과 싸움 같은 면담을 마치고 마지못해 병원으로 되돌아왔다. 그러자, 내가 안 돼 보였는지 중학생 아이가 쪼르르 달려와서는 연신 말을 걸었다. 처음에는 자신이 잡은 나비를 보여주겠다고 해서 거절했더니, 그러면 L패스트푸드 체인점에서 새로 출시된 대파 햄버거를 먹어봤냐는 둥, 슬리퍼를 신고서 100미터를 몇 초만에 돌파할 수 있냐는 둥 맥락 없는 질문들이 이어져서 아이도 조용히 시킬 겸 아버지 사진을 꺼내서 보여주었다. 아이가 사진을 보며 감탄사를 연발하는 동안 머리를 식힐 시간을 벌었다.

하지만, 그렇다고 해서 딱히 이 난관을 슬기롭게 헤쳐 나갈 묘안이 떠오른 것도 아니었다. 조바심이 나서 견딜 수 없는 현호가 의자에서 벌떡 일어섰다. 소문식과 다시 협상해 보기로 했다.

이 아이도 소중하지만, 행방불명된 엄마도 포기할 수 없다.

조금 전엔 흥분한 것도 사실이고 다시 찬찬히 대화하다 보면 불신을 없애고 서로가 납득할 만한 안전장치가 떠오르지 않을까?

좋아. 뭐가 됐든, 일단은 소문식부터 만나서….

"형."

뒤돌아보니 하태형이었다.

병리실로 가자는 하태형의 말을 무시하고 그냥 대기실에 남았다. 하태형이 종이컵에 든 커피를 현호에게 건네면서 툴툴거렸다.

"탕비실과 대기실에 있던 커피가 다 떨어져서 이게 마지막 커피에요. 사람들이 메뚜기떼처럼 돌아다니면서 병원에 있던 커피를 다 마셔버렸어요. 자기 것도 아니면서…."

"여기서 만나서 반갑긴 한데 내가 급한 일이 있어. 용건만 말해."

"어머니 때문에요?"

하태형의 말에 대꾸하지 않고 현호가 목을 젓히며 커피를 마셨다.

"하지만 집도 불에 타서 없어지고 어머니도 행방불명이라면서요? 그런데 아무 정보도 없이 무턱대고 밖에 나가서 뭘 어쩌려고요?"

"날 부른 용건만 말하라고 했어."

"방금 말했잖아요."

대기실 벤치형 의자에 나란히 앉은 둘이었다.

현호가 자신을 내려다보자, 하태형이 딴청을 피우며 말했다.

"경찰서에 연락해봤자 소용없을 거예요. 탈락자 체포 실적에만 미쳐있는 놈들이라서 듣는 시늉도 안 할 걸요? 라디오 뉴스를 들었는데 지금 전국에 형 같은 사람들만 수십만 명이 있대요."

"알아서 할 테니까 이만 가 볼게. 커피는 고마웠어."

뜨거운 커피를 바닥에 쏟아버린 것도 아닐 텐데, 어느새 현호가 빈 종이컵을 움켜쥐고 일어났다.

하태형이 그제야 입도 안 댄 커피를 한 모금 삼키며 말했다.

"제 친척 아저씨 중에 경찰 쪽 간부가 있어요. 서울중앙경찰서에서 수사과장으로 근무하시는 분인데…제 이름을 대고 여기로 연락해 보세요."

현호 쪽으로는 눈도 돌리지 않고 하태형이 연두색 메모지를 내밀었다. 다른 한 손은 싱겁게 종이컵을 들고 있었다.

그리고, 마치 영상 속, 일시 정지를 실행한 듯한 시간이 흘렀다.

한 남자는 메모지를 건네는 동작으로, 다른 한 남자는 일어선 채 메모지만 응시하며 꼼짝도 하지 않았다.

현호가 대학원 선배이기에 결국 하태형 자신이 지기로 했다.

"어머니, 찾으셔야 하잖아요."

"…."

"그리고 이번 학기 프로포절은 미안해요. 제 뜻은 아니었어요."

*

소문식이 대기실로 통하는 코너를 막 빠져나온 그때.

"아, 수혁 씨. 몸은 어떠신지…."

눈앞을 지나는 남자를 불렀으나, 목하 딴생각 중인 노수혁은 소문식을 미처 보지 못한 듯했다. 무슨 일인지 기분이 고조된 노수혁이 흥겨운 휘파람까지 불면서 남자 화장실이 있는 좌측 복도로 가버렸다. 휘파람 소리가 멀어지는 가운데, 노수혁의 뒷모습을 돌아보던 소문식이 대기실로 나갔다.

일요일. 오후 2시 10분.

새 탈출 계획을 위한 전체 회의가 열렸다.

소문식을 비롯한 남지훈, 천비안, 김미연, 노수혁, 그리고 차현호와 곽영후까지 총 7명의 사람이 대기실에 모였다. 대기실 의자를 등진 BMD실에서 늦게 나온 노수혁 때문에 회의가 10여 분 지연됐지만, 긴장한 탓인지 사람들의 불만은 없었다. 라디오 음악을 듣느라 회의 시간이 된 줄 몰랐다며 노수혁이 귀에 썼던 헤드셋을 벗었다. 회의에서 배제된 함경민은 진료실에서 책을 읽고 있었으며, 하태형은 병리실에 있을 터였다.

원래의 일정대로라면 어젯밤, 이 병원을 떠났어야 했다.

소중한 기회를 허무하게 날려버린 만큼 차후, 일정 변경이나 행로 수정을 위한 시간적 여유는 없었기에 사람들의 표정에는 비장함마저 느껴졌다.

회의는 순조롭게 진행되었고, 어느덧 소문식이 최종적 결론을 말했다.

"…따라서, 출발 시각은 오후 5시로 하겠습니다. 그때까지 병원 내에만 계시는 조건하에서는 어떤 것을 하셔도 무방합니다. 식사하시거나 책을 읽으셔도 되고 주무셔도 됩니다. 개인 호신용 무기는 출발 30분 전에 남지훈이 인원수대로 배분할 것이며, 탈출용 차량은 곽영후 씨가 타고 온 차와 지하 주차장에 회색 승합차 한 대를 수배해 뒀으니, 시간이 되면 지시에 따라 탑승하십시오. 단, 거듭 말씀드리지만, 출발 시간 전까지는 반드시 병원 내에서만 머무셔야 하며 일체의 외출 및 복도 출입을 금합니다."

다른 설명과 달리 외출 금지 건에 대해서 말할 땐 단연했다. 소문식이 사람들을 향해 구체적인 지시를 내렸다.

"2개 조로 나뉘어서 움직이겠습니다. 1조는 저와 차현호 씨, 천비안 씨와 함경민 양으로 곽영후 씨의 소형 SUV 차량을, 2조는 남지훈과 노수혁 씨, 김미연 씨, 곽영후 씨이며 회색 승합차를 타시면 됩니다. 인천항까지의 운전은 저와 남지훈이 맡을 것이며, 탈주 사냥대와 경찰의 추격을 분산하기 위해서 1, 2조는 각기 다른 경로로 이동할 것입니다. 1조는 올림픽대로를 타고 달리다 영등포구, 양천구를 지나 부평구를 통해 인천항으로, 2조는 관악구를 지나 금천구, 남동구 방향으로 인천항에 진입할 것입니다. 미리 말씀드린 것처럼, 우리 모두의 안전을 위해서 승선 시간과 밀입국지는 인천항 도착 전까지 비밀에 부치겠습니다. 그럼, 이것으로 회의를 마칩니다. 다른 질문 있으신 분?"

김미연이 손을 들었다.

"오후 5시 출발이라면 날이 밝은데 위험하지 않을까요?"

"어둠을 틈타 해외로 탈출하는 사람들이 급격히 늘어나서 오히려 밤 시간대가 더 위험할 수도 있습니다. 라디오 뉴스 통계에서 탈주 사냥대에 잡힌 탈락자들 60% 이상이 자정부터 새벽 5시 사이의 시간대였다고 하니, 낮이 탈출에 유리할 수도 있고, 안전에 관해선 밤낮에 큰 차이가 없는 것으로 보입니다."

이번에는 천비안이 물었다.

"무사히 인천항에 도착했다손 치더라도 밀항선이 없으면 망하는 거잖아요. 만약 경찰에 쫓기다가 제시간에 도착하지 못하면 어떻게 되는 건가요? 다음 배를 탈 때까지, 가령 다음 날 출항하는 밀항선을 탈 때까지 항구에서 무작정 기다려야 하나요?"

"내일 새벽에 두 차례 외국으로 출항하는 배가 있습니다. 만일을 대비해 두 척 모두 수배해 뒀습니다. 3시간 항차 간격이니 항구에 도착하는 순서대로 배에 오르시면 됩니다. 따라서, 경찰의 추격만 무사히 피할 수 있다면 밀항선을 모두 놓치는 불상사는 발생하지 않으리라고 예상하니, 그 점은 저와 남지훈을 믿으셔도 됩니다."

천비안이 고개를 갸웃했다.

밀항선을 두 대씩이나…? 밀항선이 항상 다니는 관광 유람선도 아닐 텐데, 타겠다고 해서 쉽게 수배가 되고 그러는 건가?

하지만, 질문은 보류했다. 소문식이 설명을 이어갔고 천비안이 그의 말에 귀를 기울였다.

"덧붙이면, 방금 천비안 씨의 말씀처럼 우리의 인천항 도착 시간이 어떻게 될지 모릅니다. 가는 길이 순탄하다면 오늘 저녁쯤에, 탈주 사냥대에 쫓긴다면 내일 새벽쯤에 도착할 수도 있겠지요. 출항 시간보다 일찍 도착한 때에는, 근처의 대피소에 숨어 계시다가 시간에 맞춰 배를 타시면 됩니다. 저와 남지훈이 밀항선에 타기 전까지 길 안내를 할 것이니, 인천항 도착 이후에도 저희의 지시에 따라주십시오."

"밀항선을 탈 때까지 입국명도 여전히 비밀인가요?"

"네. 죄송하지만 양해 부탁드립니다. 밀항선의 출항 시간과 입국명은 인천항에 도착하면 그때 알려드리겠습니다. 그 외 다른 질문 사항은…."

"그럼, 만약 무슨 일이 있으면 조별 간 연락은 어떻게 하나요?"

"출발 직전에 각자의 핸드폰을 돌려드리겠습니다. 다만, 인천항 도착

전까지는 절대 사용 불가이며 부득이 소통이 필요한 경우는 저와 남지훈을 통하십시오."

곽영후, 하태형 등 사람들로부터 압수한 핸드폰은 남지훈의 륙색에 보관되어 있었다. 대기실 구석 의자에 사람들의 핸드폰뿐만이 아니라 각종 소지품으로 몸집이 부풀어 오른 륙색이 놓여 있었다.

그 후, 추가 질문 없이 50분여의 회의가 끝나고 사람들은 각자 흩어졌다. 김미연과 천비안은 함경민이 있는 진료실로 들어갔고, 노수혁은 미약한 뇌진탕 증세와 피로 때문에 좀 더 쉬고 싶다며 또다시 BMD실로 가버렸다. 함경민에게서 빌린 헤드셋과 라디오를 들고서 말이다. 평소 음악을 즐겨하지는 않는 남편이라 겉으로는 초연한 척해도 역시 긴장과 두려움은 어쩔 수 없나보다며 김미연이 지레짐작했다.

무조건 병원을 나가겠다며 고집 피우던 현호도 회의를 마치고 의자에서 일어섰다. 아무도 없는 곳에서 탈출 계획을 짜려고 자리를 옮기는데, 그 순간 누군가 현호의 손목을 덥석 잡았다.

"따라 와. 할 이야기가 있어."

곽영후였다.

평소의 가벼운 모습과는 달리 꽤 심각한 얼굴을 하고 있었다.

사람들의 눈을 피해서 남자 화장실로 들어왔다.

회의 전, 남자들이 화장실을 썼으니 당분간 여기 올 사람은 없을 것이다. 하지만, 화장실 칸에 사람이 없는 것을 확인했음에도 불구하고 끊임없이 주변을 두리번거리는 등, 불안한 기색을 떨치지 못하고 곽영후가 소리 죽여 말했다.

"듣기만 해. 우리 둘, 지금 당장 여기서 도망쳐야 해."

"갑자기 그게 무슨 말이에요?"

"곧 탈주 사냥대가 들이닥칠 거야. 지하 주차장에 내 차가 있어. 지금 바로 가자."

"탈주 사냥대라니…. 그리고, 그걸 형이 어떻게 알아요?"

"듣기만 하라고! 시간 없어서 질문 못 받아. 갈 거야 말 거야? 네가 안 가면 나 혼자라도 갈 거니까."

'문자'에서 강미주는 반드시 차현호를 데리고 도망치라고 했지만, 1분 1초가 급한 지금, 이 꽉 막힌 녀석을 설득할 자신도 시간도 없었다. 지금이라도 경찰들이 들이닥치지 않을까, 노심초사하며 곽영후가 빠르게 말했다.

"아무튼 네가 살려면 내 말을 믿어야 해. 지금이 3시 5분이니까…젠장, 4시까지 한 시간도 안 남았어. 저 남지훈이란 새끼가 병원 출입문을 지키고 있으니까, 거기로는 탈출이 불가능하고…아, 그렇지! 화장실 창문!"

곽영후가 서둘러 창문이 있는 곳으로 가서 밖을 내다보았다.

하지만, 불행히도 화장실 창문은 단단한 쇠창살로 막힌 데다 건물 외벽은 발 디딜 틈새 하나 없이 매끈한 절벽 형태였다. 운 좋게 빠져나간다고 해도 4층에서 발을 삐끗하는 순간 황천길 예약이다.

"제기랄!!!"

곽영후가 바닥에 주저앉더니 머리를 쥐어뜯으며 울부짖었다. 시간은 촉박한데 병원 출입문으로 나가자니 남지훈의 총에 맞을 것 같고, 창문으로 뛰어내리자니 높이도 까마득한 4층이다.

현호가 한숨을 뱉고는 곽영후에게 다가왔다.

"도대체 무슨 일인데 이러는 거예요?"

"넌 몰라도 돼! 새끼야! 그냥 내 말대로 좀 따라달라고! 길게 설명할 시간이 없다고!"

"정신 좀 차려요. 형 지금 완전히 제정신이 아닌 것 같아요. 그리고 형이 뭐라고 한들 형과 같이 갈 생각은 없어요."

회의에서 오후 5시 출발이라고 했으니 조금만 더 참으면 됐다.

다행히도 소문식과 천비안, 여자아이와 한 조가 됐다.

인천항을 가는 척하다가 틈을 봐서 도망치면 된다.

부득이 들켜도 소문식 한 명쯤은 현호 자신의 힘으로 어떻게 될 것 같았다.

현호가 말했다.

"그러니까 소란 떨지 말고 조용히 가자고요. 형."

"뭐? 너 방금 뭐라고 했어? 지금 상황 판단이 안 돼? 내가 너 살리려고 이러는 중인데 건방지게 뭐라고? 소란?"

자리를 박차고 일어선 곽영후에게 한순간 멱살이 잡혀버렸다. 현호를 잡아먹을 듯 노려보며 곽영후가 위협적으로 말했다.

"잘 들어, 차현호. 부현동 집에서 나 혼자만 도망칠 수도 있었어. 차도 있었고 마음만 먹었으면 인적없는 촌구석 빈집이라도 숨어들어서 살 수 있었다고. 그런데 양필헌한테 네가 죽을 것 같아서 도와준 거잖아. 덕분에 이 병원까지 끌려와서 꼼짝없이 죽을 판이라고. 그런데 뭐? 소란 떨지 마? 내가 이러니까 조현병이라도 걸린 거 같냐? 아니야, 잘 봐."

곽영후가 호주머니에서 꺼낸 핸드폰을 현호에게 내던졌다.

전체 회의가 시작되기 전, 소문식과 남지훈이 탈출 차량 수배를 위해서 상가 지하 주차장으로 내려갔을 때, 남지훈의 륙색에서 몰래 빼내 온 곽영후 자신의 핸드폰이었다.

"거기 나온 문자를 똑똑히 봐."

현호가 핸드폰 액정을 보는 동안에도 곽영후가 쉴 새 없이 떠들었다.

"봤냐? 문자에 뭐라고 쓰여 있는지? 널 데리고 한시바삐 서울을 뜨라잖아. 안 그러면 다 죽는다고. 얼마나 급하면 밤새도록 같은 문자만 수십 통을 보냈겠어?"

"…."

"마지막 문자도 읽었지? 응? 일요일 오후 4시 정각에 탈주 사냥대가 이 병원에 들이닥친다잖아! 레고가 그렇다고 하면 틀림없어! 하봉주 내과의원이라고 병원명까지 정확하게 쓰여 있잖아! 좀 보라고!!"

두려움에 사로잡혀 길길이 날뛰는 곽영후를 무시하고 현호가 물었다.

"그래서 이 문자를 보낸 사람이 강미주라는 거예요?"

"뭘 물어?! 봤으면 알 거 아니야? 레고가 보낸 게 맞아. 하태형 저 나쁜 새끼가 아닌 척하며 벌써 우리를 신고한 거지. 제기랄, 내가 이럴 줄 알았어. 그러니까 빨리 여기서 도망쳐야 해, 현호야."

다음 순간, 곽영후가 다짜고짜 현호의 팔을 잡으며 애절하게 말했다.

"일단 여기서 탈출한 후에 레고가 다시 살길을 알려준다고 했어. 그런데 꼭 널 데리고 가야만 하는 조건이라서…."

"형." 어이가 없어서 잠깐 할 말을 잃었다. 바닥으로 긴 한숨을 토한 뒤 현호가 고개를 들었다.

"그러니까 우리가 강미주의 지시대로 따라야 한다는 거예요? 이 문자에 적힌 대로? 강미주가 뭔데요?"

"가…강미주. 레고는 말이야…. 아르바타, 아니, 아타르다…아닛, 아니야. 뭐였지? 아파차카… 아, 젠장, 몰라! 아무튼 아타바카라는 존재인데, 예언자로서…지…지금 여왕과 함께 궁전에 있는데 말이야…."

"내가 그 말을 믿을 거로 생각해요?"

"뭐?…."

곽영후를 지지 않고 쏘아보며 현호가 말했다.

"우리가 탈출했던 부현동 할머니 집. 형의 고모할머니 집이 아니잖아요."

"이 새끼가 뭐라는 거야? 그 일은 벌써 끝났잖아."

"왜 거짓말했어요?"

"내 고모할머니 집이 맞아. 그리고 그딴 거보다 지금 당장 널 데리고 이 빌어먹을 병원을 떠나는 게 훨씬 더 시급한 일이라서…."

"그 집 주인인 정임순 할머니의 조카가 노수혁 씨에요."

곽영후의 말이 쑥 들어가 버렸다. 그의 안색이 창백해졌다.

"형이 병리실에서 아침밥을 먹는 동안 노수혁 씨가 말했어요. 자신의 고모할머니를 뵈러 그 집에 들른 거라고. 그러면 형과 노수혁 씨는 친척이어야 하는데, 둘은 성도 다르고 서로 몰랐잖아요. 노수혁 씨는 형을 전혀 알지도 못하고 본 적도 없다고 했어요."

"혀…현호야, 그러니까, 그게…."

"그리고 형은, 정임순 씨의 집에서 나를 보자마자 내게 '탈락자'라고 했어요. 난 내가 탈락한 걸 형한테 말한 적도 없는데. 그때부터 좀 이상하다고 생각했어요."

"…."

"내가 그 집에 있는 걸 어떻게 알고 들어온 건지, 그것도 의문이었어요. 나와 필헌 형의 뒤를 밟은 것 같지도 않고…. 불 꺼진 컴컴한 집이라 밖에서 봐선 안에 사람이 있는 것도 알 수 없었을 텐데요? 나를 찾으려고 일부러 그 집에 들어온 게 아니라면 설명이 안 되니까요. 자기 친척 집도 아니면서 거짓말하고, 이제는 강미주가 시켰다며 이런 문자로 사람을 기만하려 들고…도대체 왜 이러는 거예요? 목적이 뭐예요?”

“서…설명할 수 있어. 왜 이렇게 된 건지 내가 다 설명할 테니까, 현호야…. 사실은 내가 왕궁으로 끌려가서 여왕을 만났는데, 거기서 레고…강미주도 만났어. 그런데 알고 보니 강미주가 아르타바, 아니, 아타르카? 아라비타….”

곽영후에게 핸드폰을 돌려주며 현호가 말했다.

“형하고는 여기서 끝내죠. 형이 화장실 창문으로 뛰어내리든 출입문을 열고 나가든 신경 쓰지 않을 테니까, 형도 나를 형 일에 끌어들이지 않았으면 좋겠어요.”

그리고, 마지막 경고도 잊지 않았다.

“만약 형 때문에 내 일이 잘못되면 그땐 형이라도 용서 못 해요.”

차현호와 곽영후가 남자 화장실에 있던 그 시각.

딸깍, 하며 대기실 우측 복도의 막다른 곳에 있는 초음파실의 문이 잠겼다. 이곳 초음파실은 처음이지만, 내부 인테리어와 기기를 돌아볼 여유도 없이, 이번에도 남지훈이 불만부터 터트렸다.

“어쩔 수 없이 동의했지만, 저렇게나 많은 인원을 꼭 데리고 가야 하나요? 도중에 무슨 일이 생길지도 모르는데 저 없이 사장님 혼자 차현호를 운반하는 일이 쉬울 거로 생각하세요?”

초조한 기색이 역력한 남지훈과는 달리 실내에 설비된 초음파 기기와 고해상도의 디스플레이 장치에 호기심을 보이며 소문식이 대답했다.

“하태형이 꼼짝도 하지 않으니 별수 없지. 몇 번이나 말하지만, 그와 사람들을 이곳에 두고 떠날 수는 없다. 그리고 벌써 걱정할 필요는 없어. 출발까지는 두어 시간 남았으니 그동안 우리도 느긋하게 차라도 마시며 쉬자꾸나."

"지금이라도 역할을 바꾸시면 어떠세요? 사장님께서 승합차로 가시고, 제가 차현호를 데리고 '인천항'으로 가겠습니다."

"우리 둘 중에 누가 차현호를 맡든지, 하태형이 아바타라라면 이미 결과는 예견되어 있을 것이다. 더욱이 출현의 목적마저 뚜렷하다면, 차현호는 가는 도중에…."

"…."

"어떤 식으로든 죽게 되겠지."

남지훈이 저도 모르게 마른침을 삼켰으나 내색하지 않았다.

내가 있는 한 그렇게 되지는 않을 것이다. 그렇기에 방금 사장님이 한 말은 실현 가능성 없는 소설에 불과하다. 남지훈이 말했다.

"그럴 일은 없으리라 봅니다. 다만, 임무 종료 시한까지 16시간밖에 남지 않아서 실패할 경우, 이를 돌이킬 시간적 여유가 없을 겁니다. 후회하지 않으시겠습니까?"

"그렇다고 해서 다른 뾰족한 수도 없지 않나? 하태형이 저리 못 가겠다고 버티니 납치할 수도 없는 노릇이고…."

"수면제라도 먹여서 납치하면 됩니다. 차 트렁크에 던져놓으면 되죠."

여전히 한 치 앞도 내다보지 못하는 남지훈이다. 하긴, 아직 경험이 적어서 어쩔 수 없긴 하지만…. 소문식이 물었다.

"네가 말한 하태형을 처리할 수 있다는 방법이 그것이었나?"

남지훈의 묵언으로 대답을 대신하며, 소문식이 이어 말했다.

"지금 우리가 숨어서 나누는 이 대화 또한 하태형이 마음만 먹으면 현실이 될 수 있다고 이미 말했다. 과장 조금 보태서 저 출입문을 열고 나서는 순간, 이 병원에는 단 한 알의 수면제도 남아 있지 않게 되겠지. 창문을 열고 밖으로 약을 던지든 화장실 변기에 내려버리든, 예지력이 발동한 이상 하태형이 취할 방법이야 셀 수 없이 많으니까 말이다."

"아바타라를 인정하지만, 그 정도의 초능력자라고는 생각하지 않습니다. 그랬다면 그 대단한 예언 능력을 이용해서 벌써 차현호를 죽였지, 왜 지금까지 두고 보기만 했을까요? 우리와 이 병원에서 조우하게 하는 등, 일을 복잡하게 만들면서요."

"모든 일에는 과정이 있고, 급하게 먹는 물일수록 체하는 법이다. 일례로, 하태형이 일을 편하게 하려 했다면, 제 생일을 속이면서까지 우리를 기다리지도 탈락자 행세를 하지도 않았겠지."

하태형의 생일이 9월 1일인 것을 남지훈으로부터 보고받았다.

보고가 늦은 이유에 대해서는 까먹었다는 둥 핑계를 댔지만, 아닌 걸 알고 있다. 남지훈은 하태형을 끝까지 아바타라로 믿지 않은 까닭이다. 지금, 이 순간까지도.

"알겠나? 우리는 우리 의지로 또한, 임의로 출발시간을 정했다. 따라서 남은 두 시간 동안, 이 병원에서 아무 일도 일어나지 않아야 하는 게 우리의 계획이야. 예를 들어, 두 시간 내에 경찰이 여기를 덮칠 가능성? 내 추측으론 단 1%도 없어. 아바타라의 신변이 안전한 이상, 주변에 있는 우리가 경찰에 체포될 일은 없을 거란 얘기지. 달리 말하면, 이곳에서 아바타라 자신의 불상사나 불행, 죽음과 같은 상황이 예견되었다면, 벌써 장소를 바꾸는 등의 조처를 했지, 하태형이 아직 이 병원에 남아 있을 이유가 없어. 물론…."

말을 끊은 소문식이 숨을 깊이 들이쉬었다.

그가 감았던 눈을 스륵, 뜨며 말했다.

"당연히, 방금까지 내가 한 말은 모조리 빗나가고 틀릴 수 있다. 난 예언 능력 따위는 고사하고 고작 5분 후의 일도 짐작 못 하는 3차원 공간에 사는 인간일 뿐이니까."

"…."

"뉴런의 고작 10%만을 가용하는 낮은 지능과 얕은 표고를 지닌 인간의 심상으로는 감히 신들의 뜻을 짐작조차 할 수 없으니…. 이렇게나마 시험해 볼 수밖에 없어. 도박에 가깝겠지만."

남지훈이 잠자코 듣고만 있었다. 질문할 수준도 안 되는 자신이었기 때문이다. 소문식이 말했다.

"만약, 이 모든 예측을 뒤로하고 우리가 무사히 임무를 완수하게 된다면, 하태형은 아바타라가 아니며, 차현호가 불시에 등장한 것까지 포함해서 지금까지 벌어진 일들은 '우연'에 기인했음이 증명될 테고, 터무니없는 일이 발생해서 임무를 완수하지 못한다면 우리 주변에서 벌어진 이 일들이 결코 우연이 아니었음이 사실로 드러날 테고…."

소문식과 남지훈의 시선이 교차했다.

이제껏 '임무 불이행' 같은 극적인 사태는 없었기에 어떤 일이 닥칠지 가늠조차 안 되지만, 아바타라가 현실에 나타난 이상 피해 갈 수도 없다…라고, 소문식의 형안이 빛을 발하고 있었다.

"차라리 남은 시간에라도 아바타라의 술수를 알아챈다면 아직 살길은 있다. 차현호 또한 우리 손아귀에 있으니 말이다. 하지만 아바타라가 두려워서 시험을 피해버린다면 두 번 다시 기회는 없을 것이다. 우린 이 게임이 끝날 때까지 아바타라의 꼭두각시로 살 수밖에 없다."

"…."

“주사위는 던져졌고, 지금부터 오후 5시 전까지 어떤 일이 일어날지 지켜볼 뿐이다.”

벽 쪽으로 놓인 기기, 침대, 책상이 각각 하나씩.

방이 아늑하게 느껴지는 건 좁은 초음파실의 천장과 벽, 바닥이 흰색으로 통일되어서라고 결론지었다.

“그리고 넌….” 더 둘러볼 건 없어서 소문식이 남지훈 쪽으로 돌아섰다.

“왜 자꾸만 그렇게 부정적으로만 생각하지? 오히려 난 네가 새 계획을 좋아할 줄 알았는데?”

남지훈이 가만히 여쭈었다.

“어떤 의미입니까?”

“네 손에 그들의 피를 묻히지 않아도 되잖아. 만일을 대비해서 천비안과 여자아이는 내가 데려가니까 말이야.”

소문식이 남지훈의 불룩한 점퍼 주머니 부근에 시선을 주며 말했다.

“사실 넌 그게 가장 두려웠던 게 아닌가?”

***

일요일, 오후 3시 40분.

“꼼짝 마! 움직이면 발포한다!”

쩌렁쩌렁한 고함이 실내를 울렸다.

진료 대기실 중앙에 버티고 선 남지훈이 2.5m 앞 전방의 목표물에 권총을 조준했다. 안전장치가 없는 더블액션 리볼버라 방아쇠를 당기는 것만으로 충분했다. 하지만, 총알이 몸에 박힐 수도 있는 위험천만한 상황임에도 겁에 질린 '목표물'이 비명을 내지르며 팔을 움직였다.

"쏜다고 했어!!!"

사자후가 또다시 허공을 갈랐다. 정말 발포하려는 듯 남지훈이 어금니를 콱 깨물며 권총의 손잡이를 다잡았다. 그러자, 금방 날아든 간절한 목소리.

"쏘지 마세요!"

천비안이었다. 낯빛이 새파랗게 질린 그녀가 '그 남자'에게 애원 조로 말했다.

"이러지 말고 말로 해요. 이러면 당신만…."

"시…시끄러워!"

기죽지 않으려고 눈을 부라리며 허세를 부렸다. 그 바람에, 손에 움켜쥔 유리 조각이 천비안의 목을 스쳤고, 연한 여자의 살결에 금세 빨간 핏방울이 맺혔다. 천비안을 인질로 잡은 남자가 당황해서 어쩔 줄 몰라 하면서도 남지훈을 향해 소리쳤다.

"나만 보내주면 되잖아! 그…그러면 이 여자는 살려줄게."

천비안의 목을 한 팔로 끌어안고서 남지훈을 협박하고 있는 사람은, 다름 아닌 곽영후였다. 덜덜 떨리는 그의 다른 한 손에는 병원 출입문에서 떨어져 나간 유리 파편이 날카로운 흉기처럼 번쩍이고 있었다.

사태 발생 20분 전.

남지훈과 천비안, 함경민이 대기실에 있었다. 나머지 사람들은 자거나 룸에서 물건을 챙기는 등 각자의 시간을 보내고 있었다.

천비안이 남지훈의 휴대용 콘솔 게임기를 빌려서 아이와 함께 게임을 하고 있었다. "저기요…."하고 누군가 말을 걸어서 아이와 천비안이 동시에 고개를 들었다.

곽영후였다.

그가 어딘가 불편한 얼굴로 힘없이 말했다.

"미안하지만, 부탁드릴 게 있는데요."

천비안이 게임기를 내리며 "뭐죠?"하고 묻자, 곽영후가 머리를 손으로 짚으며 말했다.

"다른 게 아니라 제가 뇌전증 질환이 있어서 매시간 약을 먹어야 하는데, 그만 약을 차 안에 두고 와서요."

"어머, 그러세요? 어떡해요…."

"네. 노수혁 씨가 타고 온 제 차가 지하 주차장에 있는데 이곳이 봉쇄돼서 밖으로 나갈 수가 없어서…."

의협심(?)에 불타는 천비안이 두말없이 자리에서 일어섰다. 그러잖아도 아무리 소문식의 명령이지만, 남지훈이 출입문까지 지키고 선 게 유난스럽다고 생각한 참이었다.

"아무리 그래도 약은 가져와야죠. 제가 남지훈 씨한테 말해서…."

"안 됩니다."

곽영후가 단호히 거절했다. 그러면서도 병원 접수대에 등을 기댄 채 지도책으로 이동 경로를 체크 중인 남지훈을 힐끔거렸다.

하봉주 내과의원의 실내 구조는, 출입문을 열면 곧바로 마주 보이는 타원형 접수대를 중심으로 좌측의 복도 겸 통로에는 병리실, 수액실, 회복실, 탈의실, 탕비실, 화장실이, 우측에는 진료실, 검진실, 내시경실, 초음파실이 자리하고 있었다. 접수대 정면 중앙으로 진료 대기실의 의자들이 있었고, 대기실을 등진 벽 쪽으로는 BMD실, 디지털 X-ray실이 나란히 자리하고 있었다.

한층 저음으로 곽영후가 비밀스럽게 소곤거렸다.

"뇌전증이 참으로 심각한 질환이거든요. 이게, 때와 장소를 가리지 않고 느닷없이 발작하는 무서운 병이라서 만약 남지훈 씨가 알게 된다면 저를 버리고 갈 수도 있어요."

"설마요. 저 남자가 싹수없긴 해도 환자를 버리거나 하진 않을 거예요. 미연 씨도 다리를 다쳤지만 동행하잖아요."

"외상과 뇌전증은 완전히 달라요. 이건 한 번 발작이 시작되면 동네가 떠나가라 소리를 지르는 병이라서 인천항까지 가는 도중에, 경찰에 들킬 수도 있어요. 저 하나 때문에 모든 일행이 위험에 빠질 거라고요. 특히 소문식 씨가 의사이기 때문에 뇌전증의 발작 증세에 대해서는 저보다 더 잘 알 거예요. 그래서 말인데…."

곽영후가 못내 미안한 표정으로 두 손바닥을 모으며 부탁했다.

"천비안 씨가 남지훈 씨를 유인해 주시면, 그 사이에 제가 재빨리 차로 가서 약을 가지고 올게요. 부탁합니다."

"아, 그…그렇게요? 그런데 그건 좀…,"

남지훈을 어딘가로 데려가라는 말인데, 자신 없었다.

내가 하자는 대로 해줄 남자가 아니다.

괜히 힘 빼고 싶지 않아서 천비안이 곽영후를 달래듯 말했다.

"그냥 남지훈 씨나 사장님께 알리는 게 제일 좋은 방법인 것 같아요. 약만 드시면 발작은 괜찮은 거죠?"

"그렇긴 한데, 그러다 정말 저들이 나를 버리면요? 그러지 않을 거란 보장이 있나요? 잠깐 겪은 거뿐이지만, 저 두 분 모두 바늘 하나 안 들어가는 원칙주의자들인 건 아시죠? 천비안 씨의 일이 아니라서 저 같은 건 어떻게 돼도 상관없다면야 할 수 없지만요."

"아니, 말이 왜 그렇게 돼요? 저야 정말 돕고 싶지만…."

"그러지 말고 한 번만 도와주세요. 이렇게 부탁드려요."

난처하게 됐다. 천비안이 사정하는 곽영후를 빤히 쳐다보다가 포기한 듯 말했다.

"알겠어요. 그런데 저도 거짓말을 하면 바로 티가 나는 사람이라서…. 경민아."

약만 가져올 뿐이지만, 나중에 남지훈이 내가 자신을 속인 걸 알면 난리를 칠 것이다. 그에게 사과하는 상상만으로도 언짢아서 천비안이 함경민의 귀에 대고 뭔가를 속닥였다. 그러잖아도 심심했는데 할 일이 생긴 함경민이 함박웃음을 지으며 고개를 끄덕거렸다.

"네, 알겠어요. 언니. 맡겨만 달라고요."

쿠당탕! 하는 둔탁한 소음에 남지훈이 지도책에서 눈을 뗐다.

뭔가 무거운 물체가 쓰러지거나 박살 난 게 분명하다. 예외 없이 금방 아이의 울음소리가 뒤따랐다. 함경민임을 감지한 그가 지도를 접수대에 놓고 소리가 나는 방향으로 걸음을 옮겼다. "흑흑, 아, 아파."하며, 함경민의 훌쩍이는 소리가 진료실 등이 위치한 우측 복도에서 흘러나오고 있었다. 아이가 물건에 부딪히거나 넘어진 것 같다고 생각하며, 남지훈이 복도로 들어서기 위해 접수대를 거의 지났을 때였다.

"응? 영후 형? 어디 가는 거예요?"

목소리에 남지훈이 퍼뜩 얼굴을 돌렸다. 막 반대편 복도에서 나온 하태형을 의식할 틈도 없이 병원 출입문을 열고 있는 남녀를 발견했다. 위기에 최적화된 본능이 돌차간에 점퍼 속 권총을 꺼내 들었다.

"거기 멈춰!"

소리가 나지 않도록 조심하면서 병원 문을 연 직후였다. 범행을 들킨 곽영후가 이성을 잃고 문에다 주먹을 박아버렸다. 총알을 맞고도 아슬아슬한 균열을 버티던 출입문이 와해하며 흰 먼지 같은 유리 파편들이 사방으로 분사되었다.

현재 시각, 오후 3시 45분.

남지훈이 재차 명령했다. 장전된 총구는 아까부터 곽영후의 심장을 겨누고 있었다.

"당장 흉기 버리라고, 새끼야!"

불과 1분 전, 곽영후를 도와서 동작 감지기가 고장 난 병원 출입문을 열던 천비안이었다. 남지훈에게 들킨 것을 알아차리기도 전에 곽영후의 팔이 그녀의 목을 옭아매 버렸다. 천비안 자신이 인질이 된 것을 안 것은 1초도 지나지 않아서였다. 남지훈의 거듭된 경고에도 불구하고 천비안의 목에 유리 조각을 겨누고서 곽영후가 협박했다.

"너…너야말로 당장 총 안 버리면 이 여자는 죽는다. 농담 아니야."

길이 12센티미터 정도의 단검처럼 예리한 파편이었다. 바늘 끝처럼 뾰족한 유리 조각이 천비안의 목덜미를 더욱 파고들었다. 핏방울이 맺혔던 곳에서 한 줄기 선혈이 흐르기 시작했다.

남지훈과 마찬가지로 곽영후 또한 어금니를 꽉 깨물었다. 여기서 죽으나 도망치다 죽으나 이래저래 죽긴 마찬가지다. 경찰에 잡혀서 산 채로 소시지가 되느니 차라리 총알이 덜 아플 것으로 생각하니, 벼락이라도 맞은 것처럼 주체할 수 없이 떨리던 손과 입술도 안정을 되찾았다. 없던 배짱마저 생겨나서 곽영후가 기고만장하게 도발했다.

"쏠 수 있으면 쏴 봐! 나쁜 새끼야!"

때아닌 난동에 병원 룸에 흩어져 있던 사람들이 삼삼오오 출입문 앞으로 몰려들었다. 진료실에 있던 함경민도 밖으로 뛰쳐나왔다. 비안 언니와 입 맞춘 대로 진료실의 의자를 넘어뜨린 뒤 자신도 다친 척 연기한 것뿐인데…. 인질이 된 천비안의 모습에 놀란 아이가 겁에 질려서 눈과 입을 크게 떴다.

“무슨 일인지 모르겠지만 그것부터 내려놓고 얘기하지.”

어느새 나타난 소문식이 곽영후에게 조심스레 말하며 남지훈에게는 쏘지 말라는 수신호를 보냈다. 하지만 아무것도 들리지 않는 곽영후인지라 고함치며 발악했다.

“다가오지 마! 가까이 오면 이 여자는 정말 죽어! 내가 못 죽일 거 같아?!”

왼팔로는 천비안의 목을 죄고, 오른손으로는 유리 파편을 움켜쥐었다. 유리 날에 베인 곽영후의 손바닥에서 핏물이 새어났지만, 자그마한 일에도 엄살떨던 평소와 달리 아픈 느낌도 없었다. 사람들을 밀치고 앞으로 나선 현호 역시 놀란 눈으로 곽영후에게 소리쳤다.

“뭐 하는 거예요? 형?! 우선 그 유리부터 치우고….”

“넌 입 닥치고 있어! 이게 다 누구 때문인데?! 됐고, 지금부터 한 놈도 말하지 마.”

천비안이 현호를 보았다. 섣부른 도발은 안 되기에 현호가 먼저 시선을 돌렸다. 곽영후가 탈출에 사로잡혀서 완전히 미쳐버렸다….

곽영후가 눈 한번 깜짝하지 않고 모두를 향해 자신 있게 말했다. 과도한 아드레날린의 분비로 짜릿한 쾌감마저 느껴졌다.

“당신들이 할 일은 간단해. 내가 여기서 나갈 때까지 거기서 가만히 있는 거야. 단 한 놈이라도 움직이면 이 여자의 목숨은 장담 못 해.”

유리 파편으로 목을 찌르는 시늉을 하자, 인질이 된 천비안을 비롯한 모두가 흠칫했다. 곽영후의 눈동자 색깔마저 변한 상황이었다. 잘못 끼어들었다가는 천비안이 위험할 걸 감지했기에 그 대단한 소문식조차도 보고만 있던, 그때였다.

"도망가든 마음대로 하고 그 누나는 놔 주세요."

목소리가 난 쪽으로 곽영후와 사람들의 시선이 움직였다.

하태형이었다. 커피가 떨어져서 녹차 잔을 들고 서 있었다.

곽영후가 조소하며 코웃음 쳤다. "꺼져." 그러고는 보란 듯이 왼팔에 힘을 주자 목이 죄인 천비안이 숨을 못 쉬어서 컥컥거렸다.

곽영후가 눈을 번뜩이며 최종 경고했다. 그의 발이 벌써 병원의 문지방을 넘어서고 있었다.

"난 분명히 말했어. 이 여자가 잘못되면 그건 너희들 때문이니까 거기서 꼼짝 말고…."

"아무도 따라가지 않을게요. 약속해요."

하태형이 소문식을 보며 말하자, 소문식이 동의의 표시로 침착하게 고개를 끄덕여 보였다. 하지만, 또다시 '꺼져'를 시전하며 전혀 듣지 않는 곽영후였다. 하태형이 저도 모르게 한 발 앞으로 나섰다.

"가만있으라고 했어! 진짜로 사람 죽는 꼴 볼래?!"

갑자기 다가온 하태형에 뒷걸음질 치며 곽영후가 펄쩍 뛰었다. 그 바람에 힘 조절을 놓친 흉기가 그만 천비안의 목에 실선을 그어버렸다. 여자의 외딴 비명이 4층을 울리자, 더는 참지 못한 남지훈이 버럭했다.

"너야말로 죽어! 새끼야"

남지훈이 정말 쏠 것처럼 권총을 들어 올리자, 곽영후가 사색이 되어 소리쳤다.

"하…하지 마! 진짜로 이 여자가 죽으면 그건 전부 네 책임…."

"상관없어. 내 여자도 아니니까."

"뭐?…."

"죽여. 그리고 그 후엔 너도 죽는다."

박살 난 출입문 하나를 사이에 두고 두 남자가 대치했다.

이젠 소문식도 남지훈을 말리지 않았다.

협박이 아니라는 듯, 검은 총구가 서서히 이마의 위치로까지 올라오자 곽영후가 혼비백산했다. 저 무식한 놈한테는 협박이 통하지 않는다고 온몸의 세포가 부르짖고 있었다. 수세에 몰린 곽영후가 금세 태도를 바꿔 말했다.

"그…그럼, 이러지 말고 다 같이 도망치자."

"여자만 놔주라는데 뭔 개소리야? 수작 부리지 말고 빨리 놔. 이 총알이 네 머리통을 뚫어버리기 전에."

"사람 말 좀 들어! 이 타박 고구마 같은 새끼야! 지금 탈주 사냥대가 이리로 오고 있단 말이야! 당장 도망치지 않으면 너희들은 다 산 채로 잡혀서 소시지 공장으로…."

"헛소리 말고 여자는 놔. 더는 안 봐줘."

"제길! 곧 경찰들이 들이닥친다고! 저 새끼가 우리를 신고했다고!"

'저 새끼'가 누구인지 묻기도 전에 곽영후가 소리쳤다.

"하태형 저 새끼가!"

그리고, 하태형이 왜 경찰에 신고했는지 묻기도 전에 곽영후가 악을 썼다.

"저 새끼, 9월생이야! 생일이 9월 1일이라고!! 우리 엄마 생일과 똑같아서 내가 알아! 그래서 저 새끼가 우리를 경찰에 신고했어! 자기만 살려고! 행운 부활권을 얻으려고! 이 답답한 새끼야!!!"

생일이 밝혀져 버린 하태형이 변명하려고 입을 달싹였다.

"너도 움직이지 마!"

곽영후를 향했던 총구가 하태형으로 방향을 틀었다. 그 틈을 놓치지 않고 천비안을 밀쳐버린 곽영후가 계단으로 달아나려고 했다.

"멈춰!"

탕! 총이 발사됐다. 총소리에 놀라서 곽영후가 그만 자리에서 얼어붙었고, 총알은 그의 발치를 튕겨 나갔다. 남지훈의 총신이 번개처럼 45도 회전하며 하태형을 겨눴다.

"가만있어!"

하태형을 위협한 총구가 금세 방향을 바꿔서 곽영후를 조준했다.

"너도 움직이지 마! 둘 다 움직이지 마!"

병원 대기실 입구.

남지훈의 38구경 리볼버 권총의 검은 총구가 곽영후와 하태형을 번갈아 겨냥하며 살벌한 대치 상태를 벌이고 있을 즈음.

있을 수 없는 일이 벌어졌다. 어디선가 날아든 화살 한 대가 남지훈의 팔을 꿰뚫어버렸다. 작살난 출입문을 여과 없이 통과한 화살이었다. 그리고 무슨 일이 일어난 건지 몰라서 모두가 어리둥절하던 그때, 4층 층계참에 제복을 입은 경찰들이 나타났다. 일사불란하고 위협적인 구둣발 소리를 내며 4층으로 뛰어 올라온 경찰 중, 책임자인 듯한 남자가 즉각 명령을 내렸다.

"한 놈도 빠지지 말고 싹 다 연행해!"

간신히 문짝의 형태만을 유지하고 있던 병원 출입문이 마침내 경찰들의 발길질에 박살 났다. 팔을 관통한 화살 때문에 남지훈이 손에 든 권총을 바닥에 떨구고 말았다. 눈 깜짝할 새 덮친 경찰로 인해 제대로 된 저항 한 번 못 해보고 그가 바닥에 고꾸라지고 말았다. 화살에 맞은 직후, 경찰이 삼단봉으로 그의 뒤통수를 힘껏 가격했기 때문이다. 눈앞이 가물거리며 정신이 혼미한 와중에도 의문이 들었다.

아바타라가 있는데 왜 경찰들이 들이닥쳤을까?

하얀 포말이 부서지는 망막 안으로 경찰의 삼단봉에 쓰러지는 하태형의 모습이 비쳤다.

넌 아바타라잖아…. 넌 아바타라여야 하는데…아니면 우리 중에 누가 신고를?…. 대체 누가….

그리고, 그제야 대기실에 모인 사람 중, 한 사람이 빠진 사실을 알았다. 검고 캄캄한 바닷속, 뒤엉킨 해초처럼 너울거리는 생각들을 뒤로하고 눈을 감은 후였다.

소문식이 함경민을 감싸며 대기실에서 제일 가까운 BMD실로 도망쳤다. 김미연도 그들을 따라 BMD실로 뛰어들었고, 안으로 들어서자마자 허겁지겁 문부터 잠갔다. BMD실에서 헤드셋으로 음악을 듣고 있던 노수혁이 누워있던 침상에서 벌떡 일어났다. 그가 황급히 손을 뒤로 감추며 당황해하며 소리쳤다.

"뭐, 뭐야?! 노크도 안 해!?"

그리고 남지훈처럼 김미연 역시 알아버렸다. 그녀가 방금 노수혁의 손에서 미끄러져 바닥에 떨어진 낯익은 핸드폰을 주워 들었다. 어제저녁, 금강 아파트 504호 여자의 집에서 들고 와서 소문식에게는 함구한 남편의 핸드폰이었다.

핸드폰 액정 화면에는, 가상자산거래소 앱의 히트코인 호가창이 복잡하게 띄워져 있었다. 오후 내내 BMD실에 틀어박혀서 히트코인을 사고파는 동안, 노수혁의 코인 수익은 450%로 급상승했다. 몇 년이나 코인을 했지만, 하루 만에 이런 기적 같은 일은 처음이었다.

넘치는 흥분을 주체할 수 없어서 볼륨을 맥스로 높인 흰색 헤드셋에서는, 1990년에 발표된 미국의 전설적 록 밴드, 스릴허트의 "She's Gone"이 이어캡을 뚫고서 새어 나오고 있었다. 리드보컬의 폭발적인 고음이 D6에 달하는 순간이었다.

시각은, 토요일 오후 4시였다.

18

토요일, 오후 4시.

“아이 씨.”

서로가 지나치며 어깨가 부딪혔다. 인상을 쓰자 상대방이 굽신거리면서 먼저 나에게 사과했다. 그래도 짜증이 가시지 않아서 한마디 던졌다. “잘 보고 다녀요.”

사과도 받았고 싸울 일은 아니어서 조언으로 끝냈다. 다만, 방금 어깨를 치고 간 남자가 못생긴 데다가 키도 작아서 왠지 우쭐해졌다.

집구석에나 처박혀 있지, 왜 번잡한 주말에 밖으로 나와서는 민폐야? 쯧.

화려한 도심 중심가에 있는 위너플랙스 빌딩 10층.

사람들로 붐비는 영화관을 겨우 빠져나와서 여자 화장실 입구의 좁고 지저분한 통로에 서 있었다. 영화 관람을 마친 남자들이 나처럼 여자 친구의 핸드백이나 쇼핑백을 들고서 스마트폰으로 게임이나 문자를 하고 있었다. 나 또한 심심하기도 해서 괜스레 손목에 찬 스마트 워치를 봤다가 주변을 둘러봤다가 했다. 작은 시비는 금방 잊고 이후의 일을 상상하며 콧노래도 흥얼거렸다.

점심을 먹고 로맨스 코미디 영화 한 편 본 것뿐인데, 일주일 내내 기다린 화창한 주말 하루가 거의 다 지나버렸다. 곧 예약해 둔 이탈리안 레스토랑으로 가서 저녁을 먹을 것이고, 대화를 나누면서 페어링한 와인도 마시겠지? 그러는 동안 해가 질 것이다. 술에 약한 그녀라서 와인 한두 잔에 기분 좋게 취할 것이고, 밤거리를 걷던 내가 피곤해서 어디 가서 좀 쉬자고 하면 한번 튕기기야 할 것이다. 그러면 정색하면서, '너 오빠 못 믿어?' '난 딴생각 없고 진짜 피곤해서 그런 건데…섭섭하네.' 등을 시전하며 실망한 척하면, 지레 미안해하면서 어쩔 수 없이 따라는 올 것이다. 다행히 레스토랑 근처에 내가 단골로 다니는 모텔이 있다. 36개의 테마 객실과 일반 객실로 구성된 모텔인데 난 회원가로 싸게 입장할 수 있다.

대실로 할까?…. 아니, 처음인데 그러면 걔도 좀 서운하지 않을까? 그럼, 숙박? 숙박이면 테마로 해? 아니야. 그러잖아도 낯가리는 애인데 무난하게 일반으로….

"오빠!"

누군가 또 어깨를 탁 쳐서 퍼뜩 생각을 멈추고 눈을 내렸다. 이번엔 여자였다.

"겸희?"

내 앞에 선 사람은 같은 연구실 학부생 연구 인턴인 배겸희였다. 허리 라인을 과감히 드러낸 크롭트 티셔츠를 입은 배겸희가 반갑게 눈웃음치며 물었다. 어깨에 닿을 듯 말 듯 한 짧은 단발머리가 생기있게 찰랑였다.

"여기서 다 보네요? 영화 보러 왔어요? 아, 여자 친구랑?"

내 여자 친구가 누군지는 아직 연구실 부원들도 모를 것이다.

왜냐하면 어제 사귀기로 했으니까.

그래서 배겸희의 물음에 간단하게 대답하면 되는데, 그러지 못했다.

"여자 친구는 아니고…뭐, 그냥 여사친?"

"그냥 여사친? 여사친이랑 이렇게 혼잡한 주말 오후에 둘이 영화를 보러 왔다고요? 그것도 여자 화장실 앞에서 핸드백까지 들고 서서요? 큭큭, 거짓말."

찡긋, 콧대 주름을 만들며 애교 있게 웃는 애를 보자, 그냥 얘를 꼬드길 걸 잘못했나 하는 후회가 잠깐 들었다. 어린 데다가 몸매도 좋고 MBTI나 성격적인 면에서 보자면 얌전하고 보수적인 '걔'보다는 발랄한 배겸희 쪽이 훨씬 더 나와 잘 맞을 것 같았다. 특히 속궁합 쪽이? 게다가 별것도 아닌 말에 눈웃음을 흘리는 거 보면 얘도 나한테 아예 마음이 없지는 않은 것 같은데…넌지시 떠보기로 했다.

"그러게. 나도 여사친이랑 주말 오후에 이런데 오고 싶겠냐? 그러지 말고 주변에 아는 언니 있으면 네가 소개 좀 해줘라."

"왜 이러실까? 오빠, 요일별로 만나는 여자들 있다고 학교에서 소문 났던데요?"

"누가 그래? 야, 그런 거 다 헛소문이야. 물론 여사친이야 많지. 그거 때문에 여자들이 다들 오해하고 그래. 나한테 마음이 있어도 먼저 다가오지도 않고 말이야. 그런데 사실 알고 보면 나 되게 쉬운 남자거든?"

"어떻게 쉬운데요?"

질문하며 배겸희가 가까이 다가왔다. 아찔한 장미 향 내음이 이내 코끝을 스쳤다. 할 말을 잃었다가 금세 정신을 차리고 대답했다.

"그…글쎄? 뭐, 너 정도면 내 여자 친구로 괜찮다고 생각할 만큼 쉽지."

"큭큭, 뭐야? 나 정도란 건. 지금 나 플러팅하는 거예요? 그런데 어떡하죠?…."

말끝을 흐리며 배겸희가 미안한 듯 혀를 쏙 내밀었다. 거절인가 싶어서 내심 실망하면서도 빠르게 태세 전환했다.

"나도 말이 그렇다는 거지, 내가 한참 동생뻘인 널 여자로 보겠냐? 크크."

"아니, 그게 문제가 아니고요…. 잠깐 이리 와 봐요."

배겸희가 한층 더 가까이 와서 이제 내 턱 밑에 섰다. 입도 벙긋 못 하는 사이, 여자의 부드러운 머리카락이 귓불을 스쳤고 또 코끝에 들이찬 향수 내음…. 벌써 고백이야? 얘가 나를 이렇게나 좋아한 건가?…. 여기가 어딘지도 잊을 만큼 황홀해서 스륵 눈감았다. 배겸희가 까치발을 해서는, 손바닥을 세워서 내 귀에 대고 소곤거렸다.

"오빠는 소시지잖아요."

잘못 들었나 싶어서 "응?"하며, 눈을 떴다. 배겸희가 또 깃털처럼 포근히 귓불에 대고 속닥였다.

"잘 봐요. 오빠는 사람이 아니라 분홍 소시지라고요."

불현듯 손을 들었다. 놀랍게도 배겸희의 말처럼 내 다섯 손가락이 정말로 긴 소시지가 되어있었다. 덜렁거리는 소시지 손을 하고서 이번엔 발을 내려다보았다. 운동화를 뚫고 나온 발가락 열 개 역시 모조리 간식용 소시지다.

"이…이게 뭐야? 내 손가락과 발가락이 왜 이래? 대체 왜 이러냐고!!! 흑흑흑…."

너무 억울하고 황당해서 인파로 뒤덮인 통로 안에서 오열했다.

"오빠가 왜 소시지가 된 건지 몰라요? 난 이유를 아는데?"

내 옆에서 배겸희가 놀리듯 말했다. 그녀를 돌아볼 여유가 없었다.

한기가 든 것처럼 온몸이 부들부들 떨리는 공포와 두려움 때문에,

바닥에 철퍼덕 쓰러지기 일보 직전이었다. 공황이 와서 소시지가 된 손가락과 발가락을 문어 다리처럼 마구 흔들어 대면서 소리쳤다.

"뭐? 네가 이유를 알아? 말해 봐! 내 손발이 이렇게 된 이유가 뭐야?!"

"그거야…." 배겸희가 일순 뒤돌아섰다.

그리고, 나도 그녀를 보고야 말았다. 내 눈의 동공이 수박만큼 확장된 건 그때였다. 배겸희는 사라지고 언제 왔는지 내 앞에 떡 버티고 선 황혜지가 벼락같이 소리쳤다.

"네가 바람을 피워서 그렇잖아! 이 나쁜 놈아! 천벌을 받아서 머리카락 한 올까지 전부 다 소시지가 되어버려!"

황혜지의 말이 끝나자마자 내 머리카락들이 마치 불꽃처럼 공중으로 치솟기 시작했다.

"으아악!!!"

세찬 비 폭풍이 몰아친 것 같은 굉음을 내며, 120,000개나 되는 머리카락이 일제히 핑크 소시지로 변해버렸다.

"으아아악!!! 안 돼!!!!!"

비명을 내지르자 황혜지가 또 버럭 소리쳤다.

"조용히 좀 해요! 오빠 때문에 자꾸 할 말을 까먹잖아요!"

눈을 번쩍 떴다.

꿈인지 생시인지 실감이 나지 않았다.

그리스 신화에 나오는 무시무시한 메두사의 뱀 대가리와는 비교도 안 되는, 십이만 개의 소시지 무덤이 된 머리를 만지려고 두 손을 번쩍 쳐들었다. 그러나, 아직도 꿈속인 건지 아무리 팔을 뻗어도 손이 머리에 닿지 않았다.

가위에 눌린 건가…?

맞다. 그 증거로 아직도 귓가에 윙-하며 비바람이 들이치는 것 같은 이명이 들리고 있으니까.

가위라면 깨어날 방법이 있었다. 일단, 몸을 애벌레처럼 해서 둥글게 만 뒤에 좌우로 마구 비틀면 된다.

곽영후가 눈을 질끈 감았다. 폐 속 깊이 들이마신 숨을 토하면서 뻣뻣한 나무토막이라도 된 듯 움직이지 않는 몸뚱어리를 열심히 움직였다.

아직도 꿈속에 있는 곽영후와 일찍이 잠에서 깬 소문식을 제외한, 나머지 일행들이 하나둘씩 정신을 차리기 시작했다.

하태형도 그랬다.

몸살감기로 한숨 푹 자고 일어난 것 같았다.

미열과 감기약 때문인 것 같은 몽롱한 상태로 눈을 뜨자, 가릴 곳 하나 없이 과도한 광량에 노출돼 버린 동공이 일순 수축했다. '윽' 신음하며 하태형이 눈을 찌푸렸다.

잠시, 곽영후의 몸부림을 한심한 눈길로 쳐다보던 여왕이 일면 고개를 갸웃했다.

"아까 내가 어디까지 얘기했더라?…. 아, 그렇지. 그래도 안달하거나 하진 않았…."

"응? 아니 넌?!"

눈을 크게 치뜬 하태형이 소리쳤다. 그 바람에 여왕의 말이 또 끊겼다.

"너, 혹시?…."

높은 천장에 설치된 산업용 하이베이 LED 조명이 눈이 부실 정도여서 사람을 잘못 본 게 아닌 것만은 확실했다.

설마 황혜지…?

얼굴과 체형, 목소리가 세하대학원 후배인 황혜지임이 틀림없다.

그런데 황혜지가 왜 저곳에…. 게다가 내가 잘못 듣지 않았다면 주변 사람들이 그녀를 '여왕 폐하'라고 부르고 있었다. 한순간 의문에 휩싸인 하태형이 황혜지를 자세히 보기 위해서 상체를 기울였다. 그런데 이상한 일은 또 있었다. 움직여야 할 육체가 말을 듣지 않는 것이었다. 마치 누군가 허리를 꽉 붙잡고 놔주지 않는 것 같았다. 내 몸에 무슨 일이 생긴 건지 몰라서 하태형이 무심코 뒤를 돌아보았다. 그 순간.

"으아악! 이게 뭐야?!!"

애벌레처럼 꿈틀거리며 겨우 가위에서 벗어난 곽영후가 냅다 비명을 내질렀다.

"야! 이거 뭐냐고!! 왜, 왜 또 여기에…으허허헝! 내가 왜 또 여기 있는 거야?! 왜?!"

등 뒤에서 곽영후가 통곡하지 않았어도 하태형은 알 수 있었다.

지금 자신의 두 팔과 다리가 차갑고 단단한 어떤 물체에 고정되어 있다는 것을. 자유롭게 움직일 수 있는 건 고작 머리와 눈동자 정도였다.

하태형의 동공이 상하좌우로 움직이며 주변 사물의 정체와 유기체의 동선 등을 파악하려고 노력했다. 추측하건대, 축구장처럼 넓은 실내와 천장에 켜진 수백 개의 LED 조명이 대낮처럼 밝힌 이곳은 어떤 제품을 대량 생산하는 공장 내부이다. 아니나 다를까, 좌측 벽면에 아크릴로 큼지막하게 새겨진 '국영재단 한국 식육 가공 제1공장'이란 글귀가 눈에 띄었다. 줄곧 이명처럼 들리던 모터음은 천장에 달린 실링팬의 팬 블레이드가 회전하는 소리였다. 실내로 퍼진 공기 중으로 순간 코를 찌르는 썩은 고기와 피 냄새가 뒤섞인 고약한 악취가 났다. 하태형이 악취를 참지 못하고 고개를 돌리자, 정수리 위에서 철컥거리는 소리가 났다. 이제야 자신이 어떤 상태에 놓인 건지 이해했다. 정리하자면,

이곳은 국영 햄 가공 공장이고, 난 자동 컨베이어 벨트 위에 선 채로 팔다리를 클램프에 결박당한 상태이다. 그렇기에 조금 전 목 하나 내 마음대로 돌릴 수 없었던 것도 이해가 갔다. 꼼짝없이 쥐덫에 걸린 쥐꼴이었다.

“이거 풀어!! 흐흐흑…. 흐흑, 이렇게 죽고 싶지 않아. 소…소시지가 되서…어흐흐흑. 제발….”

하태형의 등 뒤에서 곽영후가 흐느끼며 절규했다.

이럴 리가 없는데….

분명히 난 이 끔찍한 악몽 같은 소시지 공장을 구사일생으로 탈출했다.

그런데 왜 다시 여기 와 있냐고.

게다가 지난번과 똑같은 컨베이어 벨트 위.

이게 현실일 리가 없어서 눈을 감았다 뜨고를 쉼 없이 반복했다.

곽영후의 울음소리가 드넓은 공장 안에 메아리로 공명했다.

‘꿈이야, 꿈이야’를 되뇌며 눈물이 폭포처럼 흐르는 중에도 이곳을 벗어나기 위해서 곽영후가 발버둥 치며 소리쳤다.

“혜지야! 이거 풀어 줘! 어허헝. 시키는 대로 뭐든 다 할 테니까!! 제발 이것만 풀어줘!!”

“조용히 하라고 했잖아. 시끄러우니까.”

공장 안이 훤히 보이는 복층 메자닌 난간 위에서 여왕이 짜증스럽게 말했다.

“경고하는데, 한 번만 더 시끄럽게 굴면 소문식과 오빠 순서를 바꿔 버릴 거야. 지금 소문식이 1번에 서 있어.”

“혜…혜지야….”

협박이 통했는지 곽영후의 발광이 잦아들었다. 그가 발을 동동거리며 울음 대신 입술을 꽉 깨물었다.

하태형이 여왕과 곽영후의 대화를 주의 깊게 엿듣고 있었다. 추가로 이해한 것은, 지금 복층 난간에 선 저 여자가 이 나라의 여왕이며 또한 같은 연구실 부원인 황혜지가 틀림없다는 사실이다.

충격으로 아예 기절해 버린 것 같은 곽영후처럼 하태형도 입을 다문 채 자신의 존재를 지워버렸다.

곽영후나 하태형 같은 것들에게는 손톱만치의 관심도 없어서 여왕의 시선이 다시 소문식을 향했다. 대화가 끊긴 시점의 기억을 더듬었다.

"내가 어디까지 말했다고 했지?…. 아, 그렇지, '너와 싸우다가 실패한 게 처음도 아니고 말이야.' 거기까지 말했지? 흥. 그야 그럴 수밖에. 아무리 노력하고 최선을 다해도 내가 가진 카드 패는 늘 '실패'였으니까 말이야."

여왕이 고까운 태도로 팔짱을 끼며 새침을 떨었다.

"하지만, 결국엔 '신성한 차현호'가 널 선물로 들고 왔잖아. 왠지 간밤에 꿈이 좋더라니…. 넌 꿈 꾼 거 없어? 아, 서민들은 돼지꿈이 길몽이라고 했나? 그런데 지금 네 상황만 두고 보자면 돼지꿈 정도로는 어림도 없을 거 같은데, 어때? 네 꿈 얘기를 해볼래?"

다른 일행들과 마찬가지로 두 손이 위로 묶인 채 소문식이 대답했다.

"좋은 꿈을 꿨다니 축하할 일이군. 난 꿈 대신 숙면을 했지. 푹 잔 덕분에 왠지 오늘도 너한테 질 것 같지는 않고…. 아직 게임은 끝나지 않았으니까 말이야."

소문식의 말이 끝나자, 여왕이 마치 아이처럼 손뼉까지 쳐대며 즐거워했다. 시시각각으로 기분이 바뀌는 듯 보였다. 기고만장해서 천장을 향해 웃어 재끼는 여왕 곁에는 유도롱 총리대신이 잘 다듬은 흰 수염과 함께 근엄한 표정으로 서 있었다.

여왕이 눈가에 맺힌 눈물을 닦는 척하며 말했다.

"부럽기까지 하네? 이런 상황에서도 허풍을 떨 수 있는 네 용기가 말이야. 나라면 목숨이 붙어있는 마지막 순간까지 최선을 다해 살려달라고 빌어라도 볼 텐데…. 아, 기대는 하지 마. 몇 분 후에 네게 닥칠 끔찍한 일을 생각하면 빌기라도 하는 게 어떨까, 해서 그냥 해본 말이니까."

난간에 우뚝 선 여왕이 거만하게 그를 내려다보며 이름을 불렀다.

"소문식."

소문식이 눈을 들었다. 상하로 나뉜 공간에서 허기진 승냥이들처럼 적대적으로 맞선 두 사람의 눈빛이 시뻘건 횃불처럼 맹렬히 타올랐다. 서로를 노려보는 눈 속에 비친 증오와 혐오는 어느 한 사람도 부족하지 않았다.

잠시 후, 여왕이 말했다.

"난 이만 갈 테니까 몸뚱어리가 갈기갈기 잘 썰려서 죽어 봐. 네 머리카락 한 올까지 지옥 같은 고통에 몸부림칠 수 있도록 절단기 조절 버튼을 '초미세용'에 맞춰뒀다고 하니까."

여왕이 난간에서 등을 보인 그때였다.

"할 말이 있다."

잡혀서 꼼짝달싹 못 하는 주제에 아무리 비아냥대고 겁을 줘도 시종일관 무심한 척하던 소문식이 마침내 나를 불렀다.

일전, 여왕이 친히 햄 공정 과정을 시찰한 육가공 공장 내의 분쇄·절단 라인 부서였다. 시찰 때와 똑같이, 여왕이 복층 난간에 당당히 서 있었다. 그때와 다른 점은, 당시는 왕궁에서 데려온 수십 명의 장·차관과

의원들을 거느리고 있었지만, 지금은 수행원을 제외한 유일한 내각 각료는 유도롱 총리 한 명뿐이라는 것, 그리고 편안히 앉아서 햄 제조 과정을 관람할 수 있는 쿠션 의자가 없다는 것이었다.

그래도 불평하지 않은 것은, 내 발밑으로 보이는 이 자들은 내가 이곳을 떠나고 5분 이내에 모두 끔찍한 비명을 지르며 죽을 것이기 때문이었다. 그리고 여왕을 모신 재단 임원 중에 유달리 시꺼먼 얼굴색을 한 남자가 있었다. 비싼 명품 양복을 입고 있었지만, 바싹 마른 뼈대에 거죽을 덮어놓은 것처럼 볼품없는 행색이었다.

돌아선 여왕이 자비를 베풀었다.

"말해."

두 손목이 X자 형태로 결박된 상태로 소문식이 물었다.

"이 사람들을 어떻게 할 셈이냐?"

컨베이어 벨트 위.

정신이 든 후, 내 뒤로 남지훈을 비롯한 일행들이 줄 선 것을 알았다. 모두가 나처럼 클램프에 손발이 죄어 묶인 채 발밑으로 보이는 거대한 블랜더 속으로 떨어질 운명이라는 것도.

'상하 각각 18개씩이나 되는 중앙식 회전 날개와 악어 이빨처럼 날카로운 톱날이 분당 30,000회의 초고속 회전 속도를 자랑하며 사람의 신체를 3만여 개로 도륙 낼 것'이라고, 말로만 전해 들었던 잔악하고 흉포하게 생긴 대형 절단기가 벌써 유리 덮개를 열고 우리를 맞이하고 있었다.

소문식이 말했다.

"우리 일과 상관없는 사람들은 풀어줘."

오후 4시경, 느닷없이 경찰들이 하봉주 내과의원을 덮쳤다.

탈락자인 노수혁이 자신의 핸드폰으로 장장 5시간 동안이나 코인 거래 사이트에 접속한 것이, 경찰이 병원을 특정하게 한 결정적 계기가 되었다. 불의의 기습에 남지훈이 경찰의 삼단봉에 머리를 맞고 제일 먼저 쓰러졌다. 하태형과 차현호가 의자를 집어 던지며 저항했지만, 총 등 무기로 중무장한 경찰 집단 앞에서는 별수 없었다. 차현호가 경찰의 테이저건에 쓰러졌고 그 뒤로 사람들은 차례대로 경찰에 체포됐다. 반항하는 자들에게는 무수한 몽둥이찜질이 쏟아졌고, 소문식 또한 코와 이마에서 뜨끈한 물기를 느낀 것이 의식의 마지막이었다.

선 순번이어서 뒷줄은 보이지 않지만, 컨베이어 어디쯤 있을 여자아이가 아까부터 겁에 질려서 울고 있었다. 여왕도, 곧 다가올 죽음도 두렵지 않았지만, 중학생 함경민의 비에 젖은 새끼 새 같은 울음소리에 가슴이 무너졌다.

들은 척도 하지 않는 여왕을 향해서 소문식이 재차 부탁했다.

"원한다면 뭐든 협조하겠다. 그러니까 나 이외에 다른 사람들은 살려 줘. 부탁이다."

여왕이 소문식을 향해 뒤돌아섰으나, 입꼬리를 올리며 비아냥거릴 뿐이었다.

"부탁?…. 아까 게임이 어쩌고 하던 패기는 다 어디로 갔을까? 뭐든 협조하겠다고? 내가 뭘 원할지 알고?"

"네가 필요한 거면 뭐든지…내게 원하는 걸 말해."

"필요 없어."

여왕이 여지도 남기지 않고 거절했다.

"내 손에 차현호가 있는데 네 협조 따위가 뭐라고. 필요 없으니까 이만 갈게."

"그럼, 아이만이라도 부탁할게요!"

방금 들린 목소리의 주인공은 천비안이었다. 이제, 이곳이 꿈속이든 다른 차원의 세상이든 아니면 지옥이든 그 어떤 세상이든 상관없었다. 천비안이 여왕을 향해서 부르짖듯이 애원했다.

"아이만…제발 이 여자아이만이라도 살려주세요. 여왕님!"

여왕이 귀찮은 듯, 하지만 한편으로는 TV 속 재미있는 개그 프로를 보는 것처럼, 천비안과 함경민을 구경했다.

"야, 하태형? 안 들리냐?! 뭐라도 좀 해! 넌 아바타라잖아!"

천비안의 뒤를 이어 격분한 남자의 목소리가 들렸는데, 남지훈이었다. 컨베이어 레일 위에 늘어선 줄은 소문식, 남지훈, 하태형, 김미연, 천비안, 함경민, 곽영후, 노수혁 순이었다. 애초에 미약한 뇌진탕 증세가 있었던 노수혁은 목에 테이저건을 정통으로 맞고서 아직도 깨어나지 못하고 있었다. 남지훈이 자기 뒤에 서 있는 하태형을 곧장 발로 걷어차기라도 할 듯이 성질을 부렸다. 그가 움직일 때마다 수갑처럼 채워진 손목 클램프가 쇳소리를 내며 덜컹거렸다.

"지금이야말로 네 능력을 보여줄 때라고! 이렇게 된 것도 네가 미리 예언한 거지? 넌 진즉에 이렇게 될 걸 알고 있었고, 이것도 사실은 탈출 과정 중 하나잖아?! 그러면 더 아끼지 말고 이제 그 대단한 초능력 좀 꺼내 보라고! 새끼야!"

억지를 듣다 못 해서 하태형이 대꾸했다.

"시끄러워. 나도 잡혀 있는데 뭘 어떻게 도와? 그리고 예언이라니? 자꾸 무슨 헛소리야. 죽을 때가 되니까 정신 나갔어?"

"거짓말하지 마! 반전이 있을 거잖아! 이대로 믹서기에 갈려서 고기 반죽으로 죽을 건 아니잖아!"

“잠깐.” 하며 여왕이 그들의 대화에 끼어들었다. 그녀가 손을 든 채로 남지훈에게 물었다.

“방금 너, 아바타라라고 했어?”

남지훈이 대답하지 않자, 그녀의 시선이 절로 옮겨갔다. 여왕이 하태형의 외견을 호기심 어린 눈으로 훑으며 물었다.

“네가…아바타라라고?”

“난 그런 게 아니라고 말했을 텐데?”

“그래?…. 그러니까 넌 아바타라가 아니란 말이지?”라고 여왕이 건성으로 물었다. 노골적인 시선으로 남자의 얼굴과 신체 곳곳을 살피는 여왕인지라 모욕을 느낀 하태형이 불쾌감을 드러냈다.

“그러니까 그게 뭐냐고 묻잖아. 집에서 키우는 애완견 이름이야? 아니면 새로 나온 모바일 게임? 물어도 말 안 해줄 거면 그런 이상한 이름으로 나를 부르지 마. 그리고 난 내가 아바타라인지 뭔지 보다 네가 정말로 우리 연구실의 황혜지인지, 그게 더 궁금해.”

생각지도 못한 말에 여왕이 동작을 멈췄다. 이윽고 그녀가 만면에 미소를 띠며 대답했다.

“노코멘트 할게.”

이 정도면 충분히 승자의 여유를 즐겼다. 여왕이 환궁할 채비를 하며 재단 이사장에게 지시를 내렸다.

“재료들은 한꺼번에 자르지 말고 되도록 천천히 잘라. 특히 저 컨베이어 맨 앞에 선 늙은 놈은 발뒤꿈치부터 포를 뜨듯이 얇게 저며내. 입에서 제발 죽여달라는 소리가 나올 때까지 극도의 고통을 주란 말이야. 알겠니?”

며칠 사이 탈모가 더 진행된 재단 이사장이 ‘예, 예, 여부가 있겠사

옵니까.'를 읊조리며 머리가 땅에 닿도록 허리를 굽혔다. 유도룡 총리는 소문식 일행의 절단 쇼 영상 촬영과 최종 보고를 위해서 공장에 남았다. 어떡해서든, 아이만이라도 살리고 싶은 소문식이 다급히 여왕을 불렀지만, 목적이 끝난 그녀는 수행원들과 함께 총총히 밖으로 사라졌다.

여왕이 있던 복층 난간에 다부진 몸과 후리후리한 키를 가진 유도룡 총리가 나타났다. 눈과 입매가 옹골진 이목구비에다 단정히 빗어넘긴 백발이 상염(霜髥. 흰 수염)과 잘 어울리는 초로의 남자였다.

꼿꼿한 허리와 바늘 하나 들어가지 않을 냉철한 표정으로 그가 소문식과 남지훈, 그 외의 사람들을 응시했다.

이제 정말 큰일 날 것을 짐작한 아이가 목청을 높여서 엉엉 울어도 얼음장 같은 노년의 표정에는 일말의 동요도 없었다.

***

[빅토리아 레이디언트 앤 엘레강트 디그니파이드 클래식 로열 팰리스]

다이아몬드 스테이트 룸.

왕궁 내 존재하는 내빈용 숙박 객실은 백여 개나 되지만, 그중에서 제일 화려하고 정교한 장식으로 치장된 여왕의 애인, 문체부 장관만의 개인룸이었다. 절망적인 얼굴을 한 장견우가 두 손으로 머리를 감싸며 의자에 털썩 주저앉았다. 도무지 믿기지 않는 사실에, 그가 흡사 미친 사람처럼 침을 흘리며 중얼거렸다.

정말이야?….

정말 그녀가 나를 두고 결혼한다고?

그럴 리가…나한테는 언급 한마디 없었는데….

그것도 오늘 밤….

괴로움을 견디다 못한 장견우가 자리에서 벌떡 일어났으나, 금방 다리의 힘이 풀려서 무너지듯 의자 위로 쓰러졌다. 그러고는, 자신도 알아듣지 못할 주사 같은 괴성을 내지르며 열 손가락으로 머리칼을 마구 헤집었다. 새집처럼 헝클어뜨린 머리가 시야를 가린 눈을 대신해서, 그의 손이 술병들이 가득한 탁자 위를 더듬었다. 손끝에 닿은 술병을 낚아채자, 그 과정에서 서로 부딪힌 술병들이 큰소리를 내며 탁자에 쓰러지거나 낙하했다. 발치 가까이서 박살 난 날카로운 유리 파편들을 무시하고서 목젖이 꿈틀거리도록 강주強酒를 들이켜자, 미처 다 삼키지 못한 위스키가 입술을 비집고 턱과 목으로 줄줄 흘러내렸다.

왕실 비서관에게 소식을 전해 듣고부터 두 시간째 방에 틀어박혀서 이러고 있었다. 탁자 주변으로 다 비워버린 포도주병과 여러 술병이 나뒹굴고 있었다. 위스키를 벌컥거린 뒤 술병을 화풀이하듯 거칠게 탁자에 내려놓았다. 갈색 위스키병이 깨질 것처럼 위태롭게 흔들렸다. 병목을 주먹으로 움켜쥐고서 장견우가 고개를 떨구었다.

바닥에 둔 시선.

사랑하는 여자와의 실연이 예정된 남자의 눈가에 뜨거운 눈물이 고이기 시작했다.

그 시각 왕궁, 여왕이 애용하는 드레싱룸.

자정을 향해 가는 늦은 밤이건만, 여왕 특유의 까랑까랑한 목소리는 마치 지금이 오전이라고 해도 좋을 것 같았다.

"시간 없는 거 안 보여? 왜 이렇게 들러붙어서 사람 귀찮게 하는 거야? 네 할 일은 다 끝났으니 기다리라니까?"

100여 평에 이르는 공간을 활용해서 흡사 백화점의 명품매장처럼 꾸며 놓은 거대한 드레스 룸이었다. 수십 개나 되는 옷장 문들이 하나같이 활짝 열려있었다. 그리고 그중 서너 개의 옷장 앞에서 드레스를 뒤적이느라 몹시 바빠 보이는 여왕이었다. 비서관과 시종들이 미리 골라놓은 50여 벌의 드레스 중에서 신혼 첫날밤과 잘 어울리는 것으로 선택만 하면 되었다. 그런데 그게 마음처럼 쉽지 않았다. 숫제 옷장 안으로 들어갈 것 같은 여왕 옆에서 강미주가 울상이 된 얼굴로 말했다.

"네…네가 시키는 대로 다 했잖아. 그러면 너도 야…약속은 지켜야지."

"무슨 약속?"

인제 와서 시치미 떼는 여왕이자 황혜지에게 강미주가 울컥해서 따졌다.

"무슨 약속이라니? 현호 오빠만 왕궁으로 데려오면 다른 아바타라가 누구인지 말해준다고 했잖아. 그리고 나도 풀어 준다고 했잖아."

"그랬나?" 여왕이 옷을 고르다 말고 기억을 더듬는 척 이마를 손으로 짚자, 자신을 놀리는 행위에 화가 난 강미주가 발끈했다.

여왕이 '아!'하고 탄성을 내지르며 이제야 기억난 척 말했다.

"맞아! 그런 일이 있었지? 신성한 차현호만 무사히 이곳으로 데려오면, 그를 노리는 다른 아바타라의 정체를 알려주겠다고 네게 약속했었지."

"기…기억났어? 그래, 그래서 내가 곽영후한테 문자 해서 지금이라도 현호 오빠를 왕궁으로 데려오라고 협박했어. 그렇게만 해주면 네 목숨만은 보장하겠다고 여왕이 직접 약속했다고도 전했어. 이만하면 내가 할 일은 다한 거잖아. 그러면 너도 이 나라의 최고 권력자라는 권위와 명예가 있는 만큼 네 입으로 한 약속은 지켜야…."

"그러려고 했는데 네가 내 뒤통수를 쳤지."

방금 한 여왕의 말에, 갑자기 꿀 먹은 벙어리처럼 강미주가 입을 닫았다. 여왕이 코웃음 치며, 심혈을 기울여서 고른 초록색 공단 드레스를 들었다. 드레스를 옷걸이째로 거울에 비춰보면서 말했다.

"어디서 깜찍하게 거짓말이야? 내가 모를 줄 알았어? 네가 곽영후한테 빨리 차현호를 데리고 서울을 떠나라고 했지? 게다가 넌 네 예언 능력을 발휘해서 경찰들이 그 병원을 습격하리란 것까지 친절하게 다 알려줬어. 오후 4시라는 시간까지도."

초록색 드레스를 어깨 너머로 휙 던져버리고, 몸매를 강조하는 머메이드 라인의 파란색 드레스를 집어 들었다. 제까짓 게 내 앞에서 머리를 굴려봤자 부처님 손바닥 안인데, 아직도 강미주 저만 모른다. 거울 앞에서 드레스의 방향을 요리조리 바꿔가며 몸에 대보던 여왕이 강미주를 조롱했다.

"닭이니? 금붕어야? 핸드폰 문자만 지우면 네 거짓말까지 다 덮어질 줄 알았어? 곽영후 핸드폰은 어쩔 건데?"

강미주가 약한 한숨을 내쉬었다. 반드시 문자를 지우라고 그만큼이나 신신당부했는데도, 그 나쁜 놈이 또 내 말을 무시했다.

이 옷도 마음에 들지 않아서 여왕이 머메이드 드레스를 바닥에 떨구며 말했다.

"원래라면 시청 앞 광장에서 네년의 거세형(거열형을 말하는 듯하다)을 집행했어야 하지만 과정이야 어떻든 결과가 좋아서 목숨이나마 부지한 줄 알아. 더군다나 오늘은 내 신성한 결혼식 날이라서 너랑 이러는 것도 시간 아까우니까 말이야."

"왜? 신성한 차현호를 손에 넣고 나니까 이제는 내가 필요 없어져서?"

강미주의 정직한 물음에 여왕이 배시시 웃었다. 어깨를 으쓱하며 "역시 주제 파악은 잘해."라고 대답했다.

눈꺼풀까지 덮어버린 덥수룩한 뱅 머리 때문에 여전히 앞이 잘 보이지 않는 눈으로 강미주가 말했다.

"알았으니까 질문 두 개에만 대답해 줘. 네 말처럼 결과가 좋으니까 그 정도는 말해줄 수 있지? 첫 번째, 네가 알고 있다는 양陽의 아바타라, 그게 누구야?"

"…."

"정말 현호 오빠의 일행 중에 있는 거야? 네가 나한테 말했잖아. 나와 태초의 한 쌍으로 얽힌 양의 아바타라가 신성한 차현호를 죽일 거라고."

사람에게 주눅이 들어서 항상 눌변이던 강미주였으나, 지금만큼은 그녀의 눈빛도 발음도 마치 다른 사람인 것처럼 안정되어 있었다. 어둡고 낮은 저음으로 강미주가 채근했다.

"말해줘."

"양의 아바타라 같은 건 없어."

긴 질문에 짧게 답한 여왕이 옷장 깊숙한 곳에서 농익은 능금처럼 새빨간 드레스를 꺼냈다. 드레스의 디자인과 원단을 꼼꼼히 살펴보며 말을 이었다.

"그 말을 믿었어? 생각해 봐. 현생에 네 쌍의 절반이 살고 있을 확률이 얼마나 되겠어? 길거리에서 내가 우연히 걷어찬 깡통에 얻어맞은 얼룩말이 공중도덕을 지키라고 화를 내는 것보다 더 낮은 확률이야. 그리고 그런 인간이 세상에 존재한다고 한들 내가 어떻게 찾아? 음陰의 아바타라인 너도 못 찾는걸."

말하던 여왕이 갑자기 눈을 동그랗게 뜨며 드레스를 팔 위로 추켜 들었다.

"응? 그런데 왜 이런 게 여기 붙어있어?"

웬 작은 나비 한 마리가 가슴 레이스 부근에 말라 죽은 채로 붙어있었다. 여왕이 혀를 차며, 죽은 나비를 떼서 바닥에 버렸다.

호들갑스러운 여왕 앞에서 잠시 할 말을 잃었던 강미주가 두 번째 질문을 했다.

"한 가지는 알았으니까 이제 마지막 질문이야. 현호 오빠의 어머니는 지금 어디 계셔?"

여왕이 얼토당토않다는 듯 되물었다.

"뭐라고? 차현호의 어머니? 그걸 왜 나한테 물어?"

"시치미 떼지 마. 그것 때문에 내가 이곳에 갇혀 있는 거니까."

"짜증 나게 할래? 그러니까 그게 대체 무슨 소리냐고!"

모르는 척하는 황혜지라서 했던 말을 또 반복할 수밖에 없었다. 강미주가 속으로 '참을 인' 자를 그리며 말했다.

"지난 수요일 아침, 네 왕실 직속 비서관이 내가 있던 제우스 모텔로 전화해서 현호 오빠의 어머니가 납치됐다고 했어. 객실 내선 전화를 내가 받았기 때문에 네 비서관의 목소리는 물론이고 말투 하나까지도 다 기억해. 차현호의 모친을 살리고 싶으면 내가 여왕과 담판을 지어야 한다고 했고, 난 순진하게 그 말만 믿고 궁으로 왔다가 덜컥 지하 감옥에 갇혀 버렸고…. 얘기가 더 필요해? 이제껏 너를 위해서 일했으니까 장난 그만 치고 어머니의 행방만이라도 알려줘. 지금 어디 계셔?"

"그러니까 그게 다 무슨 말이냐고 묻잖아. 차현호가 어디 있는지도 모르는데 내가 무슨 전화를 한다는 말이야? 그리고 그의 엄마가 어찌

됐건 알 게 뭐야?"

"그러면 넌 왜 나한테 그의 어머니가 이곳에 있는 것처럼 말했어?"

별안간 여왕이 허벅지를 탁, 치며 말했다.

"아! 기억났어! 맞아! 네가 그날 아침에 나를 찾아와서 그런 말을 했었지. 정확히 기억이 안 나서 까먹고 있었어. 풋, 그런데 당연한 거 아니야? 아바타라가 저 스스로 모습을 드러내다니…정말이지, 난 그때 너무 놀라서 심장이 쪼그라들 뻔 했…."

"차현호의 어머니가 계신 곳만 말해. 궁궐 안에 계셔? 아니면, 나를 가뒀던 지하 감옥 같은 곳에?"

"네 능력껏 찾아보지 그래? 차현호가 있던 집을 예언해서 곽영후를 보냈던 것처럼?"

그러니까.

나야 너무도 그러고 싶지만, 난 스스로 각성한 '그것'이 아니기에 내 예언 능력에는 결함이 있다. '보이는 것'에 한계가 있는 것이다.

강미주가 대답하지 못하자, 황혜지가 그럴 줄 알았다는 듯 배시시 웃으며 말했다.

"네가 말한 두 곳 다 틀렸어."

"그러면 어디 계신다는 거야?"

"나도 몰라."

"'몰라'라는 대답은 룰을 어기는 거야. 그건 벌써 처음 질문에서 써먹었잖아. 이번엔 네가 무조건 대답해야 한다니까?"

이처럼 강하게 나오는 강미주는 처음 봐서 황혜지의 눈에 반짝이는 호기심이 생겨났다. 그녀가 말했다.

"그래? 그런데 애초에 질문 자체가 틀렸어."

"…."

"난 내 비서관 누구한테도 차현호에게 연락하란 지시를 내린 적이 없거든."

믿지 않았기에, 강미주로부터 대꾸는 없었다.

여왕이 자신의 기억을 말했다.

"지난 수요일 아침, 넌 제 발로 나를 찾아왔지. 차현호의 엄마를 찾으러 왔다고 했어."

제대로 증언하는 황혜지라서 강미주가 이번엔 기대하고 기다렸다. 하지만, 그것이 끝이었다. 여왕이 시큰둥하게 말했다.

"그녀가 어디 있냐고 묻길래 난 그냥 길을 안내하겠다고 말했을 뿐이야. 내 입장에선 아바타라가 제 발로 걸어들어왔으니 그걸로 된 거 아니야?"

***

국영재단 한국 식육 가공 제1공장.

복층 난간 아래로 아가리를 벌린 절단기가 대기하고 있었다.

여왕과 수행원들이 사라진 탓에 복층 인원은 반 이상 줄어들었으나, 상황은 바뀌지 않았다. 소문식 치들의 목사리를 틀어쥔 주인이 바뀌었을 뿐이었다. 여왕의 명령을 이행하기 위해서 유도롱 총리가 근엄한 표정으로 말했다. 그의 주위로 총리의 보좌관과 경호원이 각 한 명씩 서 있었다.

"아무리 흉포한 범죄자일지언정, 최후의 유언은 들어주는 게 인지상정이나 시간적 여유가 없는 걸 이해해 주게."

소문식이 난간을 올려다보며 항변했다.

"여기 있는 사람들은 흉포한 범죄자들이 아니며, 너도 그걸 모르지는 않을 것이다. 이들을 풀어줘라."

"애석하군. 나도 그러고 싶지만 이미 폐하의 추상같은 명령이 떨어졌네. 너도 같이 듣지 않았느냐? 죄인들은 절단기 안에서 긴 시간 동안 살과 뼈와 척추가 잘리고 썰리고 다져질 것이라고 하셨지. 지금부터 마음의 준비를 단단히 하거라. 살아서 아비지옥을 경험하게 될 터이니."

유 총리의 말에 소문식이 낙심한 투로 대꾸했다.

"역시 그 여왕에 그 총리로군. 여왕과는 달리 너는 말이 통할 줄 알았는데…내가 아직도 사람 보는 안목이 없나 보군."

그러자 유 총리가 부드럽게 냉소했다. 노년의 얇은 입술을 감싼 서리빛 수염과 깊이 팬 눈가 주름이 그를 이지적으로 보이게 했다. 따사로운 한낮, 햇볕이 잘 드는 계단 칸에 앉아서 어린 제자들과 인문학적 사상과 수학, 시대를 논하는 고고한 철학자라도 된 것처럼 말이다. 소문식의 생각을 바로 옆에서 훔쳐보기라도 한 것처럼 유 총리가 말했다.

"동의하네. 나이를 먹어도 사람을 아는 게 가장 어렵고 힘들지. 하지만 자책하지 마시게. 그만하면 남들보다 꽤 훌륭한 안목을 지닌 셈이니까. 그 점에 있어서 고대 그리스의 위대한 수학자이자 철학자인 플라톤은 이런 말을 했지. '지혜로운 자는 자신이 아무것도 모른다는 것을 안다.'라고 말일세." 이어 유 총리가 덧붙였다.

"조금 전, 자네가 한 말은 특별히 유언으로 기록해 두겠네. 그러면 이만…."

"내 유언은 내가 알아서 정하지. 그보다 넌 내가 누군지 아는가?

유도룡 총리.”

소문식의 호기로운 물음에 유 총리가 멈칫했지만, 그뿐이었다.

곧 10kg의 붉은 살덩이로 변할 인간의 말을 무시하고 유 총리가 손짓만으로 재단 이사장을 불렀다.

소문식이 끈질기게 말을 걸었다.

“여왕이 너한테는 말을 안 했겠지. 내가 누구이며 어떤 사람인지. 여왕이 왜 나를 죽이려고 하는지…. 그건 오직 나만이 여왕을 죽일 수 있으며, 난 그만한 힘이 있기 때문이다.”

하지만, 무슨 말을 한들 이미 귀를 닫아버린 유 총리였기에, 소문식의 마지막 몸부림은 광활한 공장 벽에 부딪혀 공허한 메아리로 돌아올 뿐이었다.

이젠 끝장이다…. 레일 위에서 소문식과 유도룡의 대화를 조마조마하게 지켜보던 천비안과 김미연이 모든 희망을 잃고서 눈을 감았다, 함경민은 하도 울어서 성대마저 쉬어버렸다. 생전 처음 겪는 공포와 두려움으로 14살 함경민의 작은 목과 다리가 쉴 새 없이 바들바들 떨리고 있었다. 개중에는 앞뒤로 나란히 묶인 채 지금 벌어지고 있는 일들은 남 일인 양 아직도 옥신각신하며 입씨름 중인 남지훈과 하태형도 있었다.

소문식이 작전을 바꿨다.

“그리고 난 네가 어떤 사람인지 잘 알고 있다. 유도룡 총리대신.”

재단 이사장에게 컨베이어 운행 명령을 내리기 직전, 유 총리가 흘끔 뒤돌아보았다. 그때를 놓치지 않고 소문식이 한껏 고양된 어조로 말했다. 조금이라도 사형 시간을 늦추고 유도룡을 설복하기 위해서, 그가 입에서 단내가 날 만큼 자신이 가진 모든 패를 쏟아붓고 있었다.

"이 세상 안에서 벌어지는 그 어떤 일도 나에게는 비밀이 될 수 없다. 그래서 너에 대해서도 잘 알고 있지. 네가 태어난 날의 별자리부터 유년기 시절과 청년기는 물론 현재에 이르기까지, 난 너에 대한 모든 정보를 꿰뚫고 있다. 예를 들면, 여왕도 모르고 있는, 네 집안이 이제껏 숨겨 온 혈통의 비밀까지도 말이야."

'혈통'이란 단어에 난공불락이던 성채가 무너졌다. 너무도 견고해서 바늘 하나 들어갈 틈 없는 성벽처럼 절망만을 안겨주던 성城이 스스로 돌아서며 유 총리가 말했다.

"조금 전 너를 '지혜로운 자'라고 말했던 건 취소하지. 내가 현자이자 위대한 플라톤을 모욕한 것 같으니…."

유 총리가 끓어 넘치는 화를 주체하려고 노력했다.

"그러니 미리 경고하건대, 지금부터는 입을 신중하게 움직여야 할 것이네. 왜냐하면, 너 같은 자야 일개 햄으로 죽으면 그만이지만, 방금 네가 내 가문의 '숨겨진 혈통'을 운운함으로써 여기 있는 사람들은 앞으로도 네가 한 말을 곡해해서 심심풀이 삼아 떠들어대고, 없는 말을 지어내 덧댈 것이며, 또한 세간은 마치 그것이 진실인 양 기억할 가능성이 커졌기 때문이라네. '비밀'이란 돌아다닐수록 그 몸체가 눈덩이처럼 불어나는 법이니 말일세."

평소 이런 식의 도발에 말리는 것을 어리석다고 생각해서 견제하는 자신이건만, 집안을 건드린 것만은 참을 수 없었다. 유 총리의 어조가 더욱 침잠되었다.

"네가 누구이며 어떤 사람인지 알고 있느냐고 물었느냐?"

"…."

"내가 소문식, 너에 대해서 아는 건 여왕 폐하께서 너의 체포 과정을 흥미롭게 지켜보고 계셨다는 것 정도이다. 물론, 그렇기에 네가 무언가 남과 다른 비범한 능력이 있는 것인가 해서 일말의 호기심을 가진 것도 사실이나 그 정도뿐. 이토록 허무하게 잡혀서 작은 버튼 하나에 생사가 갈리는 남자를 신경 쓸 만큼 나는 한가로운 이가 아니기 때문일세."

유 총리가 본론을 말했다.

"묻지. 네가 나와 내 집안 혈통에 대해서 뭘 알고 있다는 겐가? 참고로, 나는 이 나라 최고 존엄의 단 하나뿐인 삼촌이자 내각을 지도하고 국가의 정책 결정과 입법 조정 권한을 가진 총리대신이며…."

"1961년 신사년 4월 10일생 여주 진천읍 출생. 본명 유도롱. 원래는 유들롱이라는 이름이었으나, 진천읍사무소에 출생 신고 당시 유도롱으로 잘못 기재되었지. 출생 신고를 한 구순 넘은 조모가 손주의 이름을 착각해서 생긴 헤프닝이었지."

칼끝처럼 날카로운 눈매로 소문식을 주시하고 있던 유 총리가 비웃었다.

"내 이름의 유래에 관한 거라면, 방금 네가 말한 내용은 한국 국민의 절반 이상이 알고 있는 것이야. 내 생년월일 역시 인터넷에서 검색만 하면 바로 나오는 것들이고…. 고작 그런 걸로 나한테 사기를 치려고 한 겐가? 내 모든 성장 과정을 알고 있다는 둥 거짓말을 하면서?"

"조상 대대로 소 돼지와 개를 도축하던 백정白丁의 집안이었으나, 1867년 퀸 황숙화 치세 14년 가을, 여러 해에 걸친 흉년과 자연재해로 인해 조선 전역에 기근이 들자, 여주에 살던 네 고조부인 '코숭이'는 백정 업과 고리대금업을 하면서 모은 전 재산을 주고 몰락한 한 양반 가문의 호적과 족보를 사들이게 되지. 촌락 산줄기 끝에 있는 집에서 태어났다고 하여 성도 없이 코숭이라 불리던 네 고조부는 매입한 양반 족보의 성씨로 개명하여 '유명식'이라는 이름을 쓰게 되며, 이후 그의 자손들은 유서 깊은 강녕유씨 가문의 정식 후손이 되었다. 여기까지 틀린 곳이 있나?"

소문식이 물었지만, 핏기가 싹 가신 시허연 얼굴로 입만 벌리고 있을 뿐인 유 총리였다. 정작 공장 임원들이 유 총리를 곁눈질하며 저들끼리 수군거렸다. 그들 중에는 재단 이사장도 있었다. 사막의 모래 무덤에서 발견된 푸석한 미라 같은 몰골을 한 재단 부이사장만이 그들의 대화에 끼지 않고 홀로 서 있었다.

'유 총리 집안이 남의 가문을 투탁投託한 것이라고? 게다가 강녕유씨라면 조선시대에 정승과 대제학, 청백리만 80여 명을 배출한 한국에서도 가장 유서 깊은 사대부 가문이 아닌가?'

'조선 개국 공신 중 하나인 유선평이 태조 황덕선 여왕으로부터 직접 사성賜姓받은 성이 강녕유씨라지? 명문 세도가 양반 가문으로 국사 교과서에도 실린 인물인데…저 말이 사실이라면 백정이 양반으로 신분 세탁을 한 것이지 않나.'

'족보 사고파는 일이야 신기한 일도 아니지만, 강녕유씨라면 말이 다르지. 십만 원권 지폐에도 유선평이 찍혀있고, 유선평이 태어난 생가 고택과 강녕 하룡면에 있는 〈강녕유씨 서흥재사齋舍〉는 국가민속문화재로까지 지정돼 있으니 말일세.'

'그런데 왜 대꾸를 못 하시지? 정말 유 총리 가문이 원래는 소 잡는 백정이었다는 건가? 게다가 고리대금업?'

여기저기서 쑥덕이는 소리가 멀쩡한 귀에 들리지 않을 리가 없었다.

막 싹이 튼 의심과 불신, 능멸과 조롱.

사람들의 호기심은 각기 두 갈래로 나뉘었다. 의문으로 점철된 눈은 유도롱을 향했고, 비밀을 알고 싶은 욕망에 사로잡힌 시선은 소문식을 향했다.

죽음보다 더한 사명감으로 집안 대대로 꼭꼭 숨겨 왔던 진실이 한순간에 적나라하게 드러나 버린 충격으로, 유 총리가 꼼짝도 하지 않고 소문식을 노려보고만 있었다. 이놈을 빨리 죽이지 못한 게 너무도 후회되었다. 하지만 이대로 해명 없이 놈을 죽여버리면 말은 더욱 걷잡을 수 없이 퍼져나갈 것임을 짐작했다.

소문이 참문慘聞이 되기 전에, 국민으로부터 존경받아 온 내 가문이 칠반천인七般賤人중 하나인 백정이었던 것이, 투미한 자들 사이에서 모욕의 활극으로 변모하기 전에, 당장 해야 할 말은 정해져 있었다. '네 말은 모두 거짓이다.'

잠시 후, 수치심을 감추지 못한 눈과 노기 띤 푸른 입술이 천천히 열렸다.

"소문식, 지금까지 네가 한 말은 모두…."

"미안하네."

유 총리의 말이 끝나기도 전에 소문식이 대뜸 사과했다.

"가만히 생각해 보니 내가 착각한 것 같아서 말이야. 백정에서 양반으로 신분 세탁한 건 여주 강녕유씨가 아니라 울진이 본관인 강령류씨 가문인 걸 깜빡했어. 너와는 상관도 없는 집안을 끌어들여서 괜한 혼란을 야기시켰네."

"…."

"이해해 주게. 내가 소싯적에는 역사 교과서 한 권을 통째로 달달 외우다시피 했지만, 역시 나이는 못 이기겠군."

"네가 정녕 나를 놀리는 것이냐?"

선뜩하리만치 음울한 노성老聲이 울렸다. 유 총리의 물음에 소문식이 절연한 태도로 고개를 내저었다.

"무슨 소리냐? 그럴 리가 있나. 기억에 실수는 있었지만, 내 목숨줄을 손에 쥔 자를 놀릴 만큼 어리석지는 않아. 어쨌거나 내가 하고 싶은 말은…."

소문식이 입안에 생성된 침을 삼켰다. 지금부터 잘해야 한다. 시간을 끌대로 끌었기에 마지막 승부까지 왔다. 그래서 이것마저 실패하면…. 여유를 부리는 척했지만, 여왕과 유 총리까지 상대하느라 소문식의 옷 안은 등허리를 흐른 땀으로 흥건했다.

"유 총리 당신도 소식을 들어서 알겠지만, 지금, 전국 도처에서는 여왕의 폭정과 민심을 이반한 법령에 반발하는 국민의 크고 작은 시위가 들불처럼 번지고 있네. 경찰 안팎에서도 탈락자 체포를 거부하며, 상부의 명령에 반기를 드는 자들이 속출하는 중이라지?"

삽시간에 바뀐 주제가 이해하기 힘든 듯 유 총리가 인상을 썼으나, 소문식은 말을 멈추지 않았다. 남은 선택지는 회유와 설득뿐이었다.

"나는 당신이 어떤 인물인지 잘 알고 있어. 비록 여왕의 삼촌이긴 하나, 잔혹한 성정에 매사 안하무인인 여왕과는 비교도 안 될 만큼 정치를 비롯한 경제, 문화, 역사, 외교, 기술 등 다방면에 걸쳐 박학다식하고, 순수 과학과 기초 학문에 열성적인 학자인 동시에 국가와 국민의 안위를 최우선으로 생각하는 현군의 인품을 지닌 사람이 바로 유도룡 당신이지."

"하고 싶은 말이 뭔가?"

드디어 유 총리가 귀를 기울이기 시작했다. 소문식이 이제 거칠 것

없이 열변을 토했다.

"전제 군주의 권력을 휘두르고 무자비한 폭정을 일삼은 대가로 여왕은 반드시 왕좌에서 끌어내려질 것이네. 고작 10만 사병과 외국에서 사들인 용병만으로 남편과 아내, 부모와 자식이 비참히 죽어 나가 악과 복수심만 남은 육천만 성난 민심의 파도를 막을 수 있을 것 같은가? 아니, 이미 돌이키기엔 늦었어. 난, 그때 너도 여왕과 운명을 같이 할 것인지 묻고 있다. 유 총리."

"…."

"여왕은 이미 너무도 많은 죄를 지어서 이 땅에서 구제받을 길은 없다. 그러나, 그와는 반대로 유도롱 총리 당신은 도덕과 윤리, 성경의 율법과 계명을 중시하며 아내가 있음에도 불구하고, 철저히 금욕적인 생활을 하는 것으로 알고 있다. 일부이처제법 제정에 관해서도 끝까지 반대 의견을 고수하였으며, 논리정연하고 정의로운 성정을 지녔기에 여왕의 곁에서 매번 목숨을 건 충심 어린 직언 또한 마다하지 않는 것으로 알고 있다."

소문식이 발음 하나하나에 힘주어 그를 칭찬했다.

다행히도 유 총리가 일언반구 대꾸도 없이 내 말을 잘 경청하고 있다….

"딜을 제안하지."

"…."

"우리를 살려주면 난 기꺼이 너를 도와서 여왕의 폐위에 동참하겠다. 아직 미혼인 여왕인 데다 형제자매, 조카, 먼 친지들까지 한날한시에 숙청한 까닭으로 여왕 곁에 남은 피붙이라고는 총리, 당신 한 명뿐이지 않은가? 따라서 여왕이 죽으면 여왕의 유일한 혈육인 유 총리 당신이 이 나라 국왕의 자리에 오르는 건 당연지사."

소문식이 쉬지 않고 회유했다. 위로 묶인 두 팔에 저릿한 쥐가 내렸다.

"나는 너를 도와서 일을 도모할 만한 힘과 능력이 있다. 다만, 지금쯤 여왕과 함께 있을 차현호가 잘못되면 모든 게 물거품이 된다. 차현호를 막을 수 있는 건 오직 나뿐이니 네가 딜을 받아들인다면 우리를 풀어 줘. 내가 왕궁으로 가서 직접 여왕을 처단하겠다."

최후의 카드까지 내보였으나, 고정된 눈동자와 굳게 다문 입술을 한 유도롱의 생각을 짐작할 수는 없었다. 숨을 뱉은 후 소문식이 나직이 말했다.

"예로부터 이 땅의 백성들이 흉년과 기근으로 숨져갈 때, 기꺼이 집안 곳간을 열고 쌀을 내어주었으며, 주변 백 리 안에 굶어 죽는 사람이 없도록 하라는 가문의 육훈을 몸소 실천하여, 현재까지도 전 국민으로부터 칭송과 존경을 한 몸에 받는 강녕유씨 가문의 장손이자 정통 후계자인 너라면 현명한 판단을 할 것으로 믿는다."

절단기 모터의 기계음이 들리지 않았다면, 사람들은 자신들이 어디에 있는지도 모를 뻔했다. 오직 소문식만이 말할 뿐, 미약한 호흡 하나 끼어들지 않은 것은, 길다면 긴 소문식의 대사는 오직 한 단어만을 가리켰기 때문이다.

반역.

레일 위에 선 소문식뿐만이 아니라, 허구한 날 여왕의 변덕과 폭압에 시달린 육가공 공장 재단 이사장의 무리까지 합세해서 유 총리의 답변만을 기다리고 있었다.

그리고, 그로부터 3분여간.

고뇌와 번민, 왕좌를 향한 욕망과 충성심 사이에서 수십 번의 저울질을 끝낸 유 총리가 드디어 입을 열었다.

*

"내가 왕위에 오를 수 있도록 돕겠다고 했느냐?"

마침내 간절히 원하던 말이 나왔다. 비록 질문이었어도 기쁘기 그지없었다. 소문식이 천연덕스럽게 고개를 주억였다.

"그렇다. 우리를 이곳에서 내보내 주기만 하면 된다."

하지만, 소문식의 희망과는 달리, 한 국가의 수장으로서 고작 대화 몇 마디에 쉽게 넘어갈 유도롱이 아니었다. 그가 단도직입적으로 물었다.

"내가 널 어떻게 믿고 말이냐? 그리고 시민들의 시위가 실패로 돌아가면? 이제껏 수많은 유형의 크고 작은 시위들이 있었지만, 여왕에게는 상대가 안 됐지. 비록 내홍 중이라고는 하나, 여왕은 50만 경찰 지휘권을 비롯한 막강한 공권력을 지녔고 용병들 또한 몸값이 비싼 만큼 일당백의 최정예들이란 말일세. 그에 비해서 고작 버튼 하나에 목숨줄이 달린 네놈에게 무슨 힘과 능력이 있어서 내가 너를 믿어야 하지? 역설적으로 네가 그런 힘을 가지고 있다면 우선 너와 네 동료부터 살리면 될 것이 아니냐?"

"내가 아니다."

유 총리가 눈매를 가늘게 했다. "네 놈이 아니면?"

"우리 중에 아바타라가 있다."

아바타라라고? 방금 유 총리가 형안을 빛낸 것을 소문식은 놓치지 않았다. 부자유스러운 신체로 회유에 안간힘을 쓴 탓에 소문식의 피로도가 극에 달하고 있었다. 그러나, 노력한 덕분에 발밑의 절단기 속으로 떨어져서 죽고도 남을 시간이었으나 아직도 이렇게 살아있었다.

그러니 이제 조금만 더….

자신의 무지가 드러나지 않도록 표정에 유의하며 유 총리가 물었다.

“아바타라라…. 그래서 그 아바타라는 게 어떻게 나를 도울 수 있다는 겐가? 아니, 그전에, 대체 그 아바타라라는 것이 무엇인가? 내게 그것의 정체를 설명해 줄 수 있겠는가?”

소문식이 “설명이 쉽지는 않겠지만…하지만 이해는 내 몫이 아니니까.”라며 운을 뗐다.

“아바타라는 우리 우주에 존재하는 절대적 예언가이자 쌍의 각 개체를 이름이다. 쌍雙이란, 말하자면, 이 세상의 모든 생명체를 구현하는 가장 기본적인 음양의 조합을 이르는 것이며, 음양의 태동은, 거대한 어항 속 생태와 같은 우주 공간에, 본래 존재하는 근본적인 에너지를 ‘관측함’으로써 생겨나는 것이라 할 수 있다. 예를 들어서, 물이 가득 찬 어항 속을 공기나 가스가 전혀 없는 젤리화 된 진공 상태라고 가정해 볼까? 근사적 진공 상태인 우리 우주와 꽤 동일한 조건이네. 우선, 진공 어항에 금붕어를 넣은 다음, 어항 속 젤리 물방울 하나를 뚝 떼서 위로 들어 올려 보게. 그러면 어항 속의 금붕어는 물속에 나타난 물방울의 없어짐과 물밖에 나타난 물방울의 있음을 동시에 보게 되겠지? 인간의 눈으로 볼 수 없는 ‘없음’까지도 말일세. 공무空無에서 음양이 태동한 것이지. 느끼겠는가? 본디 우리가 말하는 ‘존재함’이란 사실은 있음뿐만이 아니라 없음까지도 이르는 것이며, 어항으로 비유하자면, 어항 속 물은 근본적인 우주의 에너지를, 금붕어는 관측자에 비유할 수 있으며, 이 세상에서 벌어지는 모든 사건과 현상들은 바로 이 ‘관측’으로부터 시작한다고 말할 수 있지.”

“….”

"관측으로부터 신생 유有이자 양陽이 생성되고, 동시에 무無이자 음陰이 생성하게 되지. 이후, 음양은 서로를 상쇄시키며 존재의 균형을 이루게 된다…. 너와 내가 마주하고 있는 지금, 이 순간에도 겁파劫波의 시간과 공간을 가진 우주의 장field에서는 유와 무, 존재와 비존재가 끊임없는 쌍생성과 쌍소멸을 반복하면서 요동치는 중인데, 불행히도 그 시공간의 불특정한 한 지점에서 쌍의 동기화된 에너지를 부여받아 '요동'의 비밀을 깨친 돌연변이로 태어난 것이 바로 예언자인 '아바타라'이다. 즉, 아바타라는 어항 속과 밖의 있고 없는 물방울들의 완벽한 조합이며, 그들이 가진 가장 무서운 힘은…."

'쌍의 힘이 상쇄되는 순간 발생하는 폭발적인 에너지.'라는 말까지는 하지 않았다. 총리가 이해했을 것이라고도 기대하지 않았다. 거짓으로 꾸미지 않은, 그리고 최선을 다한 내 노력만 인정해 주면 그것만으로 족하다고 생각했을 때, 아니나 다를까, 유 총리가 노골적으로 짜증스러운 기색을 내비쳤다. 유도롱 자신이 수십 년 동안 쌓아 온 엄청난 독서량과 선험적 지식, 일반인의 평균보다 높은 지능 지수에 비추어 볼 때, 방금 소문식이 늘어놓은 장황한 헛소리는 신생 종교의 신도 모집 선전지나 피켓에 쓰여 질 법한 내용이었기 때문이다. 추가적인 대화는 시간 낭비라고 판단한 유 총리가 이해하는 척 말했다.

"대충은 알겠네. 아무튼 아바타라라는 것이 원래는 물방울이었단 말이군. 어쩌다 보니 예언 능력을 지니게 됐다는 것이고?"

"이해해 줘서 고맙네. 그러면 이제 나와 내 사람들을 풀어 주겠느냐?"

소문식의 말을 못 들은 척, 유 총리가 능청스럽게 질문을 돌렸다.

"그래서, 그 아바타라라는 게 어느 정도의 예지력을 지녔는가? 서울 시내의 용한 점쟁이 정도는 되는 게냐?"

"서울에서 가장 유명한 점쟁이보다야 월등하지. 너만 결심한다면, 여왕과의 싸움을 승리로 이끌 강력한 무기가 될 것임을 장담하지."

"그러한가?…."

유 총리가 고개를 갸웃하고는 말했다.

"내, 아바타라는 것을 한 번 본 적이 있지."

그만 말문이 막혀버린 소문식이었다. 자신의 치뜬 눈초리도 의식하지 못한 채 그가 공격적인 태도로 물었다.

"네가 어디서 아바타라를 봤다는 거냐? 아바타라는 길거리나 동네 편의점에서 쉽게 마주칠 수 있는 것이 아니다. 유 총리, 네가 혹시 꿈을 꾸거나 사람을 착각한 건 아닌가?"

그도 그럴 것이 이 세상에서 아바타라의 존재를 아는 사람들은 극히 일부이며, 그 일부 또한 소문식 자신과 남지훈이 전부일 가능성이 높기 때문이었다. 그리고, 아바타라임이 분명한 하태형과 유도롱은 일면식도 없어 보였다.

소문식의 행동을 오도깝스럽다고 생각하며 유 총리가 말했다.

"왕궁 지하 감옥에 아바타라라고 불리는 여자애 하나가 갇혀 있네."

19

일요일 아침, 내 동네이다.

창문 너머로, 기와지붕을 얹은 집들과 벽돌 담벼락, 빨간색으로 반짝이는 우체통이 보인다. 우체통은 편지를 보내는 사람이 없어서 가장자리가 녹슬고 색이 바랬지만, 밤새 또 누군가 빨간색 페인트로 덧칠을 해놓은 모양이었다. 공무원의 짓이 아닌 것만은 분명하다.

왜냐하면, 어느 날 밤에 몰래 창문 너머로 밖을 훔쳐본 적이 있는데, 어떤 사람이 도둑고양이처럼 주변을 살피면서 우체통으로 다가오더니 재빠르게 색을 칠하고는 도망치듯 자리를 떠나버렸기 때문이다.

궁금증이 생겼다.

왜 저런 짓을 하는 걸까?

우체통이 새것이 되었다고 해서 사람들이 편지를 보내지는 않을 텐데 말이야.

이유가 뭘까….

친구나 애인에게서 올 편지가 있어서 기다리는 중인가?….

금방 흥미가 사라져서 이번에는 내가 좋아하는 커다란 사이프러스 나무들을 눈여겨보았다. 녹색 잎사귀로 뒤덮인 솜사탕 같은 나무는 구름 한 점 없는 맑은 하늘과 따스한 햇살, 밤이슬이 떨치고 간 상쾌한 새벽 공기 덕분에 막 아침이 시작된 지금은 더욱 싱그럽고 푸르른 생명력을 뽐내고 있었다.

어디선가 습기를 머금은 동풍이 불어왔다.

샛바람에 사이프러스의 나뭇가지와 잎사귀들이 일제히 서쪽으로 누우며 소리를 냈다.

자연을 거스르지 않는 그 모습이 아련하고 사랑스러웠다.

네가 사람이라면 난 우거진 네 녹음 속에 손가락을 왕창 집어넣고 장난스럽게 휘저어 버릴 텐데….

그러면서 너한테 청혼했을지도 몰라.

너는 언제나 강하고 아름답고 게다가 향기까지 좋으니까.

너를 사랑하던 고흐도 나처럼 이런 기분이었을까?….

일찍 죽어버린 천재 화가와 나란히 사이프러스를 감상하면서 창틀에 팔을 괴었다.

그리고 함께 서 있되, 너무 가까이 서 있지는 말라.
And stand together yet not too near together:

신전의 기둥들도 서로 떨어져 서 있고,
For the pillars of the temple stand apart,

삼나무와 참나무는 서로의 그늘 속에서 자라지 않으니.
And the oak tree and the cypress grow not in each other's shadow.

내가 좋아하는 시인, 칼릴 지브란의 작품 〈예언자(The Prophet)〉 중, '결혼에 관하여(On Marriage)'에 나오는 마지막 글귀를 입술로만 조곤조곤 읊조렸다.

휙, 하고 바람이 불었다. 이번에는 세기가 좀 강해서 내 머리카락이

들판의 갈대처럼 부스스 휘날렸다. 추워서 창문을 닫으려고 하다가 문득 의아한 생각이 들었다.

유심히 사이프러스 나무들을 관찰했다.

그러자 금세 또 불어닥친 바람.

이번에는 가을 태풍을 몰고 올 만큼이나 세었다.

그런데 의아한 건, 강한 바람에 기와지붕과 빵집 간판이 공중으로 날아가고, 집 담벼락들이 도미노처럼 무너져 내리는 중에도 내 동공에 비친 사이프러스 나무들은 끄떡도 하지 않는 것이었다.

마치, 나무 몸통을 중심으로 맨 꼭대기 우듬지부터 땅끝 뿌리까지 움직일 수 없도록 강력한 접착제로 붙여버린 것 같았다. 장난감 나무 같기도 했다.

왜 바람에 흔들리지 않을까?

이제 바람은 눈조차 뜰 수 없는 사나운 강풍으로 돌변했다.

주변에 보이는 물체들이 단숨에 공중으로 떠올라 회오리처럼 소용돌이쳤다. 그러는 중에도 사이프러스를 자세히 보려고 더욱 눈을 부릅떴다.

그리고, 노란빛 속.

흡사 금 추라도 매단 것처럼 눈두덩이가 무거웠다.

하지만, 내 사이프러스들이 어떻게 된 건지 너무도 궁금해서 억지로라도 눈을 뜨려고 했다. 애쓰자, 다행히 실선처럼 가느다란 통로가 생겨났고 각막 안으로 노란빛이 흘러들었다. 일렁이는 초점 밖으로 물감을 짓이겨 바른 벽지가 나타났다. 알록달록한 슬라임을 늘여놓은 것 같기도 하고 페인트통을 쏟아버린 것 같기도 한 것이 문양의 형체를 짐작할 수가 없다….

"이제 깨어났어요?"

비단처럼 부드러운 목소리. 가까운 귓가에서 울리고 있었다.

"다행이야. 아침까지 이러고 있으면 어떡하나 걱정했단 말이에요."

누구지?

나를 걱정해 주는 건가? 낯선 목소리는 아닌데….

젖 먹던 힘까지 내서 눈을 반쯤 떴다. 다 뜨는 건 무리였다.

허탈하리만치 내 힘은 얇은 눈꺼풀 하나를 이기지 못하고 있었다. 신체로 치면 두 손목과 두 발목의 힘줄이 몽땅 끊긴 것처럼 말이다.

서서히 의식이 돌아오고 있었다.

푹신한 침대와 따스한 이불 속에 내가 누워있었다.

적당한 온도, 아늑하고 몽환적인 노란빛은 그대로지만, 숨을 쉴 때마다 이국적인 향기가 느껴졌다.

나도 모르게 의식하자, 향기가 또다시 콧속으로 훅 흘러들었다.

달콤 쌉싸름한 다크 초콜릿에 구역질 나는 진흙을 섞어놓은 듯한 독특하고 복잡한 향기….

정체는 알 수 없지만, 독한 술에 취한 것처럼 정신을 차릴 수 없는 이유가 이 향기 때문인 것도 눈치챘다.

잠이 쏟아지고 의식이 몽롱해지는 가운데서도 현호가 지지 않으려고 끊임없이 눈을 깜빡거렸다. 다행히도, 기체처럼 흐르던 주변 사물들이 점차 프레임을 만들면서 시계視界를 확보해 나갔다.

물감을 바른 벽지라고 오해한 것의 정체도 알았다.

그것은 벽도 벽지도 아닌, 높은 방 천장에 그려진 거대한 천장 장식화였다. 침대에 드러누운 내 눈이 천장을 향해 있던 것이다. 황금빛으로 빛나는 나선형 패턴 가지를 사방으로 뻗은 나무 한 그루와 나무 옆에서 포옹하는 연인과 그런 연인을 주시하는 어떤 여자가 그려진… 그런데, 이 그림 또한 왠지 익숙했다.

어디에서 봤더라?

내 방은 아니고…하지만 분명히 눈에 익은데… .

"오빠."

불쑥, 전방을 가리며 사람 형상이 나타났다.

그림의 기억에 집중한 터라 돌연한 물체에 움찔했다. 하지만, 그것도 잠시, 도무지 믿기지 않는 현실에 현호가 눈을 크게 떴다.

"혜지?…."

***

하마터면 소리를 지를 뻔했다.

소문식이 말을 잃고 유 총리를 멍하니 쳐다보았다. 그리고 그때까지도 하태형과 말다툼을 벌이고 있던 남지훈 역시 유 총리의 '아바타라' 발언에 싸움을 멈추고 그들을 돌아보았다.

소문식이 메마른 석랍과도 같은 낯빛으로 말을 더듬었다.

"아, 아바타라가…왕궁 지하 감옥에 아바타라가 갇혀 있다는 말인가?"

"그렇다네." 유 총리가 시큰둥하게 대답했다.

"여왕이 30미터 깊이에 달하는 지하 감옥에 그 애를 꼭꼭 숨겨두고 있지. 나도 그 비밀 감옥을 본 적은 없네. 어떤 기능을 하는 감옥이라고만 알고 있을 뿐, 언제 만들었는지도, 궁궐 내에 있는지, 정원이나 숲속에 있는지조차도 모르네. 여왕 폐하의 경호원과 직속 비서만이 50만 제곱미터에 이르는 드넓은 왕궁 안에서 감옥이 위치한 곳을 알고 있지…. 그래서 미안하지만, 그 외에 더해줄 말은 없네. 그 애가 여왕의 호위병들에게 체포되어 복도를 지나는 것만 얼핏 본 게 다라서 대화를 나눈 적도 없으니 말일세. 평소의 나라면 의구심 정도는 가졌을 법도 하나, 일부이처제가 시행된 직후여서 일개 평범한 여자애 하나까지 신경 쓸 겨를이 없기도 하였지."

"…."

"그런데 왜 그렇게 놀라느냐? 너도 방금 네 일행 중에 아바타라라는 자가 있다고 하지 않았느냐? 여왕이 그런 점쟁이 하나를 더 데리고 있다고 한들, 그게 그토록 놀랄 일인 게냐?"

그러니까, 시공간의 불특정한 지점에서 쌍의 동기화된 에너지를 부여받아 돌연변이로 생성된 아바타라가 무시무종無始無終하며 광대무변廣大無邊한 이 무한한 우주 공간 안에서 마치 좌표라도 찍은 것처럼 현생의 동 시간대에 한 쌍으로 나타날 일은 결단코 '없음'이며, 그런 일은 실질적으로 실현 불가능한, 확률로서만 존재할 수 있는 사건이니까.

차라리 주사위 1,000개를 1,000번 모두 1로 던지는 사건과, 포커에서 로열 플러시가 연속으로 10번 나올 확률이 훨씬 더 높다.

잠깐만.

그런데 두 명 모두 각성한 상태라고?

게다가 유 총리는 왕궁의 아바타라가 여자라고 했다….

자신이 처한 상황마저 잊어버렸다. 소문식의 뇌가 터질 것처럼 복잡해졌다.

그렇다면, 하태형이 남자니까 정확히 음과 양의 아바타라!?

아니, 아니, 기다려. 문제는 그게 아니다.

동시 출현한 한 쌍의 아바타라보다 뭔가 더 큰 일이 벌어지고 있다….

뭐지? 떠오를 것 같으면서도 도무지 떠오르지 않는 그것.

하지만 직감적으로 알 수 있었다. 형체가 모호한 그것이 이 사건의 퍼즐을 완성할 단 한 개의 조각임을.

내가 뭘 놓치고 있을까….

더 집중해라. 소문식. 그게 뭔지….

물 흐르듯 대화를 나누던 놈이 갑자기 멍청해지기라도 한 건지, 눈의 초점이 사라진 소문식을 보며 유 총리가 언짢은 심기를 드러냈다.

"부디 다음 질문에는 대답해 주게. 내 아까운 시간을 더는 허비하지 않도록 말일세. 묻겠다. 그래서 너희 중에 아바타라라는 것이 누구이냐?"

100년 된 케이블 상자 속처럼 얽히고설킨 실타래를 감히 풀 엄두도 못하는 뇌에 다시금 입력된 질문.

소문식이 눈을 들었다. 어느새 본래의 이성으로 돌아온 그가 냉철하게 말했다.

"그건 유 총리, 네 대답부터가 먼저이다. 넌 아직 어떤 약속도 하지 않았다. 그러니, 우리 모두를 죽일 생각이라면 굳이 아바타라의 정체를 알릴 필요는 없지."

아바타라의 수수께끼보다 당장은 목숨을 부지하는 것이 우선이었다. 소문식이 재촉했다.

"말해라. 우리를 살리고 나와 아바타라의 도움을 받을 텐가? 아니면 이대로 우리를 죽이고 이 나라의 왕좌를 포기할 텐가?"

두 번의 물음에도 천금 같은 침묵만을 지키고 있는 유도룡이었다.

소문식도 더는 보채지 않고 그의 대답을 기다렸다. 그리고 인내하며 기다릴 수 있는 이유는, 대화를 나누는 동안 유도룡의 모습에서 권력에 대한 누구보다 강한 의지를 엿보았기 때문이었다.

철딱서니 없는 어린 여왕을 가장 측근에서 보좌하는 한편, 심부深部로부터는 경멸했을 것이다. 유도롱의 말투나 어태에서 이따금 느낌을 받았고, 소문식은 이제껏 거의 빗나간 적 없는 자신의 직관을 믿어보기로 했다. 그리고 그때.

"으악! 이거 뭐야?!"

누군가 펄쩍 뛰며 고함을 질렀다.

돌아볼 수는 없었지만, 목소리만으로 판단컨대 노수혁일 것이다.

아니나 다를까, 노수혁이 눈을 떴고, 줄의 마지막 순번인 그가 공장이 떠나가라 고래고래 소리쳤다.

"빨리 이거 풀어! 이런, 젠장, 뭐로 묶어 놓은 거야?! 야, 거기 있는 너희들이지?! 좋은 말로 할 때 수갑 풀어! 풀라고, 새끼들아!!"

노수혁이 난간에 있는 사람들을 향해 성질을 부리면서 클램프를 풀고자 마구 팔을 흔들었다.

"수혁 씨! 여보!!"

앞줄에 서 있던 김미연이 떨리는 음성으로 남편을 부르자, 아내를 알아챈 노수혁의 난동이 더욱 심해졌다. 서로 맞부딪친 금속이 철컹거리며 소음을 만들었다.

"미연아! 너도 거기 있어?! 가만있어! 내가 금방 구해줄게!! 야! 2층에 거기! 이거 풀라는 말 안 들려?! 다 죽고 싶냐?!"

"조용히 좀 해요!! 상황 안 보여요?!"

열 받은 남지훈이 노수혁에게 버럭버럭했다.

"당신만 잡혀 온 거 아니잖아! 그리고 젠장, 따지고 보면 이게 다 누구 때문인데. 양심이 있으면 시끄럽게 하지 말고 조용히 있으라고, 좀!"

"너 남지훈이지? 누구한테 막말이야? 무서워서 겁을 상실했냐? 눈에 뵈는 게 없어?!"

"틀린 말 했어요? 당신이 핸드폰으로 코인 거래만 안 했어도 이 꼴은 안 났어요. 하, 다시 생각해도 어이가 없네? 그것도 다섯 시간이나…. 나랑 사장님이 입이 닳도록 주의하라고 했잖아요. 그만큼 말했으면 지나가던 동네 똥개도 다 알아듣겠네. 사람들한테는 말도 안 하고 밖에서 몰래 핸드폰을 숨겨와서는…."

"대답하지."

늙숙한 목소리가 남지훈의 불평을 닫아버렸다.

판단이 선 듯, 유 총리가 메자닌 난간 위에서 몸을 똑바로 세웠다.

공중 컨베이어 벨트 위에 일렬로 늘어선 이들의 눈길이 일제히 그를 향했다.

*

“거절하네.”

깨끗이 거절당했다.

천비안과 김미연에게서 외마디 비명이 터져 나왔다. 훌쩍이던 함경민은 숫제 목 놓아 울어버렸다. 남지훈과 하태형은 당황한 얼굴로 연신 입술만 핥아댔고, 이렇게 여지없이 거절당할 줄 몰랐기에 소문식은 응대할 말을 찾고 있었다. 의외인 것은 곽영후였다. 방금까지만 해도 속으로 ‘제발, 제발, 제발’을 외치며, 온갖 종류의 신들에게 살려달라고 빌던 그였으나, 방금 유도룡의 단언으로 남은 희망은 신기루처럼 사라지고 말았다. 의욕을 잃자, 소리칠 악마저 남지 않았다. 클램프에 두 팔이 매달린 채, 곽영후가 머리를 숙이고 축 늘어졌다. 다시 기절한 것이었다. 막 잠에서 깬 노수혁만이 영문을 몰라서 어리둥절하게 사방을 두리번거렸다.

유도룡이 재단 이사장을 향해 명령을 내렸다.

“집행하게.”

“네…네?!” 유도룡과 소문식의 대화를 막연히 듣고만 있던 재단 이사장이 허둥지둥하며 다급히 부하 직원에게 명령했다.

“기계를 자…작동시켜라!”

소문식이 성을 내며 소리쳤다.

“왜인가?! 죽을 땐 죽더라도 이유라도 설명해 주게! 유도룡 당신은 평생 총리 자리에 만족할 그릇이 아니지 않은가?! 우리를 죽여서 너한테 득 될 것도 없을 텐데 왜 스스로 왕이 될 기회를 허망하게 차 버리려는 겐가?! 대체 왜?!!”

소문식의 항의는 들은 척도 하지 않고 유도룡이 다음 지시를 내렸다.

"영상팀은 촬영 준비를 하도록."

영상 촬영팀이 카메라를 세팅하는 동안, 징-하는 기계 작동음이 울리면서 컨베이어 레일이 움직이기 시작했다. 여자들과 아이의 경악에 찬 비명이 더욱 커졌다. 6미터 아래에 놓인 절단기 속으로 낙하할 첫 번째 순서는 소문식이었다. 그리고 이건 말도 안 되는 것이었다.

이렇게 죽는다고? 평생을 조직을 위해서 일했는데 이토록 허무하게 죽는 게 나의 말로라고?

"사…사장님! 어…어떻게 해야…."

남지훈의 당혹한 목소리가 들렸다. 매사 당당하고 어떤 상대라도 기죽은 적 없던 그가 두려움에 떨며 어찌할 바를 모르고 있었다.

그러는 동안에도, 공중의 컨베이어 벨트는 서서히 직행하여 나아가고 있었다. 기계는, 죽음에 대한 공포로 오열이 난무하는 인간들의 사사로운 모습에는 관여하지 않기로 명확히 선을 그은 듯 보였다.

차갑고 단단한 금속성 철제 레일 끝, 선분이 뚜렷해지기 시작했다. 앞으로 150cm. 저 선 끝에 서는 즉시 수직 낙하이다!

소문식이 목에 핏대를 올리며 목청이 터지라고 소리쳤다.

"멈춰라! 우리를 죽이면 아바타라도 같이 죽는다!!"

유 총리가 코웃음을 치며 말했다. 그리고, 이제 선분까지는 121cm.

"아직 말귀를 못 알아들었군. 나는 애초에 너와 딜을 할 마음이 없었다, 소문식. 아바타라 같은 건 믿지도 않을뿐더러 있어도 그만 없어도 그만인 게지."

유 총리가 여유를 부리며 말하는 사이, 레일 끝까지의 남은 길이가 121cm에서 64cm나 더 줄어들었다. 유도룡의 태도에서 뭔가를 눈치챈 소문식이 황급히 말했다.

"알겠다! 아바타라가 누군지 알려주겠다!"

"…."

"아바타라를 내줄 테니 네 마음대로 해!!!"

"그만."

유 총리가 손을 들자, 재단 이사장이 기계 작동 기사에게 중지 명령을 내렸다. 집게손가락 하나의 길이. 선분의 단 8cm 앞에서 아슬아슬하게 레일이 멈췄다. 기계 소음이 멈추기를 기다려서 유 총리가 말했다.

"그럼, 말해 보게. 너희들 중에서 아바타라란 자가 누구인지."

간신히 레일이 멈추자, 이마에 맺힌 땀방울이 뺨을 타고 주르륵 미끄러졌다. 눈을 부릅뜬 소문식이 쉰 음성으로 물었다.

"아바타라는 미끼였고, 넌 처음부터 우리를 죽일 작정이었나?"

왜인지, 질문하는 입이 적이 무겁다 느꼈다. 눈이 따갑고 침침해서 유도롱을 보고 있기가 버겁고 잠깐 이대로 쉬고 싶다는 위험한 생각도 들었다. 살기 위해서 발버둥 치고 있지만, 남은 패가 절망밖에 없다는 걸 간악한 심연이 눈치채서인지도 모른다.

유 총리가 승자의 미소를 보이며 대답했다.

"당연한 것 아니겠나? 여왕 폐하께 피로써 충성을 맹세한 내가 고작 너의 말 몇 마디에 좌고우면할 것으로 생각했더냐?"

"아바타라를 믿지도 않으면서 딜을 하는 척 나를 속였다고? 왜 그랬지? 지금처럼 단칼에 거절했으면 시간 낭비도 없었을 텐데 말이야."

다양한 인생 경험을 쌓으며 살아 온 유도롱 총리인지라, 더는 소문식의 유도신문에 속지 않았다.

"수작 부리지 말고, 아바타라가 누구인지나 말하라. 시간을 끌어서 내 심기를 건드리면 너의 일행만 더욱 고통스러울 뿐이니."

"내 마지막 가는 길에 노잣돈 셈 치고 말해주는 건 어떤가?"

뒷줄에서 계속 철컥대는 소리가 들리는 걸 보니 남지훈이 클램프를 풀기 위해서 안간힘을 쓰는 것 같았다. 그만둬라, 지훈아…. 맨손으로 쇠 수갑을 어찌 풀겠다고…. 정체 모를 절망의 그림자가 더욱 짙어졌다. 이건 아니라고 부정하면서도 일시에 몰린 극도의 피로감에 소문식의 무릎이 자꾸만 꺾이고 있었다.

유도롱이 혀를 끌끌 차며 말했다.

"쯧쯧, 어지간히 고집이 센 사람이구먼. 유언도 필요 없다고 하니 네 말대로 노잣돈 셈 치고 말해 주지. 대답은, 여왕 폐하가 너의 아바타라를 원하시기 때문이다. 조금 전 네 입으로 폐하께 고했으니, 내가 아바타라를 선물로 드리면 얼마나 기뻐하시겠나?…. 자, 이제 값을 치렀으니 말하라. 그래서 너희 중에 아바타라란 자가 누구인가? 남자인가? 아니면 저 여자 중 하나인가?"

하릴없이 쏟아지는 잠을 내쫓으려고 소문식이 머리를 흔들었다. 아직 끝난 게 아니니 어떻게든 정신을 차리려고 했지만, 이제는 자신이 무슨 말을 하는지도 선명치 않았다.

"아직은…하나만 더 묻지. 넌…정말 아바타라를 믿지 않나?"

"그렇다. 난 왕궁의 지하 감옥에 갇혀 있다는 아바타라도 믿지 않지. 조금 전에는 일부이처제법 때문에 그런 것에 신경 쓸 겨를이 없었다고 둘러댔으나, 사실은 코미디 프로 같아서 그냥 두고만 보고 있었네. 어차피 일어날 일들을 신성한 예언이라며 신줏단지처럼 떠받드는 모양새가 웃기지 아니한가?"

말하는 중에 비이성적인 사고를 하는 인간에게 훈계가 하고 싶어졌다.

유 총리가 거만하게 말했다.

"더군다나 네 아바타라?"

"…"

"너희 일행 중에 아바타라가 있다면 왜 아직도 나서지 않는 게냐? 이대로 있으면 몽땅 떼죽음을 당할 터인데, 왜 너희들을 죽음에서 구해주지 않지? 그게 아니라면 그 아바타라는 것이 예언의 능력뿐만이 아니라 죽었다 부활하는 능력도 있을지 모르겠군. 나중에 자신만 몰래 부활하면 되니까 말일세. 아니라고? 어리석군…. 인간이란 본래 간사하고 간계하기 그지없는 동물일세. 내가 아바타라라면 굳이 지금 힘을 빼는 것보다 부활 쪽을 선택하겠네."

비아냥과 조롱조차도 죽음처럼 몰아치는 잠결에 묻혀서 새소리인 양 포근하게 들렸다. 꾸벅꾸벅 졸기 시작한 소문식을 미처 보지 못하고 유 총리가 "게다가 말일세…."하며 의미심장하게 운을 뗐다.

"나를 이 나라의 새로운 국왕으로 추대할 것이라면, 처음부터 네 조언 따위는 필요 없었다네. 소문식."

"…."

"네 말처럼 이미 여왕은 죽은 목숨이니까 말일세. 정보에 의하면, 빠르면, 내일이나 내일모레, 횃불처럼 성난 시위대가 경찰과 합세하여 왕궁으로 진격할 것이라 하더군. 그들을 일컬어 시민 혁명대라고 하던가? 장담컨대, 여왕은 필시 사람들이 던진 돌에 맞아 죽거나 도망치다가 붙잡혀서 시청 앞 광장 단두대에서 목이 잘릴 것이야. 불법적이고 강제적인 쿠데타지만 어쩌겠나. 왕위에 있는 동안 민심을 살피지 못하고 못된 망아지 같은 짓만 일삼은 나라님에 대한 천벌인 것을…. 결국 이런 사태가 발발할 것임을 예견해서 내 여왕에게 그리 자중하라

충고했건만 말을 듣지 않더군. 멍청하고 아둔하며 고집까지 센 계집애가 스스로 명을 자초한 셈이지. 그런데 어떠한가? 이 말이 맞는다면 나 역시 대단한 예언 능력을 지닌 아바타라가 아닌가?"

잠결인지, 소문식이 눈을 감고서 희미하게 웃었다. 유 총리가 안타까운 표정을 지었다.

"이런, 자는 겐가? 내기를 하려고 했는데 아쉽군."

그러자 소문식이 고개를 내저으며 온화한 음성으로 말했다.

"나야말로 아쉬워서 그러는데 지금이라도 유언을 남겨도 되겠는가?"

"그러시게. 내 자네의 유언을 기억해 두지."

소문식이 유언을 말했다.

"'지혜로운 자는 자신이 아무것도 모른다는 것을 안다.'라고 말 한 자는 플라톤이 아니라 소크라테스일세."

"…."

"너무나 당당하게 플라톤이라고 하길래 나도 깜빡 속을 뻔했지 뭔가?…. 하지만, 오만과 무지는 죄가 아니니 용서하겠네."

그 말을 끝으로 소문식이 완전히 잠이 들어버렸다. 남지훈이 그를 부르며 울부짖었지만, 최후의 마지막 한 방울까지 모든 노력을 다 쥐어 짜낸 노쇠한 몸은 스트레스와 피로를 이기지 못하고 벌써 꿈나라 여행을 떠난 뒤였다.

부하들의 면전에서 조롱당한 유도롱이 노기 등천한 모습으로 재단 이사장을 돌아보았다. 내일, 여왕의 식전 문안 인사 때 새 아바타라를 마지막 선물로 드리려고 했지만, 그럴 수 없게 됐다. 예언자 같은 허황한 장난감들에 둘러싸여서 세상 물정 모르고 죽는 게 가장 행복했을 텐데, 그것만이 아쉬울 따름이다.

레일이 재가동되며, 1층의 초대형 절단기 날이 윙- 하는 소음과 함께 360도 회전을 시작했다.

"끝내게."

***

왕궁, 여왕의 침실.

정체 모를 향기가 옅어지면서 정신은 더욱 또렷해졌다.

그래서 이 상황만큼은 꿈이 아닌 것을 알았다.

꿈일 리가 없었다. 내 눈앞에 이토록 선명한 혜지라니….

현호가 아연한 눈으로 무턱대고 물었다.

"너 정말 혜지가 맞아?"

"그럼 내가 누구로 보여요? 저, 혜지 맞아요. 오빠."

침대에 누운 현호를 위에서 내려다보던 혜지가 사뿐히 걸어와 그의 머리맡에 걸터앉았다. 그녀가 희고 유연한 손가락을 뻗어서 땀에 젖은 현호의 머리카락을 쓸어올렸다.

"너 괜찮아? 무사한 거야? 살아있었던 거야?"

현호의 쉼표 없는 질문 공세에 혜지가 예의 밝은 미소를 보였다.

"네. 살아있었어요. 그러니까 이렇게 오빠와 만났겠죠."

"어떻게 살았어? 난 병원에 숨어있다가 경찰한테 잡혀서…."

말하는 중에 문득 이상함을 느꼈다. 그랬다. 난 사람들과 병원에 있었는데, 갑자기 경찰들이 들이닥쳐서 의자를 집어던지며 싸웠고…. 뇌로 들린 퍽! 소리가 마지막이었던 것 같다.

그리고 그제야 머리에서 욱신욱신한 통증을 느낀 현호가 손을 뻗어 뒤통수를 만지려고 했다.

“아, 하지 마세요. 오빠가 머리를 다쳐서 응급처치해 놨어요.”

혜지가 말미에 ‘아깝게….’라고 말한 것 같았으나 문맥과 맞지 않아서 잘못 들었거니 했다. 그리고 혜지의 만류가 없어도 손을 드는 건 불가능했다. 의식만이 돌아왔을 뿐, 신기하리만치 몸에 힘이 하나도 없었다. 힘이란 힘, 기란 기는 다 빠져나간 듯했다.

말하고 숨 쉬는 것만도 힘에 부쳐서 얌전히 혜지의 말을 듣기로 했다. 하지만, 궁금증은 가시지 않아서 현호가 어리둥절하게 물었다.

“그런데 여긴 어디야? 혜지 넌 또 어떻게 여기에 있는 거고…아니, 난 어떻게….”

‘난 어떻게 여기 와 있는 거야?’까지가 질문인데 중도 포기하고 말았다. 얼굴이 발개져서 현호가 급히 다른 곳으로 시선을 돌렸다.

혜지와 뜻밖에 조우한 탓으로 그녀의 모습을 제대로 인식하지 못했다.

잠자리 날개처럼 희고 투명한 소재의 긴 레이스 로브를 입고 있는 여자였다. 그런데 몸에 걸친 거라곤 달랑 로브 한 장뿐이었다.

앞섶이 살짝 열린 곳으로 그녀의 희고 풍만한 가슴 무덤이 엿보였고, 산딸기 빛 모양과 색을 띤 유두, 예쁘게 팬 배꼽이 얇은 천 조각이 스칠 때마다 비밀스럽게 그 모습을 드러냈다가 또 사라지곤 했다.

시선 둘 곳이 없었다. 왜 그런 모습이냐고 물어볼 수도 없었다.

한번 의식하기 시작하자 목까지 화끈 달아오르는 걸 느꼈다.

어찌할 바를 몰라서 현호가 딴청을 피우는 사이, 혜지가 말했다. 좋은 일이 있는지, 가벼운 깃털이 귓가에 내려앉은 듯 유혹적이고 감미로운 목소리였다.

"원래는 내가 제일 좋아하는 빨간색 벨벳 드레스를 골랐는데, 조금 전에 벗어버렸어요."

그녀의 시선이 닿은 곳에 한 시간여를 정성 들여 고른 빨간 드레스가 아무렇게나 팽개쳐져 있었다. 혜지가 이어 말했다.

"오빠가 이렇게나 늦잠을 잘 줄은 몰라서…덕분에 밤이 꽤 짧아졌거든요."

"그…그게 무슨 말이야? 밤이 짧아진 게 왜…."라며 현호가 일부러 볼멘소리를 냈다. 물론, 아직도 머리맡에 있는 혜지를 돌아보지 못해서 잔뜩 웅크린 애벌레 같은 모양새를 해서 말이다.

"오늘이 오빠와의 첫날밤이기 때문이죠. 아쉽지만, 결혼식은 생략했어요. 그래도 되겠죠?"

"무슨 말을 하는 거야? 가…갑자기 첫날밤이라니? 결혼은 또 뭐야?"

현호의 말이 끝나기 무섭게 혜지가 현호의 등을 살포시 껴안았다. 숨이 멎을 뻔했다. 아니, 심장은 벌써 죽어버린 건지도 모른다. 지금 나는 숨도 호흡도 나 자신조차도 그 어떤 것도 느낄 수 없으므로….

딱딱하게 경직되어 굳어버린 남자의 등을 혜지가 더욱 꼭 껴안으며 몸을 밀착해 왔다. 짙은 라일락의 향기, 향기로웠다. 그리고 향기 이외에 또 알아버린 사실은, 나 역시 벌거벗은 몸이라는 것이다. 왜 이런 꼴로 있는 건지 물어보지는 않았다. 혜지가 이제 핥을 수도 있을 만큼 가까워진 현호의 귓불에 대고 속삭였다.

"그래서 오빠는 싫어요? 나랑 결혼하고 사랑을 나누는 게?"

심장이 멎은 게 확실해서 대답해 줄 수가 없었다. 등으로 느껴지는 곳에서 혜지의 부드러운 가슴이 계속해서 출렁이며 맞닿았다. 몸의 세포 하나하나가 일시에 곤두선 느낌이었다. 이런 일은 있을 수 없었다….

남자의 상태가 어떤지 알아서, 그의 귓가에 끊임없이 유혹의 말을 속삭이던 혜지의 손길이 과감하게 아래로 내려갔다. 순간, 현호가 불에 덴 듯이 놀라며 삽시간에 몸을 뒤집었다. 탁, 하고 혜지의 손목을 잡아챘다. 아찔한 사고가 발생할 뻔했으나, 가까스로 막았다.

"왜 이러는 거야? 너, 정말 내가 아는 혜지가 맞아?"

도무지 믿기지 않는 현실에 목소리마저 갈라진 현호였다. 그러자 행동을 저지당한 혜지가 뾰로통하게 눈을 내리깔며 물었다. 남자가 자신의 마음을 몰라줘서 토라진 표정이었다.

"왜요? 내가 이상해요? 오빠는 나를 좋아하는 줄 알았는데…. 내 착각인가요?"

"그런 얘기가 아니잖아! 난 네가 왜 이러는지 모르겠어. 혹시, 내가 너한테 무슨 실수나 잘못을 저지른 건 아닌지, 그래서 네가 나를 벌주려고…."

"오빠를 좋아해요."

말문이 막힌 현호를 보며 혜지가 말했다. 애달픈 그녀의 눈에 금세 보석 같은 눈물이 차올랐다.

"많이요. 정말 많이 좋아했어요. 티도 많이 냈는데 오빠는 항상 내 마음을 모른 척했잖아요."

"…."

"언제나 오빠와의 결혼을 꿈꿨고 마침내 우리 둘만의 시간이 됐는데…. 오빠가 자꾸만 나를 의심해서 섭섭해요. 말해주세요. 오빠가 나를 좋아한다고 생각한 건 나만의 착각인가요? 아니라면, 오빠는 왜 자신의 감정에 솔직하지 못한 거죠? 부끄러워서요?"

어른에게 사랑받고 싶어서 안달하는 아이처럼 혜지가 현호의 대답을 보챘다.

“말해주세요. 오빠도 나와 같은 마음인 줄 알았는데 아닌가요? 정말 나 혼자만의 짝사랑이었나요?”

“하지만 넌….” 혜지의 손목을 잡은 채로 현호가 차마 말을 잇지 못했다. 머릿속이 교통사고가 난 것처럼, 혼란하고 어지러웠다. 뭐가 뭔지 하나도 모르겠고 대체 혜지가 내게 왜 이러는지, 그리고 난 분명히 병원에서 경찰이 쏜 테이저건을 맞고 바닥에 머리를 박으며 쓰러졌는데…게다가 여기는….

아직도 정상이 아닌 것 같은 의식으로 현호가 방 주변을 살폈다. 방안 가득 차오른 몽환적인 노란빛의 비밀은 금방 알 수 있었다.

침대를 뺀 주변은 발 디딜 틈 하나 없이 온통 붉은색과 백색의 향연이었다. 이름을 알 수 없는 한 종류의 꽃들이 바닥뿐만이 아니라 선반, 협탁, 책상 등에 흐드러지게 피어나 방안을 빼곡히 채우고 있었다. 아니, 차라리 꽃밭 한 가운데에 침대를 가져다 놓은 듯했다.

방의 사면은 황금 벽지로 치장되어 있어서 황금 벽에 반사된 꽃송이들이 가시적 색감을 유감없이 발휘하고 있었다. 또한, 족히 4미터는 되어 보이는 독수리의 정수리를 움켜쥔 거대한 프로메테우스의 석상과 비너스 조각상을 비롯하여 박물관에서나 볼 수 있는 수백 년 전의 한국 청자와 백자들, 전통 오브제 장식품들이 꽃밭 속에 파묻혀 있었다. 그리고, 출입문을 제외한 벽마다 고흐, 피카소, 클림트 등의 세계적 유명 화가의 작품들이 빼곡히 걸려 있었다.

잠깐 유명 호텔의 스위트룸인가 하는 생각이 들었다.

그렇다고 해도 병원에서 쓰러져서 경찰서나 임시 구금소에 있어야 할 자신이 왜 이런 객실에 와 있는 건지 이해가 안 되긴 매한가지였다.

게다가 혜지까지….

현호의 당혹감이 그의 눈빛에 고스란히 묻어났다.

혜지가, 현호의 손등을 부드럽게 어루만지며 한 번 더 진심을 부딪쳐 왔다.

"거짓말 아니에요. 난 여태껏 오빠만을 기다려 왔어요. 믿어도 돼요."

"장난치지 마. 여기가 어딘지부터 말해줘. 그게 먼저야."

"오빠만을 위해서 살게요. 평생 오빠 한 사람만을 사랑하며…그러니까 나랑 결혼해 주세요."

"이러지 마…."

내 말은 들은 체도 하지 않고 혜지가 성큼 다가서며 눈을 감았다.

"키스해 주세요."

침대에서 정신이 들고 제일 먼저 본 것은, 황금빛 나무 그림의 천장화였다. 그리고 두 번째로 본 것이 혜지…. 꿈이 아닐까, 생각했다.

일전, 번화가 거리에서 여자들이 나에게 결혼하자며 떼로 청혼하던 그때처럼.

아직도 꿈인지 생시인지 잘 실감이 나지 않는 그 꿈을 지금 또 꾸고 있는 것이라고…. 왜냐하면, 아름다운 몸의 굴곡이 훤히 비치는 로브를 입고 긴 생머리를 푼 그녀가 수줍은 얼굴로 내게 끊임없이 프러포즈하고 있기 때문이다. 나만을 기다려 왔다며, 자신과 결혼해달라며…. 내 질문에는 어떠한 대답도 하지 않고 마치 고장 난 태엽 인형처럼 그 말만을 반복하고 있었다.

꿈이 아니라면 나를 놀린다고 생각했다.

매우 당혹스러운 데다 영문을 몰라서 피하기만 하는 내게 혜지가 설레는 목소리로 말했다. '평생 오빠 한 사람만을 사랑하며….'라고.

내게 결혼하자며 키스해 달라고 조르는 혜지라니….

이건 더욱 말이 안 되잖아?

"꿈이야?"

불현듯 던진 물음에 혜지가 눈을 동그랗게 뜨더니, 곧 웃어버렸다.

"뭐야? 이게 어떻게 꿈이에요? 나를 보면서 실제로 만지고 있잖아요. 이렇게요…."

혜지가 손목을 돌려서 현호에게서 벗어났다.

그녀가 얼빠진 것 같은 표정으로 멍청히 누워있는 현호의 입술을 손끝으로 가볍게 매만졌다. 남자가 더는 반항하지 못하도록, 여자가 그의 눈 속을 한참이나 들여다보았다.

…라일락 향이 코끝을 물씬 간지럽혔다.

그따위 꽃이 이토록 매혹적인 줄 몰랐다.

혜지가 걸친 투명 로브는, 그녀의 어깨 참에 아슬아슬하게 매달려서 마음만 먹으면 손끝으로도 제거해 버릴 수 있었다.

여자가 손가락으로 남자의 턱을 들어 올리자, 단순명료한 남자의 얼굴이 금세 홍옥처럼 발개졌다. 속눈썹이 찔려도 좋을 만큼 가까운 거리, 반사된 시선, 반쯤 열린 로브 사이로 보이는 비단처럼 매끄러운 우윳빛 살결…. 그나마 남아 있던 기세마저 꺾여 그녀의 포로가 된 현호의 숨이 금세 거칠어졌다.

바깥은, 검은 색칠처럼 캄캄한 밤이 내린 지 오래되었다.

창을 통해 비쳐 든 달빛이 침대 위의 남녀를 비추었다.

이름 모를 풀벌레들이 울어대는 정원과, 태초의 하늘처럼 순수한 흰 빛을 뿜어내는 달과 별은 무얼 망설이냐며 더욱 가열차게 나를 부르며….

어찌 되어도 좋다고 생각했다.

여기가 어디든…네가 누구든, 내가 누구이든, 넌 내가 동경하고 나를 아프게 한 혜지가 틀림없으니까….

모순된 사고가 올바른 행동으로 이어졌다.

더는 참지 못한 현호가 혜지의 어깨를 거칠게 끌어안았다.

남자의 입술이 그녀의 입술을 탐하며, 뒤엉킨 육체가 침대 위로 털썩 떨어졌다. 현호의 몸 위로 성급히 혜지가 올라왔다. 곧이어 봄비처럼 따스한 고백이 들려왔다.

“기다렸어요….”

달콤한 숨결이, 뼈마디까지 녹아내릴 것만 같았다.

현호의 호흡이 더없이 뜨거워지고 가빠졌다.

남자에게 호응한 혜지가 적극적으로 그의 이름을 부르며 강한 목을 끌어안았다. 여자의 만면에 만족스러운 미소가 번져갔다.

더할 나위 없지. 오늘 밤 우리는 하나가 되는 거야…. 네 안으로 들어가면 난 다시는 밖으로 나오지 않을 거거든. 넌, 나를 위해서….

현호의 입술이 혜지의 입술을 열려고 했다. 그의 모든 걸 받아들일 준비가 된 여자가 도톰한 체리 빛 입술을 살짝 벌렸다.

넌, 나를 위해서 손톱 한 조각, 머리카락 한 올 남기지 말고 다 주고 사라지면 되는 거야. 신성한 차현호….

열정적인 키스를 하기 위해서 혜지가 얼굴을 비튼 그때였다.

“그러면 영후 형은?”

순간, 혜지가 동작을 멈췄다. 그녀가 의아한 눈길로 현호를 내려다보며 물었다.

"갑자기 무슨 말이에요? 영후 형?…. 곽영후를 말하는 거예요?"

"그래, 곽영후."

벌써 100미터 달리기라도 한 듯, 가쁜 숨을 몰아쉬면서도 현호가 말했다. 기대로 달아오른 육체와는 별개로 혜지와의 사랑 전, 뜨거운 전희에 의식을 잃기 전에 분명히 해두고 싶었다.

"너, 영후 형이랑 사귀잖아."

"그래서요?"

"그러면…." 쥐꼬리만 한 양심과 욕망 사이, 현호가 마른 입술을 혀로 축이며 말했다.

"그러면, 너랑 내가 이러면 안 되는 거잖아."

현호의 가슴팍에 있던 혜지가 픽-하고 실소했다.

"인제 와서 그게 무슨 상관이죠? 그리고 곽영후는 벌써 죽었어요."

"뭐?…." 잘못 들었다고 판단한 현호가 두 귀를 쫑긋 세웠다. 귀찮은 듯 혜지가 다시 말했다. 대수롭지 않은 투였다.

"곽영후는 죽어버렸으니까, 오빠가 신경 쓸 게 아니라고요. 오빠는…." 혜지의 손이 현호의 팔뚝을 더듬었다. 그녀가 갈망의 눈초리로 현호를 올려다보며 속삭였다.

"오빠는 나만 사랑해 주면 돼요. 밤새도록…."

하지만, 도저히 믿기지 않는 사실에 말문이 막혔다. 현호가 저도 모르게 혜지를 다그쳤다.

"정말이야?! 정말 영후 형이 죽었다고? 아니, 어떻게? 어디서? 그리고 네가 그걸 어떻게 알아?"

질문 공세를 하는 동안 냉정한 이성이 돌아왔다. 혜지와는 말이 통하지 않음을 알아챈 현호가 혜지의 어깨를 밀어내고 침대에서 일어서려고 했다.

"잠깐만요! 어디 가는 거예요?"

당황한 혜지가 현호의 팔을 붙잡으며 소리쳤다.

"방금 말했잖아요! 곽영후는 죽었다니까요?"

"믿을 수 없어. 그리고 여기가 어딘지 네가 끝까지 말하지 않을 거라면 나 스스로 알아내는 수밖에."

당장 이 빌어먹을 방부터 나가기로 했다.

혜지와 대화하는 동안 팔다리의 마비도 풀린 것 같았다.

나체인 것도 인식하지 못한 현호가 대뜸 침대에서 내려섰다.

발에 밟힌 꽃들이 꽃물을 내며 짓이겨졌지만, 경황이 없어서 그것도 몰랐다. 다행히 첫발을 내린 곳에 현호의 옷가지들이 떨어져 있어서 우선 바지에 다리부터 꿰었다.

"이래서 남자는 믿을 수 없다니까?"

혜지의 말이 끝나기 무섭게, 현호가 "억"하고 외마디 비명을 지르며 바닥에 풀썩 쓰러졌다.

오묘한 꽃향기가 물씬 퍼지기 시작했다.

이 방에서 갓 깨어났을 때처럼, 무거운 바위가 팔다리를 내리누르는 것처럼, 또다시 손가락 하나 까딱할 수 없었다.

내게 무슨 짓을 한 거냐고 소리치고 싶었지만, 성대라도 잘린 것처럼 '끅끅'거리는 신음이 전부였다.

꽃들을 발로 짓뭉개며 바닥에 내려선 혜지가 토라져서 말했다.

"오빠도 나와 같은 생각인 줄 알았는데…실망이에요."

"이…거 풀…어…."

"애쓰지 마세요. 그래봐야 다 끝났어요."

혜지가 현호의 얼굴을 내려다보며 미소 지었다.

뭐가 끝났냐며 되묻는 남자의 눈빛을 읽었다.

혜지가 방 안 가득한 꽃들을 손가락으로 가리키며 말했다.

"이건 양귀비꽃이에요. 꽃의 즙액인 오피움에다 몇 가지 강력한 환각제를 더 섞었죠. 목소리를 낼 수도 몸을 움직일 수도 없을 거예요. 오히려 저항할 때마다 독이 빠르게 퍼질 테니까 그냥, 아무 생각하지 말고 아기처럼 가만히 있어요. 그게 덜 고통스러울 거예요."

또한, 현호의 입술 모양만으로 그가 하고자 하는 말을 알아챘다.

어떻게 할까, 망설이다가 선뜻 결심했다.

말해줘도 되겠지.

이 남자에게는 세상과의 영원한 작별이 될 테니 말이다.

혜지가 허리를 쭉 뻗으며, 선심 쓰듯 말했다.

"알고 싶어요? 내가 왜 오빠를 납치했는지? 그리고 여기가 어디인지?…. 하긴, 갑자기 바뀐 자신의 처지를 걱정하지 않는 건 밤만 되면 구애하느라 울어대는 저 창밖의 청개구리나 올빼미, 호작 정도일 테죠. 하지만 그렇기에 제 수명을 다하고 죽는 행운도 뒤따라요. 투명하지도 존재하지도 않을 장래를 걱정하느라 '지금'을 망쳐버리지 않으니까요. 분수를 알고 습성에 충실하다는 건, 신이 그들을 돌본다는 뜻과 마찬가지예요."

의미를 묻는 눈.

궁금하기도 하겠지. 인간이란 호기심 때문에 기꺼이 죽기도 하니까 말이야.

"오빠가 납치된 이유…. 그야 내가 '신성한 차현호'의 육체를 가져야만 하니까요."

혜지가 쓰러진 현호 옆에 쪼그리고 앉았다.

온통 자줏빛과 흰빛으로 물든 양귀비 꽃밭에서 강한 육체를 드러내며 누워있는 남자를 보자, 한 폭의 신비로운 예술적 그림 같다는 생각이 들었다. 영국 화가, 존 에버렛 밀레이 John Everett Millais가 그린 그토록 측은하고 처량하며 비극적이라 한시도 눈을 뗄 수 없는 '오필리어'처럼 말이다. 밤을 흐르는 개구리울음과 버림받은 버드나무 밑에서 호수를 떠도는 공허한 육체는 더할 수 없이 절망적이지만, 단지 그것만은 아닐 것이다. 뜬 눈과 호흡을 잃고 벌어진 입, 두 팔을 벌린 채 하늘을 향해 반듯이 누운 몸짓의 여자를 향해 제발 체념하지 말아 달라며 어른스럽게 어르고 달래면서도 그녀가 손에 쥔 꽃다발을 뺏어버리고 감질나게 괴롭히고 싶은 양가적이고 가학적인 취미가 있었다.

하지만, 오늘 밤만큼은 그런 장난도 금물이다.

혜지가 포로가 된 남자의 뺨을 한 손으로 어루만지며 속삭였다.

"신성한 차현호가 뭐냐니? 당연히 오빠죠…. 오빠는 '우리 세상'에서 신성한 차현호로 불려요."

우리 세상? 신성한 차현호?

어깨를 지나 하반신까지 당도한 묵직한 마비를 느끼는 와중에도 현호의 눈썹이 독립된 유기체처럼 꿈틀했다. 혜지가 질문했다.

"오빠는 이곳 세상이 뭐라고 생각해요? 오빠가 살던 데는 아니지 않아요? 왜냐하면 오빠가 사는 2024년의 한국에는 내각이나 왕권을 지닌 여왕 같은 게 존재하지 않으니까요. 그리고 현실에서의 한국 대통령은 이석찬 씨고 여당은 시민당?…. 맞나요?"

현호가 입을 딱 벌렸다.

혜지가 알고 있다….

이 세상이 거짓인 것을. 현실이 아닌 것을.

천비안과 나만 아는 줄 알았는데, 그렇다면 설마 혜지도….

현호가 보내는 묵언의 아우성을 듣지 못했는지, 혜지가 자신만의 대화를 이어갔다.

"그래서 이곳은 혹시 오빠가 꾸는 꿈속이라고 생각했나요? 훗, 어련할까? 하긴, 하룻밤 새 이상한 나라의 국민이 됐는데, 그런 현실을 순순히 받아들인다면 그거야말로 정말 이상한 일이니까요."

혜지가 더욱 엄청난 말을 보탰다.

"그런데 이 나라의 여왕이 나예요. 나, 황혜지 1세요."

혜지가 손가락으로 가리킨 벽에는 여왕의 얼굴을 그린 초상화가 걸려 있었다. 머리에는 다이아몬드로 장식된 화려한 왕관을 쓰고 손에는 황금 홀을 들었으며, 핏빛처럼 붉은 망토를 어깨에 걸치고서 여왕의 위엄과 권위를 뽐내는, 자중하고 근엄한 표정의 그녀를 묘사한 유화였다. 흐뭇한 미소로 자신의 초상화를 바라보던 혜지가 다시 현호를 보았다.

"말하자면, 여긴 내 궁궐이고 오빠가 누워있는 이곳은 내가 가장 좋아하는 개인 침실이고요."

현호가 있는 힘을 다해 목청을 쥐어짰다. 부정확한 쇳소리가 났다.

"너…지…지금…무슨 말을 하는 거야… 네가…여왕…이라고? 그…그리고 무슨 세…상…신성한 차…현호…내가 왜…그런…."

마침내 혜지가 짜증을 냈다.

"쯧, 몇 번을 묻는 거야. 정말 딱 한 번만 더 말할 테니까 질문 없이 듣기만 해요. 깨달음이란 때로는 중요한 거지만, 오빠가 이해하든 말든 그건 나한테는 전혀 중요한 게 아니니까요. 자, 그럼, 질문. 오빠는 왜 여기 있을까요? 아니야, 스톱. 이러면 또 얘기가 길어지잖아."

인기 있는 수능 강사처럼, 간결하고도 쉬운 설명을 위해서 혜지가 잠시 생각하는 시간을 가졌다. 고개를 까딱거리고 인상을 쓰기도 하면서 요약 정리를 끝낸 그녀가 다시 질문을 했다.

"여기가 어디일까요? 지구 위에 있는 한 국가? 한국? 서울?…. 네. 다 맞아요. 그런데, 다 틀렸어요."

매캐하고 싸한 꽃내음이 전신으로 스멀스멀 번져나가고 있었다. 하지만 왠지 정신은 조금 전보다 말짱하다고 느꼈다. '다 맞는데 다 틀린' 비문임에도 자연스러운 대화처럼 보이는 이유는, 이야기를 진행하는 화자話者가 미친 것이 증명되어서일 것이다.

현호의 불신 가득한 시선을 개의치 않고 혜지가 진실을 말했다.

"이곳은 돼지고기 속이에요."

"…."

"부언하자면, 어떤 바이러스에 감염된 돈육豚肉의 살점 속 세상이요."

순간, 혜지가 현호를 대단히 신기한 표정으로 바라보았다. 조금 전에 보인 똑똑한 눈빛과는 달리 별안간 바보 멍청이가 되어버린 남자였기 때문이다. 텅 빈 동공인 것 같기도 하고, 별생각이 없는 것 같기도 한 현호의 눈을 들여다보며 혜지가 조소했다.

"진짜 몰랐나 봐? 이상하다고 생각하면서도 아예 상상도 못 한 거예요? 하긴, 상상에 소질이 있으면 국문과를 갔겠지. 다시 말하지만, 이곳은 지난 월요일 오후에 오빠가 세하대학원 연구실에서 시료 샘플로 실험하던 오염된 돼지고기 속이라고요. 오빠가 자신이 개발한 항바이러스제로 '우리'를 몽땅 죽이려고 했죠? 이름이 PA-CSFV였던가? 이름 좀 신경 쓰지. 촌스럽게…."

투덜거리는 혜지가 제대로 미친 것이 틀림없다고 생각했다.

영문 모를 말만 늘어놓는 그녀가 아니라면 환각 환청을 일으키는 양귀비 더미 때문에 내가 미친 건지도 모르겠다….

흐드러지게 피어난 꽃들 속에서 그보다 예쁜 혜지가 친절한 설명을 이어갔다.

"인간의 새끼손톱보다 훨씬 작은 '우리 우주'에 살고 있는 우리, 즉 지구에 서식 중인 인간이란 생명체들은 사실은 40나노미터 정도의 지름을 가진 매우 작은 바이러스들이에요. 정식 명칭은…."

"…."

"돼지 콜레라 바이러스요."

20

천비안이 허겁지겁 생수병을 집어 들었다.

"물 좀 드세요!"

그녀가 이제 막 정신을 차린 남자의 입으로 미지근한 물을 흘려 넣었다. 반쯤 열린 눈과 자갈밭처럼 거칠어진 입술로 어렵게 물을 삼키고 나서야 소문식이 물었다. 회복이 덜 된 긁힌 목소리였다.

"여기가 어디…."

남지훈에게 물은 게 맞지만, 남지훈은 초행길 운전에 집중하고 있어서 대답할 수가 없었다. 대신 보조석에 있던 하태형이 대답했다.

"왕궁으로 들어가는 길입니다."

"왕…궁?"

소문식의 미심쩍은 물음에 남지훈이 나섰다. 무사하셔서 다행이라는 위로는 생략했다.

"차 안입니다. 잠이 드셔서 제가 결정한 거지만, 당장은 왕궁으로 가야 해서요."

달리는 차 안이라는 건 대화 중에 알 수 있었다.

흔들림 없는 승차감이 주는 안락함도 있거니와 널찍한 차내에 비치된 오디오 시설이나 조명, 미니바 등의 편의 시설만 두고 보면 재벌 회장이나 왕실 측 사람들이 탈 만한 최고급 리무진인 것도 말이다.

다만, 자신이 왜 이런 차량에 타고 있는지, 아니, 그것보다 왜 아직도 살아있는지…분명히 나는 컨베이어 벨트에서 아래로….

이번엔 소문식을 간호하던 천비안이 안쓰럽게 말했다.

"사장님께서는 줄곧 기절하셨다가 이제야 깨어나신 거예요. 세상에, 얼마나 스트레스가 심하셨으면 레일 위에서 정신을 잃으셨을까…. 하지만, 사장님의 희생 덕분에 저희 모두가 살았어요. 정말 감사드려요."

천비안의 인사를 듣는 둥 마는 둥, 소문식이 다시 물을 들이켰다.

정신이 맑아지자, 의식과 발음은 좀 더 또렷해졌다.

소문식이 남지훈에게 화살에 다친 팔 상태를 묻자, 남지훈은 생각보다 괜찮다고 대답했다. 그렇지 않다는 걸 알지만, 대화를 원치 않는 남지훈을 느끼고 소문식이 천비안에게 말을 걸었다.

"육가공 공장에서 정신을 잃은 것까지는 기억나는군요. 그런데 왕궁으로 가는 중이라니, 어째서?…. 아니, 그것보다 왜 아직 우리가 살아있는 겁니까? 내가 기절한 사이에 무슨 일이 있었나요?"

소문식의 물음에, 침울한 표정으로 천비안이 대답했다.

"아이를…경민이를 살리려면 왕궁으로 가야만 해서요."

그 순간, 노련한 소문식이라서 바로 알 수 있었다. 그가 황급히 뒷좌석을 돌아보았다. 2열 좌석에 노수혁 부부가 상념에 잠겨서 창밖을 보고 있었고, 그 너머의 3열 좌석에는 기절해 쓰러진 듯한 곽영후가 보였다. 그리고 운전석과 보조석엔 남지훈과 하태형이 타고 있었다….
천비안이 울상이 되어 말했다.

"경민이를 살리려면, 우리가 여왕을 산 채로 데려가야만 해요."

*

천비안의 기억 속에서 한 시간 전의 일이 자동 재생되었다.

복층 난간의 주인공이 세 번째로 바뀌었다.

처음엔 여왕, 두 번째는 유도롱 총리, 세 번째는….

국영 육가공 공장의 '재단 부이사장'이 난간에 우뚝 서서 우리를 내려다보았다. 여왕이 이곳에 있을 때부터 지금까지, 시종일관 굳은 입매와 사나운 눈초리로 우리를 노려보고만 있을 뿐, 일체의 거동도 하지 않던 남자였다. 흰 새치, 눈 밑의 광대뼈가 유독 치솟았으며, 야위고 깡마른 몸집, 피부는 백선균에 의한 마른버짐이 포슬포슬 피었고, 숯 칠을 한 것처럼 거무죽죽한 낯빛을 한 일흔 살쯤의 늙은 남자였다. 하지만, 그때는 이미 유도롱 총리가 6미터 아래의 절단기 속으로 내던져진 뒤였다. 복층 난간에 서 있던 유도롱 총리를 밀어뜨린 범인은 바로 이 공장의 재단 부이사장이었다.

유도롱 총리의 보좌관과 경호원도 같은 꼴을 당했다. 힘 좋은 그들이었으나 속수무책인 것이, 방심한 상태인 데다가 사태를 알아차렸을 때는 무기를 꺼낼 겨를도 없이 유 총리를 따라서 절단기의 칼날 위로 낙하하고 있었다. 피 맛을 기다리다 못해 앓는 엄살을 내던 기계가 사람이 입장하자마자 얄팍한 소리를 내며 신나게 가동되었다. 분당 30,000회의 위력적인 초고속 회전이 시작되었고, 뚜껑 닫힌 유리 덮개 위로 붉은 핏물이 팝콘처럼 튀었다. 유도롱 총리는 악귀 같은 비명을 뿌리면서 점차 다진 정육 덩어리로 변해갔다.

그리고, 우리가 사건을 '의식'한 것은, 유 총리와 그의 부하들이 절단기 아래로 떨어진 뒤였다. '의식'이라고 말한 것은, 컨베이어 벨트의 절벽에서 단 3cm의 거리만을 남겨두고 레일 작동이 중단된 걸 알았기 때문이다. 의식은, 우리가 아직 살아있음을 알렸다. 곧, 숨 돌릴 틈도 없이 재단 부이사장과 남지훈의 협상이 개최되었다. 소문식이 잠든 상태여서 남지훈이 우리의 대표가 되는 것에 아무도 이의가 없었다. 재단 이사장은 이번 일의 전권과 책임을 재단 부이사장에게 떠넘긴 듯 보였다.

재단 부이사장이 말했다. 감정이 배제된 듯한, 매우 기계적인 음성과 어투였다.

-여왕을 죽일 수 있다고 했느냐?

끔찍한 죽음의 골짜기를 건너기 직전 기사회생하는 일이 벌어졌다.

천금 같은 기회를 놓치지 않고 남지훈은 즉각 '그렇다'라고 대답했고, 재단 부이사장은 이렇게 말했다.

-좋다. 다른 건 묻지 않겠다. 우리가 왜 이들을 죽였는지 궁금해할 것도 없다. 서로가 좋은 쪽으로 거래만 성립하면 되니까.

그리고 재단 부이사장이 거래로써 제시한 것.

-아침이 밝기 전까지, 여왕을 산채로 내게 데려와라. 할 수 있겠느냐?

남지훈이 또 '알겠다'라고 대답하며, 일행을 풀어달라고 했다. 하지만, 남지훈의 명쾌한 대답이 썩 마음에 들지 않은 듯, 아니면 이내 불신이 생겼는지 재단 부이사장이 눈살을 찌푸리며 미심쩍게 물었다.

-정말 너희를 신뢰해도 되겠느냐?

-이거나 빨리 풀어 줘. 그래야 신뢰든 뭐든 해 보일 게 아니야?

그래도 의심을 풀지 않는 그를 향해 남지훈이 거듭 말했다.

-네가 말하지 않아도 여기서 풀려나면 왕궁으로 가야만 했어. 여왕이 우리에게 있어 중요한 인물을 납치했다. 그를 구출하는 동시에, 경비가 삼엄한 궁에서 여왕을 산 채로 사로잡는 건 힘들 수도 있겠지만,

노력해 보지.

-약해 보이는 너희들이 어떻게 말이냐? 너희 중에 있다는 아바타라인가 하는 그것을 이용해서?

-방금 전에 다른 건 묻지 않고 거래만 하자며? 그래 놓고 왜 묻는 거야?

잠시, 대답을 내려놓고 남지훈과 눈싸움을 하던 재단 부이사장이 마침내 주변에 지시를 내렸다.

-풀어 줘라.

두 시간 가까이 클램프에 묶였던 신체가 풀렸고, 일행들은 컨베이어에서 차례대로 끌어 내려졌다. 복층 난간에 올라서자마자 누구랄 것도 없이 전원이 기진맥진해서 바닥에 쓰러졌다. 소문식과 곽영후는 기절한 채 축 늘어져서 그때까지도 깨지 않았다. 천비안이 함경민에게 달려가서 아이의 팔다리를 주무르고 흔들며 쥐를 풀었다.

재단 부이사장이 지친 일행들에게로 왔다. 남지훈 앞에 선 그가 노란색 메모지 한 장을 발밑에 떨어뜨렸다. 거기에는 자필로 쓰인 몇 줄의 문장이 있었다.

"이거예요."

여기까지 설명한 천비안이 소문식에게 메모지를 건넸다. 그러면서도 먹장구름이 낀 것 같은 우울한 얼굴로 말했다.

"하지만, 재단 부이사장은 끝내 우리를 못 믿겠다고 했어요. 목숨을 살려주는 대신, 경민이를 인질로 데려가겠다고 했어요. 여왕을 끌고 오거나, 최소한 그녀의 목이라도 가져오지 않으면 경민이를 죽이겠다고 협박했어요."

함경민을 인질로 삼아 여왕과 교환하는 조건이 붙었다.

천비안이 연신 후면 차창을 통해 밖을 내다보았다.

일행이 탄 흰색 리무진의 꽁무니에 바짝 붙어서 뒤따라오는 검은색 세단이 있었다. 재단 부이사장과 인질이 된 함경민이 동승한 차였다.

아이는 괜찮을까?….

경민이도 걱정이지만 한가지 걱정거리가 더 있었다.

천비안이 소심하게 물었다.

"그런데 여왕이 정말 현호를 끌고 간 게 맞을까요? 정말 그렇다면, 우리 힘만으로 현호와 경민이를 둘 다 살릴 수 있을까요? 궁전에는 호위병과 사병이 많다고 들었는데…이렇게 무턱대고 찾아가서 일이 더 나빠지면 어떡하죠? 역시 운에 맡기는 수밖에 없을까요?"

"너무 걱정하지 마세요. 잘될 거예요."

뒷좌석에서 들린 격려의 말은 김미연으로부터였다. 김미연과 노수혁 부부는 차현호나 함경민과는 사적 관계가 전무했지만, 그들을 돕는데 꼭 힘을 보태고 싶다고 했다. 남편의 잘못으로 일이 이 지경이 된 것 같아서 김미연은 여기까지 오는 내내 죄인처럼 제대로 고개조차 들지 못했다. 그 역시 미안한 마음에 시종 먼 산만 보고 있던 노수혁도 아내를 거들었다.

"재단 부이사장이 말했잖습니까. 여왕의 호위병과 사병들뿐만이 아니라 궁내에서 일하는 사람들도 시민들 편에 돌아선 자들이 많다고…. 비록 전사轉寫이긴 하지만, 왕궁 내 주요 방의 안내도와 설계 도면까지 받았으니, 경비만 조금 허술하다면 반드시 우리 쪽에 행운이 따를 겁니다."

노수혁의 안정된 설명에 조금은 안심이 되었다.

어둠 속에서 도로 방지턱이 있는 줄 모르고 내달린 탓에 차체가 약간 덜컹거렸다. 남지훈이 인상을 썼지만, 차는 속도를 늦추지 않고 직선 주로로 달려 나갔다. 그리고 이 리무진으로 말할 것 같으면, 무려 이 나라 총리대신의 전용 차량이어서 경찰의 검문소와 불심 검문까지 하이패스로 통과하는 중이었다.

천비안이 노수혁에게 '네. 제발 그렇게 되기를요.'라고 말한 뒤, 소문식을 곁눈질했다. 여왕이 왜 현호만을 데려간 건지 궁금했으나, 그건 나중에 묻기로 했다. 재단 부이사장이 준 노란 메모지만을 들여다보고 있는 소문식이라서 그를 방해하고 싶지 않았다.

차내의 실내등이 밝아서 메모에 깨알같이 적힌 문장을 읽는 것에 불편함은 없었다.

[아바타라와 그 일행의 목숨을 살린다면, 그들이 당신에게 여왕을 인도할 것입니다. 이것은 예언으로 이뤄질 것이며, 의심은 공허한 번민만을 가져올 뿐입니다. '지혜로운 자는 자신이 아무것도 모른다는 것을 아는 법'이니까요.]

소문식과 그의 손에 들린 메모지를 번갈아 보며 천비안이 말했다.

"원래는 유도롱 총리의 반역을 여왕이 미리 알고 있었대요. 그래서 재단 이사장에게 우리를 죽인 뒤 총리와 그의 부하들도 죽이라고 지시했대요. 그런데 재단 부이사장이 나서서 우리를 살린 거죠."

"…."

"공장의 다른 임원들한테 듣기로는 재단 부이사장의 막내아들이 절단기에 토막 나서 죽었다고 했어요. 여왕이 공장 시찰을 온 날, 노동요 같은 걸로 여왕의 심기를 건드린 게 화근이었다고 해요. 오십이 넘은 늦깎이에 얻은 막둥이라서 부이사장이 자기 비서로 데리고 다닐 만큼 아꼈다고 하는데…. 그날 아버지가 보는 앞에서 아들을 무참히 죽여버린 거죠. 그리고 그때부터 부이사장은 여왕에게 절치부심하며 복수의 칼을 갈던 중, 현관 문틈에서 이 메모지를 발견했다고 해요. 언제부터 거기 있었는지는 모르겠다고 했어요."

그리고, 재단 부이사장은 이번 쿠데타의 주축인 '시민 혁명대' 대원 중에서도 꽤 높은 직급의 사람이라고 했으며, 막내아들의 죽음 이후, 오직 처절한 복수만을 위해서 혁명대에 가입한 것이라 했다. 천비안의 말이 이어졌다.

"재단 부이사장은 아바타라가 뭔지도 몰랐다고 했어요. 당연히 누군가의 장난이라 치부했는데, 사장님과 여왕, 유도롱의 대화를 듣고 믿을 수 있겠다고 마음을 바꿨대요. 그 사람은 우리를 살려주는 대가로 오직 여왕만을 원했어요. 여왕을 시민들의 손에 넘길 수 없다면서요. 자신이 직접 아들의 복수를 할 거라고 말했어요."

재단 부이사장의 개인적인 사연과 내막에는 흥미가 없었다. 소문식이 메모에 적힌 마지막 문장을 나직이 읊조렸다.

'지혜로운 자는 자신이 아무것도 모른다는 것을 아는 법이다….'

나와 유도롱이 나눈 대화의 일부이다. 이 내용을 사전에 알고 있었다는 건 아바타라가 틀림없다.

그런데 이런 대사 하나까지도 예언했다고?

혀를 내두를 만큼 경이로운 능력에, 소문식이 마른 입천장을 느끼고 생수를 마셨다.

그리고, 어디서 본 듯한 낯익은 필체.

소문식이 지체없이 자신의 코트 안주머니에서 재단 부이사장의 메모지와 똑같은 노란 메모지 한 장을 꺼냈다.

안주머니에 넣고 다니느라 구겨진 메모지를 폈다.

일부이처제의 1차 마감 날, 내가 사는 아파트 현관 문틈에 끼워져 있었던 메모지였다.

[504호 여자가 자신의 안방에서 604호 부부를 죽이려고 해요. 이들을 도와주세요.]

서둘러 두 개의 필적을 대조했다.

의심할 여지 없이 똑같다….

그만 소름이 돋아서 소문식이 저도 모르게 팔을 쓰다듬었다.

아바타라여. 너에겐 한계가 없는가?

도대체 미래의 어디까지 내다볼 수 있는 것인가….

메모만 봤을 때, 아바타라는 우리가 살아날 것을 진즉에 알고 있었다. 그래서, 산채로 사지가 절단되는 그 끔찍한 위기 상황에서도 침착하게 자신만의 시간을 기다리고 있었던 것일까?

불현듯, 어디선가 들은 기억이 있었다.

어쩌면 위대한 노바조차도 쌍을 이룬 아바타라를 이길 수 없을지 모른다고.

당시는 황당하고 괴상망측하며 불경한 헛소문이라 일축했으나….

광채가 감돈 소문식의 안광이 보조석에 있는 하태형의 등을 꿰뚫을 듯이 쏘아보고 있었다.

남지훈과 다투는 척만 했을 뿐, 여기까지 오는 동안 소리 한번, 비명 한번 지르지 않았다.

나조차도 기절해 버린 오금이 저리도록 공포스러운 순간에도 저 남자는….

"그런데, 사장님."

목소리에, 소문식의 의식이 현실로 돌아왔다.

천비안이 그를 부른 것이었다. 소문식에게 물어볼 것이 있었다.

육가공 공장에서 유도롱 총리와 소문식이 나눈 대화에 대해서 말이다. 그런데 질문이 너무 많아서 순위를 매길 수 없는 문제가 있었고, 당장은 함경민이 인질이 된 것보다 중요한 건 없어 보였다.

다만, 병원에서 경찰에 체포되기 직전, 곽영후가 입에 거품을 물고 했던 말.

곽영후는 하태형이 우리를 경찰에 신고했다고 했으며, 증거로 그의 생일은 9월 1일이라고 했다. 일부이처제 1회차 추첨에 속한 달은 1월, 7월, 11월이므로, 생일이 9월인 하태형은 탈락자가 아니라는 뜻이 된다. 그러면 하태형은 왜 이제까지 모두를 속이며 탈락자 행세를 했던 것일까? 혹시, 노수혁의 핸드폰 사용 때문이 아니라 하태형이 우리를 경찰에 신고한 것은 아닐까?

의문과 의심으로 얄팍해진 천비안의 눈동자가 정면에 보이는 하태형의 뒤통수에 꽂혔다.

아니면, 단지 곽영후의 거짓말이었을까?….

총구가 머리를 겨누자, 공포에 질린 나머지 곽영후가 억지로 하태형을 끌어들인 건지도 모른다. 하지만, 연기 같아 보이지는 않았는데….

사람을 부른 것도 잊은 채 천비안이 하태형을 슬쩍 거리고만 있자, 소문식이 물었다.

"왜 그러십니까. 비안 씨. 저한테 할 말이 있나요?"

"아, 저기, 그…그게…그러니까…."라고 말을 더듬으며 천비안이 입을 쫑긋거렸다. 하태형이 있는 자리에서 대놓고 물을 수는 없었다. 그리고 증인이 되어 줄 곽영후는 아직도 리무진 후면 3열 시트에서 혼수상태로 널브러져 있었다. 곽영후와 하태형을 고민하던 천비안이 질문을 급선회했다.

"여왕이 왜 현호를 납치한 건가요?"

그녀가 이어 물었다.

"그리고 왜 차현호를 '신성한 차현호'라고 부르는 거죠?"

일행을 태운 흰색 리무진 차량이 어느덧 대도시로 접어들었다.

차량의 대시보드에 설치된 터치스크린 인터페이스 라디오에서 현재 쿠데타 상황에 대한 속보가 속속 이어지고 있었다. 시민 혁명대와 경찰이 왕궁으로부터 10km 떨어진 지점에서 대혈전을 벌이고 있다는 뉴스였다. 양측의 전력은 막상막하지만, 혁명대의 수가 경찰을 훨씬 웃돌았고, 시간이 지날수록 양측의 사상자와 사망자의 수가 기하급수적으로 늘고 있다는 보도였다.

시위에 참여하느라 사람들이 유령처럼 사라져 버린 을씨년스러운 거리를 총리의 리무진이 더욱 가속을 내며 달려 나갔다. 뒤를 따르는 검정 세단도 행여 리무진을 놓칠세라 전조등을 번쩍거리며 빠르게 따라붙었다.

저 멀리, 거대한 여왕의 궁궐이 서서히 실루엣을 드러내고 있었다.

***

그만 웃음이 터져버렸다. 한번 웃기 시작하자 멈출 수가 없었다.

가스로 잔뜩 부푼 풍선처럼 몸뚱어리가 둥실둥실 공중으로 떠오르는 것만 같았다. 몸 전체로 퍼져나가는 엔도르핀 충만한 나른하고 졸린 기운이 이토록 유쾌하고 기분 좋을 줄은 몰랐다.

현호가 웃음기 가득한 얼굴로 키득대며 말했다.

"그동안 내가 혜지 널 오해했나 봐, 하하하. 네가 그런 농담을 다 할 줄이야. 이 세상이 오염된 돈육 속이라고? 게다가 돼지 콜레라? 그래서 혜지 네가 CSF 바이러스고? 아하하하."

혜지의 농담을 비웃고 일축한 게 미안하긴 하지만, 계속해서 터지는 웃음을 막을 길도 없었다. 바이러스 어쩌고 하는 농담뿐만이 아니라 멍한 표정을 한 혜지의 모습도 웃기고, 납치된 나도 웃기고, 급기야 지금 벌어진 모든 상황이 참을 수 없을 만큼 웃겨서 현호가 마치 미친 사람처럼 소리 내어 웃었다.

그렇게 한참을 웃고 나서, 눈가에 맺힌 눈물까지 닦은 후에야 현호가 혜지를 향해 미안한 듯 말했다.

"아, 내가 너무 웃었지? 그건 사과할게. 네 상상이 터무니없기도 하지만 되게 재미있어서 말이야. 근래에 이렇게 웃은 적이 있었나, 싶어. 하지만 반면에 좀 속상하기도 해. 네가 평소에 나란 사람을 어떻게 보고 있었길래 그런 걸 농담이라고 하는 건지…."

말을 멈춘 현호가 혜지의 얼굴로 손을 뻗었다.

느닷없이 벌어진 일에 혜지가 움찔했지만, 현호가 아랑곳하지 않고 그녀의 보드라운 뺨을 손가락으로 만지작거렸다. 뜻 모를 말을 내뱉던 혜지도 표독스러운 표정을 멈추고 그를 물끄러미 쳐다보았다.

뺨을 어루만지는 손가락의 온도가 상승하는 걸 느꼈다.

현호의 음성이 잔잔해졌다.

어느 순간, 소음이 사라진 공간에 포근한 눈송이가 한없이 내리고 있었다….

"네가 처음 연구실에 온 날. 딸기 케이크를 사 들고…네가 처음 문을 열고 들어왔을 때…그때부터…."

현호의 고백이 이어졌다.

"그때부터 널 좋아했어…."

일시 소거라도 된 듯, 알아듣기도 힘든 작은 목소리였다.

방 안은 점점 양귀비의 향기 속으로 침잠되어 갔다.

아편꽃들의 위력이 강한 만큼, 남자의 진심도 깊어져만 갔다.

어디선가 나타난 하얀 눈송이가 머리와 어깨 위로 새털처럼 사뿐히 내려앉고 있었다. 이대로 있으면 눈에 파묻혀서 숨도 쉬지 못할 것이었다.

"그러니까 이상한 말은 하지 마…내가 자꾸만 널 의심하게 되잖아…."

현호의 눈꺼풀이 서서히 아래로 꺼지고 있었다.

꽃의 양탄자 위는 푹신하고 달콤한 향기가 나며, 혜지의 살결은 매끄럽고 부드러워서 눈을 뜨고 싶지 않았다. 혜지가 나를 보고 있는 지금, 이 순간 말고 이 세상에서 중요한 건 아무것도 없었다. 곽영후가 어쩌든 너희 둘의 관계가 어쩌든…. 로맨틱한 무드를 깨는 이상한 바이러스 같은 거도 싫어…. 난 너와 하나가 될 수 있어서 행복해. 혜지야….

사랑하는 혜지와 눈을 마주치고 싶은데, 내 바람만이었나 보았다. 혜지가 스륵 손을 들더니 내 눈을 감겨주었다. 할 말이 더 있었으나, 검붉은 황혼과도 같은 잠이 찾아와서 저항하지 않았다.

그리고 비로소 안식이 찾아들었다.

드디어 신성한 최현호가 조용해졌다.

하지만 아직도 안심할 수 없어서 그의 눈을 손으로 가린 채 황혜지가 중얼거렸다. 다른 한 손은 자기 어깨에 걸린 얇은 로브를 벗기고 있었다.

"말해도 모르면 할 수 없지."

약간 아쉬운 건, 불순한 약에 취하지도 않고, 뒤통수도 상처 나지 않은 흠결 없고 정갈한 육체가 갖고 싶었지만, 그럴 수 없다는 점이었다.

불만 속에서도 혜지가 눈부신 나신의 여신으로 태어났다.

방 안을 감도는 꽃향기가 절정에 달하자, 그녀가 완벽한 남자의 몸을 뜨겁게 끌어안았다. 곧 여자의 입에서 희열에 찬 신음이 터졌다.

왕이 될 것이다….

손톱만 한 부피와 솜털 같은 질량을 가진 한점의 살점으로부터 시작된 세상. 만겁의 시간을 거쳐 탄생한 행성과 항성을 가진 이 무한한 우주의 지배자로서, 정통성의 인印을 가지고 태어난 남자의 몸속에서, 영원히 죽지 않는 불사의 몸으로….

나는 새롭게 맞이할 세상의 시작과 끝이 될 것이다.

현호가 깊숙이 느껴질수록 그의 몸 위에 올라탄 혜지의 교성도 높아져만 갔다. 양탄자를 대신한 꽃들에서 새 난 진득한 진물이 새 생명의 잉태를 위해 날뛰는 인간과 죽음처럼 서늘한 바닥을 가리지 않고 스며들었다.

오늘로써 여왕이었던 황혜지는 죽었다.

*

복도에서 '쾅당'하는 큰 소리가 났다.

백색 석고로 만든 미美의 여신 비너스의 토르소가 쓰러지며 박살 나버렸다. 몸통에서 떨어져 바닥을 구르는 비너스의 두상을 발로 걷어차며 장견우가 분노로 가득 찬 안광을 번뜩였다.

그 계집애를 찾아야 해.

날 이렇게 만든 그 계집애부터….

내가 이렇게 된 건, 이 모든 불행이 시작된 건 오직 그 계집애가 궁으로 들어오고부터다.

몸을 제대로 가누지 못해서 비틀거리면서도 장견우가 터벅터벅 복도를 걸어 나갔다. 술을 얼마나 마셨는지, 그가 숨을 쉬거나 움직일 때마다 몸에서는 코를 찌르는 듯한 주취가 났다.

장견우가 복도 한가운데서 걸음을 멈추고 눈을 희번덕거렸다.

어디에 숨었을까. 이 나쁜 년이…. 혹시 여기에?

여왕의 개인 침실들은 물론이고, 복도를 따라 지어진 접견실과 응접실, 대기실, 휴게실까지 다 뒤졌지만 찾지 못했다. 쾅! 하고, 홧김에 바로 보이는 파우더룸의 출입문을 냅다 발로 들이찼다. 장견우가 활짝 열린 파우더룸 입구에서 실내가 떠나가라 고래고래 소리쳤다.

"나와라! 숨어있으면 내가 못 찾을 줄 알고!!"

이미 난장판이 된 파우더룸은, 화장대와 의자들이 엉켜서 나뒹굴고 물건들이 깨지거나 흩어져서 흡사 전쟁이라도 난 것 같았다.

하지만, 정수리까지 차오른 술기운에 그런 건 눈에 들어오지도 않았다.

장견우가 엉망이 된 파우더룸을 돌아다니며 닥치는 대로 옷장과 서랍을 뒤졌다. 깨진 거울 조각에 손이 스쳐서 금세 핏물이 맺혔다.

아무리 찾아도 여자가 나오지 않자, 장견우가 다시 복도로 뛰쳐나왔다.

기다란 복도에 서서 손에 쥔 위스키병을 마저 기울였다.

숨도 쉬지 않고 벌컥거리며 술을 들이켜고는 빈 병을 사정없이 바닥에 내동댕이쳤다. 박살 난 병 파편이 가루처럼 사방으로 튀었다.

그 순간. "악!" 하는 비명과 함께 복도 구석에 있던 이집트풍 스카라베 문양의 도자기가 흔들거리더니 기어코 바닥을 굴렀다.

도자기 뒤에서 숨죽여 웅크리고 있던 시녀가 장견우을 보자마자 그 자리에 털썩 무릎을 꿇고 앉았다. 방금 장견우가 깬 술병의 파편에 맞아서 그녀의 뺨에선 피가 흐르고 있었다.

"살려주세요! 전…전 아무것도 몰라요! 아무것도 못 봤어요. 전 정말…."

공포로, 얼굴이 새파랗게 질린 그녀가 무릎을 꿇은 채로 두 손이 발이 되도록 빌었다.

장견우가 조용히 하라는 듯이 입술에 손가락을 댔다. 그러고는, 바닥에 쪼그리고 앉아서 시녀를 자세히 살펴봤다. 여왕의 잠자리를 담당하는 시녀라서 안면이 있었다.

초점이 나간 눈을 껌벅거리며 장견우가 물었다.

"너 강미주라는 애…지금 어디 있는지 알아?"

"네? 가…강미주가 누구예요? 저는 모…모르는 사람인데…."

"정말 몰라? 너도 날 속이면 가만 안 둬."

시녀가 제발 믿어달라는 듯이 목이 떨어지라고 고개를 가로저었다. 장견우의 말투가 누그러진 걸 눈치챘기에, 그녀가 눈에 그렁그렁한 눈물까지 머금고 최선을 다해서 부정했다.

"아닙니다! 제가 왜 장관님을 속이겠어요! 전 정말로 몰라요! 그런 이름도 처음 들었어요!"

"그래? 그럼 할 수 없지. 가 봐."

죽었다 살아난 시녀가 연신 인사를 하며 바닥에서 일어섰다.

그리고 뒤돌아선 그때, 뭉툭한 소리와 함께 올림머리를 한 시녀의 얼굴이 휙 하고 공중을 날았다. 전직 시청 소속의 펜싱 선수였던 장견우가 단칼에 여자의 목을 베어버린 것이었다. 강미주와의 숨바꼭질이 시작되면서부터 복도에 질질 끌고 다니던 날 선 장검長劍으로 말이다.

탁, 하고 눈물이 채 마르지 않은 시녀의 얼굴이 대리석 바닥으로 떨어지며 두어 번 튕겼다. 사방으로 튄 빨간 핏물이 장견우의 얼굴과 몸에도 묻었다.

급격하고 극단적인 죽음을 아직 의식하지 못했는지, 두 개로 나눠진 여자의 얼굴과 몸통이, 사후 경련을 일으키며 살아있는 것처럼 부르르 떨었다.

머리를 풀어 헤친 채, 흐리멍덩한 눈길로 시체를 보던 장견우가 입술을 일그러뜨렸다.

"내가 또 속을 줄 알고?…. 거짓말은 하지 말랬잖아."

'나는 다 알아.'라고 중얼거리며, 장견우가 다음 방문을 열었다.

그가 지나온 복도에는 방금 죽은 여왕의 잠자리 담당 시녀 말고도 왕실의 직속 비서관과 시종, 경호원의 시체들이 아무렇게나 방치되어 있었다. 또한, 궁궐에서 근무하던 수많은 공무원과 직원들은 전부 땅으로 꺼졌는지 하늘로 사라졌는지, 장견우가 살육의 축제를 벌이고 있어도 그를 제지하는 사람은 없었다.

더운 피가 뚝뚝 떨어지는 장검을 끌고서 드레스 룸으로 갔다.

여왕의 환복을 위한 방이라서 방음 처리가 잘 되어있고, 문 또한 다른 곳에 비해 두껍고 견고했다. 이곳도 파우더룸이나 다른 곳들처럼 옷장과 서랍의 문들이 활짝 열려있었고, 여왕이 아끼는 드레스와 구두, 액세서리들이 탁자, 바닥 등 이곳저곳에 걸리거나 흩어져 있었다.

여기도 뒤져봤자 강미주는 없을 것 같아서 장견우가 지레 포기하고 방을 나가려고 했다. 허나, 돌연 제자리에 우뚝 섰다.

잠깐만. 본궁이 아닌가?

혹시, 그렇다면 별궁들?….

맞다! 별궁에 숨은 것이 확실하다!

별궁에 있는 20층으로 된 서재나 예배당, 온실…. 그래, 작은 방 같은 데보다야 그런 곳이 훨씬 숨기도 좋겠지.

부릅뜬 삼백안의 형광이 살기로 번뜩였다.

계집애가 살아서 궁을 나가기 전에 잡아야만 해서 장견우의 마음이 급해졌다. 온실부터 찾아보기로 하고 서둘러 발길을 돌린 그때였다.

"저기요! 밖에 누가 있어요? 여보세요!"

탕탕탕!

강미주가 다시 손으로 문을 쳐댔다.

황혜지, 그 나쁜 계집애가 나를 자기 옷장에 처 박아두고 문을 잠가 버렸다.

여기 갇힌 지 얼마나 된 줄도 모르겠고, 좁고 답답하고 공기도 안 통하는 이런 캄캄한 곳에 더 있다가는 미쳐버리거나, 숨이 막혀 죽을 게 분명해서 발을 동동 구르던 참이었다.

강미주가 밖에서 난 소리에 귀를 기울였다.

뭐지? 방금 인기척이 났는데….

분명 사람이 들어온 것 같은데, 왜 말을 안 하는지 조바심이 났다.

다급한 마음에 강미주가 두 주먹으로 옷장 문을 마구 두드리며 소리쳤다.

"저기요! 여기 사람이 갇혀 있어요! 흑흑흑…. 제발 저 좀 꺼내주세요!!"

***

왕궁, 동남쪽 시계 4시 방향.

정원, 은사銀絲의 숲길 입구.

선두에 있던 남지훈이 정지 수신호를 보냈다. 뒤따르던 소문식과 남자들이 제자리에 서자, 남지훈이 어둠 속 정면을 노려보면서 수상쩍게 말했다.

"이상합니다. 왜 이렇게 인기척이 없죠?"

말이 끝남과 동시에 까만 물체가 휙, 하며 눈앞을 스쳤다.

소스라치게 놀란 남지훈이 뒤로 휘청하자 하태형이 재빠르게 그의 등을 받쳤다. 남지훈이 '고맙다'라고 하려다가 그만뒀고, 하태형도 모른 척했다. 남지훈을 놀라게 한 정체는 검은 숲속으로부터 날아 든 한 마리의 야생 고양이였다. 고양이가 울음소리를 내며 다른 곳으로 사라지자 남지훈이 가슴을 쓸어내렸다.

남지훈이 고작 미물 같은 것에 긴장한 자신을 뉘우치는 동안, 소문식 또한 남지훈만큼이나 날카로워진 신경으로 그 자신은 모르겠지만, 마치 먹이를 노리는 살쾡이 같은 눈을 하고서 무뚝뚝하게 대답했다.

"궐내에 무슨 일이 생긴 게 틀림없다."

"그럴까요?…."

남지훈이 말을 흐렸다. 소문식의 의견에 전적으로 동의할 수 없었다. 어렴풋한 실루엣이나마 흐린 달빛과 훤히 트인 정원 너머로 보이는 저 건물은, 다름 아닌 이 나라의 여왕이 사는 궁궐이니까.

소문식의 말처럼 궐내에 무슨 일이 생긴 거라면(좋은 일이든 나쁜 일이든), 지금쯤 불을 환하게 밝히거나, 주변을 삼엄하게 경비하고 경계해야 하는 게 맞다. 그리고, 그럴 경우는 궁궐 안팎으로 많은 사람이 분주하게 오가며 움직일 것이다. 하지만, 300여 개의 방이 있는 본궁에서 비치는 불빛이라고는 한 손에 꼽을 정도이고, 사람 그림자는 고사하고 흡사 오래전에 버려진 성채처럼 스산하고 음산한 기운에다 인위적인 위화감마저 풍기는 이 피폐한 분위기는 어떻게 해석해야만 할까? 아니면, 혹시 그새 혁명대라도 쳐들어온 건가?…. 하지만 남지훈이 금방 추측을 지워버렸다. 정원을 위시한 주변 환경이 쥐 죽은 듯 고요하다 뿐이지, 밤의 한가운데에 거대한 장막처럼 우뚝 선 궁궐의 위용은 여전히 위압적이고, 잔디 하나 손상되지 않은 정원 풍경도, 전날 밤, 왕실 소속의 정원사가 정성껏 손질한 모습을 고스란히 보존하고 있었다. 시위대의 구둣발에 밟혔거나, 더럽혀진 흔적 같은 건 없었다.

그리고, 무장한 혁명대의 기습이 있었다고 한들 왕궁 내 사병과 호위병의 숫자도 만만치 않았을 것이다. 무엇보다 싸움이 벌어졌다면 엄청난 사상자가 나왔을 것이고, 이렇게 빨리 끝났을 리도 없다. 리무진 하차 직전에 들은 라디오 뉴스에서도, 새벽 1시를 향해가는 지금까지 혁명대와 경찰과의 싸움이 향후 전세를 가늠할 수 없을 만큼 치열하게 격돌 중이라는 속보만 있었을 뿐, 왕궁이 습격당했다는 뉴스는 없었다. 그렇다면 혹시 여왕이 우리의 계획을 먼저 눈치채고 덫을 놓고 기다리고 있는 건 아닐까? 하는 합리적 의심이 들었다. 재단 부이사장이 우리를 못 믿어서 변심했을 수도 있으니까.

소문식의 의견을 기다리지 못하고 남지훈이 앞질러 말했다.

"혹시 우리를 꾀기 위한 함정이라면요?"

조금 전.

왕실 소속 차량으로 등록된 유도롱 총리의 전용 리무진을 타고 당당히 공무원 관저까지 진입했다. 그 첫 번째 관문으로, 철제 격자로 된 육중한 정문을 지났고, 그 후에도 두 차례나 무장을 갖춘 삼엄한 검문소를 통과했지만, 의무적인 보안 유지 지침과 신분 확인 절차를 위해서 총리대신의 차를 정지시키는 고지식하고 무례한 보초병은 없었다. 모두가 소문식이 예상한 대로였다. 국가적 중요 인물의 보호차원에서, 차 안을 들여다볼 수 없도록 리무진의 윈드실드, 측·후면을 비롯한 차량 전면에 걸쳐 짙게 시공한 선팅도 한몫했다.

3개의 검문소를 무사통과한 이후의 일은 더욱 일사천리로 진행되었다. 정원 한가운데로 곧게 뻗은 한길을 따라 달리길 2분여 후, 눈앞에 푸른 지붕과 담회색 외벽을 한 큼지막한 3층 건물이 나타났다. 외국에서 수입한 각종 진귀한 나무와 값비싼 조경 식물들에 둘러싸인 이 건물은 총리대신의 관저로, 여왕이 거주하는 본궁에서 대략 3백여 미터 정도 떨어진 곳에 있었다. 소문식의 지시대로 남지훈이 관저 뒤 담벼락의 구석진 곳에 리무진을 세웠다. 관저를 둘러싼 우거진 숲이 칠흑 같이 어두운 그림자를 드리우고 있어서 차를 숨기기엔 안성맞춤이었다. 특히, 숲을 등진 관저는 본궁의 동쪽 문을 경계하고 있었기에, 경계가 삼엄한 본궁의 정문 파사드를 통과하지 않고도 궁내로 진입할 수 있었다. 재단 부이사장으로부터 건네받은 궁궐과 정원, 그 밖의 주변 설계도와 지도를 머릿속에 그려 넣고, 산책로까지의 경로를 몇 번이고 시뮬레이션했다.

리무진 안에서 소문식이 모두를 불러 모았다.

-우선 동쪽 출입구와 산책로, 전기배전실의 위치부터 탐색하겠습니다. 남자분들은 저를 따라오고, 여자분들은 일단 차 안에서 기다려 주십시오. 무슨 일이 있어도 차 문은 여시면 안 됩니다. 탐색이 끝난 후에 여왕 포획 작전을 시작하겠습니다.

여왕은 매일 아침 6시쯤 일어나 차를 마시고, 아침 식사 전까지 시종

두 명을 거느리고 동쪽 숲길 산책로를 거니는 루틴이 있었다. 산책로 한 곳에 핀 파랑 데이지꽃을 보러 가는 것이었는데, 그 꽃은 작년 봄에 여왕 자신이 직접 심은 것이라고 했다. 근자에, 꽃에 물을 주는 여왕의 사진이 신문 기사 1면에 나온 적이 있어서 소문식도 기억하고 있었다.

여왕 납치 계획의 대략적인 그림은, 여왕이 산책을 나오면 두 명의 시종을 제압한 후, 여왕만 재빨리 수풀이 무성한 숲으로 끌고 가는 것이었다. 다만, 숲길과 산책로 사이에 전류가 흐르는 철책이 가로놓여 있어서, 일행 중 누군가가 동쪽 문을 통해서 지하의 전기배전실에 침입해 전기를 차단하면, 누군가는 정신을 잃은 여왕을 업고 철책을 넘기로 했다. 차현호의 행방에 대한 것은 여왕이 깨면 알아내기로 했다. 김미연과 천비안이 서로 돕겠다고 나섰지만, 소문식은 산책로 주변 탐색 후에 할 일을 정하겠다는 빈말만 거듭했다. 특히, 다리를 다친 김미연에게는 부담되고 위험한 일이었다. 대신, 기절해 잠든 곽영후를 데리고 가려고 했지만, 아무리 몸을 흔들고 귀에 대고 소리쳐도 그는 마치 죽은 것처럼 축 늘어져서 꿈쩍도 하지 않았다. 하는 수 없이 곽영후는 포기했다.

잠시 후, 리무진 문이 열리고, 각 조를 이룬 소문식과 노수혁, 남지훈과 하태형이 주위를 살피며 조심스럽게 땅으로 내렸다. 남지훈만이 손에 리볼버 권총을 들고 있었다. 이 권총 이외에도 남지훈의 점퍼 안주머니에는 그 자신이 아끼는 HK45CT 자동 권총 한 자루가 들어있었지만, 그는 끝내 총이 더 있다는 사실을 말하지 않았다. 남지훈을 제외한 나머지 남자들은 리무진에 있던 유도롱 총리의 골프 가방에서 골프채 한 자루씩을 꺼내 들었다.

위태로운 긴장과 암막의 시간.

첫걸음을 내딛자, 멀리서 새벽을 고하는 이름 모를 유조遊鳥의 울음소리가 처량하게 들려왔다. 새의 울음은, 촉각을 곤두세운 누군가에겐 고막을 찢을 것처럼 시끄럽게 들렸고, 다른 누군가에게는 불길한 상상으로 위축되게 들렸으며, 실패를 염려하는 또 다른 누군가에게는 비장한 유언장의 낭독처럼 들리기도 했다. 누구도 새 울음의 의미를 알지는 못했다. 이후로, 어떤 일에 휩쓸릴지 장담할 수 없었기 때문이다.

두꺼운 휘장 밖 무대의 결말이 비극 혹은 희극인지를 알아보기 위해서 네 명의 남자가 차가운 밤이슬 속으로 발소리를 죽이며 멀어져갔다. 당장은 무언극으로 말이다.

그리고, 관저 뒤 담벼락에 세워진 하얀 리무진으로부터 코너를 돌아 120미터 정도 떨어진 곳에, 검은 세단 한 대가 주차되어 있었다. 총리관저까지 리무진을 따라 들어온 재단 부이사장이 탄 차였다. 소문식 일행이 여왕을 납치해 오면, 즉석에서 인질과 교환할 것이었다. 재단 부이사장이 있는 운전석 옆 보조석에는 어린 함경민이 울다가 지쳐서 잠들어 있었다. 인질이 된 위급한 순간에도, 보조석 등받이에 기대어 쌔근거리며 잠든 함경민의 가냘픈 팔에 은색 수갑이 채워져 있었다.

하기는, 새벽이 깊은 지금까지 깨어있기엔 작고 조그마한 여자아이의 몸으로는 견디기 힘든 하루였을 것이다.

새벽 2시 20분 현재, 은사銀絲의 숲길 입구.

은초롱 꽃과 개양귀비꽃, 작약꽃이 흐드러지게 핀 숲길 초입로였다. 입구에서 조금 떨어진 곳에 바가지를 엎어놓은 볼록한 둥근 모양의 꽃둔덕이 져 있었다. 아름답지만 시각만으로 어둠에 파묻힌 꽃들을 구분

할 수 없자, 마치 그러한 사정을 잘 안다는 듯이 꽃들이 저마다의 존재를 드러내기 위해서 경쟁적으로 밤이슬을 떨치고 묻히며 강한 향기를 배기했다. 다만, 이따금 속이 울렁거릴 만큼 짙은 꽃향기가 밤바람을 타고 코끝을 진동하는 것 이외는 견딜만했다. 악취 같은 향기가 거슬리긴 했지만, 그런 것에 신경 쓸 계제가 아니어서 남지훈이 재차 물었다. 그의 목소리에 초조함이 묻어났다.

"여왕이 우리를 꾀기 위한 함정을 판 거라면요? 여기서 10분을 지켜봤지만, 아무런 인기척이 없어요. 마치 오래된 폐가처럼…. 그리고 불빛 하나 보이지 않는 궁궐은 그렇다 쳐도, 어떻게 주변을 순찰하는 경비병 하나가 없을 수 있죠? 뭔가 예감이 이상합니다. 혹시 재단 부이사장이 우리를 배신했을까요? 어떻게 생각하세요?"

선두에 선 남지훈을 필두로 하태형과 노수혁도 소문식만 보고 있었다.

남지훈의 질문을 이해하기 위해서 뜸을 들인 건 아니었다.

이윽고, 소문식이 대답했다.

"여왕은 우리가 죽은 걸로 알고 있다."

소문식이 이유를 덧붙였다.

"재단 부이사장은 우리와 유도롱이 사망했다고 여왕 측에 거짓 보고했고, 함경민을 인질을 잡고 있긴 하지만 우리와 함께 이 궁에 들어와 있다. 살아있는 우리가 발각된다면 여왕의 명령을 어긴 죄로 그 역시 무사하지 못할 테니 재단 부사장이 배신한 것은 아닐 터…."

"…."

"유도롱의 죽음은 아직 왕궁 검문소에 통보되지 않았을 것이다. 만약 여왕이 우리가 살아있는 걸 알고 노린 거라면 검문소에 도착했을 때 우린 벌써 잡혔겠지. 드넓은 궁 안을 활보하게 내버려 두는 것보다야

바리케이드를 친 좁은 사각지대의 검문소에서 체포하는 편이 훨씬 더 수월했을 테니까.”

남지훈이 소문식이 한 말의 의미를 곱씹는 동안, 하태형이 의견을 말했다.

“그럼, 제가 가서 동정을 살피고 올까요?”

하태형이 신중한 태도로 주위를 둘러보았다.

“경비병이나 보초병도 안 보이고…. 빨리 뛰어가서 확인하고 오면요? 여기서 예측하는 것보다는 저는 그편이 훨씬 나을 것 같은데요?”

어둠 속에서 소문식과 남지훈의 눈이 동시에 빛났다.

‘하태형’이 질문했기 때문이다.

이 모든 일련의 과정을 지대한 예언 능력으로 컨트롤 했고, 현재가 있게끔 한 장본인인 동시에 양의 아바타라인 남자.

하태형을 인정하자, 조금 전, 일반인은 보기만 해도 오금이 저리는 살벌한 절단기 위에서 그가 죽음에 초연할 수 있었던 이유도 저항 없이 이해되었다. 그는 그 일이 있기 훨씬 전부터 자신의 미래를 내다보았기 때문이었다.

단 몇 시간 전까지만 해도 절망과 포기, 낙담으로 점철된 시간이었고 상황이었다. 유도롱은 너무도 강경했고, 처절한 죽음의 결과를 받아들이며, 소문식 자신마저도 모든 희망을 버리고 기절해 버렸다.

그래서 이젠 인정하지 않을 수가 없었다.

재단 부이사장에게 메모를 보내서 우리를 살렸고, 반드시 차현호를 찾아야만 하는 우리를 결국 여왕이 있는 이곳 궁까지 끌어들였다.

아이러니한 건, 도움을 준 것은 고마우나, 예언 능력을 가감 없이 증명해 보였기에 더욱 그를 믿을 수 없게 됐다. 제일 큰 화두는, 과연 흑막에 가려진 하태형의 진짜 목적이 무엇이냐는 것이다.

전날 병원 수액실에서 소문식 자신이 남지훈에게 했던 말이 떠올랐다.

-만약, 다음 기회에도 어떠한 우연이나 피치 못 할 사정이 생겨서 우리가 이 병원을 떠나지 못한다면, 우리는 아바타라가 짜 놓은 거미줄의 '작용'에 완벽히 걸려들었음을 인정해야만 할 것이다.

결국 우리는 병원 탈출 한 시간 전에 전원 경찰에 체포되었다.

-나머지 1%는 그때 하태형에게 직접 듣도록 하지.

아바타라가 분명한 하태형이 무슨 수작을 꾸밀지 몰라서 선뜻 그를 보낼 수도, 그렇다고 해서 그의 말처럼 여기서 죽치고 있는다 한들 뾰족한 수는 없었지만, 소문식이 일언지하에 거절했다.

"안된다. 넌 여기 있어야만 해."

소문식이 얼떨결에 고압적인 태도를 보이고 말했다.

역시나, 묘한 어감을 눈치챈 하태형이 반문했다.

"왜죠? 제가 가면 안 되는 이유라도 있나요?"

말실수를 자책하며 소문식이 변명을 둘러대려고 했다.

그때, 대화를 듣고만 있던 노수혁이 대뜸 손을 들었다. 그러잖아도 일행에 민폐를 끼친 게 미안해서 도움 되는 건 뭐라도 하려고 마음먹은 그였다.

"제가 다녀오겠습니다. 궁궐 주변과 내부를 염탐만 하는 것이라면…." 노수혁의 말이 채 끝나지 않은 그때였다.

"악!" 하는 여자의 비명이 들린 것 같았다.

총리 관저 쪽에서 이름 모를 밤새들이 일제히 날갯짓하며 하늘로 날아올랐다.

관저와의 거리가 멀어서 환청처럼 들렸지만, 비명의 주인은 김미연이 분명했다.

돌부리에 걸려 다리가 휘청했지만, 용케 넘어지지 않았다.

메트로놈처럼 뛰는 심장 박동이 정원을 가로지르는 뜀박질 소리를 묻어버렸다. 밤을 내달리는 노수혁의 입에서 달은 숨소리가 연이어 터지고 있었다. 남지훈과 하태형이 노수혁을 뒤따랐고, 연로한 소문식은 그들로부터 한참 뒤에 있었다.

"미연아! 여보!"

이곳이 어딘지도 잊어버린 노수혁이 관저 담벼락에 도착하자마자 목청을 세워 김미연을 불렀다. 뒤이어 도착한 남지훈과 하태형은 곧장 리무진으로 달려갔다. 흰색 리무진의 양쪽 문이 활짝 열려있었다.

"제길!" 제일 먼저 차 안을 살펴본 남지훈이 울분을 참지 못해서 차체를 주먹으로 내리쳤다.

"미연아!"

노수혁이 몇 번이나 불렀지만 실종된 아내가 대답할 리 만무했다. 김미연과 천비안이 감쪽같이 사라져 버린 좌석은 텅 비어있었다.

노수혁이 절망으로 머리를 움켜쥐었다.

잠깐 탐색만 다녀올 것이었다. 아내를 두고 가는 게 불안하긴 했지만, 이곳은 관저 뒤편이라 외진 곳이고, 밤도 어둡고, 수풀에 가려져서 안전할 것이라 여긴 제 탓인 것만 같았다. 그녀를 혼자 내버려 둔 것에 대한 심한 자책과 후회가 밀려들었다.

"반항한 흔적이 있습니다. 누군가 차 문을 밖에서 연 것 같습니다."

뒤늦게 도착한 소문식이 말했다. 다리는 느리지만, 뜻밖의 사태에 직면해 어쩔 줄 몰라 하는 젊은 사람들보다는 조금 더 이성적이었다.

소문식이 숨을 헐떡이면서도 급히 손전등을 켰다. 그러고는 침착하게 리무진의 차체 주변과 도어 등을 살펴본 뒤 말했다.

"차량 내장 시트에 미세한 손톱자국이 있고, 외부 패널의 몰딩과 도어 패널에도 불규칙한 스크래치가 있습니다. 흔적들로 미루어 보아 차에서 내리지 않으려고 저항한 것 같습니다만…. 아무래도 두 분은 납치된 것 같습니다."

납치라니…. 절망한 수혁이 땅바닥에 털썩 주저앉았다.

"누가 데려갔을까요?"라며 남지훈이 난감한 어조로 묻자, 소문식이 "여왕의 사람이겠지."라고 말하며, 즉시 지시를 내렸다.

"나는 차 안을 살펴볼 테니, 너와 하태형 군은 이 주변으로 발자국이나 풀이 쓰러진 방향, 다른 흔적 등이 있는지 찾아봐."

"저기요, 다들 여기로 와 보세요!"

차내에서 누군가를 발견한 하태형이 놀란 목소리로 사람들을 불러 모았다. 노수혁을 비롯해 몰려든 남자들에게 그가 리무진의 후면 좌석을 손가락으로 가리키며 말했다.

"영후 형이에요. 형은 기절한 상태로 두고 갔나 봐요."

*

"일어나 봐!"

삽시간에 달려든 노수혁이 곽영후의 멱살을 잡아 일으켰다.

리무진을 떠날 때와 마찬가지로, 뒷좌석에 널브러진 곽영후는 여전히 혼수상태에 빠져 있었다. 노수혁이 솜을 덜 둔 봉제 인형처럼 흐물거리는 곽영후의 멱살을 흔들어 대며, 사정없이 뺨을 후려쳤다.

"연기하지 말고 눈 뜨라고, 새끼야!"

손목이 저릿할 만큼 연거푸 뺨을 때렸지만, 그래도 곽영후가 눈을 뜨지 않자 노수혁이 협박했다.

"좋아. 이래도 안 일어나면 나도 방법이 없어. 칼로 쑤셔버릴 테니까 그래도 자는지 두고 보자고."

노수혁이 칼을 찾으려고 고개를 든 그때, 밖에서 남지훈이 노수혁을 불렀다.

"두 사람이 어디로 갔는지 알아냈어요!"

벌떡 일어선 노수혁이 한달음에 차를 뛰쳐나갔다.

가까스로 멱살이 풀린 곽영후의 몸체가 하중을 버티지 못하고 뒤로 벌렁 넘어졌다. 불에 덴 듯 벌게진 양 뺨으로 두 눈을 꼭 감고 있는 그는 누가 봐도 혼수상태였다.

두 여자가 끌려간 곳으로 짐작되는 곳은 다름 아닌 여왕이 있는 본궁이었다. 손전등만으로도 식별 가능한 발자국들이 잘 자란 잔디를 짓밟고 본궁의 정문까지 쭉 이어져 있었다. 마치 이대로만 잘 따라오라는 듯이.

남지훈과 소문식이 서로를 쳐다보았다. 여왕이 보낸 초대장을 어떻게 받아들여야 할지 판단하기도 전에, 한 남자가 벌써 뛰듯 하며 잔디길을 따라가고 있었다. 남지훈이 달려가서 노수혁의 어깨를 잡아 세우고는 화난 투로 말했다.

"대책도 없이 막무가내로 가면 어쩌자는 겁니까?"

"당신들은 안 와도 돼. 나 혼자 갈 테니까 이 손 놔."

"심정은 알겠지만, 다 죽고 싶어서 그래요? 여기가 무슨 호텔인 줄 아냐고요. 저기는 여왕이 사는 궁전이에요. 계획도 없이 더럭 갔다가는 당신뿐만이 아니라 당신 아내도 죽는다고요."

"알았으니까 돕기 싫으면 말아. 더 잡으면 용서 안 해."

노수혁의 강경한 태도에 소문식이 둘 사이에 끼어들었다.

"같이 가도록 합시다. 저도 여왕이 어떤 의도로 이러는지 알고 싶으니…. 다만, 너무 흥분하시면 아내 분이 더 위험해질 수도 있습니다. 아무리 화가 나도 머리만큼은 차갑게 식혀두세요. 호랑이 굴에 들어가도 정신만 차리면 살 수 있다고 했습니다. 하지만, 이처럼 이성을 잃은 상태로는 호랑이와 백번을 만나면 백번 다 먹힐 겁니다. 아내 분을 구하셔야 하지 않겠습니까?"

소문식의 충고에 노수혁이 크게 한숨을 쉬었다.

미연을 잃은 분노로 화가 머리 꼭대기까지 치밀어서 눈앞도 보이지 않았으나, 소문식의 말에 틀린 건 없었다.

노수혁이 마음을 진정시키는 사이, 소문식이 하태형을 돌아보았다.

"넌 탈출하든 여기 있든 알아서 선택해. 목숨이 달린 일이라 다들 어찌 될지 몰라. 넌 우리와는 어떠한 이해관계도 없으니…."

"안 왔으면 몰라도 여기까지 와서 저만 갈 수는 없죠. 그리고 현호 선배가 저 안에 있어요. 굳이 저의 이해관계라면 이해관계이기도 하고요."

하태형의 대답에 소문식도 더는 권하지 않았다.

당연히 하태형이 이대로 떠날 리가 없어서 한 번 떠봤을 뿐이었다.

노수혁을 필두로 네 명의 남자가 정원을 달리기 시작했다.

잔디에 난 선만 따라가면 되어서 다른 생각은 할 필요가 없었다.

머리를 식히려고 애쓰지만 그래도 더없이 마음 급한 노수혁과 그런 노수혁 뒤를 소문식이 따르고 있었다. 지금, 소문식의 머릿속은 수많은 복잡한 계획과 변수에 대한 대처 방안을 강구하기 위해 뜨겁게 달궈진 컴퓨터 CPU처럼 돌아가고 있었다.

소문식의 뒤를 하태형이, 그리고 맨 끝에는 남지훈이 달리고 있었다. 땀에 젖은 남지훈의 머리 위로 새벽바람이 스쳤다.

조금 전, 목숨이 걸린 일인지라, 하는 수 없이 점퍼 깊숙한 곳에 보관하고 있던 HK45CT 권총을 소문식에게 건넸다. 소문식으로부터 총기 사용을 자제하라는 다짐을 수 차례 받았지만, 임무 때마다 듣는 말이어서 감흥은 없었다.

눈앞에서 거침없이 달려 나가는 하태형의 등이 보였다.

궁으로 오기 전, 육가공 공장에서의 일이 다시금 떠올랐다.

몇 시간 전, 컨베이어 벨트 위.

유도롱을 설득하기 위해서 소문식이 최선을 다하고 있었다.

그들의 대화 소리도 들리지 않을 만큼, 남지훈은 양 손목에 채워진 클램프에만 전 신경을 집중하고 있었다. 하지만 힘껏 팔을 비틀어대도 풀리기는커녕 철컥대는 쇳소리만 공허하게 울릴 뿐이었다. 살기 위해서 몸부림을 치면 칠수록 점점 더 헛짓거리라는 생각이 들기 시작했다. 그리고 이 빌어먹을 상황의 모든 원흉은 단 '한 놈' 때문이라서, 남지훈이 뒤에 선 하태형에게 끊임없이 화풀이했다.

"새끼야! 네가 아바타라가 아니라고? 그럼, 탈락자도 아닌 새끼가 뭐 때문에 거짓말했어? 네 생일이 9월인 거 누가 모를 줄 알아? 내가 네 병원 환자 기록 파일에서 다 봤어! 곽영후도 알고 있었잖아!"

하태형 역시도 팔을 풀려고 노력하며 대꾸했다.

"생일은…9월이 맞는데 아바타라인가 뭔가는 아니야. 그리고 아바타라라는, 그게 뭔데 여왕도 너도 그것만 묻는 거야? 내가 그거면 뭐가 어떻게 되는데?"

"아니라고 잡아떼면 끝날 줄 알아? 그러면 아바타라인 새끼가 '네, 그 아바타라가 바로 접니다'하고 이마에 써 붙이고 다니냐? 네 놈은 생일부터 속였는데, 내가 네 말을 믿을 거 같아? 뭔가 더러운 꿍꿍이가 있을 거잖아! 솔직히 말해. 처음부터 탈락자들을 모아서 신고할 요량으로 우리를 속였지? 왜냐? 행운 부활권을 위해서지."

정곡을 찔린 건지 하태형이 침묵했다. 남지훈이 더욱 기고만장해서 몰아붙였다.

"그거 봐라. 할 말 없지? 당연하잖아. 멀쩡한 생일을 왜 속여? 그것도 탈락자도 아닌 새끼가 말이야. 네가 원하는 게 있으니까 우리한테 아닌 척 접근해서 사기 친 거고…."

"다들 탈락자라서."

남지훈이 입을 다문 사이, 하태형이 당시의 사정을 말했다.

"병원문을 총으로 쏴대니까 억지로 열기는 했지만, 당신들이 탈락자인 건 몰랐어. 소문식 아저씨의 메모에는 급한 환자가 있다는 말과 연락처만 쓰여 있었으니까. 병원에 들이고 나서야 알았어. 그런데 내가 같은 탈락자가 아닌 걸 알면 혹시라도 내게 나쁜 짓을 할까 봐…그냥 좀 무서운 생각이 들어서 나도 탈락자라고 거짓말했어. 그런데 그거야말로 당연한 거 아닌가? 낯선 사람들이 떼로 몰려왔고 게다가 총까지 가지고 있는데…. 그런데 시간이 지날수록 나가지도 못하게 됐고, 일단은 좀 지켜보다가 다들 탈출할 때 집으로 돌아가려고 했어."

남지훈이 버럭 했다.

"그 말을 믿으라고?! 네가 병원에 죽치고 앉아서 대기하고 있었잖아. 우리가 나타날 시간에 딱 맞춰서. 누가 모를 줄 알아? 그게 바로 네 놈이 아바타라라는 증거라고!"

"병원은 아버지의 부탁으로 가 있었던 거야. 친척분들 다수가 탈락자가 돼서 아버지가 급히 고향에 내려가신 바람에 내가 병원을 지키게 됐고, 나도 오후까지만 병원에 있다가 집으로 가려고 했는데…믿기 싫으면 믿지 마."

"와, 멘사 회원이야? 소설가야? 그렇게 말하니까 진짜 같잖아. 아니면 이런 것도 예견해서 미리 대본 연습을 하고 온 건가? 아, 알았어. 생일 거짓말한 건 용서해 줄 테니까 더 이상 장난치지 말고 빨리 이 사태나 좀 어떻게 해 봐. 이대로 죽을 건 아니잖아?!"

하태형이 하릴없이 한숨을 쉬며 고개를 떨구었다. 아이러니하게도 주야장천 말도 안 되는 소리를 하며 우겨대는 남지훈 덕분에 잠시나마 죽음의 공포를 잊을 수 있었다. 남지훈과 다투는 동안에도 소문식과 유도롱은 대화를 이어가고 있고, 가능성은 있어 보였다.

내가 살아날 길이…하지만 그것도 안 되면 희망은….

"야…."

자신을 부르는 소리에 하태형이 문득 얼굴을 들었다. 등짝만 보이는 남지훈이 신경질적으로 말했다.

"네가 계속 아바타라가 아니라고 우길 거면, 지금부터 내가 묻는 말에 즉각, 즉각 대답해. 머뭇거리거나 또 거짓말하다 걸리면 넌 절단기에 조각나기 전에 내 손에 먼저 결딴날 거다. 내가 꼭 그렇게 하고 말 거야."

하태형을 충분히 윽박지른 뒤 남지훈이 물었다.

"하봉주 내과의원. 거기 병원장인 하봉주 씨가 네 아버지라고 했지? 소문식 사장님과는 연제 대학교 의과 대학 동창이고. 맞아?"

"맞아. 그래서?"

당당하게 묻는 하태형 때문에 남지훈이 너털웃음을 지었다.

걸려들었다. 마침내 진실의 시간이 도래했고 네 놈의 가면극도 여기까지다….

남지훈이 진지하게 말했다.

"잘 들어. '하봉주'는 남자 이름이 아니라 여자 이름이야. 무슨 말인지 알아? 우리 사장님의 오랜 절친이자 의과 대학 동창인 하봉주 씨는 남자가 아니라 여자라고. 여자! 여성! 피메일! 우먼! 오케이? 사장님이 직접 말씀하신 거니까 의심되면 네 입으로 물어볼래? 그런데 뭐?! 하봉주가 네 아버지고 남자라고? 야, 어떡하냐, 하태형? 네가 덫을 놓고 우리를 기다린 것까지는 좋았는데, 그만 디테일을 놓치고 말았네? 응? 대답해 봐. 네 생부의 성별이 바뀐 건, 이건 또 무슨 핑계를 댈래? 뭐, 성전환 수술이라도 했다고 할래?"

그러자 즉각 대답하지 않으면 가만두지 않겠단 내 협박이 통했는지 하태형이 즉각 대답했다….

차가운 새벽바람이 또 한차례 날렵한 기세로 몸을 스쳤다.

궁궐 파사드를 장식한 신고전주의 스타일의 입체적인 석재기둥과 신들의 조각상이 손에 잡힐 듯 선명한 모습을 드러내자, 소문식이 남지훈을 뒤돌아보며 재촉했다.

"서둘러. 세 시간 후면 해가 뜰 것이다. 더는 시간이 없어."

잠깐 눈을 감았다 뜬 것 같은 찰나의 회상이었는데, 어느새 궁궐 정문을 백여 미터 남겨둔 곳에 당도해 있었다. 머리카락이 뺨에 들러붙는 것도 아랑곳하지 않고, 남지훈이 앞서 달리고 있는 소문식의 등을 가만히 응시했다. 하태형의 마지막 말이 떠올랐다.

-그건 또 무슨 말이야? 우리 아버지가 여자라니…. 하봉주 씨는 내 아버지가 맞아. 당연히 성전환 수술한 적도 없어. 병원에서 환자 기록 파일을 봤다면서? 접수대에 있던 컴퓨터로 봤을 거잖아. 모니터 바탕 화면에 의사 가운을 입고 팔짱 끼고 서 있는 남자 사진 못 봤어? 마른 체격에 검은 뿔테안경 쓴 사람. 그분이 우리 아버지야. 하봉주 내과 의원의 하봉주 병원장."

21

십이장생十二長生이 부조된 두꺼운 원목 출입문이 밖으로 열리고 있었다. 남지훈과 하태형이 높이 4미터나 되는 양문형의 문을 좌우에서 당기고 있었다. 육중하고 두꺼운 문 너머에는 근사한 양 갈래 콧수염에 나비넥타이 정장 차림을 한 집사가 겹나리 꽃다발과 황금 띠를 두른 선물 상자를 들고서 반가움의 환영 인사를 전할 것도 같지만, 하나같이 굳은 표정을 한 낯선 손님 중에서 그런 미래를 예상하는 이는 단 한 사람도 없었다. 손님을 이곳으로 안내한 비서관은 어느 순간 유령처럼 사라지고 없었다. 소문식 일행의 임시 무기였던 골프채를 모조리 회수해서 말이다.

19개의 국빈용 방 중에서도 여왕이 자주 애용하는 접견실 '골든 리시빙 룸'의 입구였다. 궁궐의 정문을 통과해 입장한 다음부터 이 방에 도착하기까지 때아닌 고생을 했다. 길을 잃어서 본궁의 2.8km에 달하는 복도를 헤매고 궁의 내부를 알 수 없게끔 설계된 가짜 방과 계단들을 세 차례 왕복한 뒤에야 도달할 수 있었으니 말이다. 재단 부이사장으로부터 넘겨받은 설계도와 도면이 전사지였던지라 원본을 베낄 때 실수한 것임이 틀림없다. 다행히 네 번째 계단을 올라가기 전에 초대 장소를 발견했고, 본궁 3백여 개의 방 중에서 백여 개는 가짜라는 소문이 있었는데 고생한 성과라면 그것이 소문이 아님이 증명됐다는 것이다.

마침내, 접견실의 출입문이 활짝 열렸다.

"환영해."

먼 곳에서 깨끗한 음성이 공명했다.

상황을 모르는 바는 아니지만, 하태형이 본능적으로 내부를 두리번거렸다. 여왕이 거주하는 본궁 내부의 모습은 일반에 공개되지 않은 까닭에, 눈이 닿는 곳마다 생소한 광경들뿐이었다.

왕권의 위엄과 부를 상징하는 까마득히 높은 천장에는 이탈리아 출생의 예술가, 미켈란젤로가 그린 '천지창조'의 대형 천장화가 곧 바닥으로 흐를 것처럼 웅장하게 펼쳐져 있고, 사방의 황금색 벽면은, 진한 다홍색과 황금실로 수놓은 태피스트리로 장식되었다. 접견실 내부를 지탱하는 십수 개의 기둥들은 제우스 신전에서나 볼법한 화려한 코린트식 원주 기둥 모양으로 만들어졌으며, 기둥 상단의 주두柱頭는 명예를 상징하는 아칸서스 잎 모양으로 조각되었다.

밟기가 황송할 만큼, 아침 해변처럼 빛나는 회색 바닥은 매우 고가의 이탈리아산 스타투아리오 천연 대리석 재질로 마감했고, 벽에는 르네상스 시대 거장 화가들의 그림들이 걸려 있으며, 공간에 드문드문 배치된 예술과 예언의 신인 아폴론과 강한 힘을 가진 바다의 신 포세이돈 같은 정교한 신의 조각상도 방문객들의 눈길을 사로잡았다. 여왕을 상징하는 것으로 보이는 아프로디테 여신상도 있었는데, 천장까지 닿을 듯한 높이를 가진 거대한 크기의 조형물이었다.

그리고 그보다 더욱 눈에 띈 건, 방대한 크기의 접견실임에도 불구하고 이곳에서 손님들을 기다린 사람은 단 한 명뿐이란 사실이었다. 12계단으로 이루어진 연단 최상층, 붉은 왕좌에 앉은 그녀가 답례 인사도 없는 무례한 손님들을 향해 말했다.

"너희들이 기꺼이 내 초대에 응해줘서 얼마나 기쁜지 몰라. 차는 뭐로 할래?"

백옥처럼 흰 피부를 가진 아름다운 여자였다.

길고 풍성한 눈썹과 홍조로 물든 뺨이 도드라졌고, 도톰하고 빨간 입술은 색이 꽉 찬 장미꽃잎보다 고혹적이었다. 머리에는 '여왕의 붉은 눈물'로 불리는 47.5캐럿의 레드 다이아몬드가 박힌 왕관을 쓰고, 가장자리가 흰 밍크 모피로 장식된 피처럼 붉은 망토를 어깨에 걸친 여왕이 넓은 접견실에서 오롯이 그들을 기다리고 있었다.

그리고 그럴 수밖에 없는 이유는, 그녀를 제외한 다른 생명체는 모두 죽어 있었기 때문이다.

접견실 바닥은 말할 것도 없고, 탁자, 의자 등의 가구 사이사이마다 사람들의 시체가 그야말로 산을 이루고 있었다.

시녀, 시종, 시종장, 비서관, 경호원, 호위병, 요리사나 외국 용병으로 보이는 사람들이 남녀노소를 가리지 않고, 홀로 또는 여러 명이 몸을 겹친 채 죽어 있었다. 대부분의 사체 무덤은 검은 천으로 덮였으며, 더러 밖으로 드러난 주검들도 있었다. 외상이나 폭행의 흔적 등이 없는 깨끗한 몸 상태로 미루어 보아, 사람들은 약물에 당한 것이 틀림없었다.

하지만, 족히 3백구는 넘을 것 같은 시체들을 보고도 별반 놀라는 기색도 없는 남자들이었다.

궁내를 헤맬 때 이미 본 광경들이었기 때문이었다.

수많은 방과 복도, 계단, 식당, 화장실 등을 가리지 않고, 싸늘한 시체가 된 망인들과 마주쳤다.

왕좌를 가로막고 선 남지훈과 하태형 사이를 어떤 늙은 손이 비집고 들어왔다. 일행 앞으로 나선 소문식이 여왕에게 화답했다.

"차는 생략하지. 초대장이 내 취향은 아니었으나, 나야말로 이렇게 초대해 줘서 고맙군."

소문식이 말하는 중에 노수혁이 불쑥 앞으로 나섰다. 김미연에 대한 걱정으로 등이 달은 그가 "내 아내와 천비안은 어디 있어?!"라고 소리치며 무턱대고 여왕에게 달려가려고 했다. 하지만, 소문식이 팔을 뻗어 노수혁을 가로막았다. "기다리세요."

비키라며 항의한 노수혁이었으나, 소문식의 완고한 입매와 무언으로 전하는 매서운 눈빛에 하는 수 없이 뒤로 물러났다.

노수혁을 진정시킨 뒤, 소문식이 여왕을 향해 돌아섰다.

며칠째 갈아입지 못한 때 묻은 코트 때문에 더욱 왜소하고 초라해 보이는 장년이지만, 발음과 어태만은 뚜렷하면서도 굵직한 선을 그리고 있었다.

"저 사람들은 모두 네가 죽인 것이냐?"

김이 무럭무럭 나는 뜨거운 홍차 잔을 들어 올리며, 여왕이 대수롭지 않게 "응."하고 대답했다. 다과 중이었던 터라 왕좌 옆 협탁에는 바삭하고 향긋한 생강 과자 접시가 놓여 있었다. 달칵, 하고 한 모금 마신 차를 받침대에 올리며 그녀가 이유를 말했다.

"역적들이니까."

여왕의 손가락이 소문식 등 뒤의 창문을 가리켰다. 은사의 숲이 내다보이는 곳이었다.

"숫자가 생각보다 많더군. 약물로는 부족해서 나머지는 저 숲에서 처형했지. 나쁜 반역자들을 죽인답시고 내가 아끼는 정원까지 더럽히면 안 되니까 말이야."

조금 전, 은사의 숲 초입에서 일행이 둔덕이라고 생각한 것은, 실은 여왕에게 죽임당한 시체들의 무덤을 착각한 것이었으며, 공기 중에 흐르던 악취는 진한 꽃향기가 아니라 시취였던 것이다.

소문식의 눈썹이 뱀처럼 꿈틀했다.

방금 여왕이 놀이하듯 말한 대사 한 줄에 뇌관이 뚝 끊긴 느낌이었다. 그가 노기 띤 음성으로 물었다.

"역적이라고? 저들이 반역을 꾀했다는 증거물이라도 나왔나? 혹은 일기장이나 메모장에 반란을 도모한 글귀가 적혔다거나, 지인들과 전화 통화나 문자를 주고받으며 작당한 사실이라도 있었나? 설혹 그런 일이 있었고, 저들이 정말 혁명대의 일원이었다손 치더라도 네 손가락 하나에 파리 목숨보다 못한 죽음을 맞이할 이유는 없어."

소문식의 어투가 점차 강하고 빨라졌다. 마치 용도 폐기된 소모품처럼 버려지고 뒤엉켜서 처참히 죽은 사람들의 모습이 그의 가슴 깊은 곳에서 가늠할 수 없는 슬픔과 분노를 불러일으킨 까닭이다.

"왜냐하면, 저들은 어제까지만 해도 너의 충직한 신하였고, 나라를 위해 헌신한 공무원이었으며, 이 나라의 국민이자 한 가정의 부모이며 자식이었고, 그 자신에게는 더없이 고귀한 한 생명의 주인이었기 때문이다. 집에서 키우던 개가 팔을 물었어도 이렇게 죽으라는 법은 없어. 최소한 자기 변호할 시간은 줬어야지. 네가 가진 강력한 권력과 힘은 이런 힘없고 불쌍한 사람들을 괴롭히고 죽이는 데 쓰라고 주어진 것이 아님을 왜…."

"네가 뭘 알아?"

잔소리가 듣기 싫은 여왕이 소문식의 말을 끊었다. 그녀가 다시 홍차를 호록거리면서 달갑지 않은 친구를 대하듯 시큰둥하게 말했다.

"저들 중에 혁명대의 일원이 있었어. 내가 여태껏 먹여주고 재워주고 가족들까지 보살펴 줬는데도 한순간에 나를 헌신짝 버리듯 배신하고서 말이지. 정말 은혜도 모르는 놈들이야. 하긴, 하나뿐인 삼촌도 나를 속였는데 남이라고 뭐 다르겠어?"

"시위에 가담한 고작 몇 사람 때문에 죄 없는 사람들까지 몰살시켰다고?"

소문식의 말에 영문을 모르겠다는 듯 여왕이 눈을 동그랗게 떴다.

"고작 몇 사람이라니?"

"그러면 혁명 대원이 수십 명쯤 되었나? 백 명? 하지만 대부분은 시위와 관계없는 사람들이었을 텐데 죄 없는 이들까지 살해할 필요는 없었다."

"배신자가 한 명이든 백 명이든 결과는 똑같아."

소문식을 쏘아보며 쌀쌀맞은 투로 여왕이 말했다.

"배신자가 나왔다는 게 중요하지, 숫자는 의미 없어. 이미 이곳은 오염됐으니까 말이야."

"이처럼 몰살시키지 않고도 범인만 색출하면 될 일이었다."

여왕이 왕좌의 팔걸이를 탁, 내리치며 발끈했다.

"내가 그걸 몰랐을 거로 생각해? 어설프게 살려뒀다가 저들 중에 또 다시 배신자가 나오면? 호의와 관용과 용서의 또 다른 말은 뒤통수와 배신과 기만이야. 애초에 은혜를 베풀지 않으면 뒤통수를 맞을 일도 배신과 기만에 치를 떨 일도 없었을 테니까. 오늘 살아난 저들이 내일 배신하지 않으리란 법이 있어? 네가 보장할 수 있어? 소문식?"

여왕의 발언이 끝나도록 꽤 오래도록 그녀만을 노려보고 섰던 소문식이 이윽고 입을 뗐다. 격노하던 조금 전과는 달리 어느새 잔잔한 바다와 같은 평온을 되찾은 그였다.

"만족했다니 더는 말하지 않아도 되겠군. 이제 우리를 이곳으로 불러들인 이유나 들어 볼까? 하지만, 그 전에 먼저 질문이 있다."

여왕이 흔쾌히 허락하며 "해 봐. 그런데 질문이 한 개야?"라고 물었다.

소문식이 담담히 말했다.

"몇 개가 될지는 모르지. 네 대답해 따라서 줄 수도 늘 수도 있는 문제니까."

"세 개까지만 해. 내가 네 궁금증을 풀어 줄 의무는 없어. 내키는 것만 대답할 거고, 싫은 건 패스야."

여왕의 말이 끝나기 무섭게 소문식이 물었다.

"조금 전, 육가공 공장에서 만났을 때부터 넌 우리가 다시 조우할 것을 알고 있었나?"

"패스."

"넌 유도롱의 배신을 사전에 알고 있었으며, 육가공 공장 임원들에게 그를 죽이라는 명령을 내린 터였다. 그런데도 왕궁 정문에 있는 검문소들은 우리가 타고 온 유도롱의 리무진과 외부 차량을 아무 제재 없이 통과시켰지. 지금쯤 시체가 됐을 총리가 탄 차를 말이야…. 넌 우리가 왕궁으로 올 것도 벌써 알고 있었나? 그런데도 우리를 죽이라는 명령을 내린 뒤 유유히 공장을 떠났고?"

"패스."

"차현호를 납치해서 나를 이곳으로 유인한 것까지…. 네게 이 모든 것들을 사전에 알려준 건 아바타라인가?"

"…."

"말해라. 너와 내가 마주한 이 현실을 만들어 낸 자는 네가 데리고 있다는 그 아바타라인가?"

"보류할게."

방금까지 '패스'만 연발하던 여왕이 처음으로 반응을 보였다. 그리고, 덧붙였다.

"네가 말한 건 반은 맞고 반은 틀리니까."

"마지막 질문이다."

"세 개 다 끝났어."

"이 질문만큼은 꼭 대답을 해줬으면 좋겠군."

"글쎄. 앞서도 말했다시피 네가 뭐가 궁금하든 내가 네 질문에 대답할 의무는 없어. 해 봤자 소용없다니까?"

여왕이 아름답고 여유로운 미소를 보이자, 소문식도 그녀를 따라 미소 지었다. 그가 접견실 주변을 둘러보며 물었다.

"이 홀에 있는 명화와 인테리어 소품들은 모두 네 취향인가?"

전혀 예상치 못한 질문에 "뭐?…"하며 여왕이 미간을 찌푸리자, 소문식이 값비싼 장식품들에 눈길을 주며 말했다.

"딱히 기호나 테마가 있는 것도 아니고, 그렇다고 예술품을 보는 안목이 있는 것도 아닌 것이, 대충 둘러보니 크리스티나 소더비 경매에서 나온 고가의 물건들을 현금 주고 닥치는 대로 사들인 티가 나서 말이야. 저 구석에 둔 소파와 의자는 18세기 서유럽 로코코풍의 골동품들이고, 맥락 없이 서 있는 석상들은 그리스와 북유럽 신화에 나오는 신들인 데다, 그 옆에 있는 건 인도의 마투라 불상이고, 선반에 진열된 건 러시아 로마노프 왕실에서 쓰던 도자기와 접시 같고…. 흠, 저 벽면의 부조는 고대 이집트 신인 하토르 여신의 신전 벽을 통째로 떼와서 붙인 건가?…. 동네 고물상도 아니고, 유명 예술작품들만 모아놓은 게 이렇게 조악하고 난잡해 보이기도 처음이군."

막, 금과 상아의 조합으로 만든 아폴론 조각상에서 시선을 거둔 소문식이었다. 그가, 얼굴색이 가을 단풍처럼 붉으락푸르락하는 여왕에게 예의 바른 태도로 물었다.

"상스럽고 천박하기 그지없지만, 꽤 비싼 잡동사니들이겠지? 다 합해서 얼마 줬어?"

적막의 시간이 흘렀다.

잠시 후, 여왕이 대답했다. 핏기가 가신 창백한 뺨을 추스르듯 움직이면서 말이다.

"예…술에 가격을 매기는 건 옳지 않아."

말하면서도 입술이 바르르 떨렸다. 표정 관리를 하고 있지만, 말처럼 쉽지 않았다. 그도 그럴 것이 교양 머리 없고 예술을 모른다는 말을 듣는 것이 세상 무엇보다 끔찍한 그녀였다. 여왕이 가까스로 턱을 치켜올리곤 도도한 척 말했다.

"너 같은 게 예술을 알긴 해? 안다면 얼마나 알아? 그리고 내가 기호도 주제도 없이 예술작품을 사 모은다고 했어? 웃기는 소리 하지 마. 이 접견실을 가득 채운 화려하고 위대한 예술품들의 테마는…다…'다시 만난 유토피아'야!"

"천장화의 이름이나 말해."

여왕이 퍼뜩 천장을 올려다보았다. 천장 가득 펼쳐진 그림 속에는, 하늘을 배경으로 누드의 젊은 남자와 흰옷을 걸친 한 노인이 서로의 손가락 끝을 맞대려 하고 있었다. 입만 달싹거릴 뿐인 여왕을 향해 소문식이 말했다.

"다시 물을게."

그러자, 여왕이 더럭 화를 내며 히스테릭하게 소리쳤다.

"생각 중이잖아! 생각하고 있는데 뭘 자꾸 캐물어! 기다리라고! 넌

다 알아? 누가 그린 그림인지 뭐로 만든 조각상인지 척 보면 다 알아?! 천장화의 이름이 막 떠오를 뻔했는데 네가 말 시켜서 까먹었잖아! 이게 다 소문식 네 책임인…."

"이 모든 현실을 만들어 낸 자는 네가 데리고 있다는 그 아바타라인가?"

별안간 바뀐 질문에 배탈 난 익룡처럼 고성을 내지르던 여왕이 입을 닫았다.

소문식이 채근했다.

"시간을 많이 줄 수가 없군. 대답해 봐. 아바타라인가?"

"내가 왜 네 질문에 대답해야 하지? 명령이야? 그리고 조금 전에도 분명 보류라고…."

"그러면, 천장화의 작품명을 말하는 걸로 대신 하지. 워낙에 유명한 그림이고 초등학생도 다 아는 일반 상식이니까 너도 그 정도야 알겠지."

먹이를 문 가리비처럼 여왕이 또 입을 꾹 닫아버렸다.

소문식뿐만이 아니라 자신을 바라보는 사람들의 시선을 느꼈다.

눈알을 데굴거리고 식은땀을 흘리는 등 그렇게 수십 초의 시간이 흐른 뒤, 여왕이 분한 입술을 꼭 깨물며 "아바타라는…"이라며 말문을 열었다.

"아바타라는…아바타라가 한 예언이 맞아."

명백하다.

철없는 여왕을 꼬드겨서 이 모든 사건을 획책하고 계략을 꾸민 자.

여왕이 지하 감옥에 가뒀다는 여자.

여왕이 변덕을 부릴세라 소문식이 서둘러 확인했다.

"지하 감옥에 갇혀 있다는 음陰의 아바타라인가? 그녀가 지금껏 너를 조종한, 아니, 우리가 서로를 마주한 이 상황 하나까지도 모두 예견한…."

"남자야."

말문이 막혀버린 소문식을 곁눈질하며 여왕이 말했다.

일반 상식인 그림 이름도 모르는 무식한 여자로 낙인찍힐까 봐 전전긍긍했는데, 화제를 다른 곳으로 돌리는 데 성공했다!

다시 곤란한 질문이 되돌아올지 몰라서 여왕이 한층 더 언성을 높였다.

"그래서 반은 맞고 반은 틀린다고 했잖아. 지금까지 나를 도운 사람은 양陽의 아바타라이며, 그는…."

여왕이 소문식의 어깨 너머를 손가락질하며 말했다.

"지금 네 뒤에 서 있잖아."

여왕이 가리킨 손가락을 따라 소문식 일행이 뒤를 돌아보았다.

쾅! 소리가 나더니, 방금 누군가 접견실의 문을 박차고 들어왔다.

"이것들은 뭐야? 다 비켜!"

난입자를 확인하기도 전에, 대뜸 코를 찌른 주취와 역한 토 내에 하태형이 인상을 찌푸렸다. 노수혁도 '윽.' 하며 얼굴을 돌렸다. 남지훈만이 방금 접견실로 비틀거리며 들어온 남자를 보자마자 재빨리 점퍼 안의 권총을 꺼내 들었다.

"흐흑흑…. 폐하."

자신을 겨냥한 남지훈의 총구가 무서워서 우는 게 아니었다.

장견우가 왕좌에 있는 여왕을 보자 울음부터 터트렸다.

그가 어리광을 부리며 여왕에게 달려가던 그때, "악!"하고 비명을 지르며 한 여자가 바닥에 나동그라졌다. 숨이 제대로 쉬어지지 않는 것처럼 기침을 컥컥거리며, 여자가 목을 죈 혁대를 풀려고 손발을 버둥거렸다.

"미주 누나?…."

여자를 본 하태형이 입을 딱 벌렸다.

잘못 보지 않았다면, 같은 세하대학원 연구실 동기인 강미주가 분명하다!

장견우가 마치 개의 목줄처럼 강미주의 목에 혁대를 채워서 질질 끌고 다니고 있었다. 술에 취해 인사불성인 그가 갈지자로 비틀거릴 때마다 가죽 줄이 목을 졸랐고, 강미주는 허연 눈자위를 드러내며 기절할 것처럼 고통스러워했다. 하태형이 저도 모르게 장견우에게 달려들었으나, 순간 허공을 가르는 쉭-소리에 놀라서 튕기듯 뒤로 물러났다. 하태형을 향해 장검을 휘두르며 장견우가 고함쳤다.

"오지 마! 가까이 오면 다 죽여버릴 거야! 이년부터 죽을 줄 알아!"

장견우가 날이 번뜩이는 장검을 강미주의 목에 겨누며 사람들을 위협했다. 이윽고, 장견우가 다시 중앙홀로 걸어 나가자, 강미주가 쓰러질 듯하면서도 악착같이 뒤따라 일어섰다.

장견우가 왕좌에 있는 여왕을 향해 울상을 하며 넋두리했다.

"흑흑, 폐하, 어떻게 나한테 이러실 수가 있어요? 매일 밤 뜨겁게 사랑했고, 나만 사랑할 거라고 했으면서…. 세상에 남자는 나밖에 없다고 했으면서. 어떻게 저를 버리고 결혼하실 수가 있나요? 저는 이 세상에 폐하뿐인데…. 흑흑흑. 사랑이 어떻게 변해요? 사랑은 다이아몬드처럼 영원불멸한 것이고 저는 그러한 폐하의 약속을 믿었는데, 어찌하여 사랑이…."

"꺼져."

여왕의 말에, 눈물 콧물을 흘리며 마음을 전하던 남자가 한순간 말을 잃었다. 수세미처럼 헝클어진 머리칼과 어안이 벙벙한 모습으로 여왕을 바라보던 장견우의 얼굴이 점차 피에 굶주린 악귀처럼 변해갔다. 분을 참지 못해서 혁대를 그러쥐자, 강미주가 비명을 지르며 바닥에 나동그라졌다. 위기를 감지한 남지훈의 권총이 장견우를 조준했으나, 그에 앞서 소문식이 맨손으로 권총의 총구를 막아버렸다. 그가 남지훈을 노려보며 경거망동하지 말 것을 경고했다.

장견우가 술이 깬 것처럼 허세를 부리며 말했다. 하지만, 여전히 눈 초점은 풀려서 멍청하고 발음은 부정확했다.

"그 남자 어디 있어요? 그 남자 때문이죠? 폐하와 결혼하는 남자…. 이 계집애가 알고 있으면서도 도통 말을 안 해요. 그놈만 없어지면 폐하는 다시 제 것이 될 텐데…. 아무리 물어도 그놈이 있는 곳을 불지 않아요. 차현호, 그 새끼가 있는 지하 감옥을요."

소문식과 남지훈의 눈이 번쩍 뜨였다. 저 남자가 방금 '차현호'라고 했다. 그런데, 지하 감옥? 시간이 얼마 남지 않은 관계로 소문식의 눈빛이 극도로 날카로워졌다.

여왕에게 가까이 다가가며 장견우가 애원했다. 그리고 장견우가 전진하면 할수록 강미주가 목에 채워진 혁대를 손으로 마구 쥐어뜯으며 괴로워했다.

"우리 같이 떠나요. 왕위든 뭐든 그딴 게 뭐가 중요해요. 저랑…나와 같이 떠나요. 난 당신과 함께라면 지옥 끝까지라도 갈 수 있어요. 그만큼 당신을 사랑하…으악!"

장견우가 중심을 잃고 벌러덩 뒤로 나자빠졌다. 바닥에 떨어진 천 조각을 밟고 미끄러진 것이었다. 혁대 때문에 숨이 막힌 강미주가 팔을 휘두르던 중에 잡아챈 것이었다. 아폴론 조각상 아래, 불룩하게 솟은 시체 더미를 덮고 있던 검은 천이 벗겨진 그 순간.

"미연아!"

노수혁이 소리치며 달려 나갔다.

검은 천 밑에 있던 것은 여왕에게 납치되었던 김미연과 천비안이었다. 두 여자가 송장들 사이에서 포개지고 뒤엉켜서 정신을 잃고 쓰러져 있었다. 하태형이 뛰어가서 시체의 산에서 김미연과 천비안을 끌어내리는 노수혁을 도우려고 했으나, 순간, "헉!"하는 비명을 내지르며 뒷걸음질 쳤다. "죽어라!" 하는 외침과 함께 장견우의 검이 하태형의 얼굴을 노리고 들어온 그때, 어디선가 탕, 하는 총성이 울렸다. 일촉즉발의 상황에서 남지훈이 쏜 총알이 장견우의 팔을 관통한 것이다!…라고 모두가 생각했으나, 오산이었다.

운 좋게도 장견우가 얼결에 휘두른 검 면에 금빛 총알이 부딪치며 튕겨 나갔다. 거친 숨을 몰아쉬며 장견우가 안도하길 잠시, 약이 바짝 오른 그가 곧 들짐승처럼 소리 지르며 노수혁에게 덤벼들었다. 노수혁이 장견우의 검을 피하며, 저만치 바닥에 떨어진 꽃병을 발견하고는 뛰어갔다. 꽃병을 발로 차서 장견우를 맞추려고 했으나, 둥그스름한 형태의 꽃병은 장견우을 비껴가며 출입문에 부닥쳤다. 그러는 사이, 천비안의 머리채를 잡아챈 장견우가 재빨리 그녀의 목덜미에 검 끝을 겨눴다. 검날을 짧게 세워 잡았기에 칼날에 베인 장견우의 손에서 피가 새었다. 장견우의 손에서 구사일생으로 풀려난 강미주는 금세 어디론가 자취를 감춰버렸고, 강미주 대신 장견우의 새로운 인질이 된 천비안이 스륵, 눈을 뜨며 정신을 차렸다.

장견우가 총을 가진 남지훈을 협박했다.

"총 내려놔. 그렇지 않으면 이 여자는 죽는다."

검 끝이 천비안의 목을 파고들면서 이미 다친 상처에 또다시 빨간 핏물이 번졌다. 천비안의 파리한 입술에서 가는 숨이 새었다. 여기가 어디인지, 자신이 왜 인질이 되었는지 등의 간단한 물음조차 생겨나지 않았다. 막 잠에서 깬 탓에 지속해서 울리는 이명의 원인도 모르겠고, 흐릿한 시야로 보이는 사람들이 누군지도 알 수 없었다.

하태형과 노수혁이 김미연을 부축해서 일행 쪽으로 데려오는 동안, 그들과 대치한 장견우가 남지훈에게 재차 명령했다.

"총 내려놓으라고. 아, 아니지, 크. 총알이 빠른지 내 손이 빠른지 어디 한번 쏴 보든가."

검날을 움켜쥔 손바닥에서 피가 흘렀지만, 취기인지 상황에 몰입한 건지 장견우는 통증조차 느끼지 못하는 듯했다. 소문식의 눈짓에 남지훈이 어쩔 수 없이 바닥에 천천히 권총을 내려놓았다.

"총을 내 쪽으로 차."

남지훈이 왼발로 찬 권총이 오차 없이 장견우의 발치에 와 닿았다. 장견우가 발로 총을 밟고 서서 자랑스럽게 여왕을 쳐다보았다.

"어떻게 할까요? 폐하. 싹 다 죽여버릴까요?"

아까부터 이 모든 상황을 꼼짝없이 지켜보고만 있던 여왕이었다. 이 일로 오롯이 여왕의 관심을 받게 된 장견우가 즐거워하며 다시금 물었다.

"그렇게 할까요? 총도 있고, 제 펜싱 실력이면 5분 안에 끝낼 수 있어요."

여왕이 빙긋이 웃었다. 그러면서, 느긋하게 생강 쿠키를 먹고 홍차 잔을 기울이며 말했다.

"내가 살 길은 없어. 몇 시간 후면 혁명대가 이곳에 들이닥칠 거거든. 내 궁전을 닥치는 대로 짓밟고 내 소중한 것들을 약탈해 가겠지. 네 말처럼 땅끝까지 도망칠 수 있으면 좋으련만…. 하지만, 난 이 궁을 나서기도 전에 그들에게 죽임을 당하고 말걸?"

장견우가 도리질하며 부정했다.

"서…설마. 그런 허무맹랑한 일은 절대 일어나지 않을 거예요. 당장 이놈들을 죽여버리고 지금 떠나면 되잖아요. 제가 반드시 폐하 곁에서 폐하를 지켜드릴 겁니다. 약속할게요!"

'그래?'라고 중얼거리며, 홍차 잔을 내려놓은 여왕이 소문식에게 말했다.

"사정이 이러하니 여기서 그만 우리의 악연을 끝낼까?"

"이견은 없지만 궁금하긴 하군. 네 아바타라가 네가 시민 혁명대의 손에 파멸할 운명이라는 것도 점쳐주었는가? 그걸 알면서도 넌 나를 이곳까지 끌어들였고? 그런데, 평소의 너답지 않게 죽음을 알고서도 태평하게 왕좌에 앉아 있는 모습을 어떻게 해석해야 할지 모르겠군. 도대체 무슨 꿍꿍이야?"

죽는 순간까지도 참, 말 많은 남자라고 생각하며 여왕이 말했다.

"일방적인 질문은 사양할게. 나한테서 뭔가를 얻으려면 너도 네가 가진 거 하나쯤은 내놔야지."

"헛소리 말고 묻는 말에나 대답해. 그리고 빨리 차현호가 있는 곳을 대라. 그를 숨긴다고 해서 네가 살아날 길은 없어."

여왕이 코웃음 쳤다.

"정정하는데, 내가 널 이곳으로 끌어들인 게 아니라 네가 네 발로 나를 찾아온 거야. 너도 아바타라를 데리고 있으니까, 자만에 차서 무턱대고 쳐들어온 거잖아. 그렇다면 네 궁금증은 나한테 묻지 말고 네 아바타라한테 물어야지."

소문식이 근처에 서 있는 하태형을 곁눈질했다.

아바타라….

조금 전, 여왕이 '지금까지 나를 도운 사람은 양의 아바타라'라고 말한 건, 필경 곤란한 상황을 회피하기 위해 꾸며낸 거짓말일 것이다. 유총리의 말로는 여왕이 데리고 있는 건 음의 아바타라일 뿐, 인사불성으로 취해 검을 휘둘러대는 저 남자는 절대로 양의 아바타라가 아니다. 여왕이 나를 속인 것이다.

여왕이 대수롭지 않게 말했다.

"하긴, 아무것도 모르고 죽는 것도 나름 재미있긴 할 것 같아. 너한테는 그편이 훨씬 더 큰 고통일 테니까 말이야."

대화를 마친 여왕이 장견우에게 명령했다.

"단 한 놈도 빼놓지 말고 전부 목을 날려버려."

여왕으로부터 신뢰를 되찾을 절호의 기회였다.

장견우가 발로 밟고 있던 권총부터 손에 쥐었다. 그러고는 횃불이 타들어 가는 것만 같은 증오의 눈길로 천비안의 목을 향해 검을 똑바로 세웠다. 날과 살이 맞닿자, 목의 핏방울이 빨간 열매처럼 맺히기 시작했다.

"죽이지 마! 그 여자는 죄가 없다!"

소문식의 외침을 들은 척 만 척 장견우가 팔에 힘을 줬다.

남지훈이 쏜살같이 앞으로 달려 나갔지만, 이미 늦은 걸 남지훈 본인도 알고 있었다. 번쩍이는 검의 촉 끝이 천비안의 목을 관통하기 직전이었다. 하지만 그때, 반쯤 닫혔던 출입문이 벌컥 열리며 부지불식간에 웬 사람이 안으로 뛰어들었다. 작은 사람은 문 근처에 있던 장견우와 무방비로 부닥치며 둘은 바닥에 나동그라졌다.

"살려주세요!"

접견실 안으로 뛰어든 이는 다름 아닌 함경민이었다.

무슨 일인지, 옷이 피투성이가 된 함경민이 남지훈을 보자마자 펄쩍 뛰며 그에게 안겨들었다. 그러고는 사시나무 떨리듯 부들거리는 손으로 문밖을 가리키며 울었다.

"흑흑. 나쁜 할아버지가 나를 들개들한테 던지려고 했어요! 그래서 차 문을 열고 도망쳤는데…흑흑흑, 들개들이 계속 따라왔어요. 지금도 밖에 있을지 몰라요!"

*

밤새 독한 술을 마신 것처럼 머리가 아팠다. 하지만 그 와중에도 리무진 안에서 누군가와 격투를 벌인 장면만은 어렴풋이 기억났다. 그리고, 그 후에는….

분명치는 않지만, 어쨌든 이대로 있어선 안 된다는 것은 직감적으로 알고 있었다. 주변이 무척이나 소란스럽기 때문이다.

기척을 느낀 노수혁이 황급히 아래를 내려다보며 물었다.

"미연아! 괜찮아?! 정신이 들어?"

머리를 벤 곳이 노수혁의 무릎인 걸 알고는 김미연이 그렇다고 말하려고 했다.

"쟤부터 잡아!"

난데없이 침입한 여자아이 때문에 천비안을 놓친 장견우였으나, 방금 들린 여왕의 고함에 금방 정신을 차렸다. 하지만 아이와 천비안은 남지훈이 벌써 안전한 곳으로 옮긴 후였다. 그리고 여왕이 당장 잡으라고 지칭한 이는 그들이 아니었다. 여왕이 등이 달아 소리쳤다.

"강미주부터 잡으라고!"

장견우를 피해서 큰 코린트 기둥 뒤에 몸을 숨기고 있던 강미주였다. 들킨 걸 알자, 그녀가 걸음아 날 살려라, 밖으로 도망치려고 했다. 하지만, 문턱을 넘기도 전, 복도에서 갑자기 뛰어든 어떤 사람과 정면에서 부딪치고 말았다.

"저게!" 독사처럼 약이 바짝 오른 장견우가 장검을 정석으로 잡고서 비틀거리는 강미주를 단칼에 그어버렸다. "으악!" 하는 비명이 들리면서 강미주가 엉덩방아를 찧으며 바닥에 철퍼덕 주저앉았고, 방금 문으로 들어선 한 남자는 시뻘건 피가 솟구친 팔을 움켜쥐며 쓰러졌다.

검에 베일 위기일발의 순간, 강미주가 문 주변을 굴러다니던 둥근 꽃병을 실수로 밟고서 미끄러진 바람에, 그녀와 부딪친 곽영후의 팔이 장견우가 휘두른 장검에 잘려 나간 것이었다.

"으아아악! 내 팔!!!"

곽영후가 절반만 남은 왼쪽 팔뚝을 붙잡고, 미친놈처럼 울부짖으며 바닥을 나뒹굴었다. 잘린 팔을 흔들어대자 분수처럼 뿜어 오른 피가 강미주뿐만이 아니라 장견우의 얼굴에도 튀었다. 장견우가 욕을 중얼거리면서, 강미주의 목을 향해 이번엔 제대로 서슬 퍼런 검날을 날렸다. 하지만 그전에 울린 총성과 함께 장견우가 검을 놓치고 무릎을 꿇으며 쓰러졌다. 남지훈이 잽싸게 회수한 리볼버 권총에 오른팔을 빗맞은 것이었다. 남지훈이 장견우의 장검을 발로 차서 복도로 날려버렸다. 그러고는, 총상 입은 팔을 붙잡고 울먹이는 장견우의 머리통을 돌려차기로 가격했다. 힘이 실린 발차기에 머리를 직통으로 맞은 장견우가 죽은 것처럼 벽에 기댄 채 축 늘어져 버렸다.

"꼼짝 마."

남지훈의 총구가 곧바로 연단에 앉은 여왕을 조준했다.

"네 발 남았어. 하지만 너한테는 단 한발이면 충분해."

눈 깜짝할 새 끝나버린 싸움이었다. 곽영후의 울부짖음만 남은 접견실에 남지훈이 만든 적요寂寥가 찾아들었고, 수초 후, 판세가 뒤집힌 것을 알리려 소문식이 나섰다. 그가 여왕을 보았다.

"마지막 질문이니 성의껏 답해라."

"…."

"또다시 나를 기만하려 들 거나 말장난할 시는, 그 즉시 이 총구가 네 머리통을 뚫어버릴 것이니."

소문식의 경고에도 불구하고 여왕이 손을 움직이자, 남지훈이 흠칫하며 총구를 여왕의 이마에 겨누었다. 여왕이 가소롭다는 듯 찻잔을 들어 보이며 말했다.

"홍차가 남았으니 다 마실 때까지만 대답해 줄게. 곧 태양이 뜰 테니까 말이야."

여왕이 영문 모를 '태양'을 입에 담았지만, 소문식과 남지훈의 표정에 동요는 없었다.

여왕의 말처럼, 곧 아침을 알리는 붉은 태양이 떠오를 것이기 때문에.

그리고 오전 7시, 현생 인류는 종말을 고할 것이다….

상상만으로도 머리끝까지 차오른 카타르시스에, 여왕이 다리를 달달 떨면서 입꼬리를 씰룩거렸다. 저열하고 멍청하며 열등한 인간들은 먼지처럼 흔적 없이 사라질 시간이 된 것이며, 엄청난 경쟁률을 뚫고 살아남은, 오직 완전무결하며 신으로부터 선택받은 최상급의 우월한 유전자들만의 세상이 도래했다!

사태를 모르지 않을 것임에도, 한껏 여유를 부리는 여왕의 모습이

묘한 불안감을 불러왔다.

땀이 스민 목덜미를 돌볼 겨를도 없이 소문식이 말했다.

"차현호가 있다는 지하 감옥의 위치부터 말해라."

"풋, 하여튼 늘 뻔하다니까?…. 그건 쟤한테 물어봐."

홍차를 '후릅'거리는 여왕의 시선이 소문식의 등 뒤를 향했다.

여왕이 가리킨 방향에는 재수 좋게 꽃병을 밟고 또 한 번 살아난 강미주가 있었다. 방금까지도 강미주를 죽이려고 한 여왕이지만, 그녀가 체념한 듯 말했다.

"쟤가 바로 너희가 궁금해하던 음陰의 아바타라니까."

소문식과 여왕의 마지막 문답이 행해지는 동안, 나머지 일행들은 곽영후와 함께 있었다. 잘린 팔에서 전해지는 극심한 고통으로 금방이라도 죽을 것처럼 세찬 비명을 내지르며 발버둥 치는 곽영후를 진정시키며, 하태형이 자기 남방셔츠를 찢어서 뼈와 살이 훤히 드러난 곽영후의 왼팔을 처맸다. 하지만 얇은 옷만으로 심각한 절단상의 출혈을 막기에는 역부족이었다. 노수혁이 천을 구해 와서 하태형에게 주었다. 동강 나버린 곽영후의 나머지 팔은 문턱 어귀에 떨어져 있었다. 무심코 그것을 본 함경민이 움찔하자, 천비안이 재빨리 아이의 눈을 손으로 가리며 뒤돌아섰다. 절단상을 입은 곽영후도 걱정이지만, 함경민의 얼굴과 옷에 묻은 피가 신경 쓰인 천비안이 함경민에게 다친 곳이나 아픈 곳은 없는지 물었다. 외견상으로는, 아이의 무릎이 까진 것 외에 별다른 외상은 없어 보였다. 그때, 김미연이 다가왔다.

"몸은 괜찮으세요? 아까 차 안에서 놈들과 싸우느라…아, 목에 피가…."

두 차례나 인질이 된 천비안의 목에서 아직도 피가 흐르고 있었다. 다행히, 큰 손상은 없어서 대량 출혈의 우려는 없었다. 하지만 놈들에게 납치되기 직전, 끌려가지 않으려고 몸을 돌보지 않고 싸웠더니, 빗장뼈와 얼굴 여기저기에 붉은 피멍이 들었고 입술도 찢어졌다. 천비안이 곽영후를 걱정스레 돌아보며 대답했다.

"저는 괜찮아요. 저분이 문제죠."

곽영후에게는 하태형과 노수혁이 달라붙어서 마무리 응급처치를 하고 있었다.

천비안이 함경민의 옷과 얼굴에 묻은 피를 닦아내며 물었다.

"그런데 경민이 너, 이 피는 다 웬 거야? 무슨 피가 이렇게나…. 대체 밖에서 무슨 일이 있었던 거니? 너는 재단 부이사장이 인질로 데리고 있었는데 어떻게 탈출한 거야? 곽영후 씨가 널 도왔어?"

두려운 기억인지, 아이가 울먹이며 띄엄띄엄 증언했다.

"나…나를 납치한 나쁜 할아버지가 담배를 피우려고 차 밖으로 나갔는데요, 갑자기 어디선가 들개들이 몰려들었어요. 흑, 열 마리도 훨씬 넘어 보였어요…. 들개들이 나쁜 할아버지를 물어뜯자, 할아버지가 나를 개들한테 던지려고 했어요…. 흑, 너무너무 무서웠어요. 영후 아저씨가 안 구해줬으면 나는 죽었을지도 몰라요…."

천비안이 얼른 아이를 껴안고는 더는 말하지 않아도 된다며 다독였다. 김미연 역시도 안쓰러운 얼굴로 함경민의 등을 토닥이며 곽영후에게 감사의 눈인사를 했다. 김미연과 눈이 마주친 곽영후가 들개떼에 대한 증언을 보태려고 입술을 달싹이는 듯 보였다. 신기한 건, 팔이 잘린 고통으로 바닥을 구르고 광인처럼 절규하던 그가 고통마저 잊힌 어떤 유의 공포에 떨고 있었다는 점이다. 움직임이 사라진 동공이 김미연과 천비안, 아이가 있는 곳에 꽂혀 떠날 줄을 몰랐다.

의아한 생각이 들어서 김미연이 무슨 일이냐고 물으려고 했다.

하지만, 이내 시선을 피해버린 곽영후여서 김미연도 들개와 그들 사이에 있었던 일을 더는 묻지 않았다. 서로가 지독히 끔찍한 경험을 했나 보다, 추측할 뿐이었다.

그리고 그 시각.

함경민의 증언처럼, 궁궐 안뜰에는 육가공 공장의 재단 부이사장이 사나운 들짐승에 온몸이 물어뜯긴 것처럼 처참한 몰골로 하늘을 향해 두 눈을 부릅뜨고 죽어 있었다.

다행히 인질이었던 아이도 무사히 구출했고, 재단 부이사장도 죽어버려서 여왕의 납치도 필요 없게 되었다. 남은 건, 사람들의 시체로 가득한 이 지옥과도 같은 궁궐을 한시바삐 탈출하는 것뿐이었다. 김미연의 눈이 넓은 홀에서 남편 노수혁을 찾던 그때, 누군가를 발견한 그녀가 흠칫했다. 아는 얼굴이었다. 하지만 오래전, TV에서 본 것 같기도 하고 꿈에서 본 것 같기도 해서 명확히 기억나지 않았다. '누구더라?….' 잠시 서서 기억을 떠올리던 김미연이 포기하고, 다시 노수혁을 찾았다. 방금 느꼈지만, '그녀'는 그다지 좋은 기억은 아니었다. 애써 '그녀'를 떠올릴 필요는 없다고, 김미연의 기분이 그렇게 말하고 있었다. 김미연의 시선이 떠난 곳에는, 팔이 잘린 곽영후를 경악에 찬 눈으로 보고 있는 강미주가 있었다.

소문식 또한 강미주를 보고 있었다.

저 여자가 음의 아바타라라고?….

예리한 소문식의 눈길이 강미주의 모든 행동거지를 샅샅이 관찰하는 중이었다.

그러자, 혼자서 심심해진 여왕이 소문식을 불렀다.

날개를 모두 떼버린 잠자리가 날 수 있을지 어떨지 아이처럼 호기심에 꽉 찬 눈빛으로 말이다.

"그런데 말이지, 너희들 아까부터 자꾸 차현호의 행방만 묻는데, 질문 순서가 잘못됐다고 생각하지 않아?"

"그게 무슨 말이냐? 질문 순서라니?"

여왕이 허리를 펴고 깔깔대며 웃었다.

명랑한 웃음소리가 접견실을 울린 바람에, 천비안을 비롯한 사람들의 시선이 연단을 향했다.

"멍청하긴. 차현호의 행방보다 그가 무사한지부터 알아보는 게 순서 아냐? 그런데 어쩌지? 나와 차현호는 벌써 몸을 섞었어. 지금쯤 내 RNA 바이러스 유전자가 차현호의 세포질에서 복제를 마쳤을 거야. 바꿔 말하면, 이미 그의 체내는 내 바이러스로 감염됐을 거란 얘기지."

소문식의 낯빛이 노래졌다. 권총을 든 것도 잊어버린 남지훈이 놀란 눈으로 여왕을 쳐다보았다.

소문식이 넋 나간 사람처럼 중얼거렸다.

"차현호가 네 숙주 세포에 감염되었다고?…그럴 리가 없어…. 아니, 이제껏 그런 일은 없었어…."

소문식이 약 오른 모습을 즐기며 여왕이 말했다. 마치, 아침잠을 막 깬 카나리아가 행복에 겨워 노래하는 듯한 모습이었다.

"믿기지 않아도 어쩌겠어. 사실인걸. 조금 전에 합궁이 끝났어. 그가 양귀비에 취해서 정신을 못 차릴 때 말이야. 우리는 영원한 사랑을 맹세했고, 달과 별이 결혼식 주례를 섰기 때문에 이젠 파멸의 신神도 우리를 갈라놓을 수 없어."

여왕의 흥분한 목소리가 거센 바람이 이는 바다의 파고처럼 높아졌다.

"하늘과 바다, 땅 위에 있는 모든 신神 그 자체이며, 신의 현신이자 신으로부터 정통성을 인계받은 차현호의 육체를 내가 안착할 숙주로 해서 말이지. 합궁이 완성되었기에, 그는 내가 되고 나는 그가 되었어. 아침을 알리는 붉은 태양이 대지 위에 떠오르면, 내 육체의 껍데기와 차현호의 영혼은 한 줌의 연기로 사라질 것이며, 새로이 눈을 뜬 나는 새로운 세상의 위대한 창조주로 재탄생하는 거야!"

폭풍처럼 몰아친 감격과 감회에 더는 참을 수 없었다. 들썩이는 몸을 주체 못 하고 여왕이 왕좌에서 벌떡 일어나서 소리쳤다.

"지구뿐만이 아니라 수천, 수조 억 광년에 걸친 저 광활한 우주까지도 말이야! 드높은 영광과, 창대하게 빛나는 명예와, 절대 죽지 않는 불사의 생명력을 지닌 강력한 유일신으로서! 다음 세대의 빅뱅이 다시 시작될 때까지, 나는 절대 흐르지 않는 시간과 함께 영원불멸한 태초의 신으로서 이 세상을 다스릴 것이다!"

모두의 시선을 흠뻑 뒤집어썼다.

여왕이 한 말이 도시 이해가 가지 않는 건, 여기 있는 모든 이들의 공통점이었다.

소문식이 가까스로 입을 열었다. 늘 차분하고 담대한 성격의 그지만 질린 표정을 했고, 목소리는 파동처럼 떨리고 있었다. 당장 확인해야 할 건 단 하나뿐이었다.

"내가 직접 확인할 것이다. 차현호가 있는 지하 감옥을 대라. 어서!"

여왕이 입술을 오므리며, 애가 닳은 소문식을 조롱했다.

"바보 같이…그를 찾아봐야 이미 늦었어."

여왕이 협탁 서랍을 열고 안에서 노트북을 꺼내며 혼잣말했다.

"곧 해가 뜰 테니까 말이야. 지금부터 몇 분이나 남았는지 확인해 볼까?"

은색 코팅된 노트북을 본 소문식과 남지훈의 안색이 돌변했다.

특히, 남지훈의 눈빛이 눈에 띄게 흔들렸다. 왜냐하면, 며칠 전 우체국 마당에서 승합차와 함께 폭발한 소문식의 노트북이었기 때문이다. 그러한 사실을 증명하듯, 노트북의 외피는 불에 그슬리고 녹아서 겨우 그 형태를 보존하고 있었다. 그런데 저 노트북이 왜 여왕의 손에…

여왕이 소문식의 노트북으로 시간을 확인했다.

"오늘 해는 아침 5시 50분에 뜬다고 하네? 음, 지금이 4시 20분이니까, 해가 뜰 때까지 이제 1시간 30분 남았어."

"내 노트북에 저장된 파일과 데이터로 우리 계획을 앞서 눈치챈 것이냐? 그러고 보니 아무리 아바타라의 조력이 있었다고는 하나, 일이 이처럼 순조롭게 진행되는 경우는 무척이나 드물지. 그러나 네가 내 노트북을 봤다면 이 모든 게 이해가 가. 넌 그 왕좌에 앉아서 손가락 하나 까딱하지 않고 차현호와 나를 네 발밑으로 불러들인 것이니까 말이야. '우리 측'의 비밀 암호문이며 작은 작전 사항 하나까지, 넌 나와 내 스케줄에 관한 것을 모조리 파악한 뒤 시의적절하게 움직였을 테지."

소문식의 견해에 여왕이 어깨를 으쓱했다.

"글쎄. 그건 네 눈으로 직접 확인해 봐."

노트북의 디스플레이를 덮고서 그녀가 순순히 그것을 내밀었다.

"너 줄게."

어렵게 구했을 노트북을 나한테 되돌려준다고?

아니, 어쩌면 모든 데이터를 삭제한 것인지도 모른다고 생각한 순간, 여왕이 마치 소문식의 머릿속을 들여다본 것처럼 말했다.

"데이터는 그대로 뒀어. 삭제한 건 하나도 없으니까 안심해."

여왕의 꿍꿍이를 의심하며 선 소문식을 대신해서 남지훈이 냉큼 연단에 뛰어올라 노트북을 낚아챘다. 여왕의 이마에 겨눈 권총이 흔들리지 않도록 주의했다. 남지훈이 소문식에게 노트북을 넘겨주었지만, 둘 다 사용이 끝난 노트북을 지금 펼쳐볼 생각은 없었다. 한시가 급한 건 '신성한 차현호'였다.

남지훈과 소문식이 눈빛 교환만으로 회의를 마쳤다. 남지훈이 자세를 바로 하며 권총을 다잡았다. 여왕만 이곳에 묶어둔다면 아직 시간은 있다! 나머지는 소문식이 해야 할 일이었다.

그 첫 번째 할 일로 소문식이 출입문 근처에 주저앉아 있는 '그녀'를 불렀다.

"이름이 강미주라고 했습니까?"

*

잔뜩 움츠러든 강미주가 대답하기 직전, 검은 그림자 하나가 강미주를 막아섰다. 갑자기 끼어든 하태형이었다.

병원에서 만난 이후로, 소문식과 관련한 어떠한 일에도 개입하지 않던 그였으나, 불끈 움켜쥔 주먹이 뭔가를 단단히 각오한 것 같은 모습이었다. 하태형이 말했다.

"지금까지 두고 보고만 있었어요. 아바타라니 예언이니 뭐니 하는 허무맹랑한 소리에도 나와는 상관없는 일이라서 가만히 있었지만…하지만, 이런 식으로 무작정 따라갈 수 없다는 판단이 섰어요. 현호 형을 찾는 것도 중요하지만 더는 당신들을 못 믿겠어요."

이건 예상에 없었다.

소문식이 비키라고 말하려 했으나, 그 전에 먼저 하태형이 말했다. 결코 장난이 아니라는 듯 그의 표정이 결연했다.

"방금 여왕이 말한 게 다 뭔가요? 바이러스며 복제며, 현호 형의 몸을 숙주로 사용했다는 건 또 뭐며, 내 대학원 후배인 혜지가…황혜지가 왜 이 나라의 여왕이며, 어떻게 불멸의 신이 된다는 건지… 너무 혼란스러워요. 하지만, 당신들이 미친 사람들처럼 보이지 않아서 묻는 거예요. 무슨 일인지 말해주세요. 대체 지금 무슨 일이 벌어지고 있는 건지 나도 알아야…."

하태형의 말이 끝나기도 전에 남지훈이 무섭게 일갈했다.

"새끼야! 지금 그게 뭐가 중요해! 모르면 입 닥치고 물러나 있어! 너 따위한테 설명할 시간은 없어!"

하지만, 남지훈에게는 눈길도 주지 않고, 하태형이 소문식을 재촉했다.

"말해주세요. 안 그러면 이 여자도 가만두지 않을 거예요."

순간, 더욱 예상치 못한 일이 벌어졌다. 하태형이 언제 꺼내 들었는지 수술용 메스를 강미주의 목에 댔다. 내시경실에서 남지훈의 칼에 베인 상처를 치료하면서 몰래 품에 숨겨 온 메스였다. 강미주가 헉, 소리도 못 내고 삽시간에 인질이 되어버렸다. 자세를 잡기 위해 강미주의 어깨를 끌어당기며 하태형이 또 다른 기억을 말했다.

"병원에서 남지훈이 제 팔에 상처를 내고는 더러운 피가 어쩌고 했어요. 피 색깔을 확인하려고도 했고요. 사람이라면 붉은 피를 흘리는 게 당연한 건데, 마치 내 혈액 색은 다른 것처럼 말했어요. 하지만 그때 난 틀림없이 붉은 피를 흘렸어요. 보셨잖아요. 직접 치료하셨으니까…. 방금 제가 말한 것들이 지금 벌어진 이 일들과 관련이 있는 거죠? 아바타라의 피는 붉은색이 아닌가요? 남지훈이 우기는 것처럼 정말 제가 아바타라인가요? 하지만 전 예언 능력 같은 건 없어요. 당장 내일 날씨도 모르는데, 그런 제가 어떻게 아바타라라는 건가요?"

소문식이 일을 어렵게 만드는 하태형만을 쏘아보고만 있었다.

하지만, 곧 판단이 섰다. 인질이 된 음의 아바타라를 다치게 할 수도, 시간을 더 끌 수도 없는 상황이라서 결정은 쉬웠다.

하지만 결심은 섰어도 무슨 말부터 꺼내야 할지 혼란했다.

남지훈이 하태형을 향해 물러서라며 욕설을 쏟는 중, 소문식이 입을 열었다.

"이곳…. 우리가 지구이자 우주라고 알고 있는 세상은 실상 3mm 크기의 정육면체, 즉 54mm²의 면적과 27mm³의 부피에 불과한 시료용 돈육의 절편切片속이며, 차현호만을 뺀 나와 남지훈, 너와 일행들, 그리고 저 바깥 세계의 인간을 비롯한 동식물과 기타 지구 위에 살아가는 모든 생명 개체는 말하자면, 단 한 점의 감염된 살점 안에서 숨 쉬고 부대끼며 살아가는 바이러스들이다."

연산기능을 상실한 것 같은 뇌 신호에 맞춰서 하태형이 눈꺼풀을 끔뻑거렸다.

소문식이 개의치 않고 말을 이어갔다.

하태형과 똑같은 반응을 보이는 사람들에 비추어 보아 비단 하태형만 궁금한 질문이 아니란 것도 알았다. 비밀이란, 비밀이 깨어져야만 비로소 가치를 지니는 법이니까.

"더 정확히 말하자면, 우리 인류 집단은 태형이 네가 다니는 세하대학원 연구실에서 바이러스의 유전체 구조와 면역 반응, 백신 치료법 등을 연구하기 위해 7일간 배양한 돼지 콜레라 바이러스의 군집이라고 할 수 있지."

누군가 작게 소리 내어 웃었다. 소문식이 방금 웃은 천비안을 못 본 체하며 담담한 어투로 이번엔 일행 모두를 향해서 말했다.

"그래서 지금 나를 향해 서 있는 당신들은 인간이 아닙니다. 다시 한 번 말하지만, 눈으로 볼 수도 손으로 만질 수도 없는 당신들은, 전자현미경만으로 그 모습이 확인되는 극미세 측정 단위의 바이러스들입니다. 실제 인간들의 눈에 비치는 당신들의 신체 사이즈는 40나노미터쯤 됩니다."

하태형을 포함한 모두가 소문식이 미친 게 아닌가 생각했다.

그리고 어리둥절한 일행을 대표해서 하태형의 웃음보가 시원하게 터졌다. 길지는 않았다. 너무도 어처구니가 없어서 금방 웃음은 멈췄고, 다음 순간 하태형이 냉랭한 표정으로 말했다.

"정말 왜 그러시죠? 그런 대답을 원한 게 아닌데…. 여기가 바이러스의 세상이라니, 지금 본인께서 무슨 말씀을 하는 건지는 알고 계세요?"

"내 얘기가 혼란스러울 거란 건 이해한다. 하지만 방금 내가 한 말은 모두가 진실이다."

"됐고요. 그래서 결론은 나와 여기 있는 사람들이 돼지 전염병을 일으키는 CSFV라는 건가요? 인간이 아니고요?"

"…너희는 인간이 아니다. 인간이라고 착각할 뿐."

"정정할 기회를 드릴게요. 대단히 죄송하지만, 치매가 아니시라면요."

"사실을 말했을 뿐이니, 정정할 곳은 없구나. 그리고 난 치매 환자가 아니야."

"아니요. 치매가 오신 게 틀림없어요. 의대 동창인 저희 아버지를 아직도 여자 동기로 알고 계시잖아요. 인간이 돼지 콜레라라고 믿고 계신 것까지, 의학적 진단도 필요 없는 알츠하이머성 치매가 확실해요."

막 생긴 의문으로 소문식이 눈을 가늘게 떴다. 저항과 반발은 예상한 일이었지만, 방금 하태형이 말한 '의대 동창인 저희 아버지를 아직도 여자 동기로 알고 있다'라는 말은 선뜻 이해가 가지 않았다.

아버지란 하봉주를 말함인가…?

의대 3년을 같이 붙어 다녔고, 하태형의 돌잔치에서도 만났으니 하봉주가 여자인 건 더 말할 필요도 없었다.

아무래도 하태형은 끝까지 자신이 아바타라인 걸 숨기려는 듯하다. 그리고 필시 그래야만 하는 이유와 목적이 있을 것이다….

자신을 제멋대로 치매 환자로 몰아붙인 하태형에 화를 낼 법도 하건만, 소문식은 침착하게 대응했다.

"네가 이럴까 봐 미리 말을 못 한 게다."

"잘못하셨어요. 진작에 말씀하셨으면 여기까지 오는 일도 없었을 테니까요. 잘 알았으니까 두 번 묻지는 않겠습니다."

하태형이 강미주의 목 부근에 댔던 메스를 떨궜다. 쨍그랑, 소음을 내며 금속성 메스가 대리석 바닥에 튕겼다. 운 좋게 인질에서 풀려난 강미주가 움찔거리며 뒤로 물러섰고, 하태형이 말했다.

"현호 형이 이 궁궐 어딘가에 갇혀 있다는 말도 더는 못 믿겠어요. 그것도 황혜지와 아저씨가 주장하는 거지, 아무런 근거도 없잖아요."

소문식에게 따지는 중, 불현듯 리무진 안에서의 일이 떠올랐다. 당시, 천비안이 물었다.

-그런데 현호를 왜 '신성한 차현호'라고 하는 건가요?

한참을 고민한 후에, "믿든 안 믿든 비안 씨의 자유입니다만…."라며 소문식이 운을 뗐다. 유도롱과의 대화, 특히 아바타라에 대한 내용을 이미 들어서 알고 있는 천비안인지라 더는 숨길 이유가 없다고 판단한 듯했다.

-차현호는, 아바타라 못지않은 우주의 근원적인 힘을 가진 자이기 때문입니다. 다만 쌍雙의 힘은 아닙니다. 그것보다 훨씬 더 큰 힘이죠. 차현호 같은 존재가 없었다면, 쌍雙을 생성한 태초의 빅뱅도 존재할 수가 없었을 테니까요.

'신성한 차현호라는 건, 차현호라는 이름의 동명이인이 많아서 우리끼리 쓰는 별칭입니다' 정도의 코멘트를 예상한 천비안이라 그녀의 말문이 막혔다. 뒤이어 소문식이 더욱 놀라운 말을 했다.

-아바타라가 쌍생성과 쌍소멸로 이루어진 대칭의 힘을 가졌다면, 차현호는 '보는 것'의 힘을 가진 자입니다.

-보는 것. 즉, 관측의 힘이죠. 관측은 호기심을 포함한 '의식'의 동의어라고 할 수 있습니다. 하지만, 이 보잘것없어 보이는 '의식'의 시작점으로부터 비안 씨가 알고 있는 모든 정보의 기원이 되는 초기적 사건과 현상이 발생합니다. 그 후, 사건은 엔트로피에 의해 팽창하며 또 다른 사건으로 파생되어 진화합니다. 예를 들면, 138억 년 전 발생한 빅뱅 안에서 '관측 가능한' 우리 우주가 파생한 것처럼 말이지요. 물론 기연機緣에 의한 생득적 힘을 타고난 아바타라와는 달리 차현호는 평범한 범인凡人이기에 처음부터 '보는 힘'을 가진 것은 아니었습니다만…. 곧 왕궁에 도착할 것 같군요. 자세한 얘기는 우리가 무사히 살아서 만났을 때 다시 나눠보면 어떻겠습니까?

…무사히 살아서 만나더라도 다시 거론할 필요는 없는 얘기였다.

어느 날, 거리나 지하철에서 만난 누군가가 스스로 빅뱅을 다스릴만한 힘이 있다고 말한다면, 듣는 즉시 가까운 정신병원에 신고 전화를 넣는 게 공익을 위해서도 좋다.

빅뱅이니 힘이니, 과학도의 한 사람으로서 이런 터무니없는 얘기를 반박 없이 듣고 있었다니, 얼굴이 화끈거릴 만큼 창피해졌다.

도리질 치며 과거에서 빠져나온 하태형이 눈을 들었다. 정면의 여왕을 응시했다.

"저 왕좌에 있는 여자도 내 연구실 후배인 황혜지가 틀림없고, 미주 누나도 그렇고요. 월요일 아침만 해도 이들은 한국을 다스리는 여왕도, 예언의 능력을 지닌 아바타라도 아닌 저의 평범한 대학원 지인 중 한 사람이었어요. 그래서 지금 이 모든 상황이 연극 같이 느껴져요. 저 하나만을 속이기 위한 트루먼 쇼 같은 거요."

남들이 대화에 집중한 사이, 까치발을 하며 남몰래 문밖으로 도망치려던 강미주가 움찔하며 제자리에 섰다. 하태형이 상념에 잠긴 시선으로 그녀를 보았기 때문이다. 하태형이 다시 얘기로 돌아왔다.

"그런데 내가 돼지 콜레라라니…. 정말이지 참신하다고 해야 할까, 하긴 진작 눈치챘어야 했는데 제가 멍청해서 늦었어요. 똑똑한 척해도 제가 사람한테 잘 속거든요."

"알았으니까 개소리 그만하고 꺼져!"

남지훈의 고성에 이어 어떤 맥없는 목소리가 끼어들었다.

"난 믿어."

곽영후였다. 팔의 통증 때문에 그의 몸에 불덩이 같은 고열이 생겨나고 있었다. 식은땀을 비 오듯 흘리며, 곽영후가 억지로 파리한 입술을 열었다.

"저기 있는 여왕도, 레고도…. 황혜지는 여왕이 맞고, 레고…강미주는 아바타라가 맞아. 내가 직접 봤어. 강미주가 예언하는 걸…. 그런데 저들은 우리 연구실 랩원이잖아. 그렇다면 이 거짓말 같은 현실이 너무도 말이 안 되지만…그렇지만 너도…태형이 너도 직접 겪으면 아니라고 말 못 할걸?"

"무슨 알아듣지도 못하는 말을 하는 거예요? 아니면 형까지 미친 거예요? 그래서 형은 본인이 바이러스라고요?"

욱했지만, 곽영후의 절단된 팔을 본 하태형이 그만 등을 돌렸다. 영후 형이 고통을 이기지 못한 나머지, 지남력 장애가 온 게 분명하다.

"알아서들 하세요. 그럼 난 이만…."

"악!" 하는 새된 비명에 하태형이 걸음을 멈췄다.

방금 무슨 일이 일어난 건지 몰랐다. 강미주를 보기 전까지는.

"악! 왜 이래요?! 왜 가만있는 사람을 칼로…."

강미주가 화를 내려다가 멈칫했다.

그녀의 눈길이 닿은 곳에 소문식이 날카로운 쇠붙이를 들고 서 있었다. 조금 전, 하태형이 바닥에 떨군 메스였다.

강미주가 소문식이 휘두른 메스에 다친 자기 왼팔을 내려다보았다.

접견실에 있던 사람들의 시선이 강미주의 팔에 쏠렸다. 상처를 본 천비안과 김미연이 경악한 나머지 손으로 입을 틀어막았다.

6cm가량의 자상이 새겨진 팔뚝.

그곳에서 흡사 석유처럼 검은 피가 뚝뚝 흘러내리고 있었다.

메스를 들고서 소문식이 말했다. 일전, 병원 수액실에서 남지훈과 대화 중에 언급한 대사였다.

"아바타라의 혈액 색은 쌍雙의 개체가 반경 2미터 이내, 즉 공기 중 비말이 섞이는 거리까지 접근했을 때만 비로소 확인되지."

둘 이상의 아바타라가 모이면 그들의 혈액은 붉은색에서 흑색으로 변하니까.

그리고 대사가 끝나기 무섭게 소문식의 메스가 하태형의 팔을 그어버렸다. 믿을 수 없는 표정으로 강미주의 팔만 보고 있던 하태형이었기에 미처 피할 틈이 없었다.

작업을 마친 소문식이 메스를 내던졌다.

남지훈의 칼에 베였을 때는 붉은 피였겠지만, 강미주와 한 공간에 있는 지금, 하태형 네 피는 절대 검은색이어야만 한다.

더는 네 운명으로부터 도망치지 못하도록.

더는, 네가 나를 기만하지 못하도록.

비명조차 지르지 못한 하태형이었다. 그리고 또한 비명조차 나오지 않는 소문식이었다.

하태형의 오른팔에서 붉은 피가 위로 솟구쳤다. 손이 델 만큼 뜨겁고 선명한 붉은색의 피였다.

22

또 꿈이다.

요즘 꿈을 자주 꿔서 이젠 꿈인지 아닌지 스스로 판단할 수 있을 정도이다. 하지만, 내 꿈속이어도 다른 날과 달리 꿈에서 깨기를 원하지 않았다. 이 시점에서 깨어나 버린다면, 허공에 대고 마구 주먹질을 할 것 같기 때문이다. 조금만 더 집중하면 알 수도 있을 것 같았다. 이대로 조금만, 조금만 더 집중하면….

콧날에 세로 주름을 세우고 눈꺼풀이 부서지도록 기를 쓰자, 물감이 번진 형체가 살아있는 생물처럼 꾸물거리며 수축하여 갔다.

나무와 여자와 남자의 형체가 점점 더 또렷해지고 있었다.

나뭇잎의 나선형 소용돌이가 빠른 속도로 회전했다.

보고 있자니 눈알이 핑글핑글 돌았지만, 끝까지 소용돌이를 쏘아보았다. 그리고 마침내 알아내고야 말았다!

'연구실 벽에 걸린 그림!'

눈을 번쩍 떴다.

기억났다! 구스타프 클림트, 1909년 작作 '생명의 나무!'.

하지만, 정답을 맞혔음에도 불구하고 잔상이 남은 거대한 천장화는 보이지 않았다. 그 대신, 동공을 통과한 불빛이 따가워서 현호가 '윽' 하고 눈을 감았다.

익숙한 데자뷔다.

잠에서 깨어난 현호가 몸부터 더듬었다.

경찰의 삼단봉에 맞은 상처 외에 다친 곳은 없는 것 같고, 지난 월요일 아침, 집에서 나온 그대로 옷도 멀쩡히 입고 있었다.

이게 뭐지? 분명히 난 나체로 혜지와 꽃밭에 있었는데….

또 꿈이었나?

하지만 금방 꿈을 꾼 것이 아님을 눈치챘다. 손등과 어깨뿐만이 아니라 몸 곳곳에 은은히 감도는 양귀비 향 때문이다.

모든 게 꿈이 아닌, 실제 상황이라는 판단이 섰다.

낯선 곳이라, 현호가 재빠르게 주변을 둘러보았다.

일단, 이 방 안에 있는 생명체는 현호 자신뿐이었다.

방 안 가득 피어난 양귀비 꽃밭이 마지막 기억이라면, 지금 자신이 있는 아니, 갇힌 게 확실한 이곳은 천장과 벽을 이은 바닥까지, 온통 눈밭처럼 새하얀 페인트칠을 한 어떤 방 안이었다.

다만, 어떤 중증의 결벽증 환자가 만든 것인지, 벽과 바닥, 천장의 구분 경계선이 불분명할 만큼 과도하게 희고 깨끗하다.

바닥에 누워있던 현호가 벌떡 상체를 일으켰다.

몸이 묶여 있지 않아서 운신은 자유로웠다.

그리고 또 하나 다행인 건, 아편에 취해 잠들기 직전의 일까지, 일련의 기억들이 또렷이 되살아났다는 것이다.

현호가 방의 출입문을 찾기 위해서 벽이 있는 곳으로 달려갔다.

네 개의 벽 어느 것에도 개폐를 위한 문손잡이는 보이지 않지만, 자동문일 수도 있고 미닫이문일 수도 있었다.

양귀비 꽃밭이었던 혜지의 방도, 정신병동 입원실 같은 이 방도 어느 것 하나 마음에 들지 않지만, 열거나 밀거나 안되면 발로 차고 그것도 안 되면 몸을 던져 벽을 부수는 한이 있어도 반드시 이곳에서 탈출하리라고 마음먹었다.

잠시 후, 흰 도화지 같은 방안에서 주먹으로 벽을 쳐대는 소리가 천장을 울렸다.

손이 안 되면 발을 이용할 것이라던 다짐처럼, 다른 벽으로 뛰어간 현호가 주먹과 발을 동시에 날리며 벽에 덤벼들었다.

잠시 후, 이번엔 현호의 몸뚱어리가 냅다 벽을 향해 날았다.

'쿵쿵' 대는 소리와 욕설, 고성, 고함이 뒤섞인 시끄러운 소리가 한동안 그칠 줄 모르고 이어졌다.

이곳이 아바타라를 가두기 위해 삼중 벽으로 특수설계한 방인 걸 현호가 미리 알았더라면, 아마도 벽을 향해 몸을 부닥치는 미련한 짓은 하지 않았을지도 모른다.

아무도 그런 사실을 말해주지 않았기에, 방금 또 쿵! 소리를 내며 현호가 바닥에 나가떨어졌다.

어깨 쪽에 심한 통증을 느끼면서도 현호가 이를 악물고 다시 벽을 향해 돌진했다.

***

눈이 휘둥그레져서 팔만 쳐다보고 있었다. 예리하기 그지없는 의료용 메스인 데다, 방금 자제력을 상실한 소문식이 손목의 힘 조절을 놓쳤기 때문이었다. 상처 난 팔에서 피가 냇물처럼 흐르고 있었다. 아픔도 느끼지 못하는 지, 눈만 껌뻑거리고 있는 하태형의 귀에 소리가 들렸다.

"아! 이…이런, 피가!…."

얼음으로 굳어버린 사람들을 비집고 천비안이 부리나케 달려왔다. 그녀가 괴상한 고양이 동상에 매여 있던 빨간 리본을 낚아채서 상처 난 하태형의 팔을 감쌌다.

"괜찮아요?!"

…피를 흘리며 서 있는 하태형도, 발을 동동 구르는 천비안도 눈에 들어오지 않았다.

소문식의 머릿속에 똑같은 질문들이 복잡한 교차로처럼 지나고 있었다.

왜 검은 피가 아니지?

나의 경험과 예측으로 넌 아바타라가 분명한데….

넌 너의 어머니인 하봉주를 아버지라고 했으며, 너의 생일 또한 감쪽같이 속였으며, 탈락자가 아님에도 탈락자인 척 사람들을 기만했다. 정해진 날, 정해진 시간에 넌 병원 안에서 우리를 기다리고 있었으며, 널 만나기 전의 나는 남의 도움 따위는 필요 없는 사람이었다. 그런 내가 도움이 필요해서 네 병원 문을 두드렸고….

씨줄 날줄로 겹치며 얽히던 생각들이 방금 뚝, 소리를 내며 끊겼다.

소문식의 눈이 대문짝만하게 커졌다. 남지훈이 뭐라는 소리도, 여왕의 비웃음도 다른 세상의 소음 같았다.

너….

지금 내 앞에 없는 한 사람.

소문식이 천천히 뒤를 돌아보았다.

검은색 운동화가 보였다.

바닥을 밟고 선 사람의 실루엣이 촛불처럼 일렁였다.

초점이 흐릿한 눈은 손상된 시신경의 작용이며, 아직도 뇌가 충격을 받고 있어서일 것이다. 도무지 믿을 수 없는 이 현실을….

실루엣은 점차 사람의 형상이 되어갔고, 그래서 마침내 조우할 수 있었다.

"당신입니까."

소문식이 물었지만, 그는 대답하지 않았다.

"노수혁 씨."

*

숨이 턱에 차도록 뛰었다.

지금 달아나지 않으면 두 번 다시 기회는 없다. 아니, 나는 해가 뜨기도 전에 가루가 되어 사라질지도 모를…"악!"하고 단말마의 비명이 울렸다. 발을 헛디뎌 그만 계단을 구른 것이었다. 멈추려는 노력도 헛되이 관성과 중력은 작은 여자를 딱딱하고 경사진 계단 아래로 사정없이 밀어냈다. 수 차례의 텀블링과 철제 손잡이에 손톱이 깨지는 참사를 동반하며 데굴데굴 계단을 구르던 몸뚱어리가 층계참 구석에 처박히고서야 멈췄다. 그럼에도 손에 움켜쥔 작은 열쇠함만은 놓지 않았다.

'으윽….' 골반과 팔꿈치에 심한 통증을 느꼈다. 뼈가 부러진 것 같다고 생각하면서도 강미주가 벽을 짚으며 억지로 일어섰다. 불행 중 다행이라면, 골절은 아닌 듯하고, 추락 덕분에 목적지까지 한 층이 줄어들었다는 사실이다. 벽 너머의 세상으로 긴 밤을 지새운 백야白夜를 물리치고 새로운 박명薄明이 찾아들고 있었지만, 단테의 신곡, 지옥 편에 등장하는 제8 지옥의 말레볼제(*단테가 만든 단어로 '사악한 구덩이'라는 뜻)처럼 오직 수직으로 통하는 길만이 뚫려있을 뿐, 빛 한 톨 들어오지 않는 통로는 말 그대로 절망의 구렁텅이처럼 사방이 캄캄하기만 했다. 어둠 속에서 오직 강미주의 핸드폰 플래시만이 희망처럼 작은 빛을 발하고 있었다. 강미주가 어둠에 파묻혀 형체도 잘 보이지 않는 계단을 발끝으로 더듬으며 한 칸씩 내려갔다. 거의 다 왔다. 이제 한 층만 더 내려가면….

공포와도 싸우느라 연신 호흡하며 힘겹게 걷는 그녀의 머리 위로 지상 10층 높이에 해당하는 지하 30미터의 나선형 계단 아홉 층이 잔뜩 성이 난 뱀처럼 똬리를 틀고 솟아나 있었다. 계단의 발로이며 시작이자 최상층에서 공중 부양한 꼭짓점은 밑에서 올려다볼 때면 까마득히 멀어서 과연 그곳에 실재하는 건지 반신반의했다. 영원히 지속될 것만 같은 절망에 비해 희망은 항상 그런 식이었다.

드디어 마지막 한 계단을 내려섰다. 통로의 막다른 곳에서 작은 문 하나가 나타났다.

문의 손잡이를 열고 들어서자, 지금껏 지나온 어둠은 거짓말인 것처럼, 천장부터 복도, 벽면에 이르기까지 사방이 새하얀 도화지 같은 내부 공간이 펼쳐졌다. 아는 터라 새삼 놀라거나 하지 않았다.

끝이 보이지 않을 만큼 길게 난 복도로 들어서기 직전, 입구에서 강미주가 눈을 감았다. 이곳에 올 때는 항상 안대를 했기 때문이다. 눈을 꼭 감고서 차가운 벽을 손으로 더듬으며 한발씩 앞으로 내디뎠다.

하나, 둘, 셋, 넷…열…열 열여덟…자신의 보폭으로 숫자를 세며 '스물아홉'이 되는 지점에서 걸음을 멈췄다. 이제 눈을 뜨고서 눈앞에 나타난 벽면을 손으로 긁듯이 쓸었다. 내 걸음 수가 맞다면, 이 벽 너머에 차현호가 갇혀 있을 것이다. 하지만, 당장 그를 구출할 수도 없는 것이, 흰색으로 혼연일체 되어 문과 벽을 잇는 이음새의 구분마저 어려운 일면一面에서 종잇장보다 얇은 키홀을 찾아야만 했다.

오직, 강미주 혼자만의 세상인 것처럼 쥐 죽은 듯 고요한 건물이지만, 각 방으로 나뉜 감옥 안에서는 여왕의 심기를 건드린 대역 죄인들이 아사 직전의 상태로 굶어 죽어가고 있을 수도 있고, 피를 토하며 절규하고 있을 수도, 탈출을 꿈꾸며 손톱으로 맹렬히 바닥을 긁어대고 있는지도 몰랐다. 완벽한 삼중 벽의 보안장치로 설계된 내부는 그 어떠한 작은 소리도 밖으로 유출하지 않았다.

차현호가 제발 무사하기만을 바라며 강미주가 손가락 지문이 닳도록 벽을 더듬던 그때, 마침내 검지 끝에 머리카락처럼 가느다란 흔적이 걸렸다. 허겁지겁 열쇠함에서 꺼낸 흰색의 카드키를 꽂자, '달깍' 하는 경쾌한 소리가 났다.

"현호 오빠!"

자동문이 열리는 중에 강미주가 방 안으로 뛰어들었다. 하지만 기쁨도 잠시, 느닷없이 그녀를 덮친 뭔가에 강미주가 비명을 내지르며 땅에 나동그라졌다.

"헉헉…너…."

짐승처럼 거친 숨소리를 내며 현호가 강미주를 노려보고 서 있었다.

몇 회째인지, 이제 숫자를 세는 것마저도 잊은 채 다시 벽을 향해 돌진했는데, 예기치 못하게 문이 열렸다. 허공을 날아오른 몸뚱어리가 그만 균형을 잃고 문짝과 강미주를 들이받고서 바닥으로 고꾸라졌다. 출입문을 찾느라 네 방향의 벽에 반복해서 몸을 부딪친 탓에 현호의 얼굴과 옷은 누르면 물이 배어 나올 만큼 땀으로 흥건히 젖어있었다.

몇 분 후면 신체 부위를 가리지 않고 타박상과 붉은 피멍이 인장처럼 나타날 것이지만, 그럼에도 잠시도 쉴 수 없었던 이유는 시각과 공간, 방향적 감각이 상실된 이 방 안에서 시간이 흐를수록 점점 미쳐가고 있는 자신을 발견했기 때문이었다.

며칠 전 아침, 제우스 모텔에서 헤어진 이후 처음 보는 강미주였다. 얼굴이 벌겋게 달은 현호가 연거푸 숨을 받으며 강미주에게 물었다.

"너…. 너…헉헉…문은 어떻게 연 거야?"

강미주가 지하 감옥에 나타나기 40분 전.

왕궁의 접견실, 골든 리시빙 룸.

침묵을 깬 것은 노수혁이었다. 소문식이 아닌 남지훈을 향해서였다.

"총을 내려놓으세요."

리볼버 권총을 여왕의 머리에 겨누고 있던 남지훈이 입만 쫑긋대며 다른 할 말을 찾지 못했다. 노수혁이 재차 명령했다.

"지금 당장 그 총을 버리고 여왕한테서 물러나세요."

가장 아연한 건, 물론 그의 아내였다. 김미연이 노수혁의 옷 소맷귀를 조심스레 잡아당기며 그의 안색을 살폈다.

"왜 그래, 수혁 씨? 어디 아파? 왜 이상한 말을 해?"

노수혁이 김미연을 돌아보았다.

"금방 끝날 테니까 잠깐만 기다려 줘. 고통은 없을 거야."

고통이라니? 지금 무슨 말을….

노수혁의 두 눈과 마주친 미연이 하마터면 헉, 하고 숨을 들이켤 뻔했다. 정말 이상하다고 생각했다. 스무 살 철없던 시절에 이 남자를 만난 이후 이렇게 깊고 안정된 검은 동공을 마주한 적이 있었는지…. 마치 수천 년 동안 사람의 발길이 닿은 적 없는 고즈넉한 천연의 심호深湖처럼 그 바닥의 끝을 짐작할 수 없는 눈빛이었다. 또는 신비롭고 경건하며 공허하기도 한, 아니, 이 세상에 존재하는 그 어떤 언어로도 지금 느끼는 새롭고 벅찬 감정을 표현할 길이 없는 그런 눈빛이기도 했다. 이게 다 뭔지, 마치 다른 사람처럼 돌변한 남편을 멍하니 보고만 있는 아내에게 노수혁이 안쓰러운 목소리로 말했다.

“잠깐 눈을 감았다가 뜨기만 하면 돼. 그러면 돼…. 넌 강하니까 잘 참을 수 있겠지, 미연아?”

“무슨 말도 안 되는 소리야. 왜 이상한 말을 해, 무섭게…. 그리고 참긴 내가 뭘 참아야…당신, 혹시 또 나 몰래 사고 친 거야? 그러면 그렇지! 이번엔 뭐야? 카드야? 아니면 또 코인이야?! 이런…코인 다시 하면 내가 진짜 가만 안 둔다고 했지?!”

“이 메모지는 당신이 보낸 겁니까?”

코인으로 확정 지은 김미연이 팔을 걷어붙이는데, 누군가 부부 싸움에 끼어들었다.

“그리고 이 메모도…” 소문식이 품 안에서 꺼낸 두 장의 메모지를 노수혁의 발밑에 내던지며 말했다.

“한 장은 내 집의 현관 문틈에 떨어져 있었고, 다른 한 장도 재단 부이사장이 말하길, 언제부턴가 자기 집 현관 안에 떨어져 있었다고 했지요.”

노수혁이 누구인지 알았기에 소문식의 어투마저 바뀌었다.

“이 모든 게 예언되었던 것인가?”

김미연이 소문식이 버린 메모지들을 주웠다. 메모지에 적힌 글을 읽던 그녀의 눈이 점점 보름달만큼 커졌다. 허둥거리며 메모지의 앞뒷면을 이리저리 돌려보기도 했지만, 손바닥보다 작은 메모지 어디에도 '사실'을 뒤집을 만한 반전은 없었다.

노수혁의 대답을 기다리면서 소문식이 김미연에게 물었다.

"부군의 필체가 맞습니까?"

긍정도 부정도 하지 않는 김미연의 행동에서 답을 들은 거나 마찬가지였다.

노수혁 또한 아내가 가진 메모지를 물끄러미 쳐다보고 있었다.

그중 한 장은 [504호 여자가 자신의 안방에서 604호 부부를 죽이려고 해요. 이들을 도와주세요.] 라며, 어떤 이가 같은 아파트 503호에 사는 소문식에게 도움을 요청한 메모였다.

그리고 그런 노수혁의 행동 하나하나를 소문식이 독이 바짝 오른 매의 눈길로 주시하고 있었다.

지난 금요일 밤, 노수혁 부부가 504호 여자에게 죽임을 당하기 직전, 504호의 안방 창문을 구둣발로 깨고 들어가서 이들 부부를 구했다. SOS 메모를 발견하고 즉각 취한 행동이었고, 당시에는 당연히 의심조차 못 했다. 504호의 창문을 통해 사건을 목격한 사람이나 소리를 들은 사람이 도움을 청했을 거로만 생각했고, 일부이처제 마감 이후라 정상적 사고를 할 수 없던 때이기도 했다. 하지만 내 직관은 답을 알고 있었던 모양이다. 오직 하태형만을 의심한 내 편협한 판단과 오만 때문에, 겉으로 드러나지 못했을 뿐이다.

그런데 난 왜 단 한 번도 하태형 외에 다른 사람을 의심할 생각은 못 했을까?

하태형과 남지훈의 한결같은 부정에도 내 고집은 꺾이지 않았다.

물론 하태형을 의심할 만한 증거들은 도처에 있었지만, 그렇게 생각했을 때 노수혁의 행위도 하태형 못지않게 의심할 법했다. 그랬더라면 오늘날 이런 최악의 사태는….

후회해도 늦었기에 하태형에 관한 생각은 접어두고, 소문식이 노수혁만을 응시하며 말했다.

"당신네 부부는 504호의 안방에서 정신을 잃고 있었고, 내가 당신들을 구출해서 504호를 나올 때만 해도 그 집은 거실은 물론이고, 창이란 창에는 두꺼운 암막 커튼이 쳐져 있었어. 불이 환히 켜진 데다 살인 현장이 고스란히 드러난 안방에만 커튼을 치지 않았을 리는 만무하고, 그렇다면 대체 누가 안방에서의 살해 현장을 목격하고 내 현관에다 이런 메모를 끼워뒀을까? 건너편 건물에 있던 누군가라고 해도 빛이 차단된 커튼 때문에 그 방에서 일어나는 일을 전혀 알 수 없었을 텐데 말이야…. 내가 조금만 더 주의를 기울였다면 금방 눈치챌 수도 있었던 것을…내 실수였네."

소문식이 김미연의 손에서 메모지 한 장을 빼냈다. 재단 부이사장의 메모였다.

"이 메모에 적힌 '지혜로운 자는 자신이 아무것도 모른다는 것을 아는 법'이라는 문구도 그렇고…."

소문식이 봇물 터지듯 부침하는 기억을 말하기 시작했다. 이제야 삐걱거리던 아귀가 척척 맞아들어가고 있었다.

"고모할머니 집에 다녀오겠다며 사정한 것도…. 노수혁 당신은 이미 알고 있었겠지. 정임순의 집에 차현호가 머물고 있었던 것을 말이야. 부정하고 싶겠지만, 나와 남지훈이 차현호를 길거리나 공중화장실 같은 데서 우연히 만날 확률은 제로에 수렴했어. 하지만, 내 눈을 의심하듯 그날 밤 차현호는 우리 앞에 떡하니 나타났지. 서울 시내 하고많은 병원 중에서 하필이면 내 친구가 운영하는 개인병원에, 그것도 도망칠 수도 없는 혼수상태로 말이야."

하지만, 그럼에도 꺼림칙한 한 가지.

소문식이 덧붙였다.

"그걸 '우연'이라고 한다면 그럴 수도 있겠군."

"…."

"당신의 행동이 이해가 안 간 적도 있었지. 친척 조모의 생사가 걱정된다며 위험을 무릅쓰고 집까지 찾아갔던 남자가, 조모가 탈주 사냥대에 끌려갔다는 소식을 듣고도 걱정은커녕 이튿날에는 사람들과 태연히 대화하고 휘파람을 불며 대기실을 돌아다녔으니까 말이야."

그래서 정임순은 노수혁의 고모할머니가 아니다.

양필헌을 속이기 위해서 거짓 이야기를 지어내느라 '고모할머니'란 단어를 처음 입에 올린 사람은, 곽영후였다….

그러나 입 밖에 내지 않고 소문식이 다음 대사로 넘어갔다.

"하지만, 그것 역시 이해할 수 있었다. 겉으로는 웃어도 마음속으로 슬퍼할 수는 있으니까. 하지만, 직후에 우리는 경찰에 체포됐고, 아지트의 위치가 발각된 원인은 당신이 코인을 한다는 명분으로 장시간 핸드폰을 사용해서였지. 이것도 우연의 일치인가?"

우연과 예언, 아니면 기획?

어느 쪽인지 종잡을 수가 없었다. 소문식이 말했다.

"그리고, 난 밤이나 새벽 시간대가 아닌, 오후 5시에 병원을 나가는 탈출 계획을 세웠지. 탈락자 체포 시간대 통계를 들먹이며 모두를 설득했지만, 통계는 통계일 뿐, 거리에 깔린 경찰 검문을 뚫고 낮에 탈출을 시도하는 건 무모하기 짝이 없는 일이지. 그런데, 공교롭게도 경찰이 병원에 들이닥친 시각은 오후 4시."

하태형을 떠보기 위함이었다.

준비한 미끼에 보기 좋게 낚인 건, 결국 내가 됐지만.

"내가 오후 5시가 아닌, 새벽 2시쯤으로 탈출 계획을 세웠더라면, 경찰은 새벽 1시에 들이닥쳤을 거라는데 내 전 재산의 절반을 걸지."

말을 마친 소문식이 우측 바닥을 보았다.

"저 꽃병을 발로 차서 강미주를 구한 것 또한 예언이었는가?"

조금 전, 장견우가 노수혁에게 달려들자, 노수혁은 바닥에 있던 꽃병을 발로 들이찼다. 하지만 꽃병은 장견우를 비껴갔고, 가까운 출입문에 맞고서 땅으로 떨어졌다. 의아한 건, 노수혁이 발로 차기 전, 꽃병이 있었던 위치는 노수혁으로부터 2미터가량 떨어진 곳에 있었다는 사실이다.

몸을 방어하고자 한 행동이었다면 주변을 굴러다니는 다른 것들도 많았는데, 굳이 먼 거리에 있는 꽃병으로 달려간다고?

소문식의 증언이 이어졌다.

"강미주는 둥근 꽃병을 밟고 넘어졌고, 덕택에 저 취객의 검으로부터 목숨을 건질 수 있었지. 그리고, 강미주는 음의 아바타라이기도 하지. 당신이 쌍雙의 힘을 이용하고자 한다면 음의 아바타라가 없으면 안 될 테니 일부러 저 여자를 살린 건가? 물론, 고작 꽃병 하나로 예언 운운하기엔 그런 우연이야 세상에 차고 넘치지만, 그래도 어떤 대답을 할는지 들어나 보고 싶군. 말해 보게."

드디어 소문식이 최후통첩 격인 질문을 던졌다. 이제껏 노수혁에 속은 것에 대한 상실감과 분노로 목소리는 얼음장처럼 차가웠다.

"노수혁. 당신은 정녕 양의 아바타라인가?"

"…"

"하지만, 당신이 아무리 강한 힘을 지닌 아바타라라고 해도 일련의 사건들을 시작부터 끝까지 한 치의 오차도 없이 예언할 수는 없는 일이다. 아바타라의 예언 능력은 신神에 버금가지만, 그 육체는 물리적 한계를 가진 인간의 틀에 갇혀 있기 때문이지. 그래서 묻겠다. 대체 언제부터 예언이 시작된 것인가? 어디까지가 예언이고 어디까지가 우연인가?"

하지만 노수혁의 대답을 들을 수는 없었다.

대신, 남지훈이 소리쳤다. "움직이지 말라고!"

남지훈이 당황한 나머지 여왕의 머리에 총구를 들이댔다. 하지만, 여왕이 부산하게 부스럭대며 내던진 봉투가 벌써 소문식의 발치에 떨어진 후였다. 남지훈이 소문식의 이야기를 듣느라, 그리고 노수혁이 아바타라라는 사실에 충격을 금치 못하고 잠깐 한눈을 판 사이에 벌어진 일이었다.

여왕이 막 봉투를 꺼낸 협탁 서랍을 닫으며 혀를 찼다.

"어휴, 다 지나간 걸 뭘 그렇게 시시콜콜 따져, 따지긴. 듣다가 답답해서 암 걸릴 뻔했잖아. 그거나 읽어 봐."

소문식이 애들이나 쓸법한, 꿀벌이 벌통을 옮기는 삽화가 인쇄된 귀여운 편지 봉투를 주워 들었다. 봉투 안에 든 세 겹으로 접힌 편지지를 꺼내서 펼쳤다. 편지지는 상·하단의 여백이 없을 만큼 빽빽한 자필 글씨로 채워져 있었다. 봉투 겉면과 편지지 어디에도 보낸 이의 주소나 이름은 없었다.

아직 철모르는 중학교 1학년생인 함경민까지, 소문식이 편지를 읽는 동안 누구 하나 입을 떼지 않았다.

김미연은 한순간 사람이 바뀐 것 같은 남편이 믿기지 않아서 노수혁만을 보고 있었고, 절단된 신체에 진저리를 치면서도 이를 꽉 물고 곽영후의 팔을 지혈 중인 천비안과, 당연함을 알면서도 자기 피가 붉은색인 것에 적이 안도하는, 이중적 모순을 겪는 하태형은 눈앞에서 벌어지고 있는 현실을 믿어야 할지 말지 판단을 내리지 못하고 있었다. 다만, 개인적 사정을 차치한 이들의 공통된 생각은, 대화 중 수시로 등장하는 '예언'이란 단어와 말끝마다 정색하는 소문식의 태도로 보아 자신들이 입을 보탤 만큼 한가한 상황이 아니라는 것이었다. 그 사이, 팔에 총상을 입은 장견우는 어디론가 사라졌지만, 그에게 관심을 두는 이는 없어서 아무도 그 사실을 몰랐다.

이 방에서 탈출하기 직전, 느닷없이 뛰어든 곽영후 덕택에 목숨을 건진 강미주는 너무 놀란 나머지 홀 안까지 들어와 있었다. 그녀 또한 어떻게든 달아날 기회만 노리고 있었다. 하지만, 무겁게 내려앉은 침묵 속에서 발이라도 잘못 뗐다간 바로 들킬 것이었다. 게다가 출입문까지의 거리도 먼지라 이대로 없는 듯 있다가 틈을 봐서 줄행랑칠 수밖에 없다고 생각했다.

편지를 다 읽은 소문식이 팔을 내렸다.

그의 손에서 떨어진 꿀벌 편지지가 팔랑거리며 빈 허공을 날았다.

소파 밑을 손으로 더듬어서 마침내 실종된 퍼즐 조각을 찾은 셈이다. 소파를 의심한 적은 있지만, 일년내내 묵은 먼지 더미에 손을 더럽히기 싫어서 갖은 핑계를 대며 차일피일 미루기만 하던 그것을….

유도롱과의 대화 중 벌써 알아채야 했으나, 천성이 게을러서라거나 혹은 시간이 없어서, 혹은 대수롭지 않아서, 혹은 당장 급할 건 없어서,

혹은 없어진 퍼즐 조각을 찾는 순간 뇌가 겪을 고통을 알고서 지레 겁먹고 내버려 둔 건?

후자일 가능성이 높다.

내 직관이 노수혁을 의심하는 것보다 하태형을 의심하는 게 편해서 그랬던 것처럼.

심판부터 내린 후에 그래서 네 죄가 뭐였냐고 뒤늦게 묻는 배리背理를 반복하며.

현생에 동시 출현한 한 쌍의 아바타라.

쌍의 개체이자 독립된 객체에는 각각의 예언 능력이 주어진다.

말하자면, 동시대의 시간과 공간에서 두 개의 각기 다른 예언이 등장하는 것이다. 그런데 바로 여기서 시간 여행의 인과 관계를 파괴하는 '할아버지 패러독스'와 같은 역설적 모순이 발생한다.

동쪽과 서쪽 기차역에서 정확히 정오에 두 기차가 출발한다고 가정해보자.

단일한 레일을 사용하는 두 기차가 같은 시간대에 서로 반대 방향에서 동일한 속도로 이동한다면, 이들은 반드시 레일의 중간 지점에서 만나게 되며 이것은 불가피한 충돌로 이어질 것이다. 이러한 충돌을 방지하기 위해서는 두 가지 주요 변수를 조정할 수 있다.

첫 번째는 기차역의 공간적 위치로, 만약 레일이 직선이 아닌 다른 형태를 가지고 있다면, 예를 들어서 평행선상의 레일이라면 두 기차는 서로 다른 경로를 따라서 움직이게 될 것이다.

두 번째는 출발 시각의 조정이다. 한 기차가 다른 기차보다 먼저 또는 나중에 출발하도록 하면, 예를 들어서 한 기차는 어제 정오에, 다른 기차는 오늘 정오에 출발한다면, 같은 정오라도 두 기차가 동시에 같은 지점에 도달하는 것을 막을 수 있다.

즉, 시간과 공간의 조정을 통해 두 객체의 교차 경로를 변화시키는 것이다. 하지만, '2024년 5월, 서울시'란 시공간에 나타난 두 명의 아바타라는 열차 충돌 방지를 위한 '시간과 공간의 조정'이라는 교훈을 깡그리 무시했다. 두 개의 예언은 '현재'라는 한 레일에서 충돌할 것이 자명했다. 복수複數의 예언이 존재할 수 없는 환경에서 두 예언이 모두 맞다고 한다면, 두 예언이 모두 틀렸다는 말과도 일맥상통한다.

하지만, 인간의 육체적 한계마저 뛰어넘은 위대하고 지혜로운 아바타라는 자신의 모든 예언을 현실로 재현한 것은 물론, 놀랍게도 자신과 동위적 위상에서 태어난 다른 개체의 예언까지도 앞선 날에 선점해버렸다.

음의 아바타라인 강미주가 '계시할' 예언 내용을 날짜와 시간대별로 정리한 편지지가 대리석 바닥에 가벼운 깃털처럼 사뿐히 내려앉았다.

999개의 조각이 들어찬 직소 퍼즐에서 마지막 남은 한 조각의 퍼즐이 방금 제자리에 꽂혔다.

비로소 직소 퍼즐의 그림이 완성됐다.

*

양의 아바타라가 그간 여왕과 내통하고, 특히 자신의 예언까지 앞질러 계산했다는 사실에 강미주는 실로 큰 충격을 받았다.

황혜지와 드레스 룸에서 싸울 때까지만 해도 황혜지 자신은 양의 아바타라 따위는 모른다며 펄펄 뛰었는데…. 하긴, 일상이 거짓투성이인 거짓말쟁이의 말을 믿은 내 잘못이지. 하지만 후회도 잠시, 곧바로 충격에서 헤어 나온 강미주가 출입문 쪽을 곁눈질했다.

양의 아바타라에게 어떻게 휘둘렸든 다 지난 일이고, 가장 급선무는 누구의 눈에도 띄지 않고 무사히 이곳에서 탈출하는 것이었다.

사람들이 노수혁에게 집중한 틈을 타서 슬근거리며 출입문을 향하던 강미주가 화들짝 놀라서 제자리에 섰다. 누군가 뒤에서 자신을 불렀기 때문이다.

"음의 아바타라여."

정작 진실에 덤덤한 강미주와는 달리 연이은 충격 여파에 혼란을 겪고 있는 소문식이었다. 강미주에게 확인할 것이 있었다.

"당신은 양의 아바타라가 당신을 이용한 것을 알고 있었습니까? 설마 알고서도 그에게 협조한 건…."

강미주가 질겁해서 크게 도리질했다.

"몰랐어요! 그리고 난 여왕한테 속아서 여길 왔고 혀…협박하니까 어쩔 수 없이 도운 것뿐이에요. 황혜지, 저 나쁜 계집애가 나를 며칠 동안이나 공기도 잘 안 통하는 지하 감옥에 가둬놓고 이용했다고요! 말을 안 들으면 고문하겠다고까지 했어요. 오체분시가 어쩌고 하면서…."

"야! 내가 언제? 네가 네 발로 나를 만나러 온 거지, 난 네가 어디 있는지도 몰랐다고 했잖아!"

여왕이 사납게 따지자, 강미주가 소문식이 들으라는 듯 목청을 높여서 반론했다.

"코…콩으로 메주를 쑨대도 네 말을 믿을 것 같아? 또 그럴싸한 거짓말로 사람을 조롱하고 속이려고? 딱 잡아떼도 소용없어. 수요일 아침에 내가 있던 제우스 모텔로 전화해서 날 협박한 건 네 직속 비서관이 틀림없으니까. 혜지 네가 현호 오빠의 유…육체를 숙주로 해서 부활하려면 내 예언 능력이 필요하고…."

"잠깐만."

여왕이 손을 들어 강미주의 말을 막았다. 하지만 다음 순간, 그녀가 해사한 웃음을 지으며 노수혁을 돌아보았다. '강미주를 꾄 것이 너였구나?'라고 말하려 했으나, 그에 먼저 소문식이 결론지었다.

"강미주를 여왕에게 이끈 것도 당신이었군. 노수혁."

반박의 여지가 없을 것이다. 여왕이 노수혁이 보낸 편지까지 가지고 있었으니 더 말해 무엇하랴. 조금 전 문답 시에도 여왕은 내 어깨 너머를 가리키며 말했다.

'그래서 반은 맞고 반은 틀린다고 했잖아. 지금까지 나를 도운 사람은 양陽의 아바타라이며 그는…지금 네 뒤에 서 있잖아.'라고.

여왕은, 자신에게 편지를 보낸 사람이 양의 아바타라이며 내 일행이란 것만 알았을 뿐, 노수혁이란 이름과 얼굴은 몰랐던 게 분명하다.

너무도 황망한 진실에 싸울 전의마저 잃은 소문식이 노수혁에게 물었다.

"언제부터 여왕과 내통한 것이냐?"

"…."

"언제부터 우리를 기만했는지 묻고 있다. 그동안, 네 연극에 감쪽같이 속아 넘어간 바보들을 지켜보면서 감회가 어땠는지도 말해 주면 더 좋고."

소문식의 빈정거림에도 노수혁의 일관된 태도에는 변함이 없었다. 보다 못한 김미연이 노수혁을 제치고 앞으로 나섰다. 그녀가 애타는 목소리로 남편인 노수혁을 대신해서 변명했다.

"사장님. 이이가 아파서 그래요. 머리를 심하게 다쳤잖아요. 그런데 여왕과의 내통이라뇨? 아니, 어떻게 그런 얼토당토않은 말씀을…. 제가 이 사람 아내인데 남편이 그런 짓을 저질렀다면 지금껏 몰랐을까요? 수혁 씨가, 제 남편이 성격이 좀 욱하는 건 있어도 누군가를 속인다거나, 도와준 이들을 배신하는 그런 파렴치한은 절대로 아니에요. 그…그리고 아바타라인지 뭔지 하는 그런 대단한 사람은 더더욱 아니고요. 예언하는 신통력이 있으면 대기업 공채도 한 번에 척 붙었을 텐데 어떻게 면접 보는 회사마다 다 떨어지고 2년 동안이나 백수로 있었을까요? 앞뒤가 안 맞잖아요. 아, 뇌진탕이 오래가면 몇 년도 간다죠? 사장님도 그렇게 말씀하셨잖아요. 경미한 증상이라고 해서 안심하고 있었는데, 그게 아닌가 봐요. 아무래도 수혁 씨 뇌 기능에 이상이 와서…."

하지만, 김미연의 손짓, 발짓까지 동원한 모든 노력을 수포로 만들며 노수혁이 대답했다.

"속일 생각은 없었습니다. 전 여왕에게 결과만을 알렸을 뿐, 해당 결과가 어떠한 식으로 이뤄지든 그 과정 하나까지 세세하게 알지는 못합니다."

노수혁을 기다렸다는 듯, 소문식이 즉각 응대했다.

"그랬겠지. 누구나 처음엔 사람을 속일 생각 같은 건 하지 않지. 덫을 짜는 건 생각보다 귀찮은 일이거든. 그래서, 묻는 것이다. 언제부터 우리를 속이려고 마음먹었는지. 네가 내 아파트 현관에 메모를 넣기 한참 전인가? 경고하건대, 그때부터라는 거짓말은 하지 말게. 메모 한 장으로 오프닝을 시작할 수는 있어도, 이런 대서사극의 시나리오는 작가에 따라 다르겠지만 보통 몇 년이 걸리곤 하지. 너는 몇 년짜리 작가인가? 혹은 몇 개월? 무대가 끝났으니 이젠 솔직하게 대답해주게나. 양의 아바타라여."

"꽤 시간이 걸렸습니다."

"무엇 때문에? 너 같은 자가 대체 무엇을 위해서 여왕의 편에 선다는 말이냐? 이후의 부富를 위해서? 아니면 명예와 권력욕 때문에?"

이 이상의 문답은 의미 없다고 판단했는지, 혹은 말할 수 없는 비밀인지 노수혁이 말을 돌렸다.

"그것보다 여왕이 왜 당신들을 이곳에 초대했는지 궁금하지 않습니까?"

"사악하기 이를 데 없는 여자이니 우리를 한 곳에 가둬놓고 몰살시키려고 불렀겠지. 아니라면 그것도 네 작품이거나."

천비안과 여자아이, 하태형을 슬쩍 본 후, 노수혁이 대답했다.

"불행히도 제 작품은 아닙니다. 다시 한번 말씀드리지만, 저는 결과는 볼 수 있어도 그곳에 이르는 과정까지는 알지 못합니다. 과정이란, 자연스럽게 흐르는 시냇물과도 같아서 나무뿌리처럼 뻗은 물줄기는 강과 개천으로 흘러 나가거나, 어느 때는 가뭄으로 마르거나 이따금 홍수로 넘치기도 합니다만, 어떤 식으로 흐르든 시냇물의 영역까지 제가 관여할 수 있는 건 아닙니다."

"결과가 정해지면 과정은 자연적으로 결과를 향해 움직이는 법이다. 나침반도 없이 망망대해를 표류하는 난파선일지라도 물살을 따라 흐른다면 언젠가는 항구에 도착하는 이치와 같은 것이지."

"해석은 다를 수 있지만, 저는 진실만을 말했을 뿐입니다."

"그런 중언부언으로 또 사람을 현혹하려 드는 겐가? 자신의 정체를 숨기기 위해서 매시간 연기를 하며 사람들을 기만한 자의 말을 믿으라고?"

"매 순간 제게 주어진 과정에 집중하고 충실하기 위해서 노력했을 뿐, 연기를 했다거나 당신들을 기만한 적은 없습니다. 예를 들어, 차현호를 원한다면, 양필헌의 집 우편함에 미리 수면제를 넣어두는 잡일 정도는 해야 하죠. 이번 주 수요일에 한국인 최초로 노벨문학상을 수상하는 경이로운 결과를 예언했더라도, 당장 월요일에 글을 쓰지 않으면 아무 일도 일어나지 않을 테니까요. 인과란 불가분의 관계이고, 저는 그중 하나만을 투시할 수 있는 눈을 가졌을 뿐입니다."

소문식의 작은 비웃음을 들었으나, 개의치 않고 노수혁이 말을 이어갔다.

"믿지 않으시는 모양이군요. 그럼 좋습니다. 사태가 현재에 이른 책임 소재를 분명히 하길 원하시는 것 같으니 말씀드릴까요? 여왕이 원한 건 당신과 차현호 정도였는데, 당신의 쥐꼬리만 한 자비와 책임감 없는 동정심이 죄 없는 아이와 저들까지 이곳으로 끌어들인 것은 부정할 수 없는 사실입니다."

소문식의 의아한 표정을 보면서도 노수혁이 태연하게 말했다.

"우리를 위해서 당신과 남지훈이 따로 준비한 '선물'만큼이나 위선적인 행태의 양심이라고나 할까요?"

김미연의 얼굴색이 하얗게 질렸다. 할 수만 있다면 남편을 때려서라도 말리고 싶었다. 왜 이러냐고, 대체 뭐가 불만이냐고…. 우리를 도와준 사람들한테 당신이 지금 무슨 짓을 하는지 알고는 있냐고….

소문식이 혀를 차며 실소했다.

“어불성설이군. 위선의 극치를 보여준 자가 감히 누구한테 위선 운운하느냐. 애초에 네가 도움을 청하지 않았다면 사건은 시작하지도 않았을 것이다. 너야말로 사태를 이 지경으로 만든 것에 대해 일말의 가책도 느끼지 않느냐?”

소문식의 질책에 노수혁이 담담한 어조로 인정했다.

“알고 있습니다. 저 또한 책임에서 자유로울 수는 없을 것입니다.”

“그 말이 진심이라면 지금 당장 차현호가 있는 곳을 대라. 그것만이 여기 있는 모두를 살리는 길이니. 차현호가 없으면 다른 길도 없다.”

소문식의 말에, 이번에는 노수혁이 콧방귀를 끼었다. 냉랭한 음성으로 말했다.

“이미 아시겠지만, 차현호는 오늘 이곳에서 죽을 것입니다. 차현호뿐만이 아니라 강미주와 여왕, 그리고 저까지도…. 방금 언급한 이들이 한날한시에 죽어야만 시간이 역행할 테니까요.”

시간의 역행?

소문식이 저도 모르게 연단 위의 남지훈을 보았다. 그리고 남지훈 또한 약속이나 한 듯이 놀란 얼굴로 소문식을 보고 있었다.

시간의 역행…이라고?

금방 노수혁의 말뜻을 깨달았다. 그것도 거의 동시에.

시선을 돌린 두 남자의 망막에, 무리와 외떨어져 혼자 있는 한 여자가 비쳤다.

사람들이 시끄러운 틈을 타서 느릿한 게걸음으로 출입문을 향해가던 강미주가 낌새를 눈치채고는 또 몸을 웅크렸다. 그러고는 왜 그런 눈으로 나를 보는지, 그녀가 불안한 기색으로 소문식 치를 둘레둘레 살폈다.

음과 양의 아바타라….

소문식의 뇌 속에서 활성화된 뉴런이 일거에 폭죽과도 같은 굉음을 내며 터져나갔다.

노수혁의 정체를 알고 나서 그에 대한 배신감만 토로한 나머지, 아바타라에 대한 원론적인 의문조차 제시하지 못했다.

각성하지 못한 아바타라는 대부분 평범한 인간으로서의 삶을 살다가 생을 마감한다는 사실을.

아바타라는 각성해야만 그때야 비로소 인간을 초월한 신神이 된다. 특히, 극악의 확률로 동시대에 태어난 음양의 아바타라는 어느 쪽이든 한 개체가 각성을 이루면, 다른 개체도 자신의 의지와 상관없이 각성하게 된다. 낮과 밤이 바뀌듯, 여름이 지나면 가을이 오듯, 구름이 비가 되듯, 숨을 쉬듯, 그 어떠한 것으로부터도 방해받지 않는 대자연의 순환 법칙에 순응한 증표로, 그리고 각성한 순서대로 예언의 능력을 갖추게 되는 것이다. 다만, 물리적 한계를 지닌 인간의 몸에 갇힌 신성神聖이므로, 스스로 각성하기까지는 정신과 육체를 아득히 뛰어넘는 질곡을 겪거나 그에 준하는 계기 등, 각성에 상응하는 촉발의 서사가 필수불가결하다.

소문식처럼 뇌의 생각, 감정, 기억 등이 다채롭지 못한 까닭에, 그에 앞서 이성을 되찾은 남지훈은 보다, 냉철한 시선으로 강미주를 보고 있었다.

필시, 노수혁이 먼저 각성했고, 뒤이어 강미주가 각성한 것임이 틀림없다. 그래서, 강미주라는 저 여자는 노수혁의 정체가 밝혀졌을 때부터 이미 알고 있었을 것이다.

수학적 확률로만 존재하는 양의 아바타라가 강미주 그녀의 현실에 등장한 이유를.

어떤 종류의 극고極苦를 겪고 끝내 각성한 그가 반드시 원하는 게 있을 거란 것도.

그리고, 방금 노수혁은 '시간의 역행'을 입에 담았다.

남지훈의 머릿속에 일전, 소문식이 했던 말이 떠올랐다.

-아바타라의 가장 무서운 점은 쌍소멸의 순간 상쇄되는 폭발적인 에너지이지. 시공간을 왜곡할 정도로 가공할 위력의 힘을 얻게 되니까 말이야. 물론, 나도 그 힘을 직접 겪어본 적이 없어서 어떤지는 알 수 없다.

쌍소멸, 상쇄, 시공간의 왜곡…. 그리고 시간의 역행.

머릿속이 한순간 명확해졌다. 그러니까, 시간의 역행을 위해서는 대상을 빛의 속도에 가깝게 가속화하는 데 쓰일 엄청난 양의 에너지가 필요하고, 노수혁이 미친 게 아니라면 그만한 에너지를 생성할 방법은 한 가지밖에 없다고 판단한 게 분명하다.

그 스스로 강미주와 상쇄하여 음양의 쌍소멸을 일으키는 것.

그렇다면 정말 강미주와 동반자살을 하겠다고?

그만 '탁'하고 권총을 떨구고 말았다. 여왕이 총을 든 남지훈의 손목을 협탁 위에 있던 크리스털 볼로 힘껏 내리친 것이었다. 주제主題에 함몰된 나머지, 남지훈이 훈련받은 특수요원으로서 있을 수 없는 '방심'이란 초보적인 실수를 저지르고 말았다.

여왕이 연단에 떨어진 권총을 재빨리 주워서는 남지훈의 심장에 총구를 들이대며 “손들어!”하고 외쳤다.

삽시간에 두 사람의 입장이 뒤바뀌어 버렸다.

하지만, 문제는 남지훈 따위가 아니어서 여왕이 화를 참지 못하고 홀을 향해 소리쳤다.

“너, 말이 다르잖아! 차현호는 건드리지 않기로 했잖아!”

소문식에게서 눈을 떼지 않고 대치하며, 노수혁이 반문했다.

“글쎄. 내가 그런 말을 했던가? 네가 원하면 차현호를 주겠다고만 했을 뿐, 죽이지 않겠다고 한 적은 없어.”

말장난 같은 대답에 여왕이 더욱 발악하며 분노했다.

“차현호가 세상의 지배자가 되면 네게 나라 하나를 주겠다고 내가 약속했잖아! 영국이든 미국이든 필리핀이든 원하는 나라가 있으면 말만 하라고 했잖아! 내 말을 못 믿어서 그래? 그래서 모든 걸 수포로 되돌릴 셈이야? 넌 가만히만 있으면 한 시간 뒤에는 거대한 영토를 다스리는 국왕의 자리에 오를 텐데 대체 무슨 생각으로….”

“차현호는 이 세상의 주인이 될 수 없어. 이제 곧 내 손에 죽을 테니까.”

“안돼! 차현호한테 손대면 당장 너부터 죽을 줄 알아.”

여왕이 다급한 나머지, 남지훈을 겨눴던 총구를 노수혁에게 돌렸다. 하지만, 무기로는 막을 수 없는 아바타라의 능력을 아는지라 그녀가 이번엔 노수혁을 달래듯이 말했다.

“차현호가 죽어서 서로한테 득이 될 건 없잖아? 세상의 온갖 부와 권력을 발밑에 거느리는 왕의 자리보다 평생을 백수로 사는 게 더 낫다는 거야? 너 정말 그렇게까지 멍청해?”

“시간의 역행 후….”

노수혁이 소문식을 보며 말했다. 여왕과 소문식, 둘에게 전하는 메시지였다.

“시간의 역행 이후 탄생할 새로운 세상은 그 누구의 손에도 휘둘리지 않아야 하니까. 그게 신성한 차현호든, 여왕이든, 아바타라든 그 누구든.”

“….”

“그것이 설혹, 썩어빠진 손톱만 한 살점 속에서 인간이라 착각하며 살아가는 더러운 바이러스들의 세상이라 할지라도.”

그때였다. 강미주가 느닷없이 날아든 딱딱한 물체에 머리를 정통으로 맞고서 비틀거렸다. 아픔을 느끼기도 전, 여왕이 고래고래 외치는 소리가 귀를 파고들었다.

“감옥 열쇠야! 네가 있던 지하 감옥에 차현호가 갇혀 있어! 빨리 그를 구해서 궁을 나가! 여기서 최대한 멀리 달아나라고!!!”

강미주가 방금 머리를 강타한 열쇠함을 주워서는 뒤도 돌아보지 않고 줄행랑쳤다. 남들이 싸우는 동안, 게걸음이나마 부지런히 걸어서 접견실의 문턱까지 도착한 그녀였기에, 누구의 간섭이나 어떠한 제재도 없이 그야말로 바람처럼 사라질 수 있었다.

*

“안 돼요! 가면 죽는다고요! 몇 번을 말해요, 오빠!”

강미주가 결사적으로 현호의 옷깃을 붙잡고 늘어졌다. 현호가 강미주의 팔을 힘으로 떼어놓으며 말했다.

“나만 살자고 도망갈 수는 없어.”

“지금 가면 오빠만 개죽음당한다고요! 아바타라는, 그 나쁜 놈은 자비란 게 없어요. 모두가 죽을 거예요. 살 방법이 있는데 왜 굳이 죽으려고 하는 거예요?"

답답한 마음에 통곡이라도 하고 싶었다.

당신을 살리려고 이 깊고 무서운 지하 감옥까지 오는 동안, 몇 번이나 발을 헛디뎌 계단을 굴렀고, 그중 한 번은 바닥으로 곤두박질쳐 죽을 뻔한 적도 있었는데, 왜 그런 내 간절한 마음을 몰라주는지 애가 탔다.

강미주가 아예 현호의 허리에 들러붙다시피 해서 애원했다.

"절대로 안 돼요. 뻔히 죽을 걸 알면서도 오빠를 보낼 수는 없어요. 저 위에는 오빠가 상상도 할 수 없는 무시무시한 괴물들이 있어요. 그러니까 이대로 떠나요. 여기서 나가기만 하면 바로 옆에 숲으로 통하는 길이 있어요. 오면서 보니까 보초병도 없었어요. 제발 이번 한 번만 내 말대로 해요. 네?"

지하 10층 깊이의 지하 감옥.

그곳 최하층에서 강미주의 음성이 메아리처럼 공명했다.

사방을 물들인 백색이 시각적 단서를 차단한 지도 꽤 되어서, 이젠 자신들이 서 있는 곳의 방향도 잃어버렸다. 강미주가 천신만고 끝에 감옥 문을 연 지도 십여 분이 흘렀다. 하지만, 금방 떠날 줄 알았던 두 사람은 서로의 입장만 되풀이할 뿐, 방 안에서 한 발짝도 움직이지 못하고 있었다. 내성적이고 소심한 성격에다 낯가림이 심해서 동네 유치원생 아이 앞에서도 자주 말을 더듬는 강미주였지만, 이번만큼은 도시 물러날 생각을 하지 않았다.

하지만, 강미주의 사력을 다한 애원에도 불구하고 현호의 대답은 변함없었다.

"저 위에 천비안과 아이가 있어. 그리고 태형이와 영후 형도. 영후 형은 팔까지 절단됐다며? 네 말대로 노수혁이 그렇게나 강하다면 도망은커녕 다들 꼼짝없이 앉아서 죽을 수밖에 없잖아. 내 걱정은 하지 말고 넌 네 갈 길로 가."

"곽영후랑은 친하지도 않잖아요! 일말의 동정인가요? 아니면 쥐꼬리만 한 양심 때문에? 오빠 처지는 그들보다 썩 나은 줄 알아요? 그러다가 오빠가 먼저 죽을 수도 있어요! 몇 번을 말해도 왜 말귀를 못 알아들어요? 귓구멍에 솜이라도 처박았어요? 홀몸으로 가봐야 오빠 능력으로는 아무도 못 이겨요. 어떻게 죽을지 상상도 안 가고 남은 건 처참한 죽음뿐일 거라고요. 오빠는 혜지한테 능욕당한 것도 모자라서 개죽음까지 원하는 거예요?!"

사람에게 이토록 무례한 말을 한 건 태어나서 처음이었다. 하지만, 가슴 속 울분이 가라앉지 않아서 더한 말도 할 수 있다고 생각했다. 현호에게 포효하듯 퍼부은 강미주가 이번엔 피가 나도록 꽉 모아쥔 주먹으로 현호의 가슴을 쳤다.

"나…나는 오빠를 살리고 싶어서 최선을 다했는데…. 오빠는 어떻게 내 생각은 조금도 안 하고…."

억울하고 분한 마음이 자꾸만 눈물을 만들었다.

나를 좋아하지 않아도 괜찮다고, 그런 거야 익숙해서 얼마든지 납득할 수 있지만, 당신을 살리고자 노력한 내 마음만은 진심이었는데…. 나를 살려달라는 것도 아니고 당신만, 너만 살아달라는 건데, 그 단순한 부탁마저도 거부당한 것에 대한 허탈한 토로였다.

그러나, 남자는 끝끝내 강미주의 진심을 모른 체 했다.

"너도 몸조심해. 살아서 보자."

유언이 될지도 모를 간단한 한마디를 남기고 현호가 뒤돌아섰다. 강미주가 더는 붙잡지 않아 자유의 몸이 된 그가 곧장 문을 나갔다. 곧 쿵쿵대며 돌층계를 뛰어가는 발소리가 들렸다.

현호가 가고 나서도 한동안 발길을 떼지 못했다.

방에 붙박인 기둥처럼 꼼짝도 하지 않던 강미주였으나, 잠시 후 그녀가 체념한 듯 방을 나섰다.

10층 계단에 다 올라섰고, 곧이어 바깥으로 이어진 덧문을 열었다. 그 순간, 각막을 통과한 따가운 햇빛에 놀라서 강미주가 손으로 눈을 가렸다. 아직 새벽인 줄로만 알았는데, 찬란한 태양이 어느새 궁궐 안뜰과 그 너머의 세상까지도 밝게 비추고 있었다.

한 주의 첫 단추 격인 새로운 월요일이 시작된 것이었다.

강미주가 잡생각을 떨쳐버리고 숲속으로 통하는 진입로를 찾기 위해서 서둘러 앞으로 나아갔다. 그러나, 채 다섯 걸음도 못 가서 우뚝 서고 말았다.

손목에 채워져 있던 카밀러 꽃팔찌가 툭, 하고 땅에 떨어진 것이었다. 팔찌의 꼬임 줄이 끊겨 있었다.

일분일초가 급한 상황이어서 팔찌를 버리고 돌아선 순간, 문득 며칠 전 모텔에서 만났던 '그'가 떠올랐다.

내가 악몽을 꾸다 깨어났을 때, 그가 다정하게 나를 다독이며 한 말.

-이게 불면증과 스트레스에 효과가 있대서….

그러고는 내게 이 팔찌를 주었다.

강미주가 줄이 끊겨 못 쓰게 된 꽃팔찌를 내려다보고만 있었다.

***

월요일, 아침 정각 6시.

마침내 하루가 밝았다.

약속된 태양이 뜨면서 어둠은 물러갔다.

하지만, 꼬박 밤을 지새운 궁궐의 접견실에는 아직도 캄캄한 밤이 지속되고 있었다. 창마다 무겁게 내려진 커튼이 빛을 차단해서기도 하지만, 이곳에서 아침을 기대하는 사람은 아무도 없었다. 그런 점에서 산 자와 망자亡者는 공평했다.

강미주가 나간 뒤, 그 사이 무슨 일이 있었는지 접견실 안은 짙도록 붉은 핏물이 처참한 띠를 이루며 흐르고 있었다.

흰 벽과 대리석 바닥은 말할 것도 없고 코린트 기둥들과 여왕이 애지중지하는 예술적 오브제들은 혈흔의 파편으로 얼룩졌으며, 일부는 코팅된 면을 따라 핏방울이 미끄러져 내렸다. 14세기 중국 명나라 시대의 청화 백자는 땅에 떨어져 박살이 났으며, 그리스에서 들여온 비너스상은 목이 부러졌고, 바로크 시대의 화가, 루벤스가 그린 삼면화는 두 조각으로 분리되었다. 선반은 넘어졌고, 소파는 뒤집어졌으며, 장식장과 테이블을 장식한 꽃병들은 장미와 백합, 거베라를 공중으로 흩뿌리며 아무렇게나 굴러떨어졌다. 깨진 꽃병에서 쏟아진 물이 피와 희석되며 다홍색 냇물로 지면을 흐르고 있었다. 감색 커튼의 하단을 물들인 핏물이 막 개화한 꽃잎처럼 번져나갔다.

그리고, 커튼 벽에 하태형이 힘없이 기대어 앉아 있었다.

백지장처럼 창백한 얼굴을 한 그가 금방이라도 숨이 끊어질 것처럼 헐떡이고 있었다. 세로로 길게 베인 옆구리에서 선혈이 그치지 않고 흐르고 있어서 손으로 막아도 역부족이었다. 피투성이가 된 하태형의 다른 손은 마치 구원이기라도 한 듯 커튼 자락을 부여잡고 있었다. 홀 중앙에서 무서운 장승처럼 버티고 선 김미연은 얼굴과 허벅지에 피를 흘리면서도 함경민을 등 뒤로 감추며 보호하고 있었고, 남지훈은 대리석보다 단단한 석영 해치 조각상에 측두부를 맞아 정신을 잃었다. 몸 곳곳에 자상을 입은 천비안은 궁중 사람들의 시체 더미 위에 쓰러져 신음하고 있었고, 절단된 팔을 흔들며 짐승처럼 울부짖던 곽영후는 심한 출혈과 급속한 혈압 강하로 완연한 쇼크 상태에 빠져들었다. 소문식은 살점이 잘려 나간 어깨를 움켜쥐고 누군가를 매섭게 노려보고 있었다.

이 모든 상황이 단 10분도 안 되어 벌어진 일이었다.

조금 전, 강미주가 출입문을 나가자마자 '철컥'하며 누군가 밖에서 문을 잠가버렸다. 소문식들을 이곳으로 안내한 왕실 비서관의 짓이었다.

"강미주를 잡아!"

소문식이 큰 소리로 외치며 문으로 달려갔지만, 이미 굳게 닫혀버린 문은 소문식의 완력으로는 어림도 없었다. 남지훈이 저도 모르게 뛰어가려고 했으나, 여왕이 그의 허리에 총을 겨누자 움찔하며 섰고, 곧이어 하태형과 천비안, 김미연이 소문식을 도우려고 달려왔다.

하지만, 네 사람이 힘을 합쳐서 문을 두드리고 발로 차는 등 안간힘을 써도, 굳게 닫혀버린 두 개의 문짝은 땅에 단단히 뿌리 내린 바윗돌처럼 꿈쩍도 하지 않았다.

"노력하지 마. 그래봤자 달아날 길은 없어."

여전히 높지막한 연단에 앉아 있는 여왕이었다. 그녀가 무관심한 어투로 말했다.

“정문을 나가더라도 바깥에는 내 직속 사병들과 경찰들이 진을 치고 있어. 궁궐을 나서는 놈들은 단 한 놈도 빼놓지 말고 보이는 족족 사살하라고 명령을 내렸지. 아참, 그리고 이거.”

여왕이 남지훈의 허리를 겨누고 있던 권총을 원래 주인에게 내밀었다. 갑작스러운 사태에 남지훈의 눈이 휘둥그레졌다. 그가 여왕의 손가락에 무방비로 걸쳐진 권총을 보며 당황했다.

이걸 나에게 돌려준다고?…. 이렇게나 선뜻? 왜?

소문식도 여왕의 속셈을 의심했다. 강미주를 빼돌리고 무기까지 돌려주다니, 여왕이 대체 무슨 짓을 벌이는 건지 알 수 없었다.

무엇보다 이대로 차현호를 놓쳐버린다면…더는 시간이 없다.

그러자, 여왕이 그들의 갈등을 이해하는 것처럼 말했다.

“무슨 꿍꿍이인가 싶겠지만 그런 거 없어. 네 거니까 돌려주는 거야. 자, 빨리 받아.”

“내가 이걸 돌려받으면 넌 그 즉시 이 총에 죽을 텐데?”

남지훈의 말이 재미있는지 여왕이 미소를 보였다. 그녀가 당연하다는 듯 고개를 끄덕이며 말했다.

“그러라고 주는 거야. 처음부터 그럴 목적으로 너희들을 이 접견실로 초대한 것이고.”

남지훈에게 권총을 돌려준 그녀가 홀 아래의 노수혁을 거만한 몸짓으로 불렀다.

“양의 아바타라여.”

하지만, 여왕에게 볼일이 끝나서인지 노수혁은 무감응했다.

개의치 않고 여왕이 눈웃음을 치며 말했다.

"덕분에 즐거웠어. 네가 마지막까지 협조했더라면 더 좋았겠지만 말이야. 하지만, 인간이란 늘 그럴듯 믿음을 줄 것같이 굴다가도 언제 뒤통수를 칠지 모르는 생물이지. 지능이 있다는 건 한편으로는 참 불행한 일이야."

노수혁에게 인사를 마친 여왕이 소문식에게도 안녕을 고했다.

"너도 최선을 다했지만, 일이 이렇게 되어서 유감이야. 소문식."

"벌써 유언인가? 너답지 않군. 이렇게 빠르게 포기하다니."

"내 말을 듣긴 한 거야? 난 한 시간 후면 차현호의 몸을 빌려서 불사신으로 새로 태어나. 우주와 세상과 신으로부터 정통성을 위임받은 유일신이 되는 거야. 신으로 사는 게 어떤 기분인지는 네가 다음 생에 환생하면, 그때 알려줄게."

여왕이 마지막으로 남지훈을 쳐다보았다.

"언제든 내키면 내 머리에 총을 쏴. 하지만 아침 7시가 되기 전에 일을 마쳐야 해. 네가 게으름을 피운다면 나는 어쩔 수 없이…."

딸깍, 하며 협탁 서랍을 연 그녀가 작은 물체를 꺼내서 협탁 위에 올렸다. 칼집과 손잡이가 백일홍 문양과 파란색 토파즈로 장식된 새 단도였다.

여왕이 칼집에서 은빛 날을 번쩍이는 단도를 뽑으며 말했다.

"난, 이걸로 내 목을 직접 찌를 수밖에 없어."

여왕이 단도로 목을 긋는 시늉을 하던 그때.

"네 세상은 오지 않는다."

노수혁이었다.

하태형은 아직도 출입문을 열려고 안간힘을 쓰고 있었고, 천비안과 김미연은 접견실 내의 창문들을 살펴보고 있었다. 창문들은 강화 유리에

덧창이 달린 데다, 하나 같이 바깥으로 잠겨있어서 안에서 열기는 무리였다. 하지만, 포기하지 않고 창틀의 틈새를 찾는다든가, 도어를 잡아당기는 등 여기서 탈출하기 위해 노력하는 아내, 김미연의 모습을 지켜보며 노수혁이 말했다.

"잠시 후에 저 출입문을 열고 강미주가 나타날 거니까."

노수혁의 말에 귀를 기울이던 여왕이 깔깔거리며 웃었다.

"희망은 버리라니까? 제 발로 도망친 강미주가 여길 또 온다고? 걔는 이쑤시개에 손끝만 찔려도 아파죽는다는 애야. 너랑 다시 만나면 뻔히 죽을 걸 아는데, 그 겁쟁이가 여길 어떻게 와?"

노수혁이 여왕을 돌아보았다. 심연처럼 고요한 눈을 한 그가 미동없이 말했다.

"그렇군. 하지만 예언이 그러하니 번복은 힘들겠군."

그러자, 누군가 여왕을 대신해서 말했다.

"네가 정히 그렇다면 지금쯤 강미주가 네 손이 닿지 않는 곳으로 잘 도망갔기를 바랄 수밖에."

물론, 소문식이었다. 그가 남지훈에게 '나가서 차현호를 찾아.'하고 단호히 지시하자, 연단을 한달음에 뛰어내린 남지훈이 천비안 등이 모여 있는 창문 쪽으로 달려갔다. 내과 병원에서처럼 접견실의 방탄 창문을 총으로 뚫어버릴 생각이었다.

그러자 노수혁이 말했다.

"쓸데없는 짓입니다. 차라리 남은 시간 동안 기도나 하는 게 살아날 확률이 더 높을 것 같습니다만."

"충고는 고맙네만, 남은 시간을 어떻게 쓰든 그건 내 마음이야. 우리 계획이 성공할지 실패할지나 예언해 주게. 네 정체야 어떻든 그래도 며칠간 동고동락한 정이 있으니 그 정도야 해줄 수 있겠지?"

노수혁이 고개를 갸웃하며 대답했다.

"저도 차현호를 찾고 있습니다만, 아쉽게도 강미주만을 예언할 수 있을 뿐, 차현호에 관해서는 어떠한 것도 떠오르지 않습니다. 이유를 짐작건대, 당신들이 차현호를 찾아내기 전, 나와 강미주와의 충돌이 선결되어 시간의 엔트로피가 성공적으로 역전되었으며, 그로 인해 차현호의 현생이 사라졌기 때문이 아닐까요. 만약 그게 아니라면…."

"…."

"벌써 죽었거나."

그때였다.

"아저씨, 이거 봤어요?!"

함경민이었다.

어른들의 대화는 심각하고 어려워서 잘 알아들을 수 없었지만, 어린 꼬맹이는 이번에야말로 자신이 죽을지도 모른다고 생각하니 자꾸만 눈물이 났다. 하지만, 그 와중에도 바닥을 나뒹구는 앙증맞고 귀여운 꿀벌 편지지만큼은 참을 수 없었다. 쓰임이 끝나서 누구도 신경 쓰지 않던 그것을 함경민이 냉큼 주워들었다.

다 읽은 편지지를 흔들어 대며, 함경민이 호들갑스럽게 말했다.

"여기 뒷면에도 글이 적혀 있어요!"

소문식이 함경민의 손에서 편지지를 받아 들며, 동시에 노수혁 쪽을 노려보았다. 움직이지 말라는 경고였다.

자신이 소문식에게 도움이 된 것 같은 생각에 함경민이 뿌듯해하며 뒤로 물러났다.

소문식이 황급히 편지지를 살펴보았다.

아까 읽은 편지의 마지막 문장은 5월 22일 월요일 새벽 4시 45분, 왕궁의 한 장소에서 노수혁의 정체가 발각되는 것으로 끝을 맺고 있었다.

그런데 예언이 더 있었다고?

그리고, 정말 함경민의 말처럼 편지지 뒷면에 글귀가 있었다.

눈을 의심했다….

도저히 믿을 수 없는 사실에 편지를 움켜쥔 소문식의 손이 하릴없이 떨리고 있었다.

23

편지지 뒷면에 쓰인 검은 글귀.

〈 해와 달을 숭배 말라. 지고 피는 꽃도 숭배 말라. 오직 너의 진실된 나무만을 믿으라. 〉

편지지가 찢어질 만큼 손에 움켜쥔 소문식이 글귀에서 눈을 떼지 못하고 있었다.

이럴 수가…어떻게 이런 일이….

이 편지는 분명히 아바타라가 여왕한테만 보낸 것인데 어찌하여 여기에 노바의 전언傳言이….

온몸에 돋아난 소름으로 움직임마저 잊어버렸다.

소문식의 손이 육안으로 보일 만큼 떨리고 있었다.

시끄러운 머릿속 굉음이 귓속을 파고들며, 주마등처럼 스친 지난 과정들이 일거에 거센 소용돌이가 되어 휘몰아치고 있었다.

노바는…신神은 이미 이 모든 것을 알고 있었다고?

현생에 아바타라가 나타날 것도, 지금 우리가 이런 지경에 처한 것도, 그는 처음부터 모두 다 알고 있었다고?

그럴 수밖에.

오직 아바타라만을 좇고 추앙하고 신성시하며, 그의 재능이 어쩌면 노바를 능가할지도 모른다며 신의 능력을 조롱하고 의심한 나를…

오만과 무지로 점철된 눈과 귀를 틀어막고 신을 사뭇 부정하던 나를 신은, 인간의 언어로 너그럽게 타일렀다.

어떠한 예고도 없이.

그러나, 神의 혜안과 자비에 용서를 구할 틈도 없이 여자의 비명이 울렸다. 비명을 지른 건 천비안이었으나, 바닥에 쓰러진 건 다름 아닌 남지훈이었다. 이곳에서 탈출하기 위해 창문에 권총을 조준한 순간, 느닷없이 옆에서 날아든 해치 조각상에 머리를 가격당한 것이었다. 측두부에서 검붉은 피를 흘리며 남지훈이 까무룩 정신을 잃고 말았다.

놀란 나머지, 손에 든 편지마저 잊고 남지훈에게 달려가던 소문식이 그만 자리에 우뚝 서고 말았다. 허공에 뜬 편지지가 깨끗이 둘로 절단되었다. 순식간에 벌어진 일이라 마치 영화 속의 한 장면인 것만 같았다. 1cm만 더 다가갔더라도 예리한 칼날에 종이가 아닌 소문식의 코끝이 잘려 나갔을 것이다.

원래 하나였던 종이가 둘로 분리되어 흩날리자, 그 사이로 멍한 표정을 한 소문식이 나타났다. 하지만 다음 순간, 사태를 눈치챈 소문식을 두고 '남자'가 먼저 말했다.

"운이 좋군. 얼굴을 쪼개버리려고 했더니…. 그대로 있어. 움직이면 이 애는 죽는다."

조금 전, 팔에 총상을 입고 자취를 감춘 장견우였다.

대형 아프로디테 조형물 뒤에 몰래 숨어있다가 남지훈에게 해치 조각상을 던진 것이었다. 그가 복도에 떨어진 장검을 회수할 때까지도, 접견실에 있던 이들 중 그 누구도 장견우를 염두에 둔 사람은 없었기에 방심이 불러온 참사였다. 아직 술이 덜 깬 몸에서 주취가 났고 발음도 부정확했지만, 예리한 검의 날 끝은 정확히 함경민의 목을 겨누고 있었다. 재단 부이사장에 이어 또다시 인질이 되고 만 함경민이 새파랗게 질려서 울먹였다.

소문식이 침착한 어조로 장견우에게 말을 걸었다. 술에 만취한 자이니 대화하는 척하다가 틈을 봐서 제압하기로 했다.

"여왕 때문에 이러는 거라면, 너도 들었다시피 여왕은 제 손으로 자결하겠다고 말했다. 우리가 여왕을 죽이려고 한 것도 아닌데, 그 애한테 화풀이할 필요는 없지 않은가. 다른 사람이면 몰라도 애만은 이리 넘겨주게."

하지만, 소문식이 뭐라든 장견우는 제 말만 할 뿐이었다.

"흥. 차현호도 도망갔으니 이제 너희들만 사라지면 돼. 그러면 폐하와 나는 다시 사랑하게 될 거야. 더는 말하기도 지치니까 이만 죽어. 당장 얘부터."

자리에 있던 모두가 경악했다.

대화에 응할 것 같던 장견우였기에, 그의 돌발적인 행동을 미처 예상 못 한 소문식도 마찬가지였다. 어떠한 예고도 없이 함경민의 목으로 살벌한 칼날이 파고든 그 순간.

탕, 하는 총성이 울리며 장견우의 얼굴이 휙 돌아갔다.

장견우의 뒤에 서 있던 천비안이었다.

그녀가 부들부들 떨리는 두 손으로 남지훈의 권총을 간신히 움켜쥐고 서 있었다.

생애 첫 경험이긴 했으나, 나름대로 회심의 일발 사격이었다.

하지만 아쉽게도, 탄환은 간발의 차로 장견우의 뺨을 스치고 날아가 몇 미터 앞에 있던 개 석상을 박살 내는 데 그쳤다.

"이게!" 장견우의 장검이 쉭- 소리를 내며, 천비안의 목을 노리고 들어왔다. 오른팔을 다쳤지만, 전직 펜싱 선수였던지라 일반인 여자를 상대로 왼팔로도 충분했다. 하지만, 술기운 때문인지 생각처럼 쉽지 않았다. 잠깐 사이, 천비안의 얼굴과 몸 곳곳에 사선으로 베인 자상들이 툭툭 내리는 빗방울처럼 생겨나기 시작했다. 아연실색한 천비안이 엉겁결에 장견우를 향해 또 사격했지만, 조준이 서툰 그녀인지라 하마터면 김미연이 맞을 뻔했다.

장견우가 휘두른 검에 일방적으로 밀리던 천비안이 결국 손에서 총을 떨구며 뒤로 풀썩 넘어졌다. 시체 더미에 발이 걸린 것이었다. 장견우가 성난 악귀 같은 얼굴로 장검을 높이 치켜든 순간, 어느새 달려든 하태형이 그의 허리를 안고 나동그라졌다. 하지만 그 정도로는 어림도 없었다. 용수철처럼 발딱 일어선 장견우가 단말마의 비명을 지르며 하태형의 옆구리를 일격에 그어버렸다. 팟! 하며 분사된 선혈이 상의를 물들이며, 하태형은 커튼 자락을 잡고서 바닥에 쓰러졌다. 손으로 상처를 막아보려고 했지만, 역부족이었다. 뜨거운 피가 쉼 없이 꿀렁거리며 배어나기 시작했다.

"미연아!"

노수혁이 불렀음에도 불구하고 김미연의 얼굴에 빨간 생채기가 났다. 이젠 장견우가 미치광이처럼 날뛰고 있었다. 상처를 돌볼 새도 없이 김미연이 함경민을 두 팔로 껴안으며 등을 돌렸다. 그러자 장견우의 검이 김미연의 상처 난 허벅지를 베어버렸고, 더는 핏물을 흡수할 수 없을 정도로 붉어진 붕대가 스스로 풀어졌다. 하지만, 곧바로 아이와 김미연의 목을 칠 수는 없었다. 어디선가 얼굴을 노리고 날아든 물체를 장견우가 본능적으로 되받아쳤다. 검날에 부딪힌 물체가 공중에서 박살 나며 파편들이 후두두 떨어져 내렸다. 소문식이 내던진 고려청자였다. 잔뜩 화가 난 장견우가 검을 세우고 달려들었고, 소문식은 형체를 알 수 없는 철제 장식품들을 닥치는 대로 내던졌다. 하지만, 장견우의 훈련된 검을 당할 수는 없었다. 동공에 들어온 칼날이 확대된 순간, 날은 그대로 소문식의 어깨를 파고들었다. 재빨리 피했지만, 장년의 운신이란 고작 몸을 비트는 것이 전부였고, 예리한 검날은 소문식의 어깨 살점을 뭉텅 끊어냈다.

"헉헉, 이것들이…단체로 덤비면 이길 수 있을 줄 알았어?!"

사자후 같은 고성을 내지른 후, 장견우가 피 묻은 검을 큰 동작으로 털었다. 누구 것인지도 모를 핏방울들이 사물과 지면을 가리지 않고 튀었다. 깨끗해진 검에 만족한 장견우가 검날에 남은 피를 혀로 핥았다. 비릿한 피 맛이 달게 느껴졌다. 눈 앞에 펼쳐진 광경 또한 평소라면 질겁했겠지만, 오늘만큼은 이 이상의 축제는 없을 것처럼 짜릿하기도 했다.

여왕이 나의 늠름한 모습과 두려움 없이 적을 무찌르는 남자다운 모습을 감탄한 눈길로 보고 있어서 그런 게 틀림없었다. 그렇게 생각하자 기저에서 끓어오르는 흥분을 주체할 수가 없어 장견우가 서로를 껴안은 김미연과 아이에게 검을 겨누며 용기백배해서 외쳤다.

"너희부터 목을 베어주지! 자비를 베풀어 단 한 번에 끝내줄 테니 고통은 없을 것이다!"

"그만둬! 죽고 싶어?!"

노수혁의 말 따위는 들리지도 않았다. 아수라장이 된 홀에서 장견우가 천장을 뚫을 것처럼 기세등등하게 검을 쳐들자, 노수혁이 죽음을 무릅쓰고 장견우에게 덤벼들었다. 하지만 노수혁보다 검날이 더 빨랐다.

장견우의 검이 함경민의 목을 겨냥한 순간, 쾅 하는 소리와 함께 접견실 문이 활짝 열렸다.

그리고, 문 사이로 기적처럼 차현호가 나타났다!

접견실 문을 연 자가 차현호인 것을 안 여왕이 소스라치게 놀라며 왕좌에서 벌떡 일어섰다. 여왕의 얼굴이 금세 새파랗게 질려버렸다. 왜냐하면, 장견우의 칼춤에 누가 죽든 눈 하나 깜짝하지 않은 그녀였지만, 지금 차현호의 등장만은 절대로 있을 수 없는 일이었기 때문이다.

현호가 세찬 숨을 헐떡이며, 접견실 안으로 들어섰다. 동편 끝, 별궁 보조 주방 바닥에 숨겨진 비밀 지하 감옥에서 이곳 접견실까지, 약 500미터의 거리를 쉬지 않고 달려왔다. 보조 주방과 접견실을 잇는 통로가 일직선으로 이어져 있어서 한달음에 올 수 있었다.

장견우가 어리둥절해서 동작을 멈춘 사이, 현호가 재빨리 주변을 둘러보았다. 수라장이 된 접견실과 벽과 바닥을 흐르는 낭자한 선혈, 그리고 피투성이가 된 사람들의 모습에서 금방 상황을 눈치챘다.

피범벅이 된 몸으로 가까스로 벽에 기댄 하태형이 보였다.

일시에 염화炎火와도 같은 분노가 솟구쳤다.

매섭게 일그러진 얼굴로 현호가 장견우에게 성큼성큼 걸어왔다.

장견우 또한 지지 않고 현호를 노려보며, 그의 심장에 검을 겨눴다. '그런데, 도망간 놈이 여긴 어떻게?….' 라는 의문이 든 것도 잠시, 여왕을 향한 내 일편단심에 감동한 하늘이 저 남자를 보내주신 게 틀림없다는 생각이 들었다.

검을 든 김에 단번에 숨통을 끊어버리라고….

장견우가 새어 나오는 웃음을 감추지 못하고 말했다.

"원수는 외나무다리에서 만난다더니, 이렇게 다시 볼 줄은…."

하지만, 멋진 대사를 다 읊기도 전에 현호가 장견우를 지나쳤다. 그러고는, 바닥에 떨어진 도자기 파편을 주워서 자기 목에 댔다.

"내가 죽는 걸 원치 않으면 장견우부터 처리해."

강미주로부터 이야기를 들었기에, 장검을 든 자가 장견우임을 알았다. 현호가 단숨에 홀을 가로질러서 여왕이 있는 연단에 도착했다. 그가 흉기와도 같은 파편을 쥔 손에 한층 힘을 주며, 여왕을 협박했다.

"시간 없어. 내가 죽으면 너도 무사하지 못해. 미적거리다 저들 중 한 사람이라도 죽으면 뒤는 책임 못 져."

현호의 협박에 여왕이 저도 모르게 노수혁을 노려보았다. 이제야 알 것 같았다. 차현호가 이렇게 등장할 것을 알고서 강미주가 달아날 때도 굳이 그녀를 잡지 않은 것이다.

저 배신자 아바타라 놈은 사전에 이 모든 걸 알고서….

하지만, 더는 기다릴 수 없었던지 현호의 목에 붉은 기가 비쳤다.

안달 난 여왕이 하는 수 없이 장견우에게 명령했다.

"물러서."

그러자 현호가 여왕의 명령을 정정했다.

"저 남자한테 칼을 버리고 내 일행들이 이곳을 빠져나갈 때까지 구석에서 꼼짝도 하지 말라고 해. 움직이는 즉시 이 파편이 내 목을 뚫어버릴 거니까."

여왕이 더욱 다급한 목소리로 장견우를 닦달했다.

"못 들었어?! 칼 버리고 구석으로 물러나! 어서!"

그리고 그때, 커튼에 의지해서 힘겹게 호흡하던 하태형이 더는 움직이지 않았다. 천비안이 억지로 몸을 일으켜서 하태형에게 갔지만, 그는 이미 숨이 끊어진 뒤였다.

천비안이 터트린 울음으로 하태형이 죽은 것을 알았다.

순간, 뭐라 형용할 수 없는 기분에 사로잡힌 현호가 멍하니 하태형만을 보고 있었다. 옆구리에서 피를 흘리며, 아직도 커튼을 붙잡고 있는 저 사람이 정말 하태형이 맞는지 의구심이 들었다.

눈을 감고 자는 것 같은데….

천비안에게 울지만 말고 그를 깨워보라고 말하기 직전, 장견우의 검이 움직였다. 번쩍이는 칼날이 현호의 목을 노리고 들어왔다. 천비안 때는 실패했지만, 불길처럼 타오른 질투에 사로잡힌 남자의 눈빛은 그 어느 때보다도 확연했다.

술기운마저 가신 장견우의 검이 차현호의 목구멍을 깊숙이 관통해버렸다. 날붙이에 막힌 기도 때문에 입에서 선연한 피가 뿜어져 나왔다.

도자기 조각이 마찰음을 내며 바닥에 떨어졌다.

무른 살과 경추뼈를 통과해 버린 칼날에 기도가 막혀서 또다시 울컥하며 붉은 피를 토했다. 숨을 쉴 수 없는 고통에 연신 '꺽, 꺽' 대며 가슴을 마구 쥐어뜯었지만, 상상일 뿐, 손은 가슴 위에 얌전히 놓여 있었다.

소문식을 포함한 모든 눈이 연단 아래의 계단에 쏠렸다. 계단에서 넘어진 현호 또한 놀란 눈으로 '그녀'를 보고만 있었다.

"왜, 왜…도대체 왜…."

여왕의 목에 꽂힌 검을 빤히 보고만 있을 뿐, 빼낼 엄두가 나지 않았다. 넋이 나간 장견우가 앵무새처럼 '왜?'라는 물음만 반복하고 있었다.

일촉즉발의 상황, 왕좌에 있던 여왕이 스스로 몸을 날렸다.

1초만 늦었더라도 정확히 계산된 칼날에 차현호의 목이 뚫렸겠지만, 다짜고짜 뛰어든 여왕이 차현호의 앞을 막아서며 자기 목으로 날을 받았다. 너무도 순식간에 벌어진 일이라 장견우도 어찌할 도리가 없었다. 칼을 거두기에는 늦었다.

여왕이 눈을 부릅떴다. 극심한 통증으로 말미암아 안압이 터진 눈자위 실핏줄이 붉은 홍수를 내렸다.

환상처럼 나부끼는 빨간 장미 꽃잎들과 해무 속에서 못다 이룬 꿈들이 아스라이 스쳤다.

소시지 일등 수출 대국이 되어서 돈을 갈퀴로 쓸어 담고, 일부이처제의 극한 경쟁률을 뚫고 선별된 잘생기고 멋진 선남선녀들과 머리 좋은 천재 과학자들, 예술가들은 전 세계인들의 부러움을 한 몸에 받겠지? 다들 샘이 나서 죽으려고 하겠지?

당연하지. 내가 얼마나 신경 써서 골랐는데….

짜증 나. 그게 다 내 업적인데….

하지만 뭐, 숙주가 있으니까.

안심하고 살포시 눈을 감으려고 했지만, 마음대로 안 됐다.

장검이 목에 꽂힌 여자를 끌어안고서 장견우가 펑펑 눈물을 흘리며 통곡했기 때문이다. 그가 여왕의 볼에 제 볼을 맞대기도 하고 손을 주무르며 머리를 쓰다듬는 등, 목숨보다 사랑하는 여자의 죽음 앞에서 어찌할 바를 몰라 했다.

장견우의 품에서 여왕이 또 한차례 기침하며 토혈했다.

핏물과 핏덩이를 장견우의 얼굴에 냅다 뿌린 그녀가 할 말이 있는지 차현호가 있는 곳으로 눈길을 주려고 했다. 하지만, 말하기는커녕 목을 돌리기도 불가능해서 금방 포기했다.

넓은 접견실에서, 오직 장견우만이 구슬피 울며 끊임없이 말하는 중이었다.

“대체 왜 이런 선택을 하신 겁니까? 흑흑, 말씀을 해보세요. 대체 왜?!”

격앙된 감정에, 헝클어진 머리를 흔들며 더욱 절규했다.

“제가 얼마나 당신을 사랑하는지 잘 아시면서! 당신을 이런 식으로 떠나보내면 저 역시 뿌리 뽑힌 꽃처럼 금세 시들어 죽을 것을 아시면서!”

이젠 여왕이 시뻘건 눈자위를 드러내며, 숨을 격하게 내쉬고 있었다. 장견우가 ‘안돼, 안돼….’하며, 사라지려는 여자를 힘껏 껴안고 넋두리했다.

“꼭 이런 식으로 저를 괴롭히셔야 했습니까? 저딴 남자가 무언데… 저런 하찮은 것 때문에 왜 이토록 아름다운 폐하가 죽어야 하는지, 흑흑흑…. 저도 데려가세요. 저도 당신을 따라 죽겠습니다. 당신 없는 세상에 저 혼자 살아서 무엇하겠…응?”

장견우의 진심이 통했는지, 여왕이 방금 핏기가 가신 입술을 달싹였다. 장견우가 울음을 뚝 그치고 여왕 가까이 귀를 가져갔다. 하지만, 꺼져가는 심지처럼 희미한 목소리인지라 웅얼대는 소리만이 들렸다. 장견우가 아예 여왕의 입술에 귀를 바짝 붙였다. 그리고, 그제야 여왕의 마지막 유언과도 같은 말을 들을 수 있었다.

‘자꾸…흔들지 마…나쁜…놈아…. 너…때문에 더 아파….’

장견우에게만 유언을 남기고 여왕이 죽었다.

감긴 눈과 닫힌 입, 그리고 힘없이 떨군 손이 그녀의 죽음을 알렸다.

장견우가 죽은 여왕을 황망히 보고 있는 동안, 누군가 와서 여왕의 목에 꽂힌 장검을 뽑아 멀리 던져버렸다.

위험한 물건을 제거한 뒤 노수혁이 주저 없이 권총의 방아쇠를 당겼다. 천비안이 떨군 남지훈의 리볼버 권총이었다. 장견우가 계단 아래로 굴러떨어지며, 총알이 박힌 허벅지를 부여잡고 울부짖었다. 다음 순간, 노수혁이 '철컥'하고 현호의 이마에 권총을 겨눴다.

"한 발 남았어."

다들 무슨 일이 벌어진 건지 정확히 알지 못했다. 장견우가 차현호의 목을 치려고 한 시점부터 속전속결로 진행된 양상에 과정과 결과의 구분도 모호했다. 아직도 함경민을 안고 있는 김미연만이 사람이 바뀌어 버린 것 같은 남편을 망연자실하게 쳐다보고 있었다.

그녀가 그의 다음 말을 기다리고 있었다.

저러는 이유가 있을 것이라고, 노수혁이 어떤 짓을 하든 마지막까지 그를 믿고 싶었다. 하지만, 노수혁의 다음 말은 김미연의 그런 기대마저 무참히 깨버리고 말았다.

"네게 감정은 없지만, 정 억울하면 나라도 원망해."

노수혁이 하마터면 방아쇠를 당길 뻔했다.

어느새 나타난 소문식이 차현호를 막아선 것도 모른 채.

총구가 불을 뿜기 직전이었다.

일을 방해받은 노수혁이 냉랭한 음성으로 말했다.

"비키세요. 같이 죽고 싶습니까?"

소문식이 한 팔을 뻗어 현호를 보호했다. 어깨 살점이 잘리면서 근육과 힘줄이 손상된 다른 팔은 피범벅이 된 채 바닥을 향해 축 늘어져 있었다. 극심한 고통이 수반되었으나, 차현호의 생사가 걸린 급박한 전개 속에서 고통 같은 건 먼 나라 얘기였다.

하지만, 대량 출혈로 인해 자꾸만 파르르 떨리는 눈꺼풀과 해쓱한 안면은 숨길 수가 없었다. 그럼에도 소문식이 성난 표정으로 노수혁에게 응수했다.

"이 남자를 죽이면 너도 무사할 수 없다. 너 역시 시간을 잃고 영원히 백색 공간을 떠돌 것이다. 그래도 좋은가?"

"희망 사항은 잘 알았으니 이만 물러나시죠. 단 한발뿐인 총알이라 당신한테 허비하고 싶지 않습니다."

"대체 이러는 이유가 뭔가? 사람을 죽이는 일까지 서슴지 않으면서 시간을 역행해야 하는 이유가 뭐냐는 말이야. 네가 어떤 식으로 네 잘못을 후회하든 한번 지난 과거는 돌이킬 수 없는 법이다. 이런 짓을 해서 억지로 시간을 되돌린다 한들, 지금 네가 벌인 이 일 또한 하나의 추악한 과거가 되어 너를 불행하게 할 것임이 자명하다. 그때가 되면 너는 또 사람을 죽여서 과거를 되돌릴 텐가? 언제까지? 네가 만족할 때까지? 새 삶을 살게 되면 네 인생에서 절대로 후회와 자책이 없을 거라고 장담할 수 있는가?"

"할 말이 끝났으면 이제 비키시죠."

나름 진심 어린 열변을 토했건만, 결국 설복에는 실패했다. 그때, 창문 밑에 쓰러진 남지훈이 비틀거리며 일어나는 게 보였다. 노수혁이 눈치채지 못하도록 소문식이 짐짓 완고한 어조로 말했다.

"충고 하나 하지."

시간을 끌기 위해서, 일부러 대사를 길게 가져갔다.

"해가 떴으니, 이제 시간이 되었네. 하지만, 정해진 시간 안에 강미주가 나타나지 않으면 너의 헛된 꿈도 물거품처럼 사라지겠지? 물론 넌 강미주가 돌아올 것을 예언했지만, 난 아직도 예언보다는 사람의 의지를 더 믿네. 요컨대, 여왕의 말처럼 강미주는 절대 이곳으로 돌아오지 않을걸세. 그녀의 힘은 너와는 비교도 안 되게 약하고 그녀 스스로도 잘 알고 있더군. 너를 보고 줄행랑친 것도 그런 이유일 테고…. 그래서 말인데, 여기서 이러지 말고 지금이라도 밖에 나가서 강미주를 찾아보는 건 어떠한가?"

소문식의 말이 끝나자, 노수혁이 총구를 까딱하며 말했다.

"강미주라면 저기 있습니다."

일순간, 미간을 찌푸린 소문식이었으나, 말뜻을 알아차리는 데는 채 1초도 걸리지 않았다.

방금 누군가 접견실 안으로 들어왔다.

눈을 믿을 수가 없었다.

얼굴이 땀으로 젖은 강미주였다. 표정 가득한 두려움은 어쩌지 못했으나, 그녀가 쭈뼛거리면서도 발을 떼고 있었다.

머리모양도 옷도 신발도, 조금 전 이곳에서 도망친 강미주가 틀림없지만, 한 가지 다른 점은 그녀의 손목에 있던 카밀러 꽃팔찌가 사라졌다는 것이었다. 다만, 일점一點처럼 소소한 것이라 누구도 눈치채지 못했다.

홀 중앙까지 온 강미주가 마른침을 꿀꺽 삼키고는 큰소리쳤다.

"차…차현호한테서 소…손을 떼라!"

하지만, 그녀의 말을 무시하며 노수혁이 명령했다.

"여기로 와."

강미주가 흠칫하자, 노수혁이 좀 더 목소리를 높였다.

"또 도망가면 차현호는 죽는다. 이 거리에서 네 심장을 맞출 순 없지만, 차현호라면 가능하지."

노수혁이 농담이 아니라는 듯, 소문식의 어깨에 총 든 팔을 척하니 걸쳤다. 작달막한 체형의 소문식이라서 키 큰 노수혁에게 그쯤은 식은 죽 먹기였다. 한순간, 권총의 총구가 소문식의 어깨를 거쳐 차현호의 심장과 일직선상에 놓였다.

"움직이지 마세요. 이 팔이 흔들리면 차현호는 죽습니다…. 강미주, 넌 빨리 이리로 와."

어깨를 빼려는 소문식을 협박하며 노수혁이 강미주를 다그쳤다.

하지만, 갈팡질팡하며 꾸물거리는 강미주여서, 참다못한 노수혁이 화를 냈다. 시간이 거듭 지연되어서 초조해진 것이 분명했다.

"시간 없다고! 너부터 총으로 쏴버리기 전에 빨리 여기로…."

철썩! 하는 소리가 나더니 노수혁의 얼굴이 획 돌아갔다. 그의 아내인 김미연이었다. 멀찍이 서 있던 그녀가 언제 여기까지 왔는지 몰랐다. 남편의 뺨을 사정없이 갈겨버린 그녀가 분노에 차서 말했다.

"지금 뭐 하는 거야? 제정신이야? 당신이 왜 사람을 죽여? 네가 살인자야? 노수혁 네가 살인자야?!"

살이 떨릴 지경이었다.

내가 아는 남편이 아니었다. 묻고 싶었다. 이토록 잔인하고 감정 없는 기계처럼 말하고 협박을 아무렇지도 않게 해대는 이 작자가 도대체 누구인지. 내가 처음 만난 순간부터 사랑에 빠져서 이제껏 단 한 순간도 사랑하지 않은 적 없는, 거칠고 욱하는 데는 있어도 동정심 많고 인간미 넘치던 내 남편이 아닌 넌…. 김미연의 눈에서 왈칵 눈물이 솟구쳤다.

"그만둬…제발…제발 그만둬, 수혁 씨…."

노수혁이 김미연에게 잠깐 정신을 판 그 틈을 놓치지 않았다. 소문식이 젖 먹던 힘까지 짜내 노수혁의 팔을 후려쳤다. 귀 따가운 총성이 또 한 번 홀을 울렸다. 권총에 남은 마지막 한 발의 총알이 표적을 잃고 빗나가며 홀 내에 있던 누군가의 다리를 관통했다.

강미주가 비명을 지르며 자리에 털썩 주저앉았다.

오발탄이 그녀의 왼쪽 종아리에 박히면서 신경이 손상된 것이다. 다리에 불이 붙은 것 같은 통증에 강미주가 '엄마'를 찾으며 어린아이처럼 엉엉 울었다. 그러면서도 그녀가 정면에 보이는 현호를 향해 손짓했다.

"도망가요! 빨리!"

소문식이 노수혁의 얼굴을 주먹으로 가격하자, 노수혁도 펀치를 날렸다. 서로가 치고받으며 육탄전이 되어버린 현장을 떠나지 못하는 현호에게 강미주가 목청을 높였다.

"오빠! 빨리 여기서 나가라고요! 도망쳐요!"

언뜻 정신을 차린 현호가 홀을 가로질러 뛰어왔다. 그가 다리에 총상을 입은 강미주를 부축하며 물었다.

"괜찮아? 일어설 수 있겠어?"

"아, 움직이면 아파요! 못 될 것 같아요…. 오빠라도 달아나요. 최대한 멀리 가요."

"그럼 업혀." 현호가 등을 내밀자, 강미주가 완강히 고개를 가로저었다.

"난 괜찮아요. 나도 힘이 있어요. 노수혁은 날 절대로 못 죽여요. 그러니까 어서 오빠만이라도…."

강미주가 말하는 도중, 소문식이 노수혁의 바짓가랑이를 붙잡고 늘어지며 소리쳤다.

"차현호부터 잡아! 시간이 다 됐어! 빨리!"

남지훈이 어느새 현호의 근접 거리 안에 들어와 있었다. 머리에서 떨어지는 피를 손으로 막으며, 그가 현호의 옷자락을 잡아채려고 했다. 하지만, 핏물이 스민 눈이 시야를 좁게 했고, 현호는 아슬아슬하게 남지훈의 손을 피할 수 있었다. 상황이 급박해서 하는 수 없었다. 현호가 강미주에게 눈짓하고는 천비안과 함경민의 팔을 잡아 일으켜서 재빨리 접견실을 빠져나갔다. 곧이어 남지훈이 그들의 뒤를 쫓았다.

"수혁 씨! 안돼!"

김미연의 경악에 찬 고함을 뒤로 하고, 노수혁이 엉겁결에 발치를 구르던 크리스털 볼을 내던졌다. 주효했다. 끈질기게 노수혁의 발목을 잡던 소문식이 단단한 공에 얼굴을 맞고서 뒤로 거꾸러졌다. 발을 헛디딘 그가 대리석 바닥에 '쿵' 소리가 나도록 머리를 찧었다. 그리고 다시는 일어서지 못했다. 흰 뼈가 훤히 드러난 어깨에서 과도한 출혈이 이어졌고, 광대뼈는 함몰되었다. 처참히 멍든 얼굴로 소문식이 무거운 눈꺼풀을 이기려고 눈을 희번덕거렸다. '아직 임무가 남았는데….' 하지만, 뭉근한 피와 체온을 느끼자 왠지 졸음이 몰려와서 참을 수가 없었다. 나머지는 지훈이가 잘해주려나…. 워낙 다부진 아이니 잘할 게야…. 잠을 이기지 못한 늙수그레한 남자가 천천히 눈을 감았다. 마침내 긴 여정에 안온安穩이 찾아들었다. 오직 소문식만이 아는 사실이었다.

"여보…수혁 씨…."

김미연이 몸을 사시나무 떨듯 떨며 소문식에게서 눈을 떼지 못했다. 노수혁도 놀란 눈으로 바닥에 쓰러진 소문식을 보았다. 하지만 그것도 잠시, 노수혁이 얼음장 같은 표정으로 협탁 위에 있던 뭔가를 집어 들었다.

여왕이 자결할 목적으로 준비한 단도였다.

노수혁이 망설임 없이 칼집에서 단도를 뺐다.

남편이 무슨 짓을 꾸미는지 눈치챈 김미연이 더럭 그의 앞을 막아섰다.

"못 가."

"비켜. 이제 곧 끝나. 다 왔어. 미연아."

소름이 끼치다 못 해 오한마저 느꼈다. 병자처럼 파르께한 안색으로 김미연이 고개를 가로저었다.

"그만해. 더는 안돼. 더는…네 미친 짓을 용납할 수 없어. 아니, 이번엔 내가 널 죽일지도 몰라."

"그렇게 해."

너무도 태연자약하게 대답하는 남편에게 위화감이 들었다. 불현듯 기시감이 생겼다. 동네 마트에서 둘이 저녁 장을 보던 중, 양파를 낱개로 살지 망으로 살지 다툰 적이 있었다. 물론, 난 기어코 양파 7개가 든 망을 샀다. 그러자, 한 끼만 요리하고 나머지는 또 썩어 내버릴 거라고 장담하면서도 남편은 지금처럼 저렇게 편안한 음색으로 내게 말했다. '그렇게 해.'라고….

양파를 사는 것과 사람을 죽이는 것이 같은 무게의 고민거리였는지, 아니면 나까지도 미친 건지 더는 구분할 기력도 의지도 생겨나지 않았다. 내가 아까부터 누구와 대화하고 있는 건지, 여기서 뭘 하고 있는 건지도.

마네킹처럼 서 있는 김미연의 곁을 스쳐 가며 노수혁이 말했다.

"여기서 기다리고 있어. 금방 끝내고 올게."

그를 돌아볼 수 없었다. 걷잡을 수 없는 무기력증이 몰려왔다.

하지만, 내 마음이 어쩌든 더 이상의 살인만은 막아야 했다. 하지만 어떻게…. 김미연이 막 떠나려는 노수혁의 옷자락을 붙잡고 다급히 물었다.

“저 여자를 죽여서 당신이 얻는 게 뭐야? 처음엔 차현호였잖아. 차현호를 죽이려다 안되니까 이젠 누구라도 죽여야 하는 거야? 뭐가 됐든 말로는 해결할 수 없는 거야? 노력은 해봤어? 아니면 당신이 정말 살인마야?”

“….”

“그렇다면 차라리 날 죽여. 수혁 씨.”

널 막을 수만 있다면 기꺼이 죽을게.

그러니까, 제발 저 여자만은….

홀 저편에서 총상을 입은 강미주가 일어서려고 버둥거리다 실패하자 다리를 질질 끌며 바닥을 기어가기 시작했다.

시간이 없는데 아내가 자꾸만 일을 그르치고 있었다.

노수혁이 눈을 들어 김미연을 보았다.

“너와 내가 그토록 소망하던 일….”

조금 전 느꼈던, 처연하리만치 깊은 눈빛이 아내에게 말하고 있었다. 김미연은 두 번은 속지 않으리라 마음의 준비를 단단히 했다.

“우리 예원이가 태어난 그날로 되돌아가는 거야.”

스르륵, 손가락이 옷자락을 놓았다.

자유롭게 된 노수혁이 이제 아무 힘도 들이지 않고 강미주를 향해서 걸어갔다. 남자의 손에서 번쩍이는 단도를 본 강미주가 질겁하며 필사적으로 도망쳤다. 하지만, 아무리 기어봤자 성인 남자의 보폭에 따라 잡히는 건 금방이었다. 목덜미가 잡히자, 발악하며 우는 강미주였지만, 노수혁은 사정 봐 주지 않고 단도를 위로 치켜들었다.

*

월요일 오전, 6시 35분.

현호가 들숨·날숨을 내뱉으며 헉헉거렸다.

천비안과 함경민은 은사의 숲길 어디쯤에서 헤어졌다. 그리고 어쩌면 남지훈에게 쫓긴 것이 천만다행이란 생각이 들기도 했다.

접견실을 나와 정문으로 탈출하려고 했으나, 천비안이 궁궐 주변에 여왕의 사병들이 깔렸을 거라고 해서 보조 주방이 있는 별궁으로 방향을 틀었다. 조금 전, 내가 별궁을 나왔을 때 사병은 없었기 때문이다. 사병은커녕 사람 그림자 하나 보이지 않았다. 그러나 잠깐 사이 사정이 달라졌다. 별궁을 다 못 가서 석궁을 든 몇 명의 경찰들이 우리를 발견하고는 화살을 쏴댔다. 하마터면 함경민이 화살에 맞을 뻔했지만, 뒤따라오던 남지훈이 경찰 한 놈에게서 빼앗은 석궁으로 놈들과 싸우기 시작했다. 백발백중의 사격 실력으로 석궁을 조준하는 족족 놈들이 쓰러졌다. 야생 식물이 무성히 자란 수풀과 덤불, 우듬지가 하늘을 가릴 만큼 빽빽이 들어선 나무들도 탈주에 도움이 됐다. 하지만 함경민의 걸음이 느린 데다, 힘들어해서 도중에 천비안과 함경민은 풀과 이끼로 뒤덮인 바위 틈새에 숨겨두고 나는 경찰을 유인하며 혼자 도주했다.

헉헉….

가쁜 숨을 몰아쉬며 필사적으로 달렸다.

쉼 없이 날아드는 화살 때문에 여기가 어딘지 얼마나 달린 건지 몰랐지만, 그래도 무조건 앞만 보며 내달렸다. 방금 한대의 티타늄 화살이 아슬아슬하게 귓불을 스쳤다. 빗나간 화살은 굵은 나무둥치에 텅, 소리를 내며 꽂혔고, 뒤이어 날아 온 몇 대의 화살은 흙과 돌을 튀기며 땅바닥에 박히거나 떨어졌다. 심장이 터질 것처럼 요동쳤고 폐가 아파서 더는 갈 수 없다, 포기도 했지만, 그럼에도 살고자 하는 의지는 잠시의 쉼도 허락하지 않았다.

초입 길을 표시한 푯말을 지나자, 강렬한 아침 햇살이 쏟아졌고 비로소 숲이 끝났다. 하지만 놈들은 상상 이상으로 끈질겼다.

달리는 시점과 일직선상에 놓인 하천 교량을 전속력으로 질주했다. 그러나 교량의 반대편에는 팀으로부터 무전을 받은 경찰들이 벌써 진을 치고 현호를 기다리고 있었다. 전·후방이 경찰에 포위되어 도저히 달아날 방법이 없자, 현호가 망설임 없이 4미터 높이의 교량에서 아래로 뛰어내렸다. 퍽! 하며, 몸이 땅바닥에 부딪혀서 고꾸라졌다. 무릎과 발목이 접질린 것 같았지만, 아플 틈도 없이 벌떡 일어나 돔형으로 된 하천 터널 배수로 안으로 도망쳤다. 그러자, 경찰 중 상급자로 보이는 인물이 지시를 내렸다.

"놓쳤어! 2팀은 상류로 간다! 서둘러!"

"네!"

하천 하구에서 경찰팀이 2개 조로 나뉘었다. 기존 팀은 계속 활을 쏘며 현호의 뒤를 추격했고, 다른 한 팀은 발 빠르게 교량 위로 올라가 하천 상류 쪽으로 진입했다.

냄새나고 캄캄한 배수로 안에서 현호가 물을 철퍽 이며 힘겹게 전진하고 있었다. 그래서 경찰의 대화 소리도 듣지 못했다. 오직 터널 저편에 나타난 눈부신 흰빛만을 따라갈 뿐이었다. 물이끼를 잘못 밟아서 하마터면 미끄러질 뻔했지만, 배수로 내벽을 짚으며 버텼다. 그 후, 동공에 각인된 빛을 따라 무작정 터널을 달려 나갔다.

*

조금 전.

연단을 향해 서 있던 김미연이 몸을 돌렸다.

방금 남편이 한 말…. 뜻을 물어보고 싶었다.

너, 그게 지금 무슨 미친 소리냐고.

우리 예원이는 죽었는데 누가 태어난 그날로 되돌아간다고?

이미 죽었잖아. 우리 예원이는….

"살려주세요!"

악착같이 바닥을 기어가던 강미주가 이내 노수혁에게 뒷덜미가 붙잡혔다. 공포에 질린 그녀가 급기야 두 손 모아 빌기 시작했다.

"제발 목숨만 살려주세요. 흐흐흑…. 죄송해요. 제가 다 잘못했어요. 그러니까, 이번 한 번만…흑흑, 한 번만 살려주세요."

잘못한 게 뭔지도 모르면서 강미주가 울며불며 애원했다. 그리고, 그런 강미주를 몇 걸음 떨어진 곳에서 김미연이 멍하니 쳐다만 보고 있었다.

노수혁이 나직이 대답했다.

"미안해. 대신 아프지 않게 한 번에 끝내줄게."

칼로 사람을 찔러본 적이 없어서 궁리 끝에 방법을 찾아냈다. 여자의 심장을 있는 힘껏, 깊숙이 칼을 넣어서 찌르면 될 것이다.

강미주가 오열하며 말했다. 조금이라도 더 살기 위해서는 말이라도 계속해야만 했다.

"흑흑흑, 왜…대체 저한테 왜 이러시는 거예요? 제가 음의 아바타라라서요? 흑흑…. 하지만, 절 죽인다고 해서 시간이 역행할지 어떨지는 모르는 거잖아요. 실패하면 나만 죽는 거잖아요. 어흑흑…그리고 제 의견은 왜 안 물어보세요? 난 이러는 거 반대예요. 흑흑. 나랑 만난 것도 오늘이 처음이면서…초면에 이러는 게 어딨어요? 흑흑흑….”

뻔한 수작을 부리는 강미주에게 노수혁이 차갑게 대꾸했다.

“원망하려면 네 피를 원망해. 그리고 빨리 포기해. 그래야 네가 편해져.”

총상을 입은 강미주의 다리에서 아까부터 검은 피가 흐르고 있었다. 이 이상 확실한 인증은 없었다. 그러자, 강미주가 인정할 수 없다는 듯 고개를 가로저었다.

“저 포기 안 해요. 꼭 살 거예요, 살고 싶어요. 흐흑….”

하지만, 이미 결정된 사건이며 시간이었다. 노수혁이, 손이 발이 되도록 빌며 끊임없이 지껄이는 강미주의 목덜미를 움켜잡았다.

그 순간이었다.

방금 그 말.

김미연의 눈이 확 커졌다.

저 여자, 설마…?

서슬 퍼런 단도가 강미주의 심장을 노리고 날아들었다.

*

월요일 오전, 6시 50분.

느닷없이 나타난 경찰들 때문에 일에 차질이 생겼다. 차현호와 경찰을 뒤따라온 남지훈이 하천 상류를 향해 전력 질주했다. 달리는 동안에도 불안한 상상이 뇌리를 떠나지 않았다. 저들 손에 차현호를 죽게 할 수 없었다. 만에 하나, 그런 불상사가 생긴다면 '이 세상'은 예고 없는 종말을 맞이하게 될 테니까. 그리고, 남지훈 자신이 현실에 있는 걸 보면 아직 쌍의 아바타라가 소멸 전인 것임이 틀림없었다. 시간은 곧 아침 7시 5분을 가리킬 것이고 뛰다가 죽는 한이 있어도 노수혁보다 먼저 일을 끝마쳐야만 했다.

내게 주어진 15분. 마지막 기회였다.

땀투성이가 된 남지훈이 하천 상류에 도착했다. 하지만, 이미 늦었다. 차현호가 긴 터널을 거의 빠져나왔을 무렵, 발사 명령과 함께 그에게 무수한 화살 세례가 쏟아졌다. 차현호의 상체가 휘청하더니 목이 꺾였다. 그의 심장께와 팔다리에 화살이 박혀 들자 남지훈이 경악했다. 남지훈의 석궁이, 등을 보인 세 명의 경찰과 배수로에서 막 나온 한 명의 경찰을 연사로 쓰러뜨렸다. 어려운 전투 상황에서도 쏘는 족족 백발백중인 것은 남지훈의 순간적 집중력이 폭발적으로 높아졌기 때문이었다. 당장 차현호의 생존 여부부터 확인해야만 했다! 남지훈이 쏜 다섯 번째 화살이 마지막 경찰의 심장을 관통했다.

시각은, 오전 7시 정각이었다.

*

"안돼! 수혁 씨!"

등 뒤에서 나를 만류하는 아내의 목소리가 들렸다.

귀가 들었을 뿐, 따를 생각은 없었다.

시각은 오전 6시 55분을 가리키고 있었다.

7시 5분까지 남은 시간은 단 10분.

강미주가 울음을 터트리며 노수혁을 저지하려 팔을 휘둘렀다.

"멈춰!!! 우리 예원이 심장이야!!!"

예리하기 그지없는 칼끝이 강미주의 왼쪽 가슴에 상처를 내고 말았다. 하지만, 칼날은 채 1센티미터도 들어가지 못했다. 노수혁이 마치 얼음이 된 것처럼 동작을 멈춘 사이, 김미연이 목청이 터지라고 소리쳤다.

"그 여자야! 우리 예원이가 심장을 준 사람, 강미주, 그 여자라고!"

12년 전, 태어난 지 6개월밖에 안 된 내 아이는, 제한성 심근병증이란 병을 앓고 있던 중학교 2학년 여학생에게 자기 심장을 주고 하늘나라로 떠났다. 나와 남편이 며칠 밤을 눈물로 지새우며 결정한 일이었다. 우리 예원이를 기억하기 위해서, 짧은 시간이나마 우리 예원이가 이 세상에 있었던 것을 누군가는 기억해 주기를 바라면서. 그리고 심장을 기증받지 못해서 죽어가던 한 소녀를 살리기 위해서. 심장 수혜자인 소녀를 의도적으로 만나지 않았다. 하지만, 소녀의 수술 당일, 나는 남편 몰래 그녀가 있는 병원에 찾아갔다. 앞으로 우리 예원이의 심장으로 살아갈 아이의 얼굴이 갑자기 보고 싶어졌기 때문이었다. 그리고, 수술실 입구에서 카트에 누운 강미주가 그녀의 엄마에게 한 말.

-나 포기 안 해. 꼭 살 거니까 걱정하지 마, 엄마.

처음 강미주를 봤을 때부터 낯이 익다고 생각했다. 그리고 내 의식이 애써 그녀를 기억하려 하지 않은 이유….

김미연이 흐느껴 울며 말했다.

“그만해. 우리 예원이 심장이야…. 흑흑, 당신이 죽이려는 그 심장이…지금 당신 눈앞에서 살아 펄떡이는 그 심장이 우리 예원이 심장이라고, 흐흑흑.”

노수혁이 강미주를 보았다.

빛이 사라진 남자의 동공에, 눈물로 얼룩진 얼굴이 비쳤다. 그 겁먹은 얼굴이 자신을 뚫어져라 쳐다보고 있었다.

강미주가 찌른 메스가 노수혁의 목에 꽂혀있었다. 문을 향해 기어가던 중 바닥에서 주운 메스였다. 강미주가 새파랗게 질린 눈으로 노수혁을 보고만 있었다. 이윽고 그녀가 화들짝 놀라면서 메스에서 손을 뗐다. 작지만 예리한 메스는 목의 경동맥을 끊었고, 노수혁의 목에서 먹물처럼 검은 피가 선을 그리며 흘러내렸다.

정말 다행이라고 생각했다.

작은 네 심장이 다치지 않아서.

노수혁이 강미주의 심장을 내려다보았다.

사람의 목을 메스로 찌른 충격으로 강미주의 심장이 터질 것처럼 펄떡이고 있었다.

참 다행이야.

그리고 아빠가 미안해….

예원아….

검은 피가 분수처럼 솟구쳤다. 하지만, 그 속에도 노수혁의 미소만은 안온할 수 있었다.

예언은 맞지 않아도 괜찮았다.

시각은, 아침 7시 정각이었다.

*

진흙땅에 쓰러져 있는 차현호에게 달려갔다. 죽었는지부터 확인해야 했다. 기관을 통과하지 못한 숨을 토하며 차현호가 가까스로 왼손을 내뻗었다. 오른손은 심장께에 박힌 화살을 부여잡고 있었다.

"도…도와줘…나를…."

참으로 다행이었다. 아직 숨이 붙어있는 차현호였다. 하지만 기뻐할 시간도, '인천항'까지 갈 시간도 없었다. 여기서 해결해야만 했다. 단 한 번에 실수 없이. 숨을 헐떡이며, 남지훈이 무릎을 꿇고 앉았다. 화살촉을 곧추세운 뒤 직선으로 차현호의 목에 박아넣었다. 퍽, 하며 남지훈의 얼굴에 피가 튀었다.

…남자의 목 언저리에서 달랑이는 은색 물체가 햇빛에 반사되며 빛났다. 흰 모래알처럼 반짝이는 그것이 함경민에게서 선물 받은, 구리로 만든 싸구려 총탄 모조품인 걸 현호가 알 리가 없었다. 숨이 끊어진 망막 안에서 최후의 형체가 또렷이 나타났다.

비로소 나는 알 수 있었다.

나를 죽인 사람이 다름 아닌, 남지훈이었음을….

그리고 시각은, 오전 7시 3분 54초였다.

24

월요일, 아침 7시 5분.

"헉!"

눈이 번쩍 뜨였다.

헉헉…뭐야? 꿈이야?

침대에 누운 채로 천장을 응시했다. 하지만 곧 이불을 박차며 침대에서 내려선 그가 창가로 걸어갔다. 급한 마음에 슬리퍼도 신지 못한 맨발이었다. 군청색 커튼을 젖힌 뒤, 쫓기는 사람처럼 허겁지겁 창문을 열었다.

어제도 본 빨간 우체통과 이웃집 중학생 녀석의 새 자전거가 낮은 담벼락에 기대어 세워져 있었다. 그리고 그 뒤로 보이는 커다란 사이프러스 나무들.

눈을 부릅뜨고 나무를 주시하자, 살랑이는 동풍에 나무줄기와 잎들이 소리 내며 바람결을 따라서 흔들렸다. 하지만 아직 안심할 수 없었다. 꿈속의 꿈을 꾸고 그 안에서 또 연이어 같은 꿈을 꿨다. 이것 역시 꿈일지도 몰라서 눈에 힘을 주고 '바깥'에 시비를 걸었다.

얼마 후, 청명한 하늘을 흐르는 흰 뭉게구름이 눈에 띄었다. 실타래 같기도 하고, 몽실몽실한 솜뭉치가 참 달콤하게도 생겼다고 생각했다. 하지만 금방 정신을 차렸다. 날 감상에 빠지게 하려는 음모다!

참새들이 날아가며 저마다 시끄럽게 지저귀었고, 어디선가 또 한차례 옅고 부드러운 샛바람이 불어왔다. 바람의 힘을 거스르지 않고 사이프러스 잎사귀들이 일제히 같은 방향으로 몸을 뉘었다.

마치 합창하며 춤을 추듯.

그들의 작은 몸짓은 바람을 향해 '난 당신을 배신하지 않아요'라며 결백과 순종을 맹세하는 듯했고, 일부는 나를 보며 이야기하는 듯했다. 봐, 난 저항하지 않아. 이건 내 의지로 선택한 일이야. 그래서 난 네 꿈이 아니야, 라고….

꿈은 아니었다.

나는 현실에 있었다.

***

호라이즌 빌딩 오피스 1층.

〈 세하대학교 대학원 미생물 분자생명공학과 〉

딸깍, 하며 연구실 출입문이 열렸다.

중요한 연구 데이터가 보관된 대학원 연구실을 출입 카드도 없이 무단침입한 사람들이라서 연구실 혹은 외부의 누군가가 본다면 그들을 도둑으로 착각할 수도 있겠지만, 방금 문으로 들어온 사람들은 그런 것에는 별로 개의치 않은 듯 보였다.

연구실 안으로 걸어가며 한 남자가 말했다. 나이 든 음성이었다.

"발밑을 조심하게. 예전 요원이 바닥에 떨어진 액체 질소를 밟은 적도 있으니까."

그러자 뒤따르던 젊은 목소리가 대답했다. 그는 손에 금속으로 된 긴 원통형 랜턴을 들고 있었다.

"알고 있습니다. 조심할게요."

생명과학을 다루는 연구실답게 출입문을 들어서면, 가장 먼저 방 중앙에 놓인 중앙 실험대와 여러 책상을 볼 수 있는데, 책상 위에는 현미경과 미생물을 배양하는 페트리 접시, 액체를 옮기는 데 사용하는 피펫 등의 실험 도구와 실험기록부 등이 놓여 있었다. 우측 벽을 따라서 작업대와 인큐베이터, 배양기, 멸균기 등의 특수 장비들, 그 밖에 흄 후드, 샘플 보관함 등이 나열해 있었으며, 좌측 벽면에는 연구실 책임자를 위한 소규모의 사무 공간과 소화기가 비치되어 있었다. 출입문 맞은편에는 묵직한 원목 책상이 자리하고 있고, 책상 위에는 컴퓨터와 서적, 종이 파일들, 그리고 〈미생물 분자생명공학과 교수 설황민〉이라고 인쇄된 명패가 놓여 있었다. 조금 의외인 건, 사무를 위한 연구실과 위험한 약품을 취급하는 실험실이 따로 분리된 여타의 다른 공과 대학원 연구실과는 달리, 이곳은 컴퓨터가 놓인 지도 교수의 책상과 위험한 실험실이 합쳐진 이상한 구조였다.

처음 와 본 곳이 아닌 듯 남지훈이 익숙하게 장갑 전용 보관함 앞에 서더니, 그 안에서 라텍스 재질의 실험실 장갑을 꺼내서 손에 끼었다. 그러고는, 여러 개의 책상을 지나서 맨 끝에 설치된 무균 작업대 앞에 가서 섰다.

소문식은 전등 스위치 위 벽에 걸린 그림 액자를 보고 있었다.

20세기 화가, 구스타프 클림트가 그린 '생명의 나무'이다.

그림 양측에는 포옹하는 연인과 한 여인을 뒀으며, 중앙에는 줄기와 가지를 뻗은 나무를 표현했다.

소문식이 좀 더 액자에 가까이 다가섰다. 화려한 금색을 아낌없이 사용해서 몽환적 표현을 극대화한 이 작품은, 본래 하나의 그림이 아니라 벨기에 브뤼셀의 스토클레 프리즈 궁의 장식 벽화를 그린 것으로, 총 9개 패널로 된 모자이크 초안을 엮은 것이라고 알려져 있다. 나무의 굽이치는 줄기와 가지는 다방향으로 뻗어나가며 순수한 생명력과 성장을, 나선형과 원형의 패턴은 우주적 순환과 변화, 재생의 상징으로 해석하는 것이 일반적이었다.

그러한 해석에 동의할 수 없는 것인지, 혹은 너무 그럴듯하여 눈을 떼지 못하는 것인지, 혹은 다른 감상이 있는 것인지, 소문식이 꽤 긴 시간을 그림에 심취해 있었다.

잠시 후, 자신을 부르는 목소리에 그제야 소문식이 그림에서 눈을 뗐다. 마무리를 목전에 두고, 명화 한 편을 감상하는 사치는 충분히 누린 셈이었다.

조금 전의 남지훈과 마찬가지로 소문식이 실험용 장갑을 꺼내며 물었다.

"그 남자는 고통 없이 갔는가?"

남지훈이 실험 작업대에서 뭔가를 주의 깊게 들여다보며 대답했다.

"네. 문제없었어요."

분명, 화살촉에 목이 뚫려서 피를 토하며 죽은 차현호였건만, 남지훈은 대수롭지 않아 보였다. 그 건은 일단락되었기에 머릿속에서 지워진 탓이기도 했다. 하지만, 차현호의 죽음이 못내 마음에 걸리는지 소문식이 또 물었다.

“그가 죽은 시각이 정확히 몇 시라고 했지?”

“7시 3분 54초요. 1분 6초를 남겨놓고 죽었어요. 실패할 줄 알고 조마조마했는데 그래도 다행히 시간 안에 클리어했어요.”

그랬다. 남지훈도 나도 이번 임무는 실패라고 생각했다.

하지만, 남지훈의 발 빠른 판단력 덕분에 임무는 99% 성공했다.

만약 나였다면, 일이 실패로 끝날지도 모를 두려움과 살인에 대한 죄책감 등, 실로 오만가지의 잡생각으로 머리가 복잡해서 시기를 놓쳤을지도 모른다.

소문식이 이례적으로 남지훈을 칭찬했다.

“잘했어. 나라면 못 할 일이었어. 너의 순간적 판단과 집중력이 이번 일을 성공시킨 거나 다름없다.”

칭찬에 인색한 상사이기에, 이런 대화가 익숙지 않은 남지훈이 겸연쩍게 대답했다.

“뭘요. 그래도 인천항까지 갔으면 좋았을 텐데 좀 아쉬워요. 너무 급해서 차현호의 목에 화살을 꽂은 것도 기분이 좀 그렇고요. 잔인한 것 같아서요….”

‘인천항’은 차현호의 집, 즉 그의 개인 방을 지칭한다. 소문식이 얼토당토않다는 듯 말했다.

“무슨 소리야. 그 상황에선 최선이었고 상당히 잘 처리했어. 인천항까지 갈 시간도 없었거니와 가는 중에 차현호가 눈치채거나 반항해서 더 나쁜 일이 생겼을지, 그건 아무도 장담할 수 없지.”

차현호는 부현4길 집, 자기 방 침대에서 월요일 아침 7시 5분에 깨어나도록 타이머가 설정되어 있었다.

작전명, '인천항 귀가'이다.

아침 7시 5분 전에 방 침대에 도착한 경우는, 수면제를 투여하는 등의 방법으로 설정 시각까지 재우면 될 일이지만, 만약 시간을 넘길 경우는 이야기가 달라진다.

이제껏 임무를 수행하면서 이번 시즌처럼 고역에 시달린 적이 없었다. 물론, 계획에 없던 아바타라의 출현 때문이었다.

아바타라는 일련의 모든 과정에 관여하며 우리의 임무를 망쳤다. 수시로 발생한 변수에 나는 제대로 대응하지 못했고, 결국 남지훈이 차현호를 죽이는 결말로 끝이 났다.

그러나, 남지훈의 행동은 실로 러시안룰렛에 목숨을 맡기는 것만큼이나 위험천만한 행동이었고, 절대적으로 금기시된 행위였다. 결과가 좋아서 당장은 웃고 있지만, 만약 남지훈 멋대로 차현호를 죽였을 때 세상이 어떻게 변할지는 아무도 장담할 수 없었기 때문이다. 하지만 결과적으로 어떠한 일도 일어나지 않았고, 그에 따라 정히 급할 때나 부득이한 경우에 쓸 수 있는, '차현호 살해'라는 답안지 하나를 손에 넣은 셈이다. 당연히, 살인은 찬성하지 않는다.

남은 1%의 마무리를 위해서, 소문식이 실험실 매뉴얼에 따라 장갑을 착용한 후 남지훈에게 다가갔다. 남지훈이 소문식이 들어올 수 있도록 작업대 자리를 비켜서며 말했다.

"이상은 없습니다. 지금 확인하시면 됩니다."

남지훈이 손으로 가리킨 물체를, 소문식이 허리를 굽혀서 가만히 살펴보았다.

"노안이 있어서 그런지 어둡군. 눈도 침침하고."

"곧 금환일식이 시작될 테니까요. 그럼, 불을 켜겠습니다."

남지훈이 괴상하게 생긴 원통형 랜턴을 위로 휙 던졌다.

천장으로 둥실 떠오른 랜턴은, 놀랍게도 중력의 영향을 받지 않는 것처럼 허공 한가운데서 멈추더니 한순간 섬광 같은 빛을 번쩍였다. 어스레하던 연구실이 대번 낮처럼 환해졌다. 그러자 눈앞에 놀라운 광경이 펼쳐졌다.

소문식과 남지훈만 있는 줄 알았던 연구실에 대학원생들이 있었다!

동작을 멈춘 연구실의 대학원생들은 금방이라도 살아 움직일 것 같은 역동적인 모습으로 저마다 자신의 자리를 지키고 있었다.

마치 냉동 상태에서 시간이 정지된 것 같은 모습이었다.

흰 실험 가운을 걸치고 현미경 렌즈에 눈을 대고 있는 차현호가 있는가 하면, 놀란 표정으로 팔을 뻗은 곽영후, 뒤돌아보는 강미주와 김세울과 고석채, 하태형 등의 대학원생들이 다들 앉거나 서 있었다. 다만, 차현호를 제외한 모든 이들의 눈에 띄는 공통점이라면 그들의 눈길이 오직 연구실의 한 방향만을 향해 있었다는 것이다. 그리고 그 끝에는….

소문식이 복잡한 구조를 지닌 형광 현미경의 접안렌즈에 가만히 눈을 댔다. 그가 신중한 태도로 관찰하는 대상은, 5월 15일 월요일 오후, 차현호가 현미경의 샘플 홀더에 올려놓은 시료용 조직 절편切片, 즉, 돼지 콜레라 바이러스에 감염된 정육이었다.

능숙한 손놀림으로 현미경의 조절 노브와 필터 휠을 조정하려던 소문식이 멈칫했다. 평소 습관이 나올 뻔했다. 그 후, 현미경에는 어떤 조작도 하지 않고 소문식이 육안만으로 최종 결론을 냈다.

“이상은 없는 것 같군.”

이로써, 모든 임무는 100% 성공적으로 끝났다.

남지훈이 조그맣게 안도의 한숨을 내쉬었다.

소문식이 문을 열고 밖으로 나가더니, 잠시 후 캔 커피를 들고 왔다. 연구실 근처 자판기에서 뽑은 것이었다. 그가 무설탕 캔 커피 한 개를 남지훈에게 건넸다. 그리고 자신도 캔을 따서 참으로 오랜만에 맛보는 것 같은 진한 커피 향을 맡았다.

대학원생들을 피해서 출입문 쪽 선반이 있는 곳으로 갔다.

둘이 선 채로 말없이 커피를 마시며 한숨 돌렸다.

이번 시즌엔 상상도 못 한 아바타라의 출현으로 예상 밖에 고전했다.

하지만, 임무를 무사히 마치고 모든 게 제자리를 찾아간 지금은 새삼 그런 일이 있었던가 싶을 만큼 세상은 고요하고 평화로웠다.

금환일식이 시작되기 전, 간단한 잡무가 남았기에 소문식이 남은 커피를 꿀꺽거리며 들이켰다.

“질문이 있는데요.”

남지훈의 말에 소문식이 고개만 까딱했다. 대답했다간 입 안 가득 찬 커피를 뿜을 것 같았기 때문이다.

남지훈이 커피 캔을 만지작거리며 물었다.

“차현호와 아바타라는 정확히 어떤 관계인가요?”

소문식이 다 마신 빈 깡통을 선반에 올려놓으며, ‘어떤 관계냐니?’라고 묻는 것처럼 눈을 끔뻑거렸다. 그러자 남지훈이 좀 더 구체적으로 질문했다.

“차현호와 노수혁이 제대로 붙었으면 누가 이겼을까요?”

“글쎄. 노수혁이 말 그대로 증발해 버렸으니, 싸웠다면 누가 이겼을지는 모르는 일이지."

"차현호는 지켜보는 관측의 힘을 가졌고, 노수혁은 시공간을 비틀만큼의 폭발적인 쌍雙의 힘을 가졌으니, 물리적 에너지는 노수혁 쪽이 훨씬 더 세지 않았을까요?"

소문식이 자신 없는 듯 고개를 갸웃하며 말했다.

"그럴까? 아바타라는 시공간의 물리적 경계가 없는 우리 우주뿐만이 아니라 930억 광년 떨어진 '관측 가능한 우주'까지도 단 한 순간에 먼지로 만들어 버릴 힘을 가진 것으로 알려졌지만, 실제로 확인된 바가 없으니 딱히 뭐라고 할 말이 없군…. 싸움 결과가 정 궁금하다면 알아볼 방법은 있지. 다음 시즌에 아바타라가 또 등장하길 기대하는 수밖에."

농담이라도 그런 말씀은 마시라고 벌컥 화를 낼 뻔했다. 남지훈이 캔 커피를 마시는 걸로 대신했다.

화도 잘 내지만 잘 풀리기도 하는 젊은 혈기의 남지훈을 보면서 소문식이 빙그레 미소 지었다. 그가 말했다.

"내 의견을 묻는 거라면, 나는 차현호 쪽에 동전을 걸지."

"이유는요?"

"아바타라의 힘이 어디까지 미치든 미시적 세계에 국한되기 때문이지. 너도 알다시피 이들의 우주라는 건, 고작 54제곱밀리미터의 표면적을 가진 시료 샘플일 뿐이니까 말이야."

소문식이 방금 육안으로 확인한 현미경 재물대 위의 살점을 손으로 가리켰다. 그러면서 미묘하게 회한이 느껴지는 목소리로 말했다.

"아바타라는 저 큐브 속을 벗어나지 못하는 신세지만, 차현호는 다르지. 그는 자신이 원한다면 얼마든지 새로운 우주를 창조할 수 있는 능력을 지녔고, 또한 그것을 보여줬다. 보잘것없는 '우리'는 매 순간 공포와 두려움에 떨면서도 한편으로는 그와 같은 신神을 경배하고 찬양하며 순종하지 않을 수가 없었지….”

차현호의 비밀.

그리고 나와 남지훈의 비밀.

더 나아가서 지구 안팎에 살고 있는 모든 생명체에 관한 비밀.

하태형에게도 말한 바가 있지만, 현생 인류라 착각하는 인간 집단의 실체는 실상, 수십 나노미터 정도밖에 안 되는 돼지 콜레라 바이러스들의 군집일 뿐이며, 현미경의 프레파라트 위에 올려진 3mm 크기의 시료 안 세상에서 살고 있다. '우리' 바이러스들은 생명체와 비 생명체 사이의 경계에 위치하는 고유한 존재로서, 자체적으로 에너지를 대사하거나 성장하거나 혹은 단세포 생물인 박테리아처럼 이항 분열을 통해 스스로 번식할 수도 없는 종속적 구조를 띠고 있다. 우리는 생물도 세포도 유기체도 아닌 존재이기 때문이다. 대신, 숙주 세포에 침입하여 그 세포의 기계器械를 사용해 스스로 복제해서 살아갈 수 있고, 유전정보를 가지고 있기에 진화할 수는 있다. 그러한 우리 바이러스들만으로 구성된 우주를 최초로 구현한 자가 바로 차현호이며, 그가 우리의 창조주가 된 이유는, 저기 보이는 무균 작업대에서 형광 현미경으로 시료를 관찰하려고 했기 때문이다. 믿기지 않겠지만 단지 그것뿐이었다.

5월 15일 월요일, 오후 2시 10분.

하늘에서는, 태양과 달과 지구가 정확히 일직선상에 놓이는 금환일식이 발생했다. 태양의 중심부가 달에 차단되며 땅에는 삽시간에 어둠이 내렸다. 하지만 달의 시각적 크기가 작은 탓에, 천체를 다 가리지 못해서 태양의 가장자리만이 금환처럼 빛나던 그때, 세하대학원 연구실 지도 교수인 설황민의 목이 폭발로 날아가면서 어떤 유의 설명 불가능한 힘이 믿을 수 없는 사건을 등장시켰다.

사건의 발단은, 차현호가 돼지 콜레라 바이러스에 감염된 정육 시료에 자신이 개발한 항바이러스제인 'PA-CSFV'를 투여하면서부터였다. 차현호가 시료에 형광 현미경 렌즈의 초점을 맞춘 후, 항바이러스제가 바이러스에 어떤 작용을 했는지 관측하려던 찰나, 시료 속 바이러스 세상은 '관측 전'과 '관측 후'의 동시 사건에 갇히고 말았던 것이었다.

즉, 오염된 살점이라는 하나의 계界로부터, 항바이러스제가 기능하여 바이러스가 비활성화된 계와 항바이러스제가 기능하지 못해서 바이러스가 활성화된 계, 그리고, 비활성화와 활성화, 어느 쪽도 결정되지 않은 계가 동시에, 바꿔 말하면 빛이 빛의 속도로 이동한 극소의 시간 틈에 원래 하나였던 세계가 3개의 세계로 중첩되어 버린 사건이 발생한 것이다.

놀라운 일은 거기서 멈추지 않았다. 비활성화된 세계는 대부분 파멸했지만, 결정되지 않은 세계와 활성화된 세계는 그만의 고유한 역사와 현실, 시간, 공간을 가지며 끊임없이 중첩하며 분기했다. 시간은 흘렀고, 특히, 전체 우주로까지 확산한 활성화된 세계들은 중첩에 중첩을 거듭하며 종국엔 그 숫자를 다 세어낼 수도 없을 지경에 이르렀다. 만겁의 세월 동안 수많은 바이러스 세계가 성장과 쇠퇴, 창조와 파괴, 삶과 죽음을 거듭하며 태어나고 또한 파멸해서 사라지길 반복했다.

인지가 생겨나자, 활성화된 바이러스들은 차층 지구에 사는 인간들을 동경하기 시작했고, 어느 해부터인가 간절히 인간이 되길 열망했다.

인간은 고도로 발달한 과학 기술 문명과 위대한 역사, 정신과 영혼, 그리고 스스로 생각하고 판단할 수 있는 합리적 사고 체계와 유연한 지성을 가진 우주에서도 보기 드문 유기체였다.

'인간'은, 바이러스인 우리에게 있어 절대적 선善이자 종교였고, 원대한 꿈이었으며, 아이들에게는 희망을 이야기하는 아름다운 노래였다. 그러나, 중첩의 세계에서 태어난 형이상학적 존재에 가까운 우리가 뼈와 살과 장기를 소유한 인간이 되는 건, 그야말로 천지가 개벽하지 않는 한 있을 수 없는 일이었다. 아직도 우리는 숙주 세포가 없으면, 제 의지로 물 한 모금도 마실 수 없는 저능한 미생물일 뿐이었다.

시간은, 실제 인간들이 사는 지구의 시간보다 수십만 배 빠르게 흘러갔지만, 여전히 진화는 느리고 생장할 수도 없고 스스로 에너지도 만들지 못하는 열등한 생명체(우리는 우리 자신을 '생명체'라고 규정지었다)인 까닭에, 우리는 하루가 다르게 우리의 존재 가치를 잃어가고 있었다.

그러던 어느 날, 어느 이름 없는 시골의 작은 고유 세계에서 마침내 살아 있는 인간 세포의 표면 수용체에 우리의 특정 단백질을 자가 부착시킬 수 있는 신기술을 개발했다는 소식이 들려왔다.

인간은 신神과 동등한 존재로만 여겨왔던 우리는 어떻게 그런 마법 같은 일이 있을 수 있냐며 의심하고 부인하거나 반신반의했지만, 이는 확인 결과 사실로 드러났다. 그리고 지구 시간으로 약 한 달 후에는 인간의 복잡한 생물학적 체계를 무너뜨리며 원숙주Primary Host없이도 우리의 유전 물질 RNA를 인간의 숙주 세포 내부로 침투시켜 자가 복제할 수 있는 기술까지 개발되었다. 그리고, 단 며칠 만에 이 기적 같은 프로젝트를 성공시킨 천재 개발자는 전 우리 우주에 걸친 전염병독傳染病毒류의 신적인 존재가 되었다.

그가 바로 '노바'였다.

*

"그리고 노바는 그 즉시 프로젝트에 착수했지."

톡톡, 하고 빗방울이 떨어지는 소리가 났다. 소문식이 빈 캔으로 철제선반을 가볍게 두드린 것이었다. 당시의 감격과 회한, 좌절과 환희 등, 여러 가지 감정들이 얽힌 복합적인 기분으로 소문식이 말했다.

남지훈은 줄곧 말없이 경청하고 있었다.

"하지만, 너도 학교에서 배워서 잘 알고 있다시피 우리의 도전은 실패에 실패를 거듭했고, 급기야 열여덟 번째의 시도마저 실패로 끝난 바로 다음 날, 노바는 각 고유 세계를 대표하는 1,107명의 학자와 현자들로 구성된 '현명한 자들의 자문 위원회'의 고발로 특별 재판에 회부 되는 수모를 겪게 되지. 전염병독 연방 법원은 최종 판결에서 노바가 종족들을 속이고 기만했으며, 검증되지 않은 실험으로 막대한 공동정부 예산과 사회적 비용을 손실케 한 죄를 물어 법정 최고 형량인 1,775,106,236년의 징역형을 선고했다."

방금 소문식이 언급한 것은, 학교 역사 교과 과정에서 매우 중요하게 다루고 있는 부분으로, '노바의 남다른 시련' 편에 등장하는 내용이었다. 여담으로, 연방 정부에 소속된 각 고유 세계는 '노바의 위대한 도전'이라는 공통 주제로 초등학교 1학년 때부터 고등학교 3학년 때까지 단계별로 치러지는 시험에 합격해야만 비로소 다음 학년으로 진급할 수 있거나 졸업할 수 있었다. 대략 64,000,000자의 글, 즉 400페이지짜리 소설책 400권 분량에 이르는 방대한 노바의 대서사 덕분에 그다지 암기에 특출나지 못한 이들은 중고등학교를 5년 이상 다니거나 종국에는 졸업하지 못하고 자퇴하는 예도 부지기수였다.

중학교 2학년 2학기, 역사M2_2_NOVA34장_4482절에 의하면, '현명한 자들의 자문 위원회'에 소속된 1,107명의 자문위원은 노바가 프로젝트를 성공한 이후 모조리 척살당한 것으로 기록되어 있다. 증거 사진은 실리지 않았는데, 그 이유는 사막 한 가운데서 66일 동안에 걸쳐 집행된 사형 과정이 매우 끔찍했기 때문이라고 한다.

소문식이 또 온화한 미소를 지어 보였다. 무사히 임무를 마쳐서 기분이 홀가분한 것 같았다.

"하지만, 노바는 지고 지난한 역경을 딛고 전염병독류 역사상 가장 위대한 프로젝트를 성공시켰지. 모든 이들의 반대에도 그가 믿은 건, 단 하나였어."

기본 상식 중 하나인지라, 화자를 존중해 청자聽者인 남지훈이 먼저 답을 말했다.

"바이러스-우선 가설(Virus-First Hypothesis)입니다."

소문식이 '빙고'라고 말하며, 손가락을 튕겼다.

"그렇지. 바이러스-우선 가설. 생명의 기원에 관한 이론 중 하나로, 초기 생명의 단계에서 바이러스와 유사한 RNA 분자가 존재했을 수 있다고 추정하며, 이러한 RNA 분자들이 나중에 세포 기반 생명체로 진화했다는 가설이지. 물론 바이러스는 자가 복제 능력이 없어서 숙주 세포의 '복제 과정'에 의존할 수밖에 없지만, 단백질 코트와 유전자를 가지고 있어서 초기 바이러스가 세포를 감염시키기 전에 독립적인 생명의 형태로 존재했을 수 있다는 가능성을 제시하면서 말이야."

하지만, 바이러스-우선 가설은, 인간 학계에서는 명확한 증거가 없다는 이유로 경시되는 이론이기도 했다. 하기는, 현재까지도 대부분의 인간계 학자는 약 40억 년 전에 나타난 단세포 원핵생물인 박테리아가 자신들의 조상이 된 원초적 생명체라고 믿고 있으니까.

바이러스-우선 가설에 대립하는 '박테리아-우선 가설'은 지구상 최초의 생명체로 박테리아의 존재를 제시한다. 이 가설에 따르면, 다양한 박테리아 종이 복잡한 공생 관계를 통해 원핵생물 세포를 형성했으며, 이 초기 원핵생물은 궁극적으로 진핵생물의 진화를 촉진했다. 이후, 일부 원핵생물이 다른 원핵생물에 의해 흡수되어 진핵세포의 기관체, 특히 미토콘드리아와 엽록체와 같은 중요한 세포 구조의 기원이 되었다고 가정하며, 이 과정을 통해 복잡한 다세포 생명체와 진핵생물이 진화하게 되었다는 것이 이 가설의 핵심 내용이다. 진핵생물에는 '인간'이 포함되어 있다.

오랜만에 수다를 떨다 보니 꽤 시간이 지났다. 소문식이 빈 캔을 휴지통에 던져넣으며 말했다.

"여기까지 하지."

영웅의 이야기는 밤을 새워도 모자란 법이다.

소문식이 대뜸 까치발을 하며 손으로 5층 선반을 더듬었다. 선반 안쪽에서 지름 30cm 정도의 파란색 아크릴 상자를 꺼냈다.

하지만, 아직 남지훈은 영웅담이 더 필요한 모양이었다. 그가 물었다.

"노바를 직접 보신 적이 있으십니까? 성별이나 나이는요? 출신학교나 가족 관계는 어떤지…노바의 신상에 대해선 알려진 게 별로 없어서 그냥 궁금해서요."

소문식이 상자 뚜껑을 여는 데만 집중하며 말했다.

"네가 신께 구원을 요청하고 그 존재를 의심할지언정, 신이 네게 대답할 의무는 없다."

소문식이 잡동사니가 든 상자에서 낡고 볼품없게 생긴 검은색 폴라로이드 사진기를 꺼냈다. 그가 족히 2, 30년은 되어 보이는 사진기의 뷰파인더를 들여다보며 초점 링을 조절했다. 사진을 찍으려는 것 같았다.

남지훈과 소문식이 무균 작업대에서 현미경을 들여다보는 차현호에게 다시 갔다. 주변 책상과 기기 등에 몸이 닿지 않도록 조심하면서 말이다.

차현호는 로고가 들어간 검정 티셔츠 위에 실험실 랩코트를 걸치고서 두 눈을 부릅뜨고 있었다. 동작은 멈췄지만, 금방이라도 남의 연구실에서 뭐 하는 짓이냐며 호통이라도 칠 것처럼 생생하게 살아있는 모습이었다.

소문식이 카메라의 뷰파인더를 연구실 내 아무 곳에 들이대고 셔터를 눌렀다. 기기 작동이 잘 되는지 확인하는 것이었다.

방금 인화된 사진이 슬롯을 통해 출력되었다.

그런데, 이상한 일은 분명히 사진기의 셔터를 눌렀는데도 '찰칵'하는 소음도, 슬롯의 기계음도 들리지 않았다. 이곳에는 오직 소문식과 남지훈의 목소리만이 들리고 있었다.

하지만 별로 개의치 않는 듯 소문식이 사진을 살펴보았다.

반쯤 잘린 책상 모서리와 회색 바닥만이 덩그러니 찍혀있었으나, 멋없는 피사체에 비해 화질은 꽤 쓸만했다.

"헉!"하고, 남지훈이 놀란 소리를 했다. 무심코 돌아서다가 무균 작업대 모서리에 걸쳐있던 실험용 핀셋을 팔로 쳤기 때문이다. 책상 아래로 곤두박질친 핀셋이 바닥과 부딪치기 직전에 간신히 잡아냈다. 자라 보고 놀란 가슴 솥뚜껑 보고 놀란다는 옛말처럼, 작은 핀셋 하나에 가슴 철렁한 경험을 한 남지훈이 "휴"하고 한숨을 내쉬었다.

“조심해라. 이곳에선 항상 주변을 살피도록 해. 작은 것 하나도 건드려서도, 소홀히 해서도 안 된다.”

남지훈의 실수가 소문식의 심기를 건드렸다. 매사 신중한 그가 남지훈에게 잔소리하며 덧붙였다.

“여긴 차현호의 세계니까.”

벌써 수천 번도 더 들은 이야기라, 남지훈이 얼른 핀셋을 원래 자리로 돌려놓으며 핑계를 댔다.

“알고 있습니다. 핀셋이 떨어지려고 해서 바로 한 것뿐이에요.”

그렇다.

호라이즌 빌딩 1층에 있는 이 연구실은 최초로 바이러스 분기 우주를 창조해 낸 관측자, 차현호만의 독자적 유니버스였다.

항바이러스제 PA-CSFV를 투여한 바이러스가 생존과 파멸을 중첩하며 탄생한 곳, 바로 그 신성한 땅이었다.

시간이 정지된 이곳에서는, 모든 원자와 분자의 운동이 특정 시간대, 즉 초기 사건이 일어나기 직전인 ‘5월 15일 월요일 오후 2시 10분 12초’를 기점으로 완벽히 멈춘 상태였다. 정지된 시간 속에서, 공간을 통해서 이동하는 빛이 정지되었고, 공기 분자의 진동 또한 멈추었기 때문에 소리도 전달되지 않았다. 조금 전, 소문식이 카메라 셔터를 눌렀을 때 소음이 발생하지 않은 것도 그런 이유 때문이었다.

인간 대학원생들의 신체 역시 모든 생화학적 과정이 정지되었다. 의식의 작동은 물론, 심장 박동, 신경 전달, 심지어 세포 내부의 분자 운동까지 멈춰버렸기에, 그들의 모습은 흡사 급속 동결된 마네킹처럼도 보였다. 전자, 전기의 흐름이 차단되었고, 일체의 물리학적 과정이 멈춘 유체 정역학적 상태의 공간인지라, 미리 준비한 특수 랜턴과

폴라로이드 사진기를 쓸 수밖에 없었다.

남지훈과 소문식은 차현호의 유니버스에 속한 자들이 아니었기 때문에, 살아서 호흡하고 서로에게 목소리를 전달할 수 있었다.

하지만, 중력은 분자의 운동과는 무관하므로 핀셋이 바닥에 떨어지거나, 방금 주의를 줬건만 그새 또 남지훈이 팔꿈치로 툭 친 시약병이 작업대에서 위태로이 흔들리는 일만은 없어야 했다.

이 연구실 내에 존재하는 생물과 무생물에 외부인이 관여해서는 안 되며, 사건 현장은 초기 사건 발생 시간대인 '5월 15일 월요일 오후 2시 10분 12초'에 있었던 상태로 고정해 두지 않으면 안 되었다.

왜냐하면, 항바이러스제가 투여된 '모눈종이 한 칸만 한 정육' 속에서는 지금도 지구 시간의 흐름과는 독립적으로, 관찰되지 않은 많은 고유 세계가 지속해서 상호 작용하며, 확산과 중첩을 거듭하며 끊임없이 분열하고 분기하고 있기 때문이다. 이들은 무한한 다중 우주 어딘가에서 각자의 역사로, 또한 실재의 세계로 구현될 것이므로 이에 따라 외부의 개입을 일체 금지했다.

나와 남지훈이 속한 전염병독 연방 정부는, 오랜 세월 동안 이 룰을 지켜왔으며 이 연구실의 지킴이로 일해왔다. 이를 멈출 수 있는 것은 오직, 이 거대한 세계의 창조주인 차현호뿐이었다.

그런데 그런 차현호가 하마터면 깨어날 뻔했다.

"1.066×10^{-31}의 확률이었다고 하죠?"

남지훈이, 현미경을 들여다보는 차현호를 호기심 어린 눈으로 훑으며 물었다. 그러다 또 네가 어떻게 그걸 아느냐고 잔소리를 들을까 봐서 얼른 덧붙였다.

"숙주 관리 센터의 '파고' 요원이 그러던데요? 사건 발생 후 자기 부서의 팀장이 제일 먼저 사장님께 알렸다고요. 옆에서 본의 아니게 통화 내용을 들었다고…."

남지훈이 말하는 동안, 소문식이 폴라로이드 카메라로 차현호의 사진을 찍었다. 경쾌한 '찰칵' 음은 없어도 한 장의 사진이 슬롯을 통과했다. 하지만, 사진이 별로 마음에 들지 않는지, 소문식이 눈썹을 찌푸리며 말했다.

"1천9백 년 만에, '최초의 차현호 사건'을 암호화한 여섯 개의 자물쇠를 차례대로 열어버린 셈이지."

그날 아침, 나는 차현호 유니버스의 단골 노천카페에서 느긋하게 차를 마시며 인터넷 뉴스를 보던 중이었다. 그리고 센터로부터 도착한 긴급 전언.

-자물쇠를 맞춘 차현호가 곧 문을 열 것이다. 억만의 우주가 단일로 수축하는 비극을 맞기 전에 서둘러라. 어서 가서 그를 다시 잠재우라.

소문식이 사건의 개요를 읊었다.

"월요일 아침에 일어난 차현호는, 냉장고에서 유통기한이 하루 지난 딸기 요거트를 먹었고, 핸드폰으로 애니메이션을 감상했고, 초코파이를 먹다가 뒷발꿈치로 밟아버렸다. 시리얼을 먹는 중 그릇을 엎질렀고, 로고가 들어간 검정 티셔츠로 갈아입었고, 스승의 날이라며 모친에게 돈을 달라고 했지."

"…."

"6개의 독립적인 행동이 연속적으로 이어지는 과정에서 패턴의 특정 조건들이 완벽히 일치한 터무니없는 사건이 발생했고, 이는 1.066×10^{-31}의 확률로 차현호가 잠에서 깨어난 신호였지."

남지훈이 마른침을 꿀꺽 삼켰다. 불시에 발생한 이번 시즌의 전모가 소문식의 입을 통해서 밝혀지려 하고 있었다. 소문식이 카메라의 초점을 다시 맞추며 말했다.

"차현호는 초기 사건 때부터 약 7천8백만 년이란 긴 시간 동안 자신의 침대에서 꿈을 꾸는 중이니까."

사진을 찍던 것도 잊어버리고 소문식이 두 눈을 번뜩이며 말했다.

"그런데 네 번째 조성이 일어났다."

***

감옥에서 1,775,495번째의 해를 보내던 중, 전염병독 연방 정부의 독재 정권이 막을 내리면서 노바는 특별사면되었다. 그 후, 노바는 착실하게 프로젝트를 실행해 나갔으며, 목표는 명확했다. 그는, 지구의 흙인 아다마Adama로 최초의 인간인 아담Adam을 창조한 엘로힘의 하나님처럼, 생명의 호흡을 불어넣는 쉬임티의 집에서 모신, 그리고 열네 명의 산파의 여신에게 명령하여 진흙과 자신들의 피를 혼합해서 최초의 인간, 아다파를 창조케 한 수메르 신화의 엔키Enki처럼, 노랗고 질퍽한 진흙 한 덩이로 아이를 만들어서 놀다가 싫증이 나서 한 가닥의 칡넝쿨을 잘라내어 그것으로 냅다 진흙을 휘저어 대니, 진흙 방울이 천지 사방으로 튀어 나가며 죄다 인간이 되었다는 중국 고대 신화의 여와처럼, 인간들을 숙주로 한 지구 정복의 야심을 키웠고, 그 자신이 신인류의 신神이 되고자 했다. 또한, 자신의 행위가 인간 창조의 원조를 주장하는 각 신들에 대한 반란이 아님을 분명히 했다. 그가 명분으로 내세운 것은, 지구 시간으로 약 4~5만 년 전, 지구상에 수수께끼처럼 등장한 호모 사피엔스 사피엔스의 특이성을 논리적으로 설명해

줄 신神이 단 한 명도 없다는 것이었다.

약 7백만 년 전, 인간의 조상에 해당하는 초기 유인원의 등장 이후 시작된 진화의 긴 여정 동안 오스트랄로피테쿠스, 파란트로푸스, 호모 에렉투스 등의 종들이 출현하였으나, 수백만 년이 지나도록 이들이 사용하던 석기에는 별반 큰 차이가 없었다. 그러던 중 약 20만 년 전 어느 날, 마치 나무에서 뚝 떨어진 사과처럼 현생 인류의 직접적인 조상이자 '지혜 있는 인간'인 호모 사피엔스가 나타났고, 그로부터 약 15만 년 후에는 현대 인류 집단의 시초가 된 호모 사피엔스 사피엔스가 밤손님처럼 슬그머니 등장했다. 이들은 인지 혁명이라 부를 만큼 뛰어난 지능을 바탕으로 예술과 삶과 죽음, 사후세계에 대한 철학까지 지니고 있었다. 만약, 이들이 이전의 원시 인류와 같은 정상적인 진화 과정을 거쳤다면, 이 지적 영장靈長의 출현은 적어도 지금으로부터 수백만 년이나 수천만 년 후쯤이 되어야 할 것이었다. 따라서, 인간은 진화의 산물이 아니라 진화의 의외인 것이다.

그렇다면, 신들은 목적이 있어서 진화 과정을 생략하고 호모 사피엔스를 창조한 것으로 추측할 수밖에 없고, 저마다 인간을 창조했다며 주장하는 신들이 이를 증명하지 않겠다면(신의 능력으로 증명할 수 없는 건 아닐 것이다), 이유는 두 가지뿐이었다. 신들에게 있어 인간의 쓰임이 다했거나, 아니면 인간의 존재 자체가 잊혔거나.

노바는 신에게 버림받은 불쌍한 인간들을 새로운 인류로 재창조하기로 했다.

프로젝트 개시 첫날, 노바는 특정 단백질을 투여한 돼지 콜레라 바이러스가 인간 세포의 특정 수용체와 직접 결합할 수 있도록, 중간 숙주의 매개를 생략한 흡착 과정을 시도했다. '원숙주 없이' 진행된 이

프로젝트는, 바이러스의 복제는 반드시 살아 있는 세포를 중간 감염 숙주로 해야 한다는 과학적 상식을 완벽히 파괴한 시도였다.

엄청난 노력과 시행착오 끝에 기적적으로 흡착에 성공하자 노바는 본격적인 복제 과정에 돌입하며 바이러스 게놈을 인간 세포 내부로 진입시켰다. 그 후, 바이러스의 RNA는 인간 세포의 리보솜과 골지체를 장악해 구성체를 형성하고, 세포의 번역 메커니즘을 사용하여 자가 단백질을 생산하기 시작했다. 인간의 세포 내부는 곧 바이러스의 복제 공장으로 변모했고, 새로운 바이러스 입자들이 끊임없이 생산되었다. 모든 과정이 눈에 띄지 않을 정도로 빠르고 조용히 진행되었지만, 결과는 극적이었다. 세포는 점차 바이러스의 영향력권으로 들어갔고, 바이러스는 숙주의 면역 시스템을 피해 다른 세포로 확산하며 인간 세포는 새로운 개조를 맞이했다.

인간들이 잠든 매일 밤, 총 89,176,745일에 걸쳐 점진적으로 진행된 프로젝트였다. 그러던 11월의 어느 날 낮 2시, 노바는 프로젝트명, '코드 인피니티 Code Infinity'의 종료를 공식 선언했다. 코드 인피니티의 성공적 수행으로, 이세계異世界의 바이러스들은 마침내 그토록 갈망해 온 인간이 될 수 있었다. 수많은 바이러스가 앞다투어 지구로 망명했다.

세월이 흘러 2024년 현재, 지구에 사는 인간 대부분은 자신들의 조상이 실은 차현호가 시료용으로 배양한 수천억 PFU(*Plaque Forming Units, 플라크 형성 단위)의 돼지 콜레라 바이러스라는 사실도, 피와 살과 장기로 이루어진 자기 육체가 실제로는 바이러스에 감염된 숙주라는 사실도 모르는 채 현재를 살아가고 있다.

'찰칵'하고 무음의 셔터 소리가 들린 것 같았다. 물론, 상상만이었다. 이번엔 작품의 구도가 마음에 들지 않아서, 소문식이 방금 인화한 사진을 내려놓았다. 책상에는 벌써 3장의 폴라로이드 사진이 놓여 있었다. 손재주가 없는 관계로 좀처럼 그럴싸한 인물 사진이 나오지 않고 있었다.

소문식이 쓴 입맛을 다시며 찍은 사진들을 살펴보았다.

"조성이 이뤄지면, 차현호는 호라이즌 빌딩 1층에 있는 자신의 대학원 연구실로 출근하게 되지. 차현호의 의식이 '그 사건'이 벌어졌던 2024년 5월 15일 월요일의 시점으로 되돌아가는 것이지."

피로를 느껴서 잠깐만 쉬기로 했다. 소문식이 카메라를 사진 옆에 두며 말했다.

"하지만 너도 알다시피, 이 빌딩은 세상 어디에도 존재하지 않기에 좌표 또한 찾을 수가 없다. 오직 차현호만이 조성이 완성된 징표로 이곳 연구실의 문을 열도록 프로그래밍 되어있지. 그가 집에서 도보로 5분 거리의 빌딩이라고 말한다면 그 즉시 5분 거리에, 차로 1시간 거리의 빌딩이라고 말한다면 그 또한 1시간 거리에, 호라이즌 빌딩은 그 모습을 나타내게 되지."

그래서 꿈을 꾸는 동안의 차현호는 '호라이즌 빌딩'을 알지 못하며, 오직 '세하대학교 대학원 미생물 분자생명공학과'를 다니는 대학원생 차현호의 똑같은 하루만을 반복적인 영상으로 볼 뿐이었다.

다소 무거워진 주변 분위기를 느낀 소문식이 팔짱을 끼며 화제를 돌렸다.

"'숙주 관리 센터'의 브리핑 내용에서 네 번째 조성組成이 이뤄진 건, 19,414,729년 만에 처음이라더군."

세 번째 조성 연도는 어렴풋이 떠오를 뿐이고, 그보다 훨씬 먼 처음과 두 번째 조성은 아예 기억에도 없었다.

그러자 남지훈이 물었다.

"그런데, 1천9백만 년이라는 건 '우리'의 시간인가요? 아니면, 인간의 시간인가요?"

"그건 나도 알 수 없지. 왜냐하면 이 현장은…."

소문식이 주변을 둘러보며 잠시 말을 쉬었다. 이윽고 그가 연구실 한곳에 시선을 두며 말했다.

"폭발이 일어났을 때 시간이 정지해 버렸으니까."

소문식이 응시한 곳에는 사제 폭탄이 폭발하며, 머리와 몸통이 분리된 설황민 교수가 서 있었다. 자기 머리가 날아간 것도 모르고 활짝 웃는 해사한 얼굴이, 마치 결혼식 전 입장을 앞두고 설레는 새신랑 같기도 했다.

금환일식의 개시와 폭탄의 폭발이 동 시간대에 발생하며 정지해 버린 시간으로 말미암아 미처 몸뚱어리가 바닥에 쓰러질 틈이 없었다. 폭탄을 직격으로 맞은 상체는 망치로 깨부순 빨간 수박처럼 터져버렸고, 허리띠를 맨 하체만이 남았다.

그는 그렇게 웃는 얼굴이 공중에 뜬 기괴한 형상으로 억겁의 시간대를 보내고 있는 것이었다.

바닥, 천장은 물론이고 책상과 실험기기, 선반과 관물대까지 온통 설황민이 뿌린 피로 처참하기 그지없었다.

남지훈이 설황민의 모습을 보고 실소했다.

"차현호가 꽤나 설황민을 미워했나 봐요. 사제 폭탄까지 제조해서 죽이려고 한 것을 보면요."

아무리 연구실 일이 힘들다고 해도, 지도 교수에게 폭탄을 보내서 살해하는 건 과하다는 생각이 들었다. 그러면서도 남지훈이 고개를 갸우뚱했다.

"그런데 차현호가 폭탄 제조법을 어디서 배웠을까요? 정보 아카이브에 따르면 차현호는 폭발물에 대한 지식이나 경험이 전무한 것으로 기록되어 있던데…오류가 있었을까요?"

"업데이트가 늦은 거겠지. 요즘이야 어디서든 정보를 접할 수 있는 세상이니까 사제 폭탄쯤이야 마음만 먹으면 하루 만에 만들 수도 있을 테고…차현호가 그만큼 설황민을 증오했다는 방증 아니겠나. 자, 아무튼 이쯤하고…."

자신들이 소속된 노바 신정부(*구舊, 전염병독 연방 정부) 산하의 비밀 조직인 '호라이즌 에이전시'에서도 실력과 경험 면에서 감히 대적할 자가 없는 소문식이기에 남지훈도 폭탄에 대한 궁금증을 접었다.

소문식이 다시 바이러스가 배양된 정육 시료로 눈길을 돌렸다. 예전, 바이러스일 때의 자신이 떠올라 약간 감회에 젖어 말했다.

"CSFV-MAZ859624…중략…12011000라고 불리던 나는 코드 인피니티 프로젝트를 통해 인간이 되었지만, 몇 번째 우주인지도 알 수 없는 저 시료 안에 갇힌 하태형, 곽영후 등을 비롯한 무수한 바이러스들은 영원히 자신들이 인간이라 착각하면서 그들만의 세상을 살아가겠지. 저들은 창조자의 운명과 얽힌 최초의 생명체이기에, 차현호가 깨어나지 않는 한 영원히 지름 3mm의 세상을 벗어날 수 없을 것이다."

벗어나려고 했기에, 여왕은 끔찍한 죽음을 맞이했고 시간을 역행하고자 했던 아바타라도 마찬가지다. 운명을 거역한 대가는 때로는 자신의 계산보다 몇 곱절은 더 가혹하다. 운명을 얕잡아 본 것에 대한 이자가 붙는 것이다.

"그리고, 우리도 지구에서 차현호의 세상으로 파견되었기 때문에, 사실상 이 자그마한 정육 속에 갇힌 셈이지."

남지훈과 대화를 나누는 지금, 이 연구실 내부는 3개의 세상이 중첩된 상태이다.

첫 번째는, 2024년 5월 15일 월요일 오후 2시 10분 12초의 시간에 고정되어 버린 세상이고, 두 번째는 프레파라트에 올려진 실험용 시료 속 세상, 세 번째는 첫 번째와 두 번째 세상을 동시에 보고 있는 나와 남지훈의 세상.

즉, 나와 남지훈은 현 시간을 살면서 다른 시간대를 살고 있고, 이곳에 있으면서 저곳에 있는 것이다.

말하자면, 육체가 하나뿐인 우리지만, 우리는 동 시간대 3곳의 장소 모두에 살고 있다. 짧게 설명하자면 그렇다.

코드 인피니티의 성공 후, 지구 행성은 수억 년 세기에 걸쳐 인간의 껍데기를 둘러쓴 바이러스들에 의해 정복되었다. 지구에서 임무를 위해 파견된 신인류(*엄밀하게 말하면 전염병독류지만.)인 소문식과 남지훈도 그중 1PFU에 불과했다.

소문식이 마무리를 지으려고 하자, 남지훈이 서둘러 말했다.

"마지막 질문이 있어요!"

"말해."

소문식이 카메라를 만지작거리며 마뜩잖은 표정으로 말했다. 마음처럼 사진이 잘 나오지 않아서 내심 고심 중이었다.

남지훈이 물었다.

"조금 전의 얘기로 돌아가서, 만약 조성이 이뤄진 차현호가 아침 7시 5분 이후에도 잠들지 않았다거나, 우리 같은 요원이 아닌 다른 사람이 그를 죽였다면 이 세상은 어떻게 됐을까요?"

쉬운 질문이어서, 소문식이 주저 없이 대답했다.

"그랬다면, 이곳의 시계는 '현재, 2024년 5월 15일 월요일 오후 2시 10분 12초'를 막 지나고 있겠지. 설황민은 목이 절단된 걸 알았을 테고, 차현호는 이 공간에서 자신이 개발한 항바이러스제 PA-CSFV의 효과를 두 눈으로 직접 보았을 테고 말이야. 물론, 차현호가 자신만만했던 만큼 바이러스가 몽땅 사멸했으리란 건 의심의 여지도 없겠지."

생각만으로도 끔찍해서 남지훈이 나직이 앓는 소리를 냈다. 소문식이 이어 말했다.

"그가 현미경 속 바이러스 상태를 관측한 순간, 세상은 '사멸'이란 단 하나의 상태로 수축했을 것이고, 산 자와 죽은 자의 중첩된 시공간은 생성될 수가 없었겠지. 분열과 분기는커녕, 우리 우주를 포함한, 우리와 이웃한 수많은 고유 세계와 다양한 다중 우주 또한 태어날 수 없었을 것이고."

"…."

"차현호의 눈이 시료를 보되 뇌가 그것을 인지하지 못한 1/1000초도 안 되는 시간에 우주는 폭발적으로 확산했고, 지금도 확산 일로 중이지. 따라서, 저 작은 시료에서 분기한 무수한 우주가 광겁의 시간대에 존속하기 위해서는, 단 하나, 우주의 창조주인 차현호와 쉬임터의 집인 이곳 실험실이 반드시 오후 2시 10분 12초의 '현재' 상태로써 보존되어야만 하지. 신정부의 명령으로 우리가 이곳에 파견된 이유이기도 하며, 여왕이 그토록 차현호의 정통성과 육체를 탐냈던 이유이기도 하지…. 이미 끝난 이야기지만 말이다.”

왠지 숙연해진 남지훈이 살짝 아랫입술을 깨물었다.

소문식이 그런 남지훈을 흘끔 보곤 “요는, 네 말대로라면….”하고 결론을 위한 운을 뗐다.

“정지된 시간이 다시 흐르며, 세상은 정상으로 돌아갔겠지.”

“….”

“물론, 인간들의 ‘세상’이 말이야.”

소문식이 차현호의 역동적인 모습을 담기 위해서 사진기의 뷰파인더에 대고 한쪽 눈을 감았다. 허리가 저절로 뒤로 당겨졌다. 이번에야말로 제대로 찍으리라고 다짐했다. 느낌이 온 순간 과감하게 카메라 셔터를 눌렀다. 순간, ‘찰칵’ 소리가 났다. 흠칫한 소문식이 재빨리 주변을 둘러보았으나, 근처에는 남지훈 말고는 아무도 없었다.

소문식의 이마에 의문으로 인한 잔주름이 생겼다.

분명히 찰칵, 하는 기계음이 난 것 같은데….

하지만 그럴 리가 없었다. 공기의 흐름과 소리가 차단된 이곳에서 셔터음이 날 리도, 들릴 리도 없었다. 이 특수 폴라로이드 카메라가 소리를 냈을 리도 없고…. 뭐지?…잘못 들었나?

“와, 사진 되게 잘 나왔는데요?”

남지훈의 탄성에 소문식도 방금 찍은 사진을 보았다.

차현호의 실험하는 옆모습과 생생한 움직임, 전체적인 배경의 안정된 구도까지, 조금 전의 실패작들과는 달리 이만하면 꽤 잘 나온 편이다.

그럭저럭 흡족해서 소문식이 코트 안의 만년필을 꺼내려고 했다. 하지만, 그전에 먼저 손끝에 닿은 것이 있었다. 소문식이 깜빡 잊고 있던 HK45CT 권총을 꺼내어 원래 주인에게 돌려주었다.

남지훈이 말없이 권총을 받아서 점퍼 안주머니에 챙겨 넣었다. 이걸 쓰지 않아서 정말 다행이라고 안도하면서 말이다.

천비안, 아이를 포함한 일행과 무사히 '인천항'에 도착했을 경우, 조직의 지침대로라면 차현호가 숙면에 들기 전에 이번 일과 관련된 사람들을 현장에서 즉결 처분해야만 했다. 차현호의 세상이자 3mm의 블록 안에서 벌어지는 일에 외부인은 절대로 개입할 수 없다는 룰 때문이었다. 시즌의 역사는 시간의 흐름에 맡겨두는 것이 룰이었으며, 시료 블록의 비밀은 지켜져야만 했다. 그래서 이 권총 안에는 마지막으로 일행에 합류한 곽영후의 몫까지, 총 6발의 총알이 장전되어 있었다. 그들 입장에서는 위선이 될 테지만, 거국적인 대사를 성공시키려면 하는 수 없다고…소문식이 거듭 강조했다. 다만, 아바타라만은 이러한 우리의 계획을 사전에 알고 있었던 것 같다.

여왕의 궁전에서 노수혁이 언급한 바가 있었다.

'우리를 위해서 당신과 남지훈이 따로 준비한 '선물'만큼이나 위선적인 행태의 양심이라고나 할까요?'라고.

뭐, 조금 전 사장님이 말씀하신 것처럼 이제 다 끝난 일이긴 하지만 말이다.

소문식이 은색의 만년필을 꺼냈다.

남지훈도 자신도 모두가 만족한 결말이어서 더할 나위 없었다.

그가 흡족한 미소를 보이며, 방금 찍은 차현호의 사진 밑단에 올해 연도를 사인했다.

1865.

25

달칵, 하며 연구실 출입문을 열고 밖으로 나왔다.

소문식이 하늘에 뜬 해를 보며 말했다.

"우리가 좀 일찍 나온 것 같군."

연구실 층계를 내려가는 그들 뒤로 호라이즌 빌딩의 회색 세로 간판이 보였다.

특별한 문제는 아니지만, 호라이즌 빌딩 1층 연구실과 이곳 바깥세상의 시간에 약간의 편차가 생겼다.

대단한 일은 아니다.

두 개의 세상이 동일한 시공간을 점유한 것처럼 보이지만, 이들은 각기 다른 차원에 속해 있기 때문이다. '별도 시간'의 개념은, 독립적이고 자체적인 시간선時間線을 가진 다차원 우주에서는 직장인이 점심을 먹고 난 후 후식으로 커피를 마시는 것만큼이나 당연한 일이기도 했다. 현실에는, 눈을 약간 돌린다든가 한 발짝 간격으로 바뀌는 여분의 차원이 상당량 존재하고 있다. 제각기 다른 물리적 조건과 초기조건, 시간 척도를 가지고 상호 작용하며 중첩하는 26차원의 시공간을, 3차원 공간과 육체적 한계에 갇힌 인간이 느끼지 못하는 것뿐.

남지훈도 손목시계를 확인한 후 말했다. 오전 8시 40분이었다.

"그러게요. 십 분 정도의 오차를 예상했는데 금환일식까지 다섯 시간은 더 있어야겠는걸요?"

소문식이 난감한 표정으로 턱을 매만졌다.

"음, 방금 커피를 마셨으니 어쩐다? 이 시간에 카페 문을 연 곳도 별로 없을 테고…."

언뜻 대각선상에 있는 서점 간판이 눈에 들어왔다. 여기서 백여 미터 정도 떨어진 거리였다. 서점은 이른 아침임에도 영업 중이었다.

"신간 소설책이 나온 게 있는지 오랜만에 서점이나 가 볼까?"

서점에서 시간을 때우다가 점심을 먹고 움직이기로 했다.

소문식이 코트 깃을 여미며 앞서 나가자, 서점이 별로인 남지훈이 마지못해 뒤를 따랐다.

두 명의 남자가 '스핀 서점'의 문을 열었다. 출입문에 달린 청동 부엉이 문종이 딸랑, 하고 울렸다.

*

남지훈이 무협 웹툰에 푹 빠져서 소문식이 불러도 대답조차 하지 않았다.

서점에 들어오기 전, 투덜대던 것과는 사뭇 다른 반응에 소문식이 그를 방해하지 않고 조용히 자리를 떴다. 신간 코너에 볼만한 책이 없어서 다른 곳을 둘러보려는 것이다. 갓 출간된 소설책들을 뒤적이며 몇 줄 읽기도 했지만, 아직 9분밖에 지나지 않았다.

아담한 평수의 서점은, 대학가에 인접한 곳이라 그런지 매대에 틈새없이 쌓아 올린 전문 서적이나 강의에 필요한 참고서적들이 자주 눈에 띄었다. 비문학 코너에서 책을 뒤적이다가 곧 싫증이 나서 발길을 옮겼다. 언어와 여행, 요리 코너를 빠르게 통과해서 과학, 기술 코너로 가던 소문식이 한 코너 앞에서 걸음을 멈췄다. 그의 연령대와는 맞지 않는 아동, 청소년 코너였다.

소문식이 방금 눈에 띈 동화책 한 권을 선반에서 꺼냈다.

〈 이상한 나라의 앨리스 〉

지구 시간으로 1865년, 영국 출신의 작가인 루이스 캐럴이 아이들을 위해 지은 동화책이다.

어렸을 때 읽은 적이 있으나, 너무 옛날 일이어서 어떤 이야기인지는 잘 기억나지 않았다. 앨리스란 여자애가 이상한 토끼 굴에 빠져서 하트 여왕을 만나는 설정 정도만 알고 있었다.

잠시 서서 독서에 빠져들었다. 오래된 동화책 한 권이, 나이가 육십 줄에 들어선 장년 남자에게 어릴 적 향수를 불러일으킨 것이었다. 페이지마다 이따금 등장하는 존 테니얼의 삽화도 정감 있고 눈에 익었다.

앨리스는 흰토끼를 뒤쫓다가 깊은 우물 같은 곳으로 떨어지고 만다. 끝없는 추락이 멈추자, 홀이 나왔고, 그곳에서 황금 열쇠를 발견한다.

선반에 기대어 서서 소문식이 다음 책장을 넘겼다. 아동용 책이어서 금방금방 읽었다.

앨리스는 독극물 표시가 된 약을 마시고 키가 줄어들지만, 케이크를 먹고 이번엔 키가 거인처럼 커지게 된다. 앨리스는 동물들과 함께 뭍으로 나오면서 이상한 나라에서 모험을 시작하게 된다. 언덕에서 만난 흰토끼와 재회하게 되고, 친구들을 뜀박질하게 만든 도도새, 물담배를 피우고 불친절한 애벌레도 만나게 된다. 심성이 괴팍한 공작부인과 언제나 입이 찢어지도록 웃는 체셔 고양이와 그리펀과 가짜 거북도, 그리고 하루 종일 티타임을 가지는 이상한 모자 장수도 만나게 된다.

소문식이 챕터 '7. 이상한 다과회'의 페이지를 넘겼다.

모자 장수와 삼월 토끼, 겨울잠쥐와 앨리스가 식탁에서 홍차를 마시는 장면이었다. 이들은 설거지할 틈도 없이 식탁의 빈자리를 돌며 홍차를 마신다. 티타임은 항상 6시에 고정되어 있는데, 이는 모자 장수가 부른 엉망진창 박자의 노래가 시간을 죽이려고 해서 시간과의 사이가 틀어졌기 때문이었다.

모자 장수가 물었다.

–오늘이 며칠이지?

잠시 고민하던 앨리스가 말했다.

–오늘은 4일이에요.

모자 장수가 한숨을 내쉬며 말했다.

–이틀이나 안 맞다니!

앨리스가 삼월 토끼의 어깨 너머로 시계를 보다가 이상한 듯 소리쳤다.

–정말 웃긴 시계네! 날짜만 나오고 시간은 안 나오잖아!

그러자 모자 장수가 투덜거렸다.

–꼭 시간이 나와야 하나? 그럼, 네 시계엔 올해가 몇 년인 것도 나오니?

앨리스가 망설임 없이 대답했다.

–물론 그건 아니죠. 한 해는 매우 기니까 굳이 시계에 표시할 필요가 없잖아요.

모자 장수가 대꾸했다.

–내 시계가 바로 그런 경우이지!

소문식이 몇 장을 휙휙 넘겼다. 증인으로 법정에 서게 된 앨리스의 이야기였다.

재판 도중 하트 여왕이 꽥 소리쳤다.

-겨울잠쥐를 체포하라! 당장 처형해! 법정에서 내쫓아버려! 진압하고 꼬집어! 수염을 뽑으란 말이야!

지배적인 데다 심술궂고 표독스럽고 빙퉁그러진 성품에 비상식적이며 비합리적 사고방식을 가진 하트 여왕이었다. 이런 유의 여성을 만나면 골치 꽤나 아플 거로 생각하면서 소문식이 이만 책을 덮었다. 시간이 얼마나 지났는지 궁금했다.

책을 제자리에 돌려놓고 손목시계를 확인하니, 오전 9시 14분이었다. 선반에 빈틈없이 채워진 책들을 눈으로 훑으며 뭘 볼지 고민하다가 방금 읽던 '이상한 나라의 앨리스'를 다시 꺼냈다. 집에 가서 찬찬히 읽어 보기로 했다. 오이밭에 물을 주고 나서 휴식 겸 나무 그늘에 앉아서 읽어도 좋고, 어린 시절의 향수가 밴 삽화도 마음에 들었다. 소문식이 책을 들고 카운터로 갔다.

"감사합니다."

책값을 지불하고, 친절한 여자 점원이 건넨 책을 받았다. 한국 전통 나비 문양이 그려진 책갈피도 서비스로 받았다. 점원은, 이름이 적힌 명찰을 가슴에 달고 있었는데 책을 받을 때 언뜻 본 터라 풀네임은 기억하지 못했다. '한다…'뭐라는 이름이었다. 환경을 생각해서 쇼핑 봉투는 사양했다.

남지훈이 있는 곳으로 갔지만, 아직도 웹툰을 보느라 정신없는 그는 소문식이 근처에 온 것도 모르고 있었다. 오래간만에 휴식을 취하는 부하 직원을 놔두고 소문식이 서점 내에 마련된 작은 원형 테이블로 갔다. 여기서 남지훈이 웹툰을 다 읽을 때까지 기다리기로 했다.

동화책을 테이블에 올려두고 앞으로의 일을 생각했다.

1천9백만 년 만에 조성이 완성되었으니, 당분간은 다른 걱정 없이 일상적인 업무를 처리하며 쉬어도 될 것이다. 조성이 또 완성되려면 최소 2천만 년은 넘어야 할 테니.

서점 휴게실의 메인 창을 통과한 오전 햇살이 따스하게 느껴졌다. 소문식이 손을 이마에 대고 햇살을 가리면서 창밖으로 시선을 주었다. 고된 일이 끝난 후의 세상이 달콤한 포상과도 같이 느껴졌다.

하지만 그것도 잠시. 무엇을 본 건지, 소문식이 의자에서 벌떡 일어섰다. 그가 서점 문을 열고 급히 거리로 뛰쳐나갔다.

소문식과 남지훈이 서점으로 들어간 직후.

스핀 서점 앞에 나타난 두 사람이 언성을 높이며 다투고 있었다. 말하는 쪽은 주로 여자였다.

천비안이 얼토당토않다는 듯 눈을 부라리며 물었다.

"너, 정말 그 일들이 모두 꿈이었다고 생각해?"

상대가 대답할 틈도 주지 않고 그녀가 지레 답답해서 소리쳤다.

"꿈이 아니라고, 바보야! 대체 몇 번을 말해? 네가 꿈꿨다고 착각하는 그거, 꿈 아니라고. 내가 증거야. 그리고 경민이도 증거야."

천비안이 함경민의 어깨를 더럭 돌려세우며 강하게 말했다.

"그게 꿈이었다면 나랑 얘도 같은 꿈을 꿨다는 거야? 우리 세 명이 나란히? 그렇다면 경민이 옷에 묻은 이 핏자국들은 다 어떻게 설명할래? 그리고 방금 전쟁터라도 다녀온 것 같은 내 꼴은? 아니, 네 눈으로 직접 봐!"

천비안이 목 부근을 손으로 짚으며 턱을 치켜들었다. 그녀의 하얀 목덜미에, 흉기에 찔린 두 개의 상처 자국이 선명히 나타나 있었다. 곽영후와 장견우에게 당한 상처들임을 현호가 모르진 않을 것이었다. 그뿐만이 아니어서 천비안이 옷을 위로 걷어 올리며 팔과 옆구리 등에 생겨난 끔찍한 자상들도 현호에게 내보였다. 흥분한 상태인지라 여기가 사람들이 많이 다니는 대로인 것도 잊어버렸다.

"이런 상처들이 꿈을 꿔서 생길 수 있다고 생각해? 침대에서 떨어지거나 잠꼬대 중에 손톱으로 긁어서 생길 수 있는 상처냐고. 장견우의 칼에 맞아서 생긴 상처들이잖아. 아직 다 아물지도 않았어. 너도 잘 알고 있으면서 왜 자꾸 내가 틀렸다고만 해? 내가 미친 거 같아?"

오늘 아침, 은사의 숲에서 현호와 헤어진 후 함경민의 손을 잡고 죽어라 앞만 보며 뜀박질했다. 밤과 구분되지 않을 만큼 아름드리나무들로 빽빽한 숲 덕분에 미친 경찰들이 쏴대는 석궁을 한 발도 맞지 않을 수 있었다. 나중에는 지친 함경민을 둘러업다시피 해서 미로 같은 숲을 정신없이 내달렸고, 천운인지 헤매는 법 없이 숲의 경사로를 무사히 빠져나와서 공공 산책로에 도착했다. 그러자 경찰들도 더는 자신들의 뒤를 쫓지 않았다.

이상하다고 느낀 것은, 산책로에 도착한 시점부터였다.

잘 조성된 산책로 길을 따라 조깅하는 사람들이 지나갔다. 곳곳에 비치된 운동 기구로 열심히 아침 운동을 하는 아주머니들도 다수 보였다. 함경민의 손을 잡고 산책로를 벗어나 거리의 대로로 접어들었다. 멀끔하게 잘 차려입은 직장인 같은 사람들이 나와 함경민을 경계의 눈으로, 혹은 호기심 어린 눈으로 사시하며 지나갔다.

이 분위기는 뭐야?

근처에서 여왕의 폭정에 반발한 대규모 시위가 벌어졌다고 하지 않았어? 시민들과 경찰들의 무력 충돌로 난리가 났다며?…라고, 생각하기엔 너무도 익숙하고 일상적인 거리의 모습이었다. 월요일 아침 도로는 출근하려는 차들이 몰려서 정체 중이고, 회사와 학교에서 지각을 면하려는 사람들이 버스 정류장이나 지하철을 향해 종종걸음으로 걷거나 뛰고 있었다. 다들 무척이나 바빠 보여서 시위는 다 끝난 거냐고 말 붙이기도 쉽지 않았다.

일단, 함경민을 데리고 근처의 공중화장실로 들어갔다. 애의 얼굴과 손부터 씻기고 나도 세수했다. 물기를 닦을 수건이 없어서 입고 있던 티셔츠로 얼굴을 닦은 뒤, 먼지와 물, 사람들의 지문으로 얼룩져서 얼굴도 잘 비치지 않는 더러운 거울을 응시했다.

빛을 잃어, 더는 사물을 반사하지 않는 거울을 꼼짝도 하지 않고 가만히 쏘아보았다. 그러다 문득 이곳은 내가 사는 현실이 아님을 인지했다. 상황만 바뀌었을 뿐 현실이 바뀐 게 아니었다.

그런데…그랬는데 현호 너마저….

기진맥진한 천비안이 지친 목소리로 말했다.

"꿈속이 아니야. 현호야…. 난 그냥 내 세상으로 가고 싶었을 뿐인데…그런데 이곳엔 아직도 여왕이 있어…. 내가 미친 게 아니야."

공중화장실을 나와서도 도시는 여전히 평상시와 똑같은 모습이었고, 사람들이 하나 같이 무표정이거나 무뚝뚝한 표정을 한 게 약간 의아하다면 의아했을까, 그것도 곧 오늘이 '월요일'이란 생각이 미치자, 이해가 갔다. 나와 함경민만이 도시 속의 무인도에 갇힌 느낌이 들었고, 모든 게 일상으로 돌아간 듯 보였지만, 사실이 아닌 것도 알았다.

저 멀리 보이는 '빅토리아 레이디언트 앤 엘레강트 디그니파이드 클래식 로열 팰리스' 궁궐의 모습은 지금도 위풍당당하고 웅장하며, 화려한 장식으로 치장한 지붕은 구름을 뚫을 듯 치솟았다. 백팩을 메거나, 서류 가방을 든 사람들은 핸드폰으로 '여왕'의 기자 회견이 실린 월요일 자 아침 뉴스를 보고 있었다.

모두가 제자리를 찾아간 와중에도, 나와 함경민만은 아직도 우리가 살던 현실이 아닌 다른 차원의 세상에 있었다….

그래서 세하대학원에 있을 현호를 찾아 무턱대고 여기 온 것이었다. 출근길이었던 현호를 이 서점 앞에서 만난 건 다행이었지만…. 현호 역시 나와 함경민과 같은 처지라서 뭔가 그럴듯한 해답을 주지 않을까 하고 실낱같은 희망을 품었건만, 아무리 설득하려고 해도 증거가 없는 상황에서 이 모든 건 '꿈'이라는 말만 반복하는 남자였다.

실망한 기색이 역력한 천비안을 현호가 위로했다.

"네가 미쳤다고 생각한 적 없으니까 진정해…. 하지만, 여기는 틀림없이 꿈속이 맞아, 비안아. 그게 아니라면 내 사이프러스 나무들이 왜…."

"차현호 씨."

자신을 부르는 목소리에 현호가 뒤를 돌아보았다.

스핀 서점 출입문 앞에 소문식이 서 있었다.

그가 서점을 나서며 현호에게 먼저 인사했다.

"몸 상태는 어떠십니까? 괜찮으신가요?"

현호가 그에게 대답했다.

"네. 괜찮습니다. 꿈을 꾼 것뿐인걸요."

천비안이 황당한 표정으로 현호를 쏘아보는 동안, 소문식이 미소를 머금고 말했다.

"네. 꿈이죠. 모든 건 꿈이 맞습니다. 차현호 씨가 겪은 경험들은 현실에서 벌어질 수가 없는 것들이죠."

그렇다. 이 모든 건 차현호의 꿈인 것이다.

처음부터 그렇게 설계되었고, 그래서 지금 차현호는 당연한 말을 하는 것이다. 차현호는, 차현호 자신이 누구인지 몰라야 하며, 바이러스 다중 우주들의 숙주인 호라이즌 빌딩의 비밀을 눈치채서도 안 된다.

"아침 식사는 하셨나요?"라며, 소문식이 친근하게 묻던 그때였다.

어디선가 때아닌 말 울음소리가 들려왔다.

소문식과 일행이 일제히 소리가 들린 곳으로 얼굴을 돌렸다.

천비안이 입을 딱 벌렸다. 눈을 비비고 다시 봤다.

하지만, 정말 두 눈으로 보고도 믿을 수 없는 것이, 어디서 나타났는지 대로 한가운데를 웬 큰 얼룩말 한 마리가 어슬렁거리며 걸어오는 것이 아닌가? 동물원에서나 볼 수 있는 얼룩말의 등장에 소스라치게 놀란 행인들이 약속이나 한 듯이 좌우로 쫙 갈라섰다.

인간들이 낸 길을 따라 거만한 표정의 얼룩말이 또각거리는 말발굽 소리를 내며 점점 더 가까이 다가오기 시작했다. 걸음을 뗄 때마다 놈의 탄탄한 등 근육이 부드러운 공단처럼 물결쳤다.

얼룩말이 말문을 잃은 천비안 옆을 지날 때였다. 더욱 해괴한 일이 벌어졌다. 우렁찬 울음을 토하며 얼룩말이 방금 말을 한 것이다!

"방금 누가 깡통을 찬 거야? 엉?! 엉덩이에 직통으로 맞아서 아프잖아! 내가 틈날 때마다 공중도덕을 지켜야 한다고 그렇게 강조했건만, 아직도 정신을 못 차렸군. 쓰레기를 아무 데나 버리는 것도 모자라서 사과도 할 줄 모르는 무식한 인간들은 집 밖으로 못 나오게 아예

문에다 못질을 해버려야 해."

까칠하고 신경증적인 성격인 것 같았다. 화를 내면서도 우아한 자태만은 잃지 않은 얼룩말이 천천히 걸어서 도로 저편으로 사라져갔다.

모두가 마치 무엇에 홀린 것처럼 얼룩말의 뒤꽁무니를 지켜보고 있었다. 특히 천비안은 아직도 얼빠진 얼굴을 하고 있었다.

세상에, 인간의 말을 구사하는 얼룩말이라니….

방금 본 장면을 동영상 채널에 업로드하면 몇 분도 안 돼서 수억의 조회수를 기록할 것임이 틀림없다.

"세상엔 별일이 다 있군요."

소문식이 웃음기 서린 표정으로 말했다. 그러고는 현호를 바라보았다.

"얼룩말이 거리에 나타난 건 그렇다 치고, 사람 말을 하는 동물이라니…. 그렇지 않습니까?"

현호가 고개를 끄덕였다.

"네. 신기한 일이네요. 그리고 아침은 먹었습니다."

'아침을 먹었다'라는 게 무슨 뜻인지 몰라서 고개를 갸웃하던 소문식이 이내 의미를 알아차리고 대꾸했다.

"아, 제가 방금 질문을 드리고서 잊고 있었네요. 난데없이 나타난 이상한 말 한 마리 때문에 정신을 놓고 있었습니다."

"네. 그럴 수 있죠. 그런데, 절 부르신 이유가 뭔지 여쭤봐도 될까요? 제 컨디션을 물으신 거면 대답을 드렸는데…."

"아차차, 그렇군요. 그것도 잊고 있었습니다. 나이가 드니 어쩔 수가 없군요."

쾌적하고 따스한 봄의 온기를 타고 주변에 두세 마리의 나비들이 날아다니고 있었다. 얼굴로 날아든 나비를 손으로 후리면서 소문식이 가까이 왔다. 어느샌가 나타난 남지훈이 소문식 옆에 서 있었다. 무협 웹툰을 덮고 나서야 보스가 사라진 걸 알고 허겁지겁 서점에서 달려 나온 것이다.

소문식이 코트 안주머니에서 사진 한 장을 꺼냈다.

"이건 마지막 선물로 드리겠습니다."

현호가 소문식이 건넨 폴라로이드 사진을 받았다.

사진에는 연구실로 보이는 곳에서 현미경 렌즈에 눈을 대고 있는 한 남자의 옆모습이 찍혀있었다. 즉각 꿈에서 본 사진인 것을 알았다. 사진 밑부분에 방금 잉크로 휘갈긴 듯, 선명하게 씐 1865라는 숫자까지도 똑같았다.

다만 한 가지 다른 점은, 꿈속에서의 사진은 몹시 구겨지고 낡아서 언제 찢어져도 이상하지 않았지만, 소문식이 방금 준 이 인물 사진은 마치 몇 분 전에 촬영한 것처럼, 사진의 색감과 질감, 촉감이 매우 깨끗하다는 것이었다.

현호가 물었다.

"이 남자는 누구죠? 그리고 이 숫자는 뭔가요?"

사진 속 인물이 나 같지만, 그럴 리가 없었다. 나를 이토록 가까이서 찍었다면 내가 눈치채지 않을 리가 없고, 더구나 사진에 찍힌 정립형 형광 현미경은 지난주 목요일, 우리 연구실에 도착한 새 제품으로 오늘 오후에 내가 쓰기로 예약되어 있었다. 이 현미경의 최초 개시자가 나인데, 나는 이 현미경을 사용하기는커녕 아직 연구실에 들어가지도 않았다. 막 월요일이 시작되었기 때문이다.

소문식이 대답했다.

"숫자는 올해 연도입니다."

현호가 인상을 찡그리자, 소문식이 그의 의도를 짐작했다.

차현호는 이곳을 지구로 알고 있을 것이며, 지금은 2024년도라고 철석같이 믿고 있을 테니까 말이다. 그래서 특별히 올해 연도가 나온 사진을 준비했다. 영원히 꿈속에서 헤매는 형벌을 받은 남자에게 한때나마 진실을 알려주고 싶었다. 어차피 의미야 모를 테지만.

소문식이 "그럼, 다음에 또…."라며 인사말을 남기고 가려고 하자 현호가 물었다.

"올해는 1865년도가 아닌데요?"

그렇겠지.

차현호의 시간이 정지한 사이, 지구는 인간의 역사책에 마지막으로 기록된 0.66억 년 전의 5차 백악기 대멸종 이후로도 한 차례의 대멸종을 더 맞이했으니까. 따라서, 현재는 AD(Anno Domini) 1865년이 아니라, AD(Age of Dawn) 1865년이다.

예상한 바의 질문을 하는 차현호인지라 소문식이 가볍게 응수했다.

"그런가요? 그러면 제가 연도를 착각한 것 같습니다. 올해는 1865년이 아닐 수도 있지요."

차현호와 소문식.

마주 선 두 사람 사이로 방금 또 어디선가 날아든 샛노란 나비 한 마리가 양 날개를 펄럭거렸다.

소문식이 나비가 지나가길 기다리는 동안, 차현호가 말했다.

"네. 올해는 1865년도가 아니라 2138년입니다."

소문식이 고개를 갸웃했다. 올해 연도를 2024년도 아니고, 2138년도로 알고 있다고? 정정하려다가 어차피 틀린 연도를 어떻게 알고 있든지 매한가지란 생각에 반응하지 않고 돌아섰다. 등 뒤에서 차현호가 다시 말했다.

"이건 제 마지막 선물이니 드릴게요."

소문식 대신 남지훈이 차현호가 건넨 종이를 받았다.

그런데 종이를 본 남지훈의 눈이 대뜸 보름달만큼 커졌다.

남지훈의 당황한 모습을 본 소문식이 그의 손을 치듯이 종이를 낚아챘다. 그것은 놀랍게도 소문식의 폴라로이드 카메라로 찍은 한 장의 사진이었다.

게다가 더욱 놀라운 것은….

사진은, 현미경에 눈을 댄 차현호를 찍는, 나를 찍은 것이었다. 구겨진 베이지색 코트를 입고, 낡은 폴라로이드 사진기를 눈에 대고서 차현호를 잘 찍기 위해서 허리를 뒤로 뺀 장년의 남자는 틀림없이 나, 소문식이었다.

한 시간 전, 연구실에서 내가 차현호를 찍을 때 찍힌 것이 분명했다. 하지만 이게 가능할 리가 없었다. 당시 연구실에는 나와 남지훈 말고는 아무도 없었고…순간, 이상한 느낌에 사로잡힌 소문식이 입을 멍청하게 벌렸다.

그때 들렸던 찰칵 소리…카메라 셔터음…설마….

소문식의 눈길이 점점 사진 아래로 내려갔다. 자신이 만년필로 차현호의 사진에 '1865'란 숫자를 휘갈긴 것처럼, 차현호가 준 사진 밑단에도 수성펜으로 사인한 숫자가 있었다.

2138.

소문식이 이상한 숫자와 자기 모습이 찍힌 사진을 뚫어져라 쳐다보았다.

도대체 알 수 없었다. 이게…다 무언지….

이게 대체 어찌 된 일인지….

그때였다.

"혹시 나비가 보이시나요?"

차현호가 물었다.

때마침, 허공을 맴돌던 나비가 두 남자 사이로 날아들었다. 한 마리의 작은 나비는 나풀거리는 날갯짓을 하며 사잇길을 지나고 있었다. 저도 모르게 나비를 쫓아서 고개를 돌린 소문식에게 차현호가 말했다.

"제 눈에는 나비가 보이지 않습니다."

차현호의 고요한 눈이 소문식을 응시하고 있었다.

"왜냐하면, 이곳은 제가 아니라 소문식, 당신의 꿈속이기 때문입니다."

*

"제 눈에는 날아다니는 나비가 보이지 않습니다…. 저 나비는 제 것이 아니라 모두 당신 것이니까요."

"…."

"당신은 지금 당신 방의 침대에서 깊은 꿈을 꾸는 중입니다."

이 청년이 무슨 말을 하는 건지, 영문을 알 수 없었다.

지난 월요일 오후, 망연자실한 차현호를 연구실 계단에서 만났을 때도, 내과의원 복도에서 차현호와 언쟁했을 때도, 그리고 지금도. 바로 눈앞에서 나비 한 마리가, 그리고 연이어 두 마리가 날개를 펄럭이며 날아가는 광경이 선명한데 넌, 네 눈에는 이게 안 보인다고?

망막에 각인된 나비가 사라질 줄을 몰랐다. 벌써 자리를 떠난 나비의 잔상이 실물처럼 소문식의 눈 안에서 어지러이 날아다니고 있었다.

머릿속에 끊임없이 차오르는 의문처럼….

이곳이 내 꿈속이고 네 눈에는 나비가 보이지 않는다고?

이 나비는 시료 속 세상의 상징이고 네가 꿈을 꾸는 유일한 증거인데….

소문식의 동공이 더욱 확장됐다.

'꿈속이라고?!'

차현호가 이곳이 꿈속인 것을 알고 있다는 말인가?!

그럴 리가…. 분명 남지훈은 조금 전 아침 7시 3분 54초에 가까스로 임무를 마쳤다. 지금 여기 서 있는 차현호는 자신의 방 침대에서 잠이 들었고, 서점 앞에서 나를 만나는 꿈을 꾸는 중일 것이다. 네 번째 조성이 막 끝났고, 다섯 번째 조성까지는 확률상 2천만 년에 가까운 시간이 남았다. 따라서, 모든 게 일상으로 돌아갔을 터라 차현호는 평범한 월요일 아침을 맞이하며 빌딩 이름도 모르는 자신의 대학원 연구실로 출근하는 중이었을 것이다. 물론 그것 또한 꿈속에서.

그런데, 왜 이 남자는 이곳이 현실이 아니라 꿈속이라고 '착각'하는 거지?

꿈을 꾸면서, 꿈꾸는 행위를 의식하는 사람은 없다.

더욱이, 내 꿈속이라는 터무니없는 말을 하면서….

갑자기 머리가 터질 듯이 복잡해졌다. 소문식이 기억을 더듬었다.

혹시, 임무 중에 실수가 있었나? 내가 간과한 것이 있었다거나.

내가 모르는 뭔가가 잘못된 건가?

소문식의 낯빛이 창백했다. 그의 반응을 지켜보며 현호가 물었다.

"1.066×10^{-31}의 확률이었던가요?"

대답이 없었다. 소문식도, 아직 상황 판단이 덜 된 남지훈도.

현호가 이어 말했다. 어투와 목소리는 차분하면서도 부드러웠다.

"제가 유통기한이 하루 지난 딸기 요거트를 먹는 것을 시작으로 여섯 개의 독립적인 행동이 연속으로 이어지는 '패턴'이 조성됐고, 벌써 네 번째 반복된 '조성'이라 그 정도의 확률이 맞을 겁니다."

"…."

"우주에 있는 약 10의 24승 개의 별 중에서 특정 별을 무작위로 선택하는 것보다 훨씬 더 낮은 확률이죠. 다시 말하면, 우주의 모든 별 중에서 하나를 무작위로 고른 후, 그 별의 표면에 있는 특정한 자갈 하나의 좌표를 맞추는 것과 비견 될 확률이기에 사실상 불가능에 가깝고, 따라서 현실에선 경험하기 어렵죠. 그래도…."

현호가 옅은 미소를 보였다.

"당신이 만들어 낸 '사건'보다는 현저히 높은 확률이죠."

내가 만든 사건? 확률?

머릿속이 의문과 황망함으로 가득 채워진 소문식을 위해서 현호가 경위를 설명했다.

"월요일 아침, 노천카페에서 실수로 커피를 쏟고, 떨어진 커피 모양이 우연히 활짝 펼쳐진 우산 모양이 됐고, 커피 방울은 빗방울처럼 우산 위로 점점이 떨어져 내리는 형태가 됐고, 커피 한 잔을 새로 시켰더니, 이번엔 달팽이 한 마리가 잔에 붙어서 손으로 떼어냈어요…. 모두 다섯 개의 '패턴'이군요."

불길한 예감에 사로잡힌 남지훈이었다. 차현호의 이야기를 더는 듣고 있을 수가 없었다. 중지시켜야만 한다고 생각했다. 하지만, 전신이 풀이라도 먹인 것처럼 뻣뻣해서 입은커녕 손가락 하나 까딱할 수가 없었다. 얼음물을 끼얹은 것만 같은 전율이 등줄기를 훑고 지나는 중이었다.

동요 없는 차현호의 음성만이 들리고 있었다.

“하지만 난이도 면에서는, 저의 여섯 개의 패턴과는 비교할 수 없을 정도로 어렵죠. 방금 제가 말한 카페의 패턴들이 순서대로 나열될 확률과, 그것이 네 번째 조성으로 나타날 확률을 계산하면 어떻게 될까요?”

“….”

“3.028e^{-32}입니다.”

“….”

“확률은, 0.00000000000000000000000000000003028이 될 것이며….”

긴 숫자를 말한 뒤, 잠시 쉰 현호가 이어 마무리했다.

“두 수치 모두 극도로 낮지만, 3.028×10^{-32}이 1.066×10^{-31}보다 약 3.5단계나 더 낮은 확률이죠.”

그날….

월요일 아침.

노천카페에서 커피잔을 떨어뜨렸다. 바닥에 떨어져 깨진 커피가 꼭 우산이 펼쳐진 것처럼 보였고, 마구 튄 커피 방울들은 우산 위에 툭툭 내리는 빗방울처럼 보였다. 친절한 가게 종업원과 그걸로 웃으며 농담도 했다. 커피를 새로 주문했고, 이번엔 어디서 기어 나왔는지 큰 달팽이 한 마리가 커피잔에 들러붙어서 손으로 떼어냈는데….

그냥, 모든 게 평범한 평일 오전이었는데, 그게 나의 네 번째 조성이었다고?

내가 그 같은 패턴을 벌써 네 번이나 겪었다는 말이야? 언제?

“그래서 내가….” 소문식이 겨우 말문을 열었다.

“내가 지금 꿈을 꾸는 거라고?….”

도저히 믿을 수 없었다.

소문식이 충격에서 헤어나지 못하고 있었다.

마치 지옥을 겪고 있는 것 같았다.

그의 인상이 험하게 구겨진다 싶더니 곧이어 호탕한 웃음이 터졌다. 거리를 지나는 사람들이 그들을 힐끔거렸지만, 개의치 않았다. 실컷 웃고 나자, 이제야 좀 현실감이 생겨나며 처음처럼 기분이 상쾌해졌다. 그리고 젊은 놈이 괘씸하다는 생각이 들었다.

내가 체구도 왜소하고 말도 느리니, 어리숙하다고 생각해서 사람을 얕본 거겠지.

소문식이 뱉어내듯이 말했다.

"그래서 내가 $3.028e^{-32}$의 확률이라고?"

"…."

"어디서 무슨 헛소리를 듣고 와서 이러는지 모르겠지만, 여긴 네 꿈속이야. 내 꿈속이 아니라고."

소문식이 차현호의 바로 턱 밑에서 고개를 꼿꼿이 치켜들고 말했다. 가는 눈매가 매섭게 번뜩였다.

"알겠어? 넌 신으로부터 조재영겁兆載永劫의 시간 동안 잠만 자야 하는 벌을 받은 것이야. 왜 너만 그런 벌을 받게 됐는지 궁금하지 않나? 그건 네가 금기를 깨고 더러운 네 구둣발로 성역을 짓밟았기 때문이다. 감히 인간 주제에 세계를 창조하다니…. 아둔하기 그지없고 탐욕이 넘쳐흐르며 타 생명체에 대한 관용과 아량이라고는 눈곱만치도 없는 너희 인간들 주제에?!"

소문식의 얼굴이 시뻘겋게 달아올랐고, 눈에선 불꽃이 튀었다. 그가 현호의 얼굴을 칠 듯이 손가락을 마구 흔들어 대며 악담을 퍼부었다.

"네가 신인 줄 아는가? 착각 말거라. 넌 신이 아니야. 진흙으로 인간을 창조한 프로메테우스가 아니라고! 신과 닮은 형상으로 모두를 속이며 신을 흉내 내는 추악한 가짜일 뿐이지. 네가 신이랍시고 만든 세상은 썩어빠진 돼지 살점 속에서 기생하는 냄새나고 더러운 벌레들의 소굴일 뿐이야!"

남지훈이 놀란 눈으로 소문식을 보고만 서 있었다.

발을 동동 구르며 악에 받쳐서 소리치는 이 사람이 진짜 내 상사인 소문식이 맞는지 의구심이 들었다. 그리고 눈앞에서 벌어지는 이상한 일들을 당최 어떻게 받아들여야 할지 몰랐다. 차현호의 말을 다 믿을 수는 없지만, 직감은 새된 음고를 올리며 아까부터 경계 명령을 내리고 있었다. 가만, 그래서 지금 여기가 사장님의 꿈속이라고?….

아니지, 아니야. 그럴 리가 없잖아.

우린 지구 행성에 본부를 둔 노바 신정부 직속의 호라이즌 에이전시 소속 요원들이고, 분명히 조직으로부터 차현호를 꿈에 가두라는 명령을 받고 이곳으로…순간, 하태형이 떠올랐다. 그가 했던 말.

-여자라니…. 하봉주 씨는 내 아버지가 맞아. 당연히 성전환 수술한 적도 없어.

남자인 하봉주.

그러면, 사장님이 여자라고 한 하봉주는 대체 누구인 거지?

계속 기저에 남았던 물음표였다. 하지만 남지훈이 질문은커녕 분노한 소문식을 말릴 엄두도 못 내던 그때, 어디선가 더할 나위 없이 부드러운 미풍이 불어왔다.

호라이즌 빌딩 주변에 심어진 가로수 가지와 잎사귀가 우수수 소리를 내며 바람에 흔들렸다.

그러자 현호가 말했다. 그의 손이 바람을 맞는 가로수를 가리켰다.

“길가에 서 있는 저 가로수 나무들도….”

현호의 눈길이 소문식을 향했다.

“그리고 내 방 창가에서 보이는 사이프러스 나무들도….”

방금 불어온 미풍처럼 부드러운 음성이었다.

“모두가 한 방향으로만 흔들리고 있어요. 왜냐하면 이곳엔 동풍만이 부니까요. 거리와 내 방, 그리고 이 세상에 존재하는 모든 마을에 다른 방향의 바람은 불지 않아요. 여기는 오직 동풍인 샛바람만이 있을 뿐이고, 말하자면 이곳은 소문식 당신의 꿈속이니까요.”

몇 마리의 나비들이 바람에 휩쓸려 퍼덕이면서 서쪽으로 사라지고 있었다. 가로수 나뭇잎들이 나부끼는 방향으로, 바닥에 떨어진 빵 봉지가 굴러간 곳으로, 그리고 지금 거리를 지나는 이들의 머리카락이 휘날리는 곳으로, 노란색 나비들은 운명을 거스르지 않고 정해진 방향을 향해 날아갔다. 오직, 소문식의 눈에만 보이는 나비들이었다.

“당신은 동화책을 읽은 그날 밤, 자신의 침대에서 꿈을 꾸는 중입니다.”

과거와 현재가 뒤섞인 비문이다.

하지만, 현호의 입장에서는 이처럼 엉터리같이 말할 수밖에 없었다.

“영국 작가, 루이스 캐럴이 1865년에 쓴 ‘이상한 나라의 앨리스’를 읽다가 깜빡 잠이 든 거죠. 동화책을 품에 껴안은 채로요.”

소문식이 헛웃음을 켰다. 하도 어처구니가 없어서였다.

나비도 동풍도 모두 차현호의 주장일 뿐, 직접적인 증거는 없다.

나비가 보이는데도 나를 현혹하기 위해서 거짓말을 하는 것일 수도 있다. 본인까지 깜빡 속아 넘어갈 만큼 거짓말에 능수능란한 유기체는 온 우주를 통틀어 인간밖에 없다.

소문식이 빈정거리며 되물었다.

"동화책? 이상한 나라의 앨리스?…. 혹시 나를 미행했나? 내가 저 서점에서 그 책을 읽고 있던 걸 본 겐가?"

"책 안에서 혹시 하트 여왕의 얼굴을 본 적이 있나요?"

"얼굴? 그런 걸 왜 묻는 거지? 표독스럽고 무식하며 성격도 안 좋은 하트 여왕의 그림을 언뜻 본 것뿐이라서 얼굴까지는 기억이 안 나는군. 삽화 하나하나까지 세심하게 볼 만큼 애들 책을 좋아하는 것도 아니라서 말이야. 서점 안에서 몇 페이지 대충 읽다가 말았지."

소문식이 차현호에게서 선물 받은 폴라로이드 사진을 바닥에 내팽개치며 말했다.

"이제껏 나를 미행한 거라면 이 사진도 설명이 되는군. 왜 이런 장난을 쳤는지 몰라도 이쯤에서 멈추는 게 좋아. 그리고, 네 말에는 결정적인 오류가 있다."

소문식의 손가락이 맞은편에 있는 스핀 서점을 가리켰다.

"저 서점에서 책을 산 건 사실이지만, 보시다시피 내 손엔 아무것도 없어. 아쉽게도 내가 서점 탁자에 책을 올려놓고 깜빡하고 그냥 나왔지 뭔가. 그런데 넌 내가 동화책을 읽다가 내 방 침대에서 잠이 들었다고 했으니, 내가 이대로 귀가해버리면 네 말이 현실이 될 소지는 완벽히 차단한 셈이 되겠지? 당장 내 소지품이라고 해 봐야 코트 안주머니에 든 지갑이 전부이고, 동화책이 없으니 오늘 밤 내가 그 책을 읽을 이유도, 책을 읽다가 꿈을 꿀 이유도…."

"저기, 이 책 두고 가신 거 맞죠?"

청량한 목소리가 그들 사이에 끼어들었다.

뒤돌아보니 흰색 스웨터 상의에 청재킷을 걸친 웬 젊은 여자였다.

'그녀'를 본 천비안이 기절할 듯이 놀라며, 저도 모르게 함경민을 등 뒤로 숨겼다. 차현호를 본 여자 역시 "어머, 오빠네? 여기서 뭐 해요?"라며 반갑게 인사했지만, 현호는 아무런 대꾸도 하지 않았다.

현호가 인사를 받아주지 않자 무안해진 여자가 멋쩍은 듯 소문식에게 책을 내밀었다. 다른 한 팔로는 스핀 서점에서 사전 예약으로 구매한 '브록의 미생물학 Brock Biology of Microorganisms' 16판 원서를 안고 있었다.

"서점 휴게실 테이블에 이 책이 있더라고요. 아까 카운터에서 결제하시는 거 봤어요. 잊어버리신 거 맞죠?"

〈 이상한 나라의 앨리스 〉였다. 조금 전, 소문식이 서점에 두고 온 책이었다.

천연색 삽화가 그려진 책 표지를 멍하니 응시하던 소문식이 눈을 들었다.

그리고 그제야 동화책 속 하트 여왕의 얼굴이 선명히 떠올랐다.

내가 '오늘 밤' 꿈속에서 보았던 아름답지만, 무자비한 여왕의 얼굴이….

그의 눈앞에서 동풍에 흩날리는 검은 생머리를 하고서 황혜지가 웃고 있었다.

*

소문식이 동화책과 불에 탄 노트북을 옆구리에 끼고서 거리를 걸어갔다. 잠깐 서서 지켜보는 사이, 소문식과 남지훈의 모습은 원이 되고 까만 점이 되더니 곧 지평선 너머로 사라졌다.

"잠깐만 기다려!"

천비안이 다급히 현호를 불러세웠다. 무심코 자리를 뜨려던 현호가 그녀를 돌아보았다. 의문과 혼란이 마구 뒤섞인, 패닉으로 곧 쓰러질 것 같은 얼굴을 하고서 천비안이 물었다.

"방금, 너와 사장님이 한 말들, 그거 다 뭐야? 다들 무슨 헛소리들을 하는 건지 하나도 모르겠어. 아니, 내가 뭘 잘못한 거야?"

내가 무슨 큰 잘못을 저질러서 나만 당신들의 말을 이해할 수 없는 건지 묻는 것이다. 그게 아니라면, 한국의 정규 교육과정을 이수한 내가 당신들의 대화를 이렇게나 알아듣지 못할 리가 없다고 생각했다. 영어도 아니고, 내 귀가 잘못된 게 더더욱 아니라면.

꼬맹이 함경민이 다투기 시작한 두 남녀의 눈치를 봤다. 나비 한두 마리가 주변을 날고 있어서 잡을까 말까, 고민하고 있었다.

현호가 저편에 보이는 호라이즌 빌딩에 눈길을 준 뒤, 손목시계로 시간을 체크했다. 망설이는 듯하던 그가 흔쾌히 대답했다.

"어려울 건 없어. 다 얘기해줄게." 그러면서 사족을 붙였다.

"하지만 그래도 정히 이해가 안 간다면, 난 널 더는 도울 수 없어. 이후에 정해진 스케줄이 있어서 말이야."

자신을 무시하는 것 같은 현호의 발언에 천비안이 발끈했다.

"내가 이해가 가도록 네가 노력해야지. 그리고 분명히 말해두는데, 난 사장님처럼 어리숙하지 않아. 그러니까 나까지 속일 생각은 하지 마. 아까처럼 이곳이 누군가의 꿈속이니 뭐니, 이상한 소리로 사람을 기만하려 들면 가만히 안 있어. 농담 아니야."

상대방을 윽박지르는 것처럼 완강한 천비안의 태도에도 현호가 별다른 내색을 하지 않고 수긍했다.

"알았어. 당연히 사실만을 말할 거야. 왜냐면…."

그가 말했다.

"아무리 말해도 어차피 넌 모를 거니까."

그로부터 두 시간 후.

두 시간이나 되는 긴 시간 동안 현호로부터 모든 이야기를 들었다.

너무도 기가 차고 황당무계한 삼류 판타지 소설 같은 이야기에 나는 중간중간 몇 차례나 그의 말을 중단시키며 끊임없이 현호의 표정과 행동을 살폈다. 혹시나 얘가 나를 속이려는 건 아닌지, 나에게 무슨 목적이 있어서 있지도 않은 거짓말을 지어내는 건 아닌지….

하지만, 현호는 자기 말이 거짓이 아님을 수시로 증명해 가며 모든 얘기를 끝마쳤다. 그리고, 마지막까지 그의 눈빛과 표정엔 한 점의 의혹도 없었다. 수시로 흥분하거나 화를 내며, 이성을 잃고 소리친 나와는 달리 그는 시종일관 안정되었고 차분했으며, 맑았다. 되려 그를 의심하는 내가 다분히 몹쓸 인간처럼 느껴질 만큼….

도시 믿기지 않는 진실에 인지력을 상실한 천비안의 뇌가 똑같은 질문을 반복하고 있었다.

'그래서, 정말 여기가 소문식의 내면세계라고? 그분은 동화책을 읽고서 꿈을 꾸는 중이고, '나'란 존재는 그 꿈속에 등장하는 수많은 '아무나' 중 하나이고?'

갈 길을 잃어버린 동공이 허공에 꽂혀서 움직일 줄을 몰랐다.

그녀의 귓가에 현호가 했던 말들이 이명처럼 들리고 있었다. 현호가 말했다.

-난 사제 폭탄 제조법 같은 건 몰라. 만들기는 고사하고 그런 거에는 관심도 없어서 인터넷에 검색 한번 한 적이 없어. 오히려 폭탄은

소문식이 전문이지. 아마도 소문식이 폭탄을 만들어서 설황민 교수한테 배달했을 거야…. 뭐? 그러면 스승의 날 선물로 내가 설황민 교수한테 보낸 택배가 뭐냐고?

그가 쑥스럽게 웃으며 말했다.

-홍삼 원액.

현호가 소문식이 사라진 지평선 너머를 보고는 시간을 체크하며, '도착할 때가 됐는데…택배가 느리네?'라고 혼잣말했다.

하지만, 고작 그런 설명 정도로 물러날 만큼 안이한 내가 아니었다. 현호의 말만 전적으로 믿을 수도 없고, 그것만 가지고 이곳이 소문식의 꿈속임을 인정할 수는 없었다. 숨 쉴 틈도 없이 따지고 들었고, 그럼에도 현호는 귀찮은 표정 하나 없이 일일이 다 말해주었다.

-이곳이 소문식의 꿈속이라는 건, 음…. 조금 전에 봤던 얼룩말로 증명이 되려나? 소문식은 '사람 말을 하며 투덜대는 얼룩말'을 본 적은 없지만 들은 적은 있어. 바로, 여왕인 황혜지한테서.

현호는, 언젠가 강미주와 다투던 황혜지가 어떤 상황에 대해서 사람 말을 하는 얼룩말로 비유한 적이 있다고 했다.

-소문식에게는 그 대사가 인상 깊었나 봐. 그래서 '오늘 밤' 꿈속에 황혜지가 말한 얼룩말이 등장한 거야.

-내 집도 전소된 적이 없어. 집은 멀쩡해. 우리 엄마도 실종된 적이 없고…. 음, 지금쯤 점심을 드시고 근처 마트에 가셨을 거야. 평일 오후마다 마트에서 시간제로 근무하시거든. 내 말이 믿기지 않으면, 우리 집은 여기서 5분 거리니까 네가 지금 가서 확인해도 돼.

현호가 호탕하게 웃으며 말했다.

-내가 강남역 근처에서 너와 다른 여자들에게 프러포즈를 받은 것도

물론 소문식의 꿈속이어서 가능한 거였지. 뭐, 좀 짜증 나긴 하지만 다른 건 몰라도 그건 꿈이 확실해. 내가 그렇게 인기 있을 리가 없잖아. 하하하.

현기증이 생겼다. 머리가 어지러웠다. 난 분명 인파로 붐비는 강남역 근처에서 현호를 만났고, 우린 다투기까지 했다. 그건 내 생생한 기억이 증명하고 있고, 내 의지로 한 일이었으며 틀림없는 내 과거이고 역사인데…어떻게 그것까지 타인인 소문식의 꿈일 수가 있냐고 화를 내는 내게 현호가 물었다.

-네가 그 시간에 왜 하필 강남역에 있었는지, 그건 기억나?

그건 정확한 기억이 없었다. 아니, 솔직하게 말하면, 대치역에 외근을 나간 내가 어떻게 지하철로도 15분 가까이 걸리는 강남역에 있었던 것인지, 난 지금까지도 그 이유를 모르고 있다.

목요일 오후 4시경, 일부이처제 마감 시간이 다가오자, 난 사색이 되어서 무작정 거리를 배회하고 있었을 뿐이다. 강남역까지 걸어서 갔는지, 지하철을 탔는지, 현호의 질문처럼 왜 하필 강남역인지도 알 수 없다. 정신을 차리고 보니 강남역 주변이었고, 거기서 여자들과 실랑이 중이던 현호를 우연히 만났을 뿐.

내 기억의 유일한 오류. 무섭고 혼란해서 덮어뒀던 그 '잘려 나간 필름'을 현호가 제 마음대로 재생했다.

-그건 내가 등장한 소문식의 꿈에 오류가 생겼기 때문이야. 소문식은 깊은 렘수면 상태에서 꿈을 꾸는 도중에 또 꿈을 꿨고, 그로 인해 꿈의 개연성과 인과 관계가 파괴되어 버린 것이지. 스스로가 꿈속인 걸 의식하면서 꾸는 중복된 꿈. 그걸 '자각몽'이라고 했나?…. 꿈 안의 꿈인 셈인데 논리나 맥락 없이 이어지는 것들이라 애써 핍진성을

찾으려고 해 봤자…헉!

말하는 중에 현호의 어깨가 휘청했다.

어른들이 대화를 나누는 동안, 나뭇가지를 주워와서 땅바닥에 그림을 그린다던가 쓰레기를 주워서 휴지통에 버리고 온다든가 하면서 혼자 놀던 함경민이 나비를 잡으려고 펄쩍 뛰다가 그만 현호와 부딪히고 만 것이다. 재빨리 현호에게 사과하고, 함경민이 잘만 하면 잡힐 것 같은 나비를 따라서 길 한편으로 뛰어가 버렸다.

팔을 툭툭 털며 현호가 말을 이었다.

-내가 돈가스 가게에서 집으로 전화했을 때, 내 전화를 두 번이나 받고서 끊은 사람은 사실 소문식이었어. 우리 집 무선 전화기를 가져간 이도 역시 소문식이고…. 우체국 마당에서 폭발한 소문식의 가방 안에 무선 전화기와 어댑터가 들어 있었어. 우리 집에 불이 난 것도, 거리에서 너와 여자들을 우연히 만난 것도, 그리고 동화 속 하트 여왕이 황혜지인 것도….

-이 모두가 소문식의 꿈속이었기 때문이야. 그리고 그때마다 그는 나비를 봤을 거야. 어떤 식으로든.

-아, 잠깐. 하태형의 아버지를 여자로 착각한 건, 의대생 시절, 하태형의 아버지가 대학 축제에서 여장한 적이 있었대. 평소에는 의식조차 못 하다가 무의식 상태에서 친구의 성별이 뒤바뀌는 꿈을 꾼 거지.

그러면서 현호가 덧붙인 말.

-그런데 오이밭만은 정말로 소문식이 애지중지 가꾸는 거야. 그의 아파트에서 조금 떨어진 곳에 오이 텃밭이 있거든? 음, 그리 크진 않아. 두세 평 정도? 그 정도면 텃밭치고는 크려나? 아무튼 다른 식물에는 관심 없고, 오로지 오이에 물과 거름을 주며 텃밭을 돌보는 게 그의

유일한 취미야. 어렸을 때부터 오이 반찬을 제일 좋아했대. 그래서 여왕이 훔쳐 간 소문식의 노트북에는….

-오이밭 사진밖에 없어.

현호의 시선이 소문식이 사라진 방향을 향했다.

소문식의 노트북 안에 저장된 엄청난 양의 데이터는, 오이 모종과 씨앗 종류부터 오이 파종 시기, 피클 담그는 법, 가시오이, 취청오이 사진 등 전부 오이와 관련된 것뿐이었다. 나의 일거수일투족을 감시하기 위해서 내 집 거실에 설치한 초소형 IP카메라의 영상 같은 건 더더욱 없었다. 그의 노트북을 취급한 여왕의 IT 부서 비서관이, '오이' 파일만 가득한 노트북의 비밀을 여왕이 알게 될까 봐, 그다음 날 바로 사직서를 낸 사실은 천비안에게 말하지 않았다.

-소문식 자신이 가장 좋아하는 오이만큼은 꿈에서도 버릴 수 없었던 것이지.

이야기가 끝나자, 현호는 신경 쓰지 말라며 나를 위로했다.

꿈은 객관적이고 또 좀체 자신을 속이는 일은 없지만, 의식과 동떨어진 무의식의 세상에서는 무엇이든 가능한 법이니까 머리 아프게 분석하지 말라며…그냥, 받아들이거나 그래도 어려우면 무시하라고 했다.

잘난척하지 말라며 대들고 싶어도, 현호가 한 말에 조목조목 반박하며 잘 따질 자신이 있어도, 내 입이 소리를 만들지 못하는 이유가 있었다.

현호는, 나에게 '사실'을 이야기하는 내내 거리에 나타날 사람과 곧이어 바뀔 바람의 방향, 나뭇가지에서 떨어질 잎사귀의 개수와 낙차 간격을 수시로 예측했다. 예를 들면, 지금 내 눈앞을 지나가며 수다를 떠는 30대 엄마와 엄마의 손을 잡은 6살 딸처럼 말이다. 양 갈래머리를 하고 노란 유치원복을 입은 여자애는 쉬지 않고 재잘거리며 자기

반 선생님이 얼마나 예쁜지를 얼굴과 몸짓으로 표현했고, 아이가 유치원을 좋아해서 다행인 엄마는 흐뭇한 표정으로 딸아이의 말에 호응하며 길을 가고 있었다. 이 장면도, 조금 전 현호가 손으로 방향을 가리키며 '아직도 내 말이 믿기지 않으면, 저기 있는 편의점 모퉁이를 봐봐. 5분 후에 엄마와 아이가 나타날 거야.'라면서, 그들의 생김새와 복장, 아이가 멘 가방 브랜드까지 미리 언질을 준 것이었다.

엄마와 딸이 소문식과 남지훈이 사라진 서쪽 지평선 너머로 자취를 감출 때까지도, 천비안은 모녀의 뒷모습에서 눈을 떼지 못했다.

그리고 현호와 대화하는 두 시간 동안, 이런 광경만 벌써 열 번이 넘는다. 그리고 그는 이게 매일 같이 반복되는 이곳의 일상이라고 했다. 하지만, 소름 끼치는 공포로 인해 팔뚝의 털이 곤두선 것은, 비단 이곳이 소문식의 꿈속이라는 사실(만약 그게 사실이라면)과 현호가 보여준 예언 능력 때문만은 아니었다.

방금, 엄마와 딸이 우리를 스칠 때, 현호가 했던 말….

'그 말'이 정말이라면, 내가 누군가의 꿈속에 있다던가, 이곳이 내가 사는 현실이 아니라던가, 한 치의 오차도 없이 들어맞은 현호의 예측 능력 같은 건 아무것도 아닐 수도 있었다. 불현듯 현호가 한 또 다른 말이 떠올랐다.

-아무리 말해도 어차피 넌 모를 거니까.

천비안이 두 손으로 머리를 감싸고 도리질하며 부정했다.

아니야. 그럴 리가 없어. 현호가 말한 그런 게, 그런 터무니없는 게 있을 리가 없잖아?

힘들지만, 다시 처음부터 차근차근 정리해 보기로 했다.

천비안이 자꾸만 부들거리는 손을 꽉, 쥐었다.

하지만, 아무리 마음을 다잡아도 뇌는 소용돌이치고, 내 것이 아닌 것만 같은 감정은 불시에 심한 폭풍을 만난 파도처럼 들쑥날쑥하고, 기분은 욕지기가 나올 만큼 나쁘기 그지없어서 무엇 하나 의지할 곳이 없었다. 시원하게 구토나 했으면 좋겠다는 생각은 한참 되었다.

핏기가 가신 입술과 곧 쓰러질 것처럼 창백한 피부로 그녀가 억지로 입을 뗐다.

“좋아…. 여기가 사장님의 꿈속이라는…네 말을 일단은 믿을게.”

현호가 나직이 안도의 숨을 내쉬는 걸 보았다. 순간, 몸속 어디선가 불길 같은 화가 치솟았지만, 내색하지 않고 천비안이 말했다. 그녀가 이성을 유지하기 위해서 노력하고 있었다.

“그럼, 그분이 나를 어디서 봤다는 거야? 네 말대로라면 사장님의 꿈에는 그가 현실에서 만난 사람들이 등장한다는 거잖아. 하지만, 꿈이든 뭐든 그리고 이곳이 내 현실 세상이든 아니든, 난 이번 일이 있기 전까지는 그 어디서도, 어떤 곳에서도 소문식 씨를 만난 적이 없어. 정말이야. 믿어 줘, 현호야. 이건 우리 부모님을 걸고 맹세할 수 있어.”

“믿어. 네가 뭘 생각하든 모두 다 가능한 일이야.”

현호가 거리낌 없이 말했다. 그러면서 “그래서 내가 방금도 말했잖아.”라고 말하며, 천비안에게 태연자약하게 다가왔다. 그리고 뒤이어 한 말.

“이곳은 0차원의 세상이라고.”

***

벌컥, 하고 스핀 서점 문이 열리며 안에서 함경민이 뛰쳐나왔다. 아이가 손에 든 뭔가를 마구 흔들며 천비안에게 달려왔다.

"언니! 서점 언니가 나한테 선물 줬어요!"

서점에서 책을 구매한 고객들에게 나눠주는 손바닥만 한 캐릭터 수첩이었다. 어른들의 얘기가 좀처럼 끝날 기미가 보이지 않자, 심심해진 함경민이 혼자서 서점에 들어간 것이었다.

하지만, 연이은 충격적 상황에서 함경민의 무용담을 들을 여유가 없었다.

천비안이 시허연 얼굴로 "응. 잘했네."라며, 간신히 말했다. 물론, 함경민이 손에 든 것이 수첩이란 것도 몰랐다.

함경민이 함박웃음을 지으며 수첩을 자랑했다.

"서점 언니가 그러는데, 이거 한정판이어서 책을 사도 아무나 안 준대요. 그런데 난 책도 안 샀는데 공짜로 받았어요. 크크, 사실은 내가 서점 테이블에 있던 코 푼 휴지랑 쓰레기를 치웠거든요? 그러니까 서점 언니가 나보고 착하다면서 내가 달라는 말도 안 했는데 먼저 주는 거예요!"

천비안이 하는 수 없이 아이에게 말했다.

"잘했어…. 그런데 지금 언니가 아저씨랑 중요한 얘기 중이거든? 서점에서 책 보면서 잠시만 더 놀다 올래?"

"네!" 함경민이 한 팔을 번쩍 들며 씩씩하게 대답했다. 서점 점원이랑 친해져서 기분이 좋은 것 같았다.

"아, 그리고 서점 언니 이름이 '한다솜'이래요! 이름, 예쁘죠? 초등학교 5학년 때 내 짝꿍 이름이 한다송이었는데요, 둘이 이름도 비슷하고…."

"응. 알았으니까 빨리 가."

천비안이 말을 잘랐다. 시무룩한 표정을 짓는 함경민이었으나, 곧 토끼처럼 깡충거리며 다시 서점 안으로 들어가 버렸다.

출입문이 닫히는 서점을 보며 현호가 독백했다.

'이름이 '한다솜'이었군….'

한다솜. 도피 중 내가 길에서 주운 핸드폰 주인의 이름이었다.

그녀의 지갑에서 신분증을 꺼냈지만, 신분증에 기재된 성명이 앞부분의 '한다….'까지만 선명하고, 마지막 한 글자는 잉크가 번져서 읽을 수가 없었는데, 그 이유는 꿈속에서 서점을 방문한 소문식이 점원의 가슴에 달린 명찰을 보다 말았기 때문이었다.

현호가 하다만 이야기를 이어갔다.

그러면서도 이것이 마지막이라고 생각했다.

벌써 끝냈어야 하는 대화지만 좀체 현실을 인정하려 하지 않는 천비안 때문에 몇 시간째 길에서 애꿎은 시간을 보내는 중이었다.

끝까지 받아들일 수 없다면 현호 자신도 포기할 뿐이었다.

"다시 말하지만, 이곳은 소문식의 꿈속에서 벌어지는 일들을 0차원으로 압축해서 만든 세상이야. 예를 들어서, 소리가 공기를 매질로 전파되는 거라면, 너와 내가 서 있는 이곳은 꿈을 매질로 한 공간인 셈이지."

"…."

"이곳에서는 소문식이 꾸는 꿈뿐만이 아니라, 그가 사는 현실까지도 그의 꿈속에 있어. 즉, 소문식의 의식과 무의식에서 벌어질 모든 가능성이 축약된 세상이며, 꿈이 무한대인만큼 이곳 또한 무한대의 경계를 가졌다고 할 수 있지."

천비안이 벌컥 화를 냈다. 듣자 듣자 하니까, 사람을 바보 취급해도 유분수였다.

“시끄러워! 난 0차원이니 무한대니 그런 건 몰라! 난 이렇게 살아서 움직이고 내 의지대로 말도 하고 있잖아! 너도 네 눈으로 줄곧 나를 보며 얘기하고 있으면서 왜 자꾸만 내가 그딴 것에 갇혀 있다고 우기는 거야? 왜 내가 남의 꿈속에 있다는 거야? 내가 이렇게 화내며 말하도록 누군가가 내 뇌를 조종한다고 말하고 싶은 거야? 그리고 이젠 하다 하다 안되니까 0차원? 왜 이래? 그딴 건 없어. 너 정말 제대로 미친놈 같아. 정신 차려, 차현호!”

천비안이 두 주먹을 불끈 쥐고 현호에게 달려들었다.

도저히 현호를 용서할 수 없다고 생각했다.

현호는 나뿐만이 아니라 저 불쌍한 아이까지도 실체가 없는 유령으로 만들었고, 우리가 돌아갈 곳도 잃게 했으니까.

그러나, 피할 거란 예상과는 달리 현호는 가슴에 날아든 주먹세례를 무방비로 받아들여서 오히려 천비안을 당황케 했다.

비 오듯 퍼부은 세찬 주먹질이 멈추자, 현호가 그제야 통증을 느끼며 허리를 굽혔다. 땅을 향해 대여섯 차례 기침한 후, 그가 분을 참지 못해서 씩씩대는 천비안에게 말했다.

“너 주먹 되게 맵다. 콜록콜록, 그리…콜록, 그리고 미안해. 콜록, 너한테도 저 아이한테도….”

사과 따위로 누그러질 마음이 아니었다. 천비안이 대차게 요구했다.

“미안하면 이제껏 네가 한 말들, 당장 취소해. 그러면 나도 아무것도 못 들은 걸로 하고 갈게.”

“갈 곳은 있어?”

“네가 알 바 아니야. 난 반드시 내 세상으로 돌아갈 거니까. 너나 꿈이니 0차원이니 하는 이딴 정신 나간 곳에서 잘 먹고 잘살아."

험한 말이 나올 것을 꾸역꾸역 참으며, 천비안이 이를 악물었다. 그녀가 말했다.

"당장은 어렵겠지. 나도 알아. 하지만, 어떻게든 방법을 찾을 거야. 그리고 다 잘될 거야. 들어온 입구가 있다면 나가는 출구도 있지 않겠어? 남극의 빙산 밑이든 아마존 정글의 뱀이 우글대는 토굴 속이든, 다 좋으니까 얼마든지 숨겨놓으라고 해. 난 무슨 짓을 해서라도 출구를 찾을 거고 운이 좋으면 오늘이라도 난 원래 내가 있던 세상으로…."

"잠시만 그대로 있어봐."

천비안의 말을 중지시킨 현호가 별안간 제자리걸음을 걷기 시작했다. 앞이나 뒤로 걸어가는 것도 아니고, 말 그대로 제자리에서 걷기만 했다. 또 무슨 수작을 부리는 거냐고 물으려던 천비안의 입이 그만 경악으로 딱 벌어졌다.

삽시간에 거리가 뒤로 퇴행하고 있었기 때문이다.

집과 가게가 빼곡히 들어찬 건물과 가로수들, 서점과 편의점과 놀이터 등 마을 거리를 조성하며 길에 '올려진' 모든 게 현호의 등 뒤로 지나가고 있었다. 핸드폰을 보며 길을 걷는 사람들은 전진하면 할수록 후방으로 점점 멀어져가기만 했다. 비유하자면, 사람들은 땅이 아닌 흡사 '길'이라는 거대한 회색 컨베이어 벨트 위에서 걷거나, 혹은 러닝머신을 타고 움직이는 것 같았다. 더욱 놀라운 건, 걸을수록 뒤로 후퇴 중인 사람들은 자신들이 어떤 상황인 건지도 모르는 것 같았다.

1분여간 길을 움직인 후 현호가 걸음을 멈췄다.

그러자 현기증이 날 만큼 뒷걸음질 치던 거리도 제자리에 멈춰 섰다.

운동복을 입은 한 중년 여자가 핸드폰으로 시끄럽게 통화하며 옆을 지난 것만 빼면, 날씨는 여전히 화창하고 거리 모습은 1분 전과 다름이 없었다. 서점, 카페, 편의점 등의 가게와 주택들, 나무들과 행인들은 여전히 아무것도 모르고 있었다.

천비안이 꼼짝없이 한길만을 응시하며 말을 더듬었다.

"지…지금… 방금, 너…뭐…뭐한 거…."

"소문식은 내 꿈속으로 알고 있고, 나는 소문식의 꿈속이라고 정의한 이곳은, 오래전에 어떤 인간들이 인공적으로 만든 0차원의 세상으로서, 우주의 어떤 물리적 위상과 위치에도 속해 있지 않으며, 이론상으로는 아직 태어나지도 않은 세상이야."

말이 끝나자, 현호가 천비안을 곁눈질하며, '괜찮을까?….'라고 걱정했다.

머리를 망치로 얻어맞은 것과 같은 충격에 천비안이 넋을 잃고 있었다.

왠지 그녀가 안쓰러운 생각이 들어서 조금만 더 시간을 할애하기로 했다. 30분 정도라면 스케줄에 영향을 줄 것 같지는 않았다. 다만, 진실 이후에 그녀를 다독일 시간은 없을지도 몰랐다.

결심을 굳힌 현호가 진지한 태도로 말했다.

"이 동네를 포함한 우리 지구는, 우주로부터 고립된 무한히 작은 한 점에 불과하며, 길이, 너비, 부피가 없고, 크기와 방향, 차원도 갖고 있지 않아서 이곳에선 시간도 흐르지 않아. 이곳의 시계는 항상 2138년도에 고정되어 있어. 하지만, 내가 여기서 만난 사람들은 하나같이 올해가 2024년이라고 했어. 소문식도 너도."

"…."

"오직 '가능성'과 실체의 수학적 개념만이 존재할 뿐인 이곳의 진짜 이름은 '호라이즌 행성'이야. 네가 아는 지구는 이미 수십 억 년 전에 인류와 함께 소멸했어."

천비안이 하마터면 소리를 지를 뻔했다. 하지만, 입술만 달싹이는 것으로 대신했다. 안색이 밀랍처럼 하얗게 질린 그녀가 연신 숨을 들이쉬고 있었다.

천비안의 기분을 이해할 수 있기에 더욱 미안해졌다.

하지만, 어떠한 위로도 없이 현호가 꿋꿋이 말을 이어갔다.

"지구마저 소멸시킨 이 모든 사건의 중심이자 발단은, 스스로 '노바'라고 이름 붙인 단 한 개의 바이러스로부터 시작됐어."

잠시 후.

서점을 나온 함경민이 채집한 나비를 담느라 깡통을 덜그럭거렸다. 나비가 나오지 못하게 뚜껑을 꽉 닫으며, 함경민이 남녀를 흘끔거렸다.

지루하고 긴 이야기가 언제 끝나는지 아이가 천비안을 기다리고 있었다. 하지만, 더는 함경민 혼자 놀지 않아도 될 것이었다.

막힘없이, 허심탄회하게 털어놓은 현호의 이야기가 막바지에 접어들었기 때문이다.

이야기가 끝나고, 잠시 서로를 마주 보고 선 두 사람이었다.

어떤 의견을 들을 수 있지 않을까 생각해서, 현호가 그녀를 기다렸다. 천비안이 생각을 정리할 시간을 준 것이었다.

하지만, 무료할 정도의 시간이 흘렀음에도 대답이 전무하자, 현호가 남은 이야기를 이어갔다. 천비안이 무슨 생각을 하는지는 알 수 없었다.

"…노바는 그렇게 인간을 감염 숙주로 삼아 지구를 정복해 나가기 시작했어. 산이 깎이고 바다가 마를 만큼 지독한 인내의 시간이었어. 인간들이 눈치채면 안 되니까 그들은 인간들이 잠든 밤 시간대에만 활동했어. 잘못된 소스 코드로 인해서 수많은 컴파일 오류가 나왔고,

예기치 못한 런 타임 에러가 발생해서 프로젝트 자체가 공중 분해될 뻔한 위기도 있었지만, 노바는 좌초에 굴하지 않고 꿋꿋이 '코드 인피니티'를 진행 시켰어. 시간이 흐르면서 지구의 인간들은 자신도 모르는 새 차츰 바이러스화 되어갔고, 마침내 2138년, 지구상에 사는 인간들은 한 사람도 남김없이 모조리 바이러스가 되고 말았어. 그 즉시, 노바는 새 인류의 창조주이자 신神으로 등극했어. 하지만, 인간의 불행은 거기서 그치지 않았어."

"…."

"4차원 우주에 살던 인류에게 문제가 생긴 거야."

이제부터가 천비안에게는 정말 어려운 이야기가 될 것이었다.

그래서 다시 한번 강조하지만, 이해와 수긍은 내 영역이 아니다.

약간의 긴장 속에서 현호가 침착하게 이야기를 이어갔다.

"아까도 잠깐 언급했지만, 자연에서 흐르는 시간이란 존재하지 않아. 각자의 시간만이 존재할 뿐이지. 극히 미세한 차이지만, 당장은 너의 머리와 너의 발의 시간이 달라. 자연의 기본 4대 힘 중에서 가장 힘없기로 소문난 단순한 중력의 작용 때문에 말이야. 각설하고, 노바의 프로젝트 성공 이후, 다른 시간대의 4차원 시공간에 살던 인류에게 이상한 문제들이 나타나기 시작했어. 왜냐하면 4차원 인류는 3차원 공간에 살던 우리가 오랜 시간 동안 진화를 거듭해서 이룬 바로 '우리 인류'였거든."

"…."

"고도로 지능화된 4차원 인간들 속에서, 어느 날부터인가 MAOA 유전자 일부가 과활성화된 폭력적 성향의 돌연변이들이 나타나기 시작했어. 그리고 어느 순간 4차원 시공간이 시간 차원을 뺀 세 차원의 공간으로, 즉, 3차원의 공간으로 퇴행하기 시작했어. 그리고 그 현상은 급속도로 빠르게 확산하면서 5차원 인류에까지 영향을 미쳤고, 급기야 서로가 상호작용으로 얽힌 다차원 세계 전체로 확대되기 시작했어. 마치 전염병처럼."

"…."

"서둘러 원인 규명에 나선 5차원의 인류는 DNA 분자 변형과 차원 퇴행의 원인이 자연발생이 아닌 외부요인인 것을 알아냈어. 그리고 얼마 후에는, 2138년 지구에서 일어난 돼지 콜레라 바이러스들의 '인류 숙주화'가 원인인 것도 밝혀냈어. 다차원 인류의 의식과 지능은 우리 인류가 이해하는 인간의 물리학적, 생물학적 한계를 훨씬 넘어섰고, 신神을 능가한 11차원의 초고도 문명에까지 도달한 상태였지만, 다차원 인류의 최초 시발점이 된 3차원 지구가 바이러스에 점령당하자 테서랙트(*Tesseract. 4차원 이상의 차원)들은 도미노처럼 붕괴할 수밖에 없는 운명임을 감지했어. 바이러스는 아무리 진화해봤자 바이러스일 뿐이니까."

여기까지 말한 현호가 잠시 회한에 잠겨 고개를 떨구었다.

그 사건이 시작된 최초의 원인이, 바로 차현호 자신이었기 때문이다.

심각한 위기에 봉착했음을 인지한 5차원 인류는 곧바로 사태 해결에 착수했다. 하지만, 숱한 회의에도 좀처럼 그럴듯한 해결책이 나오지 않았다. 이유는, 자연의 섭리와 생태계에 일절 간섭해서는 안 된다는 우주 삼라만상森羅萬象의 순리에 관한 '법칙' 때문이었다.

생태계의 현장에서 사자가 양을 잡아먹고 보아뱀이 개구리를 삼키며, 긴꼬리투구새우가 자신의 알을 개울가에 놓든 나무 둥지에 놓든, 신神의 인위적 개입은 절대적으로 금기시되었다. 왜냐하면, '개입'이란

'얽힘'을 뜻하며, 이는 비국소적 경계에 놓인 모든 우주에 예상할 수 없는 확률로 예상치 못한 비가역적 '사건'을 초래할 것이며, 종국에는 중첩하며 끊임없이 생성되는 우주의 '균형'을 깨뜨릴 것이기 때문이었다.

대자연은, 인류가 또다시 작은 머리를 꼿꼿이 치켜들고 오만하기 그지없는 '라플라스의 악마'를 소환할 경우, 그에 상응하는 대가를 톡톡히 치르게 할 것이라 이미 경고한 바가 있다.

결국, 신神은 바이러스화 된 3차원 인류로 인해서 테서랙트의 차원이 파멸해도 어쩔 수 없다는 판단을 내렸다. 그리고 5차원 인류에게 더는 3차원의 세상에 관여하지 말 것을 명령했다. 하지만, 그동안 인류가 이룩한 경이롭고 찬란한 문명 세계가 이대로 절멸할 것을 두고 볼 수만은 없었던 5차원 인류는 자신들이 무거운 십자가를 짊어지기로 결심했다. 다만, 자신들의 선조이자 이미 역사가 이뤄진 3차원 인류를 몰살하는 방법 대신, 연속적 진화 과정이 기록된 차원 필름 중에서 3차원의 프레임만 싹둑 잘라내기로 했다. 즉, 바이러스화 되어버린 3차원 인간의 개념적 존재만을 남겨둔 형태로, 그들의 시간과 공간적 차원을 우주에서 삭제키로 한 것이다.

5차원의 인류는, 3차원의 지구 행성을 '0차원'의 단일점으로 압축하기로 했다.

*

5차원 인류는, 다른 자연력과는 달리 특정 막(幕. Brane)에 속하지 않고, 차원 간을 자유롭게 이동할 수 있는 중력자(重力子, Graviton)를 활용한 '차원 압축' 프로젝트에 돌입했다. 그리고, 그들의 시간으로 몇 년 후에는 중력자의 흐름을 조절해 중력을 무한히 증폭시킬 수 있는 '중력 가동기'를 개발하고 실험에 성공했다. 그러나, 3차원 공간의 물질을 극도로 압축할 수 있는 성능과는 반대로, 사용 시 발생하는 엄청난 중력의 힘은 지구 주변의 시공간 구조를 극단적으로 왜곡시킬 위험이 있었다. 공간과 시간의 지오메트리를 변형시킬 것이며, 이는 웜홀 생성, 시공간의 안정성 저하, 심지어는 블랙홀의 형성과 같은 극단적인 현상까지도 초래할 수도 있었다. 그리고, 그것이 바로 신이 지적한 '개입'과 '얽힘'의 행로였다.

하지만, 11차원까지의 진화 과정 동안, 숱한 핵전쟁과 기후 파괴 등으로 수천만 번의 대멸종을 맞이하며, 후손들뿐만 아니라 타 생명체에게도 지대한 민폐를 끼친 인류에게 오래전의 기억을 당부하는 것은 무리였다.

대자연의 경고를 무시한 '라플라스의 악마'가 재소환되었다.

천비안이 물었다.

울음이라도 터트릴 것만 같던 이전과는 달리 침착한 음성이었다.

"그래서, 5차원 인간들이 지구로 중력 가속기란 걸 쐈단 거야? 그 결과로 지구는 우주에서 흔적도 찾기 어려운 0차원의 먼지가 된 거라고?"

결론만 물었을 뿐인데, 현호가 난감한 표정을 했다.

그 사이, 천비안은 현호가 건넨 생수를 마셨다.

조금 전, 내가 갈증을 느끼자, 현호가 근처 자판기에서 생수를 사왔다. 물을 들이켜자, 약간의 이성이 돌아왔고 그래서 질문도 생각난 것이었다.

이윽고 현호가 대답했다.

"결론만 말하면 작은 오류가 있긴 했지만, '차원 압축' 프로젝트는 성공했어. 그 결과로 지금 내가 여기 있는 거니까."

현호는 자신이 새로운 0차원 지구, 아니 호라이즌 행성의 '가드'라고 말했다.

어느 날, 5차원 인류로부터 메시지를 받았고 그들은 현호가 저지른 죄목에 대해 샅샅이 말해주었다고 했다. 그리고 인류를 멸망의 위험에 빠뜨린 벌로 그들이 정한 기한까지 0차원의 지구를 떠나지 말 것을 요구했다고 한다. 현호가 말했다.

"그들이 내게 그런 요구를 한 이유는 방금 말한 '작은 오류' 때문이었어."

"…."

"차원 압축 프로젝트의 실행 직전, 노바가 5차원의 계획을 눈치챈 거야."

그리고 더욱 놀라운 사실은, 스스로 신神이라 칭한 노바는 훨씬 오래 전부터 5차원 인류의 차원 압축 프로젝트를 알고 있었다는 것이다. 그가 어떻게 알았는지는 알 수 없다. 자신의 악행이 언젠가는 진화한 인류에게 들통나리라고 판단해서 미리 대비했는지도 모르지만, 만약 그랬다면 그것이야말로 신神이나 다름없다.

현호가 말했다.

"노바 또한 중력 가속기의 개발에 성공했어. 그는 중력자의 비밀을 알고 있었고, 중력이 5차원 시공간에서 분리된 다른 막(Brane)에서 오는 힘인 것도 알고 있었어. 그는 5차원 인류가 중력 가동기를 쓰기 전에 자신의 중력 가속기로 5차원을 0차원으로 만들어 버리려고 했어. 자신이 신神이라는 자만에 빠져서 해서는 안 될 짓을 하고 만 거야."

무모할뿐더러 미친 짓거리였다.

노바의 계략을 파악한 5차원은 프로젝트를 서둘렀다.

그리고, 노바도 5차원의 계획을 눈치채고 일정을 앞당겼다.

5차원 인류는 노바가 점령한 3차원 지구를, 노바는 5차원 인류가 사는 행성을 직접 겨냥한 전쟁이 시작된 것이다. 양측 모두가 한 치의 양보도 없이 팽팽한, 그야말로 호각지세, 막상막하의 전력이었다.

시간이 되자, 그들은 서로를 향해 각자의 무기를 발사했다. 지구 시간으로 하루도, 한 시간도 아닌 단 19분의 간격 차이였다.

"일촉즉발의 상황이었지. 천만다행으로 5차원 인류의 버튼이 19분 더 빨랐어. 차원 압축을 당한 노바는 자신이 저지른 악행의 대가로 0차원이 된 지구와 함께 압축되고 말았어."

현호가 끔찍한 악몽이라도 꾸는 것처럼 한차례 몸을 부르르 떨었다. 그가 말했다.

"만약, 19분 차이로 노바가 더 빨랐더라면, 인류와 차원은 말 그대로 종말을 맞이했겠지. 5차원 세계가 0차원으로 압축되어 버렸다면, 지구 인류는 또다시 박테리아와 같은 초기 생명체 형태로 시작해서 수십 억 년에 걸친 진화 과정을 겪어야 했을 거야. 그렇지만 아무리 진화해봤자, 지구 시간으로 대략 5만 년 전에 일어난 '유전자의 거대한 비약'과 같은 불가사의한 기적 없이 현재의 고차원적 지능을 가진 인류로 생장할 확률은 거의 0%야. 단세포 생물은 그리 똑똑하지 않거든."

지구와 그 표면 위에 살고 있던 3차원 인류는 사라졌지만, 우리에게는 눈부신 진화를 이룬 테서랙트의 인류가 남았다.

"물론, '진화'를 말할 수 있는 것도 정말 행운이 따랐을 때나 가능한 얘기야. 노바가 성공했다면, 인류가 이룩한 다차원 세계는 차원을 거슬러 올라가며 도미노처럼 파멸했을 것이고, 어쩌면 지금쯤 이곳과 똑같은 0차원을 경험하고 있을지도 모르지."

불경한 말을 한 걸 눈치채고 현호가 급히 덧붙였다.

"다 내 상상이야. 그런 일은 절대 일어날 리가 없지. 미개한 바이러스한테 고차원의 인류가 진다는 건 말이 안 되는 소리니까."

"그래서 5차원 인류는 어떻게 됐어? 신의 말씀을 거역한 이유로 큰 벌을 받은 거야?"

천비안의 질문에, 현호가 호라이즌 빌딩을 향해 발길을 돌리며 말했다. 조금 있으면 설황민 교수와 랩원들이 연구실에 나타날 것이었다.

"그건 나도 몰라. 나에게 나타난 5차원의 메시지는 그것까지 말해주지 않았어."

천비안이 현호를 따라 걸으며 주변에 있던 함경민을 큰 소리로 불렀다. 함경민이 나비 깡통을 덜그럭거리면서 쪼르르 달려왔다.

어느덧 호라이즌 빌딩까지 왔다.

1층 연구실 계단과 가까운 곳에 섰다. 전자 잠금장치가 걸린 1층 연구실 문에는 〈 세하대학교 대학원 미생물 분자생명공학과 〉이라고 새겨진 소형 사인보드가 걸려 있었다.

연구실 계단을 오르기 전, 현호가 동쪽 지평선 너머를 가리키며 말했다.

"잠시 후에 소문식이 저쪽 길에서 나타날 거야. 곧 호라이즌 빌딩 안에서 금환일식이 시작될 거거든."

뭐?! 소문식이 또 온다고? 아니 왜?

천비안의 질문을 막으며, 현호가 이어 말했다.

"지금쯤 소문식은 그의 꿈속에서 랩원들과 카페에 있는 '차현호'를 보고 있을 거야. 난 내 권한으로 잠깐 그의 꿈을 비켜선 공간에서 너와 대화를 나누는 중이고. 그래서 말인데, 소문식을 만나더라도 너무 놀라진 마. 아까도 말했다시피 여기는 소문식의 반복적인 꿈으로만 이루어진 0차원의 세상이라서 소문식은 제 일을 하러 오는 것뿐이니까. 아, 그리고 당분간은 계속 여왕이 다스리는 세상에서 살아야 할 거니까 참고하고."

"그게 무슨 말이야? 당분간이라니? 일부이처제가 다시 반복된다고?"

천비안이 놀란 표정으로 묻자, 현호가 쉽게 설명하려고 노력하며 말했다.

"음, 뭐라고 해야 할까…. 네 번째 조성이 일어났고, 소문식은 지금 동화책 '이상한 나라의 앨리스'를 모티브로 한 꿈을 꾸고 있는 거야. 이 공간은 그의 꿈속이기 때문에 꿈이 언제 끝날지는 나도 알 수 없어. 그래서 당분간은 우리가 일주일간 겪은 일이 똑같이 반복될 거야. 무슨 말이냐면, 약 2천2백만 년 전, 세 번째 조성이 발생했을 때는, 소문식이 피노키오의 제페토 할아버지의 인품에 감명받아서 일주일간 사람들의 코가 잘려 나갔어. 사람들 대부분이 거짓말을 했거든."

뭐라고 할 말이 없었다. 천비안이 금붕어처럼 입만 벙긋거리자, 현호가 그녀를 격려했다.

"하지만, 넌 한번 겪었으니까 계속 잘 해낼 거라고 믿어. 아참, 그리고 이거."

현호가 점퍼 안주머니에서 지폐 다발을 꺼냈다. 한다솜의 지갑에서 꺼낸 돈으로, 오만 원권 19장과 만 원권 몇 장이었다. 택시비를 하고 남은 돈이었다.

"이건 내가 한다솜 씨께 돌려줘야 하지만, 지금 들고 가 봐야 나만 이상한 놈이 될 거야. 그렇지만 엄연히 주인이 있는 돈이라서 내가 쓸 수도 없어…그녀도 이해할 거야."

천비안에게 돈을 준 현호가 팩 소주도 버리려고 꺼냈다. 이 묵직한 걸 미련하게 여태껏 들고 다녔다.

현호로부터 억지로 현금을 받아 든 천비안이 울상이 되었다. 현호의 말을 믿어야 하는 건지 속으로 갈팡질팡하고 있었다. 어쨌든 그와 이렇게 헤어지면 안 될 것 같았다.

천비안의 마음을 아는지 모르는지, 현호가 마지막 인사를 했다.

"잘 가. 어딜 가든 몸 건강히 있길 바라."

그가 함경민과도 인사했다. 애와 눈높이를 맞추기 위해서 현호가 허리를 숙였다.

"너도 잘 가. 고마웠어. 집으로 갈 거지?"

"아저씨 혼자 가는 거예요? 우리랑 같이 안 가요?"

"응. 여기가 아저씨 학교야. 조심해서 가."

아이의 머리를 쓰다듬어 준 후, 현호가 "그럼, 또 보자."라며, 지키지도 못할 약속을 하고는 뒤돌아섰다.

"정말 그냥 갈 거야?"

천비안이 다급히 물으며 이어 소리쳤다.

"넌 여기가 사장님의 꿈속이라고 했지만, 난 믿지 않아!"

현호가 그녀를 물끄러미 쳐다보았다. 천비안이 입술을 깨물며 부정했다.

"난 0차원이라는 말도 믿지 않아."

"마음대로 해. 난 모든 걸 솔직하게 말했어. 나머진 네 몫이야."

시종일관 남 일처럼 이야기하는 현호다.

욱하는 마음에 천비안이 빠르게 말했다.

"응. 난 네 말을 하나도 믿지 않아. 왜냐하면 너도 벌써 알고 있었잖아."

"내가 뭘 알아?"

현호가 미간을 찌푸리며 묻자, 천비안이 곧장 말했다.

"얼룩말. 그리고, 나비."

현호가 눈을 깜빡거리거나 허공을 응시하거나 했다. 무슨 말인지 뜻을 생각하는 듯했다.

몇 시간 동안 그의 말을 들으며 바로 내가 했던 행동들이었다. 천비안의 목소리가 또렷해졌다.

"넌, 사람 말을 하는 얼룩말이 거리에 나타난 이유가 사장님이 꿈에서 들었기 때문이라고 했지만, 너 또한 그 전에 벌써 알고 있었잖아. 나비에 관해서도 사장님의 꿈에서 어떤 장면, 상황, 어떤 장소에서 나비가 나오는지, 넌 마치 네 눈으로 본 것처럼, 생생하게 표현했어. 난, 너와 사장님이 어떤 면에서 다르다는 건지 전혀 모르겠어."

"무슨 말이야? 내가 소문식과 다르지 않다니…. 여기가 내 꿈속이기라도 하다는 말이야?"

반박하려던 현호가 일순간 미소를 보이며 말했다.

"그건 당연한 거야. 난, 5차원의 인류로부터 소문식의 꿈에 대한 고유 권한을 위임받았으니까. 개입할 수는 없지만, 소문식이 꾸는 꿈을 그보다 한 차원 위에서 들여다볼 수 있는 거지. 소문식은 지금도 노바가 살아있다고 믿으며, 그에게서 위임받은 권한으로 내 꿈을 다스린다고 착각하고 있어. 물론, 그가 영원히 착각 속에서 꿈을 꿀 수 있도록 옆에서 지켜보며 0차원을 안전하게 유지하는 게 내 본연의 임무이기도 하고 말이야."

지지 않았다. 천비안이 더욱 명확한 어조로 반문했다.

"남의 꿈을 들여다볼 수 있다는 것도 네 착각 아니야?"

"정 그렇다면 좋을 대로 생각해. 난 처음부터 믿는 건 네 몫이라고 말했고…."

"신神이 말했다며? 어떤 일이 있어도 대자연의 법칙을 거스르지 말라고. 오만한 인류가 '라플라스의 악마'를 소환할 경우, 그에 상응하는 대가를 톡톡히 치르게 할 것이라고 경고했다면서? 네 말이 사실이라면, 다차원의 인류는 인간을 포함한 수많은 생명체가 살아 숨 쉬는 지구를 0차원으로 축소해서 그 존재를 말살해 버렸고, 자연 선택으로 진화하도록 결정지어진 인류 운명의 수레바퀴마저 중단시킨 크나큰 죄악을 저질렀어. 자연의 순리를 한참 거스른 짓이지. 그래서 말하는 거야. 만약, 여기가 정말 사람이 인공적으로 만든 0차원의 세상이라면…."

"…."

"자연은, 어떤 식으로든 그 죗값에 상응하는 대가를 받아 가리라고 생각해."

"…."

"난, 신을 믿거든."

잠깐, 현호가 천비안을 지그시 응시했다. 이윽고, 그가 물었다.

"그래서 할 말은 다 끝났어?"

다른 할 말을 찾지 못해서 천비안이 머뭇대는 사이, 현호가 "잘 가." 라고 인사하며 등을 돌렸다.

"아…아니, 잠깐만, 현호야. 너 정말 가려고…."

천비안이 당황해하며 현호를 뒤쫓아갔다.

현호와 이렇게 헤어질 수는 없었다. 난 괜찮다며 큰소리쳤지만,

나와 아이만이 이 세상에 남겨지는 것만은 허락할 수 없었다. 이 순간, 천비안에게 있어서 가장 두려운 것은, 누군가의 꿈속도, 0차원도 아닌 바로 '고립'이었다.

"그렇다면 내가 살던 지구는 어디야?!"

길을 지나던 행인들이 깜짝 놀라서 그녀를 돌아보았다. 아랑곳하지 않고 천비안이 더욱 목청을 높였다.

"난 여왕이 지배하는 이딴 세상이 아니라, 내 손으로 직접 뽑은 대통령이 있는 곳에서 살고 있고 재작년에 대선 투표도 했어. 언니랑은 의견이 맞지 않아서 작은 일에도 다투기 다반사고, 평일에는 막 시작한 내 쇼핑몰 사업을 위해서 밤낮없이 일해. 주말이면 친한 친구와 몇 시간이나 걸려서 지방에 빵을 사러 가기도 하고, 대전 집에 가는 날이면 아빠와 단둘이 밤낚시도 다녀. 그런데 여기가 지구가 아니면, 그러면 이런 난 대체 누구냐고! 말해봐!"

뒤에서 천비안이 뭐라든 더는 볼일이 없다는 듯, 현호가 망설임 없이 연구실 계단을 올랐다. 안달한 천비안이 더욱 큰 소리로 외쳤다.

"너도 날 알잖아! 나 송아현이야, 현호야! 우린 같은 동원초등학교를 나왔고, 난 네 집에도 자주 놀러 갔잖아. 그런데 왜 자꾸만 여기가 지구가 아니라고 하는 거야?! 우리는 학교에서도 동네에서도 가장 친했는데, 그럼, 둘이 같이 숙제하고 급식을 먹고 했던 건 다 뭐였어? 난 이제껏 내가 살아온 모든 기억이 너무도 생생한데, 어떻게 이런 내가 누군가의 꿈속에 사는 0차원의 인간일 수가 있어? 아니면, 넌 끝까지 나를 속이려는 거야?!"

어느새 연구실 입구에 선 현호가 천비안을 돌아보았다.

빨대가 꽂힌 팩 소주를 든 그가 술을 한 모금 들이켠 후 말했다.

"그래서 처음부터 말했잖아."

"…."

"난 네가 누군지 모른다고."

현호가 두 모금 마신 팩 소주를 문과 가까운 계단에 올려놓았다. 그 순간, 마치 그를 기다리기라도 한 것처럼 대뜸 출입문이 열렸다. 현호의 모습이 연구실 안으로 사라졌다.

그리고 잠시 후, 정말 현호가 말한 거리 저편에서 베이지색 코트에 재색 중절모를 쓴 소문식이 다시 나타났다. 적정 보폭으로 호라이즌 빌딩 앞에 도착한 그가 언뜻 천비안을 보았다. 이유는 길가에서 웬 여자가 자신을 보고 있어서였다. 하지만, 1천9백 년 만에 네 번째 조성이 이루어진 관계로 다른 건 눈에 들어오지도 않았다. 소문식이 굳은 표정으로 세하대학원 연구실 계단을 올라갔다.

마지막 계단까지 왔을 때, 누가 먹다 버린 팩 소주를 발견했다. 쓰레기를 어떻게 해야 할지 잠깐 고민했으나, 못 본 척, 출입문을 노크했다. 곧이어 소문식도 연구실 안으로 사라졌다.

한길에 서서, 그리고 한동안 소문식이 들어간 연구실 출입문만 보며 꼼짝도 하지 않고 있었다.

얼마나 시간이 지났을까.

천비안이 등을 돌리며, 무거운 발걸음을 뗐다.

당분간 아무것도 생각하지 않기로 했다.

가족이 있는 대전 집으로 돌아가서 뜨거운 물에 샤워하고 밥을 먹고 다음 날 오전까지 푹 자기로 했다. 그 이외는 다른 어떤 것도 생각하지 않기로 했다.

아, 그전에 아이부터 집에 데려다주어야만 했다.

하지만, 그새 함경민이 시야에서 사라졌다. 다행히 금방 찾았다. 천비안이 몇 걸음 떨어지지 않은 곳에서 나비를 잡는 아이를 불렀다.

"경민아. 이리 와. 집에 가자. 언니가 데려다줄게."

길거리 공용 쓰레기통에 붙은 나비 날개를 단번에 잡아챈 함경민이 버릇처럼 깡충거리며 천비안에게 달려왔다.

"언니, 이거 봐요! 나비 또 잡았어요!"

"그것보다 너 집이…."

집 주소를 물어보려던 천비안이 아이의 손끝에 잡힌 나비를 보았다. 크기가 사람 손가락 한 마디밖에 안 되는 작고 앙상한 나비였다. 노란색 나비가 아이 손에서 달아나기 위해서 힘없는 날갯짓이나마 쉬지 않고 파닥거리고 있었다.

왠지, 자기 신세 같아서 나비가 불쌍해졌다. 천비안이 함경민에게 말했다.

"이제 나비는 그만 잡는 게 어때?"

예상대로 함경민이 눈을 동그랗게 떴다.

"네? 왜요? 저, 이거 숙제라서 안 하면 안 되는데요?"

"나비는 안 잡아도 돼. 아무도 너한테 숙제하란 말 안 할 거니까 그 깡통 안에 있는 나비들, 전부 다 놔 주자."

어렵게 잡은 나비가 아까워서 함경민이 우물쭈물하며 대답을 회피했다. 하지만, 천비안이 다시금 설득하자 못내 아쉬운 표정을 하면서도 고개를 끄덕였다.

"네. 그럴게요. 나비 다 놔 줄게요."

내가 하는 말은 뭐든 잘 듣는 아이가 대견해서 천비안이 함경민의 어깨를 토닥였다.

나비를 날려 보내기 위해서 함경민이 거리 한 곳, 공간이 트인 방향을 보고 섰다.

천비안은 지하철역으로 가기 위해서 주변을 살피고 있었다. 다음 순간, 답답한 마음에 한숨만 내쉬던 그녀의 뇌리에 문득 어떤 생각이 미쳤다.

천비안이 함경민을 돌아보며 물었다.

“그런데 경민이 너, 이곳 말고 현실 세계에서의 네 이름은 뭐니?”

녹슨 깡통 뚜껑을 힘주어 여는 함경민에게 천비안이 먼저 자기 이름을 말했다. 현호 이후로 두 번째 하는 자기소개였다.

“내 진짜 이름은 천비안이 아니라 ‘송아현’이야. 현실 세상에서는 다들 나를 그 이름으로 불러. 송아현이라고. 넌 진짜 이름이 뭐야?”

덜컥, 하고 깡통 뚜껑이 열렸다.

그러자, 캄캄하고 비좁은 깡통 속에 갇혔던 나비들이 ‘푸드덕’ 소리와 함께 일제히 밖으로 날아올랐다.

노란 나비들은 자유로운 날개를 마구 펄럭이면서 힘차게 대지를 박찼고, 곧이어 드높은 허공 속을 환한 빛처럼 솟아오르기 시작했다.

너무도 놀라운 광경이었다.

광활한 하늘을 눈부신 황금 들녘으로 수놓으며 퍼져나가는 수십만 마리의 나비 떼를 더없이 반짝이는 눈망울로 올려다보며, 아이가 자기 이름을 말했다.

“노바.”

〈 이상한 나라의 정육점 끝 〉

이상한 나라의 정육점 2

펴낸날 초판 1쇄 발행 2024년 5월 1일

지은이 스카이마리
펴낸이 김경희
표지디자인 공중정원 박진범

펴낸곳 파란문어
출판등록 2023년 6월 13일 제 369-2023-000008호
주소 울산광역시 중구 반구정4길73 아트하우스 3층
이메일 book@paranmuneo.com
홈페이지 www.paranmuneo.com

ISBN 979-11-983704-4-0 (04810)
979-11-983704-1-9 (세트)